"文学伦理学批评与外国文学研究"丛书

湖北省社科基金一般项目(后期资助项目)成果
华中师范大学中国语言文学"一流学科"出版资助
华中师范大学中央高校基本科研业务费项目成果(CCNU24ZZ034)

The Evolution
of Russian Literary
Genealogy in the 20th Century

20世纪俄罗斯文学谱系演变论

王树福 —— 著

图书在版编目 (CIP) 数据

20 世纪俄罗斯文学谱系演变论 / 王树福著. —— 北京：北京大学出版社，2024.6. ISBN 978-7-301-35248-9

Ⅰ. I512.09

中国国家版本馆 CIP 数据核字第 2024EY3794 号

书　　　名	20 世纪俄罗斯文学谱系演变论 20SHIJI ELUOSI WENXUE PUXI YANBIANLUN
著作责任者	王树福　著
责 任 编 辑	李　哲
标 准 书 号	ISBN 978-7-301-35248-9
出 版 发 行	北京大学出版社
地　　　址	北京市海淀区成府路 205 号 100871
网　　　址	http://www.pup.cn　　新浪微博：@北京大学出版社
电 子 邮 箱	编辑部 pupwaiwen@pup.cn　　总编室 zpup@pup.cn
电　　　话	邮购部 010-62752015　发行部 010-62750672　编辑部 010-62759634
印 刷 者	北京虎彩文化传播有限公司
经 销 者	新华书店
	720毫米 × 1020毫米　16开本　14 印张　210千字 2024 年 6 月第 1 版　2024 年 6 月第 1 次印刷
定　　　价	88.00 元

未经许可，不得以任何方式复制或抄袭本书之部分或全部内容。
版权所有，侵权必究
举报电话：010-62752024　电子邮箱：fd@pup.cn
图书如有印装质量问题，请与出版部联系，电话：010-62756370

内容简介

20世纪俄罗斯文学不仅是精巧的语言艺术、华美的叙事文本和审美的意识形态，更是伦理的审美表达、历史的叙事征候和思想的哲理探索。本书以马克思主义理论为指导，用历史的方法，从比较的角度，以跨文化的视野，点线面结合，史述论并置，从四个方面呈现20世纪俄罗斯文学谱系演变的多样性、复杂性与丰富性。

其一，思想谱系演变：20世纪俄罗斯文学先后经历不同阶段和多重话语，在美学思想和文学体制方面发生重大变化。20世纪俄罗斯现实主义的发生和演变，是文化思想嬗变、文学发展规律和美学理念裂变等共同作用的结果，其中当代现实主义呈现出美学范畴的开放性、艺术手法的多样性、流派形式的多元化以及作家归属的跨界性。同时，当代俄罗斯新现实主义区别于传统现实主义和后现代主义，其特点主要表现为美学观念的哲理倾向、艺术手法的综合趋势和叙事策略的多样态势。在后苏联文坛中，俄语布克奖不仅使后现代主义在俄罗斯合法化，使传统现实主义多样化，也使当代小说文类综合化，形成兼具传统与先锋、眷顾与超越的"合成小说"。《文学报》的当代裂变与重组、规训和播迁，显示出20-21世纪之交政治乌托邦向文化反思的艰难转型，呈现出精英话语向大众美学渐次妥协的幽微路径。

其二，小说谱系演变：20世纪俄罗斯小说致力于维护人道主义与审美诗意，密切关注个体意识与社会现实，形成多种文学潮流并存的多样图谱。"讲述体"（即"故事体"）在俄罗斯文学传统和西方文学思潮、传统文学特质与先锋文学思潮共同作用下生成，既建构作家的自我身份和民族意识，也表现出强烈的民族特色和国家诉求。巴别尔小说的叙事结构主要包括"单一式""交叉式"和"框架式"三类，体现出比较典型的多元性特征。这与巴别尔的小说诗学理念、俄罗斯小说叙事传统、西欧小说叙事资源等诸多因素密不可分。当代作家维克多·佩列文的创作不仅促进了后现代主义在俄罗斯合法化，消弭了严肃文学与通俗文学的边界，也使当代俄罗斯小说文类综合化。马卡宁小说《亚山》以车臣战争和民族认同作为叙事对象探讨问题，借鉴隐喻式情节和象征性人物等多种先锋手法，描绘出面对强势主流意识少数族裔欲拒还迎的认同情态。

其三，诗歌谱系演变：20世纪俄罗斯诗歌以"人的发现""人的自由"和"人的价值"为核心话语，在社会体制下关注人的道德伦理、精神世界和社会现实，在文化传统和民族审美背景下剖析人的内心与人的价值，呈现出千姿百态、绚丽多彩的整体态势。其中，勃洛克的长诗《十二个》通过象征和隐喻手法，将象征的符号性、音乐的节奏性和史诗的宏阔性巧妙融合，具有历史转折时期复调式的众声喧哗。马雅可夫斯基的长诗《穿裤子的云》以新颖的诗歌形式、奇特的韵律构拟、鲜明的音乐节奏以及新奇的诗歌理念，极大革新了俄罗斯诗歌的发展。阿赫玛杜琳娜承继阿赫玛托娃和茨维塔耶娃的诗歌传统和表现技巧，以爱情、友谊、个性、家庭等人生元素和自然现象为创作主题，破译并改写俄罗斯诗歌的传统主题，扩展了诗歌的艺术手法和表现力度。

其四，戏剧谱系演变：20世纪俄罗斯戏剧回应社会时代问题和道德伦理诉求，呈现出多元复调的整体态势，具有比较鲜明的社会阶段性、人文诗意性和伦理意识性。伴随从白银时代到苏维埃时期的文学转型，高尔基的戏剧主题不断嬗变与实验，戏剧思想不断转型与深化，大致体现出从底层苦难书写到知识分子批判、从知识分子批判到自由主义启蒙、从自由主义启蒙到社会民主主义探讨的路标转换。布尔加科夫的剧作《逃亡》充满象征、幻想、梦境等假定性手法，融合隐喻性、幽默性和悲剧性等现代主义思想。万比洛夫戏剧关注平凡人的爱情、婚姻和家庭生活，反映普通人的道德观和伦理观，反省社会现实和道德伦理问题。当代俄罗斯"新戏剧"则以强烈的现实感、深切的人道感、先锋的艺术感，对现实生活和各色人物制作各种模像，触摸普通人的内心世界和时代的脉搏跳动。

总之，20世纪俄罗斯文学以不同方式探讨道德伦理和社会思想问题，具有明显的多样性、强烈的实验性和清晰的阶段性特征，其谱系演变体现出别样的多元态势、复调结构和狂欢性质。对社会伦理、个人伦理和思想伦理等问题的强烈关注，使20世纪俄罗斯文学具备铭记过去、批判现在、预测未来的思想功能，具有走出国门、影响欧美、走向世界的审美品格。

目　录

前言　多样内涵的形成：20世纪俄罗斯文学伦理谱系演变 …………… 1

第一章　从美学理念到文学体制：20世纪俄罗斯文学思想演变 ………… 11
 第一节　裂变与重组：20世纪俄罗斯现实主义的生成演变 …………… 11
 第二节　跨界与杂糅：当代俄罗斯新现实主义潮流的兴起 …………… 29
 第三节　内部与外部：后苏联时期俄语布克奖的是非论争 …………… 43
 第四节　解构与建构：当代俄罗斯《文学报》风雨三十年 …………… 57

第二章　从文本叙事到历史修辞：20世纪俄罗斯小说谱系演变 ………… 66
 第一节　"讲述体"：一种民族化叙事体式的生成演变 ………………… 66
 第二节　"五彩缤纷的大厦"：巴别尔小说的叙事结构 ………………… 80
 第三节　维克多·佩列文：一个当代俄罗斯的文学标本 ……………… 94
 第四节　历史与现实之间：马卡宁《亚山》的认同叙事 ……………… 105

第三章　从白银时代到青铜时代：20世纪俄罗斯诗歌谱系演变 ………… 115
 第一节　艺术自律与人生讲坛：20世纪俄罗斯诗歌的演变 …………… 115
 第二节　天鹅之歌与革命基督：勃洛克的长诗《十二个》 …………… 127
 第三节　失恋哀曲与时代悲歌：马雅可夫斯基《穿裤子的云》 ……… 136
 第四节　个性弘扬与性情抒发：阿赫玛杜琳娜与诗歌漂流瓶 ………… 144

第四章　从世纪新变到当代转型：20世纪俄罗斯戏剧谱系演变 ………… 153
 第一节　"哲理性"与"人道性"：高尔基戏剧思想演变考论 ………… 153
 第二节　"八个梦"与"假定性"：布尔加科夫《逃亡》叙事 ………… 171

第三节　"打野鸭"与"修栅栏"：万比洛夫戏剧传统的生成 ·············· 179

第四节　"纪实性"与"先锋性"：当代"新戏剧"浪潮管窥 ·············· 190

结语　东西南北的融合：20世纪俄罗斯文学伦理谱系特点 ············ 197

参考文献 ·· 204

后记 ·· 211

The Evolution of Russian Literary Genealogy in the 20th Century

Content

Preface. The Formation of Diverse Connotations: The Evolution of Russian Ethical Literary Genealogy in the 20th Century ... 1

Chapter 1. From Aesthetic Idea to Literary System: The Evolution of Russian Literary Thought in the 20th Century ... 11

  1. Fission and Reorganization: The Evolution of Russian Realism in the 20th Century ... 11

  2. Cross-Border and Blending: The Rise of Neorealism in Contemporary Russia ... 29

  3. Internal and External: The Debate over the Russian Booker Prize in the Post-Soviet Period ... 43

  4. Deconstruction and Construction: Thirty Years of *Literary Newspapers* in Contemporary Russia ... 57

Chapter 2. From Text Narration to Historical Rhetoric: The Evolution of Russian Novel Genealogy in the 20th Century ... 66

  1. "Skaz": The Generation and Evolution of a Nationalized Narrative Style ... 66

  2. "A Colorful Mansion": The Narrative Structure of Isaac Babel's Novels ... 80

  3. Victor Pelevin as a Literary Specimen in the Post-Soviet Period ... 94

  4. Between History and Reality: The Identity Narrative of V. Makanin's *Asan* ... 105

Chapter 3. From the Silver Age to the Bronze Age: The Evolution of Russian Poetry Genealogy in the 20th Century ... 115

  1. Autonomy of Art and Forum of Life: The Evolution of Russian Poetry in the

20th Century 115

    2. Swan Song and Revolutionary Christ: A. A. Blok's Poem *The Twelve* 127

    3. Sad Song of Love and Sad Song of the Times: V. V. Mayakovsky's *Cloud in Pants* 136

    4. Personality Promotion and Emotional Expression: B. A. Akhmadulina and Poetry Float Bottle 144

Chapter 4. From New Changes of the Centuries to Contemporary Transformation: The Evolution of Russian Drama Genealogy in the 20th Century 153

    1. "Philosophy" and "Humanity": The Evolution of M. Gorky's Dramatic Thought 153

    2. "Eight Dreams" and "Hypothesis": The Narrative of M. A. Bulgakov's *Escape* 171

    3. "Hunting Wild Ducks" and "Repairing Fences": The Tradition of A. V. Vamnilov's Drama 179

    4. "Documentary" and "Avant-Garde": The Wave of "New Drama" in Contemporary Russia 190

Conclusion. The Integration of Multiple Factors: The Characteristics of Russian Ethical Literary Genealogy in the 20th Century 197

Select Bibliography 204

Postscript 211

前言　多样内涵的形成：20世纪俄罗斯文学伦理谱系演变①

较之其他西方国别文学，俄罗斯文学具有复杂而多变的文学谱系，蕴藏持久而丰富的伦理叙事，包孕复杂而多元的伦理内涵，经历灿烂而辉煌的历史演变。由于地处欧亚接合部、横跨欧亚大陆的特殊地理文化环境，俄罗斯文学在发展中受到来自东西方不同文化基因的影响，在保留斯拉夫民族传统基础上，先后吸收了来自北方斯堪的纳维亚文化因子、来自南方拜占庭的古希腊文化因子、来自东方蒙古人的神秘主义文化因子以及来自西欧的启蒙主义文化因子，由此形成东西摇摆、南北不同、上下断裂、前后跳跃的历史基因和文化特征。"俄罗斯独特的地理条件和历史造成了俄罗斯文化来源成分的多样性。这种多元构成的文化的逐渐形成，是已经成为传统的民族文化与外来的异质文化相互斗争和相互渗透的过程。尤其是近代以来，文化间的冲突、竞争、妥协、融合是俄罗斯文化发展进程的基本特点和主要内容。"②这种矛盾妥协、融合多元、综合四方、东西冲突、相互彰显的文化特征，深刻影响着俄罗斯文学的伦理内涵与历史流变，使其体现出比较典型的多元性、跳跃性、杂糅性等特点。

一、20世纪俄罗斯文学伦理谱系的历史背景

自彼得大帝西化改革以降，在古典主义、启蒙主义和感伤主义等西欧文艺思潮和西方古典文学遗产的启蒙、浸润和积淀中，经由康捷米尔（А. Д. Кантемир）、罗

---

① 本节部分内容曾以"十九至二十世纪俄罗斯文学伦理叙事的演变"为题，刊发于《外国文学动态研究》2020年第1期。

② 姚海：《俄罗斯文化》，上海：上海社会科学院出版社，2005年，前言第5页。

蒙诺索夫（М. В. Ломоносов）、特列佳科夫斯基（В. К. Тредиаковский）、苏马罗科夫（А. П. Сумароков）、杰尔查文（Г. Р. Державин）、冯维辛（Д. И. Фонвизин）、拉吉舍夫（А. Н. Радищев）等人的文学创作，近代俄罗斯文学的民族伦理理想得到初步显现，并在普希金（А. С. Пушкин）和果戈理（Н. В. Гоголь）等人的文学创作中得到集中而全面的建构与体现。

　　作为俄罗斯文化精神的象征，普希金不仅有着"俄罗斯文学之父"和"俄罗斯诗歌的太阳"之美誉，而且通过文学创作集中而系统地奠定了俄罗斯文学的伦理主题。无论是诗歌、小说，还是戏剧、批评，普希金的文学创作都探讨了现代化进程中个人与社会、个人与自我、民族伦理与西方价值之间的关系问题。具有强烈的斯拉夫民族性、追求斯拉夫伦理价值观，也构成普希金创作的整体特征。这恰好构成俄罗斯文学伦理基础之一，即强调对共同体依附的集体主义、以斯拉夫为中心的本土主义、排斥个人智慧的非个人主义、带有感性色彩的非理性主义[①]。普希金的大量政治诗作集中探讨个人与社会、民主与暴政、个人与爱情等多重伦理关系；诗作《高加索俘虏》（1821）和《茨冈》（1824）展示出俄罗斯本土伦理之美具有同化西方价值的力量；小说《驿站长》（1831）通过萨姆松·维林寻女未果、悲惨死去，表现了非个人主义伦理观对家庭集体主义伦理观的破坏与影响，其本质是一个现代化变革之初社会背景下的家庭伦理悲剧；诗体小说《叶甫盖尼·奥涅金》（1823–1831）通过奥涅金的"多余人生"与塔吉亚娜的"道德坚守"，强调盲目西化容易导致知识分子生存的无根性，民族伦理道德具有独特的伦理价值；悲剧《鲍里斯·戈都诺夫》（1825）表现篡位者的伦理困境和悲惨下场，探讨了个人与群体、人民与历史的伦理主题。同时，在叙述策略和审美表达方面，普希金作品也体现出明显的民族伦理特征，即强烈的抒情性、多重叙事者功能、客观的故事性，把教会斯拉夫语和民间语言融进书面语。经由《别尔金小说集》（1830–1831）、《杜勃罗夫斯基》（1832）、《黑桃皇后》（1834）、《上尉的女儿》（1836）等小说和诗作，普希金笔下的"多余人"与"小人物"的形象、"都市小说"与"彼得堡小说"的样式、"高加索"与"乡村贵族"的主题、"心理小说"与"爱情故事"的风格、"多重主体"和"简洁明快"的叙事，得到艺术化的提升和审美化的叙述，对包括果戈理、莱蒙托夫、屠格涅夫、陀思妥耶夫斯基、列夫·托尔斯泰、高尔基等人在内的整个俄罗斯作家群体产生

[①] 林精华：《想象俄罗斯》，北京：人民文学出版社，2000年，第9页。

了深远的影响①。普希金以降的俄罗斯近现代文学，大都体现出强烈的内省式道德探讨和斯拉夫伦理追求。这种斯拉夫伦理价值观，在现代化运动中被提升为抵御西化的重要力量，进而成长为系统化的民族精神——斯拉夫主义伦理价值观，深刻影响着19世纪以降俄罗斯文学和文化的发展与嬗变。

受西欧古典主义、启蒙主义和现实主义思潮等文化资源的综合影响，19世纪俄罗斯文学甫一出现，即表达出强烈的道德意识和伦理诉求，其核心是对个人尊严、民族意识与国家身份、平等自由等基本伦理价值的诉求。这种伦理诉求与俄罗斯民族意识的觉醒、现代化进程的加剧和市民阶层的形成密切关联，带有挥之不去的批判意识和道德色彩，本质上则表现出明显的伦理倾向和强烈的社会意义探索。19世纪俄罗斯文学的伦理演变正是以艺术镜像和审美书写的多重方式，在自由主义、革命民主主义、专制主义、民粹主义、斯拉夫主义等思潮谱系中，探讨"谁之罪"和"怎么办"等社会问题和人生命题。由于批判地汲取了西欧社会发展、民主革命和文学发展的经验教训，19世纪俄罗斯文学在《战争与和平》（1866—1869）、《罪与罚》（1865）和《安娜·卡列尼娜》（1875—1877）等经典问世后，深刻震撼了西欧学界和世界文坛，总体表现出"深刻的人民性、清醒的现实主义、道德探索和教诲的激情、实现社会正义和人类友好情谊的使命感、对崇高社会理想的不倦追求和英雄主义献身精神"②。

1860年代前后，随着批判现实主义的深化与发展，俄罗斯文学出现了前所未有的繁荣局面，道德探讨和伦理分析出现兴盛景象，形成了以理性论为基础的人文主义伦理批评、以斯拉夫论为基础的民族主义伦理批评和以唯物论为基础的民主主义伦理批评，出现了多位具有世界影响的文学批评家和理论家。以别林斯基（В. Г. Белинский）、车尔尼雪夫斯基（Н. Г. Чернышевский）、杜勃罗留波夫（Н. А. Добролюбов）为主要代表的革命民主派，将社会历史批评与美学批评结合起来，以人的解放和人的自由为诉求，探讨人与人、人与社会、人与自我的关系，以人道主义情怀为基础，批判社会对人的压迫、集体对个体的束缚③。以赫尔岑（А. И. Герцен）、屠格涅夫（И. С. Тургенев）为代表的西欧派，强调以理性主义代替感性

---

① 刘文飞：《〈普希金小说选〉译者序》，载《普希金小说选》，刘文飞译，北京：中国文联出版社，2009年，第3页。

② 刘宁主编：《俄国文学批评史》，上海：上海译文出版社，1999年，第XXI页。

③ 同上书，第122—168、269—345页。

主义，学习西欧改变落后的社会制度，重新确立新的社会伦理观和人生价值观①。以陀思妥耶夫斯基（Ф. М. Достоевский）、斯特拉霍夫（Н. Н. Страхов）为主要代表的斯拉夫派，强调斯拉夫民族传统伦理具有其历史价值和自我意义，反对盲目照搬西方的社会伦理制度，主张保留传统集体主义伦理观，倡导道德完善和自我内省②。作为一位智识高度发达、思想高度超前的作家和思想家，列夫·托尔斯泰（Л. Н. Толстой）既以先知姿态预言了欧洲文明的伦理失范，也对基督教会的伦理教义加以否定。他晚年醉心于包括中国儒学和道学等古典文化在内的东方文化，致力于建立一种能够拯救俄罗斯和欧洲，并在全世界实现大同的新学说③。宏观而论，19 世纪俄罗斯文学的伦理内涵主要围绕传统伦理与西欧伦理、贵族阶层与农奴群体、专制制度与自由精神等命题来展开，探讨的问题具有强烈的社会针对性和历史阶段性，初步形成"西欧派"和"斯拉夫派"两大主流思想伦理派别。其中，自由主义伦理思想和人道主义价值理念，在 19 世纪上半期占据主要地位和主流话语权力，成为推动社会发展和伦理变化的主要思想武器和推动力量；而革命民主主义伦理思想，在 19 世纪下半期逐渐占据主流话语权力，在思潮交错中彼此融汇，酝酿并预示着一种新的伦理观念的形成与出现。

  20 世纪俄罗斯，经历了一个充满多样性道路和戏剧性冲突的时代，一个动荡不安和酝酿变革的世纪，一个波谲云诡和急剧转变的时期。先进的工业组织形式与村社土地占有方式、城市的欧化发展与农村的落后情状、资本主义精神与社会主义理想等彼此对立的元素并存，相互冲突，彼此碰撞。与此相适应，白银时代思想论争、马克思主义、激进自由主义、社会主义现实主义、保守民族主义等文化思潮和伦理观念，纷纷涌现，各领风骚。在文学领域，现实主义、新现实主义、象征主义、阿克梅派、未来主义、意象派、社会主义现实主义、后现代主义等流派竞现，求新求变；白银时代文学、主潮文学、非主潮文学、解冻文学、境外文学、回归文学等现象则相继出现，以或隐或显的不同方式探讨个人与他人、个人与社会、个人与自我、个人与上帝以及个人与自然之间的伦理关系。

---

① 刘宁主编：《俄国文学批评史》，上海：上海译文出版社，1999 年，第 169—183、471—484 页。
② 同上书，第 433—441、523—536 页。
③ 参阅吴泽霖：《托尔斯泰和中国古典文化思想》，北京：北京师范大学出版社，2000 年；北京：生活·读书·新知三联书店，2017 年。

二、20世纪俄罗斯文学伦理谱系的有机构成

历经百年欧风的浸润与洗礼，俄罗斯文学在19–20世纪之交不仅完成了由现实主义向现代主义范式的转换，而且与西欧并行发展，对灵魂世界、彼岸向度、人的异化、历史文化等主题进行了独立深刻的思考探索，达到前所未有的深度和广度，为世界贡献出独具魅力的白银时代文学。以勃洛克（А. А. Блок）和梅列日科夫斯基（Д. С. Мережковский）为代表的象征派，通过高度象征、用典和隐喻的诗意叙事，呈现出普希金传统向俄罗斯基督教乌托邦主义传统的创造性转换。在全盘西化、物质主义和功利主义泛滥之中，他们深刻挖掘人的复杂性、自由意志、对上帝信仰的自我体验能力，在更大空间中继续俄罗斯18世纪以来把人置于制度化语境下体察、探求人作为社会成员存在形式问题的伦理传统。以阿赫玛托娃（А. А. Ахматова）和曼德尔施塔姆（О. Э. Мандельштам）为代表的阿克梅派，以清晰明快的意象、简洁诗意的象征、音乐性以及历史感，通过探讨爱情、婚姻、家庭、历史、文化、遗产等主题，展示出诗人对人与自我、人与自然、人与历史、人与宇宙的深刻思考，显示出历史进程中个体的悲惨渺小、个体自由意识的努力和对自我伦理身份的找寻。以马雅可夫斯基（В. В. Маяковский）为代表的未来派，以楼梯诗、橱窗诗、配画诗等新颖表达形式，展示了诗人对于资本主义制度的批判、对无产阶级革命的赞颂和对未来理想的乌托邦想象。以叶赛宁（С. А. Есенин）为代表的意象派，展示了俄罗斯不同社会阶层在社会动荡之际的不同遭遇与命运，谢尔盖对爱情的追寻、安娜对爱情的无法忘怀、普隆的革命者形象、磨坊主夫妇的民族特性，无疑透露出作者的道德伦理理想——未来社会应建立在民族传统之上，爱情可以战胜时空阻隔，道德理想和伦理秩序应有序建立。扩而展之，白银时代的诗歌、小说、戏剧以更加曲折的艺术方式，隐蔽表达着知识分子群体在19–20世纪之交社会转型之际，如何解决安身立命，怎样寻找民族前途和国家未来。

作为20世纪俄罗斯文学中的艺术思潮之一，社会主义现实主义文学提倡从现实革命发展中真实地、历史具体地去描写现实，同时，艺术描写的真实性和历史具体性，必须与用社会主义精神从思想上改造和教育劳动人民的任务结合起来，体现出浪漫主义风格、现实主义特性和人道主义情怀，具有鲜明的意识形态性、人民性和革命性。苏联时代强调文学的意识形态性和价值功用性，规定"艺术家从现实的革

命发展中真实地、历史具体地去描写现实"①。在这种主流意识形态的规范下,高尔基、马雅可夫斯基、叶赛宁、肖洛霍夫、阿列克谢·托尔斯泰等艺术家,"异常大胆地、以令人惊叹的造型艺术魅力和新的方式有机地表现了俄罗斯和欧洲文学曾深刻关注的那些永恒主题,即生与死问题、人民与国家的问题、巨大的期望与幻想毁灭的问题,以及具有人类感情的各种色彩的哲学探索和道德探索的问题等等"②。

高尔基(Максим Горький)的人生三部曲(即《童年》《在人间》《我的大学》)试图通过俄罗斯传统人文主义(而非以西方理性主义)批判并改造俄罗斯民族性(如敌视理性、不愿文明、拒绝教养、迷恋暴力革命等);《母亲》在历史发展和群像展览中,展示工人阶级反抗资产阶级的新旧伦理秩序的改变,与苏联文学的伦理价值观念吻合,成为苏联社会主义现实主义文学的典范。阿·托尔斯泰(А. Н. Толстой)的《苦难的历程》和法捷耶夫(А. А. Фадеев)的《青年近卫军》,在社会历史变革中描写人物心理成长、伦理身份和精神变化,形象展示了20世纪前期俄罗斯知识分子在社会动荡之际,告别旧的伦理观念走向新的伦理规范时的道德挣扎和伦理取向。肖洛霍夫(М. А. Шолохов)的《静静的顿河》以1912–1922十年间俄罗斯的社会变迁为背景,把顿河地区哥萨克个体的爱情遭遇与家庭际遇、群体的观念改变和伦理嬗变以及社会的革命冲突结合起来,展现出社会变革期人们复杂的道德情感、伦理价值、风俗习惯、思想意识。格里高利·麦列霍夫的身份定位(顿河哥萨克中农)与其认同困惑(为自由土地而战还是为阶级利益而战)、情感伦理(在阿克西妮娅与娜塔莉娅之间摇摆)、历史选择(在红军白军之间摇摆)密切相关,其人生悲剧乃是性格悲剧、伦理悲剧、族群悲剧和历史悲剧的综合。总之,社会主义现实主义继承俄罗斯民族伦理审美价值,以充满浪漫情怀的乌托邦理想,标举一种崭新的社会伦理观和健康的审美价值观,以此与西方伦理价值观和审美道德观相对。然而,由于意识形态的约束和时代话语的禁锢,社会主义现实主义难以平衡历史远景性、浪漫人道性和社会真实性等向度之间的内在关系,标举浪漫性、革命性、真实性、人民性的审美伦理理想,成为可望而不可即的审美乌托邦。

由于20世纪俄罗斯文学构成的多元性和历史发展的特殊性,20世纪俄罗斯非主

---

① 李辉凡:《二十世纪初俄苏文学思潮》,北京:社会科学文献出版社,1993年,第298页。

② [苏]列·费·叶尔绍夫:《苏联文学史》,北京师范大学苏联文学研究所译,北京:北京师范大学出版社,1987年,第1页。

潮文学与官方主流文学大致相对，主要包括回归文学、抽屉文学、地下文学、异样文学等文学类型和现象，以边缘方式展示了不同于主流文学的多样伦理追寻。布尔加科夫（М. А. Булгаков）的《大师与玛格丽特》以情节的多线索、叙事的多角度、时空的多层次、思想的多深度，巧妙地融历史传统、宗教故事、神秘幻想、现实世界于一体，集幽默讽刺、滑稽可笑、深沉庄严、崇高神圣于一身，是作者二十年文学创作、思想探索、美学思考、哲学探究、道德思考和伦理探索的集中总结。故事镶嵌与多元叙事等叙事策略的应用，人物关系与时空体杂糅等艺术因素的使用，不仅被用来反衬现实世界的荒诞和堕落，展现人性的复杂与丑恶，更借此凸显作家的伦理诉求：信仰与缺失、光明与黑暗、善良与邪恶、自由与专制、选择与责任、短暂与永恒等主题的对立与融合。普拉东诺夫（А. П. Платонов）的《切文古尔镇》以怪诞现实主义和超现实主义风格，以1920年代苏联从军事共产主义向新经济政策过渡为背景，对苏维埃政权建立之初的部分荒诞离奇之举提出警醒，表达自己的审美伦理诉求——社会建设必须符合现实伦理，共产主义不能违背基本人性。帕斯捷尔纳克（Б. Л. Пастернак）的《日瓦戈医生》通过尤里·日瓦戈医生与拉拉的苦难遭遇和坎坷爱情，描写了历史洪流中俄罗斯知识分子的个人命运和使命责任，隐含着一系列社会历史、道德伦理、宗教信仰问题，彰显出反对暴力和流血、歌颂人性和爱情的伦理诉求。

总之，20世纪俄罗斯非主潮文学从一个侧面展示了作家们对知识分子与革命、个体与民众、作家与政权、此岸与彼岸之间错综复杂的关系的思考，呈现出知识分子精神世界的复杂性、使命感。

三、20世纪俄罗斯文学伦理谱系的多元向度

作为20世纪俄罗斯文学的重要部分，20世纪俄罗斯境外文学（或称流散文学）先后有三次重大浪潮，涌现出众多经典作家作品。境外文学远离俄罗斯本土，在异质文化环境中，继承着俄罗斯民族传统和文化命脉，书写着不同于境内文学的伦理冲突。作为第一浪潮的代表者，布宁（И. А. Бунин）小说忠实地继承了俄罗斯传统文学的伦理价值观，多以爱情生死、去国怀乡、审视农村、反思历史为主题，《乡村》《安东诺夫卡的苹果》和《幽暗的林荫道》展示了作者对俄罗斯故土的热爱怀念之情，对贵族道德规范和伦理价值的怀念喟叹之感，对不同爱情形态的伦理感怀之思。作为第二浪潮的代表者，诗人叶拉金（И. В. Елагин）的诗歌创作呈现出比较明显的双重性：一方面带有境外文学第一次浪潮的余波，书写故土故乡之情、爱情情感

之美、死亡生命之思,带有明显的道德意味和伦理色彩;另一方面书写对恐惧、权力的心理感受和伦理思考,体现出挥之不去的冷战时期的意识形态性。作为第三浪潮的代表者,索尔仁尼琴(А. И. Солженицын)的《癌病房》以舒缓平和的隐喻方式,探讨明确而鲜明的双重伦理主题:其一,描写病人对疾病、生死的不同伦理态度,讴歌生命的强者和善者对生命苦难的承受能力和崇高精神,鞭笞生命弱者和恶者面对苦难时的卑微与奴性;其二,审视社会政治对个性的钳制扭曲,呼唤充满自由、文明与爱的现代伦理理想。总之,较之境内文学,20世纪俄罗斯境外文学更多带有传统道德倾向和伦理向度,多探索爱情生死、思乡念国、人生价值等永恒主题,它与境内文学一起,合二为一,构成了一幅完整而多元的20世纪俄罗斯文学地理版图。

与其他样式的文学作品一样,20世纪俄罗斯戏剧也表现了深刻的道德关切和伦理分析,不仅对于革命、恐惧、情感、人性等基本伦理问题进行了深度思考,而且对现代化文明对传统伦理观念的挑战和对新的伦理价值的要求,做出了敏感而深沉的艺术回应。伴随从白银时代文学到苏维埃时期文学的转型,作为一位伟大文学家和思想家的高尔基,其戏剧主题不断嬗变与实验,戏剧体式不断探索与革新,戏剧思想也随之不断转型与深化,大致体现出从底层苦难书写到知识分子批判、从知识分子批判到自由主义启蒙、从自由主义启蒙到社会民主主义探讨的路标转换,集中展示了时代话语转换之际新旧伦理价值理念的转换。具体说来,通过《底层》《小市民》《避暑客》《伊戈尔·布雷乔夫和别人》等经典戏剧,高尔基不仅叙述以资本主义为代表的现代性所带来的负面社会问题,唤醒底层民众自由意识的觉醒,而且探讨本土文化传统的东方性与资本主义文明的冲突与悖论;他不仅探讨底层民众在工业化进程中正摆脱传统贵族社会结构和宗教信仰对自然人性的压抑,而且揭示东正教传统文化和贵族社会结构彼此结合的二元制社会体制导致知识分子出现多样剧烈变化;此外,他还反思暴力革命和文化政策给俄罗斯文化和社会发展带来的多重问题[①]。通过《图尔宾一家的日子》《逃亡》等剧作,布尔加科夫在创作前期探讨知识分子与人民群众、暴力革命与文化建构、民族特性与时代现实等敏感社会问题,展示出知识分子对自由美好伦理理想的向往;在创作后期则主要探讨人生终极问题、乌托邦主义等哲学问题,显示出其对自由民主、生命价值等伦理价值的终极追问。作

---

① 参阅林精华:《导言:一位伟大文学家和许多重要批评家》,载《尼采和高尔基:俄国知识界关于高尔基批评文集》,北京:东方出版社,2012年,第1—26页。

为当代经典戏剧家，万比洛夫（А. В. Вампилов）对普通人和平凡人的个体生命体验予以抒情描述，以人道情怀诗意化描写人在工业化和现代化的普遍体验，通过道德伦理分析和社会现实问题，展示人心灵深处最本质的精神特质和伦理诉求，剖析当代社会最本质的精神病症（比如《打野鸭》中的"齐洛夫气质"），由此表达对超越民族和地域的普遍价值和伦理理想的召唤。在 20 世纪后期俄罗斯从官方政治美学向大众消费美学的文化转型中，万比洛夫戏剧展现出一个洞察人情、艺术高超、求新求变、思想深刻的艺术哲学家形象。其人其作吻合彼时彼刻的个性心灵意识和价值觉醒诉求，呈现出从内容介绍经艺术分析到美学思想的逐步理性化和日益学理化的研究历程，折射出当代俄罗斯从关注社会现实问题到瞩目个体生命感受到探究生命隐喻哲理的话语转变。

自 1985 年苏联改革以降，在后殖民主义和后现代主义思潮的文化态势和思想语境中，伴随后现代主义文学的合法化、规模化和思潮化，伴随现实主义文学的不断试验、探索和变化，后苏联文学形成一种自由化、多元化和过渡化的文化伦理态势。瓦连京·拉斯普京（В. Г. Распутин）的《伊万的母亲，伊万的女儿》通过伊万的母亲和女儿的悲惨遭遇，表达了对当代俄罗斯社会动荡、伦理混乱、个体困苦的深切同情和强烈谴责。维涅·叶罗菲耶夫（Вене. В. Ерофеев）的《女妖五朔节》通过解构官方意识形态，表达伦理反讽。马卡宁（В. С. Маканин）的《审讯桌》以冷漠而客观的解构戏仿，嘲弄社会的审查询问制度，表达对自由美好伦理世界的向往。维克多·佩列文（В. О. Пелевин）的《"百事"一代》以大众作家的姿态，表达对消费主义盛行时期俄罗斯现实社会的深刻反思，关注民族主义思潮裹挟下俄罗斯芸芸众生的道德伦理，进而透过五彩斑斓的表象直指复杂的人性本质，探寻个人和家国往何处去的永恒民族诉求。尽管后苏联文学思潮多元，流派各异，风格杂糅，年代不同，主题有别，手法差异，但它们都以不同形式将目光投向社会现实，关注小人物的人生际遇与内心世界。无论其内容是写实还是虚幻，无论其手法传统还是先锋，无论其风格是写实还是写意，它们在艺术手法上，普遍求新求变不断创新，大胆借鉴各种先锋手法和修辞手段；在思想内容和主题意蕴上，关注国家走向与民族命运，反映社会变革与个体感受；在道德情感和伦理价值上，变得纷繁复杂难以捉摸。

总而言之，20 世纪俄罗斯文学的构成，既有官方文学/主流文学与非官方文学/边缘文学之别，又有境内文学与境外文学之差；既有官方文学与地下文学的转换，又有白银时代文学、异样文学和回归文学的鼎立，形成一种别具特色的复调结构和别有内涵的狂欢性质①。如此一来，20 世纪俄罗斯文学复调对位的多元构成和空间分布，为重新认识俄罗斯文学伦理谱系的复杂性，提供了可资借鉴的伦理语境与文化范围，呈现了多元整一的认识基础和切入可能。受官方意识形态、特定历史阶段和社会发展特征的影响，20 世纪俄罗斯文学的伦理演变受到主流意识形态的强烈影响，与社会历史变迁息息相关，关乎文学现象的多样嬗变，具有比较明显的多样性、比较强烈的实验性、比较清晰的阶段性特征以及比较明显的伦理性关切。

---

① 参阅刘文飞：《20世纪俄罗斯文学的有机构成》，《外国文学评论》2003 年第 3 期，第 5—15 页。

第一章 从美学理念到文学体制：20世纪俄罗斯文学思想演变

第一节 裂变与重组：20世纪俄罗斯现实主义的生成演变

作为俄罗斯文学中的传统思潮之一，现实主义（реализм）向来以反映社会现象、关注社会人生、讨论社会问题为己任："现实主义是一种开始于19世纪的流派，但是现实主义本身却是艺术固有的永恒特点。在古代俄罗斯文学中，对艺术的现实主义实质的发现，对 А. С. 奥尔洛夫（А. С. Орлов）、И. П. 叶廖明（И. П. Ерёмин）、В. П. 阿德连诺娃－别列茨（В. П. Адрианова-Перетц）的著作是重要的。……引人瞩目的还有，产生于19世纪的现实主义流派以其审美灵活性和多样性的结果，在对古代俄罗斯文学审美价值甚至那些不能称作现实主义方面的'开发'中起了首要的作用。"[1] 大致说来，现实主义既可以被看作是一种正视现实的创作精神，亦可理解为一种如实反映生活的创作方法，更可指涉一种特定的文学思潮。这里我们主要在文学思潮层面上使用术语"现实主义"。

一、现代俄罗斯现实主义的生成场域

1890–1920年代，大致恰值俄罗斯文化从现实主义到现代主义的转型时期。著名哲学家和思想家别尔嘉耶夫（Н. А. Бердяев）称之为"真正的文化复兴"和"俄罗斯精神文化的复兴"，认为"这是个罕见的、人才辈出的、闪光的时代"，"俄国经

---

[1] *Лихачёв, Д.С.* Русская культура нового времени и Древняя Русь. // Раздумья о России. СПб.: Logos, 1999, С. 373–375.

历了诗歌和哲学的繁荣,经历了紧张的宗教探索,感受了神秘主义和通灵术情绪"①。乔治·华盛顿大学教授、著名斯拉夫学者莫泽(Charles A. Moser)主编的《剑桥俄罗斯文学史》(1992)一书,将1895—1925年间的世纪转折称之为"现代主义时期":"从1895年到1925年这个时期的文学大概是整个俄罗斯文学史上最大的文化特质复合体,由于它纷繁的表现形式而被称为现代主义时期:颓废派、象征派、先锋派、未来派、阿克梅派、形式主义,以及一大批其他的流派,所有这些流派都被作家们以其敏锐的文化意识系统地阐述成由人类意识创造出来的实体。"②作为俄罗斯历史上关键性的节点,1917年以前的十余年与其后的十多年,俄罗斯文学在整体状态、思想文化、文学精神等诸多方面具有相当大的一致性。这种一致性有别于19世纪后半期悲愤焦虑的审美情绪,表现在厚实绵密的语言组织框架中;有别于1930年代后以人为中心的审美倾向,消解在人的工具化叙事中。正因如此,因在价值选择、审美倾向、文体试验等诸多方面的相似性和一致性,因在作家构成、文艺思潮、文学流派等不同维度的多样性和复调性,1890—1920年代世纪之交的俄罗斯文学,被称作俄罗斯的白银时代、俄罗斯的文艺复兴。

从文化背景来说,1920—1930年代,俄罗斯社会动荡,文学流派纷呈,团体众多。象征主义、阿克梅派、未来主义、诗歌语言研究会、无产阶级文化协会、意象派、路标转换派、宇宙派、生物宇宙派、新古典主义派(乌克兰)、传统主义派和学院派(格鲁吉亚)、"吉拉巴依座谈会"(乌兹别克斯坦)、"阿尔克斯"(哈萨克斯坦)、亚美尼亚文学协会、全俄农民作家协会、"锻冶场""谢拉皮翁兄弟""列夫派"、结构派、岗位派、"文学小分队""工人之春"、剧作家协会、"拉普"、现实主义派等等,纷纷出现在斑驳陆离的苏联文坛③。据相关学者考证,1920年单莫斯科就有三十多个比较著名的文学团体和文艺流派④。

从作家群体看,老一辈作家感受世界的方式发生大幅度改变,新一代作家在西方思潮的浸淫和影响下登上文坛,以新的方式和视角来观察事物。同时,十月革命

---

① [俄]尼·别尔嘉耶夫:《俄罗斯思想》,雷永生、邱守娟译,北京:生活·读书·新知三联书店,1995年,第215、216页。

② Moser, Charles A. ed. The Cambridge History of Russian Literature. Cambridge & New York: Cambridge University Press, 1992, p. 387.

③ 江文琦:《苏联二十年代文学概论》,上海:上海外语教育出版社,1990年,第23页。

④ 同上书。

极大地影响着世纪之交的知识分子认识事物和感知世界的方式，并间接地体现在文学创作中。著名诗人曼德尔施塔姆（О. Э. Мандельштам）曾经写道："十月革命不可能不影响到我的工作，……我感觉革命，由于它一劳永逸地结束了精神的供给和文化的租金……我感到自己是一个革命的债务人，但我也在带给它一些它此刻还不需要的礼物。"[1] 不管怎样，世纪之交的作家表现在文学文本中的个性特征极为鲜明突出，普遍具有一种骚动不安的情绪；从审美倾向看，在文体创新探索、主题价值选择等方面，不同流派的作家普遍有一种激进主义热情，风格多样的作品成为作家激情个性化呈现于文本的产物。换言之，1917 年的十月革命，以及其后的内战、新经济政策、改革建设、五年计划等重大历史事件，没有改变和中断自 20 世纪之初而形成的整体变革的历史进程，而且一系列历史事件给作家营造了一个求新求变的文化思想氛围。这种独特的世纪之交情景，刺激作家群体普遍以别样的思维方式和观察视角来考量世界，思索人生，描情状物，由此逐渐挣脱旧有的文学框架的惯性束缚，膨胀了弘扬个性、创新文体、改革现状的激情。外在的政治压力和现实的物质匮乏，并未熄灭作家内在个性张扬的艺术力量。对此，当代西方学者也大致普遍认为："事实上，在这个世纪之交的俄国文化中，尼采与陀思妥耶夫斯基相交织、马克思主义的汹涌而入与俄国东正教的复兴恰好一致、唯科学主义与神秘主义结合在一起、拒绝传统与依赖历史相伴随。这个时代，精英文化与大众运动携手并肩，而对于创作了我们所谓的'白银时代文化'的精英来说，精致的唯美主义与社会关怀和革命精神并存。"[2] 这一论断颇为精辟，相当中肯，比较恰如其分地指出了 20 世纪前二三十年俄罗斯多元化与复调式的文化思想状态。

在 19-20 世纪之交多元文化场域和多种文学思潮的背景中，现实主义与现代主义相伴而行，相互竞争，彼此融合，具有强大而持久的生命力和影响力，在 20 世纪俄罗斯文学生活和精神文化中占有重要地位。"拥有大半个世纪成熟经验的这一文学巨型话语（即现实主义——引者注）始终与俄国社会的发展、时代的进步相伴而行，从时代的文化激流涌进中不断汲取力量，体现了作家对世界、社会、民族、人的命运的新把握与认知，表达着他们对历史本质的艺术呈示和审美探索的不懈追求，参

---

[1] [俄] 奥·曼德里施塔姆：《诗人自述》，载《时代的喧嚣：曼德里施塔姆文集》，刘文飞译，昆明：云南人民出版社，1998 年，第 140 页。（注：曼德里施塔姆即曼德尔施塔姆）

[2] [美] 伊琳娜·帕佩尔诺：《序言：从下个世纪之交看上世纪之交、从西方看俄国》，载《西方视野中的白银时代》，林精华主编，北京：东方出版社，2001 年，第 9 页。

与着俄国社会的文化转型和民族心灵的建构。"[1]面对新的时代问题和新的文化语境，19世纪经典现实主义在列夫·托尔斯泰、陀思妥耶夫斯基、契诃夫等人的引领下，不断探索表现时代与个体、物质与精神的新的表现形式，在白银时代呈现出新的时代特征和美学品格。其一，作家重新评价个体与环境的概念关系，从再现环境制约人转变为表现人对环境的疏离、对抗、改变，显示出个性高度觉醒的主体定位；其二，作家改变文学与社会生活的理念关系，从再现人种退化和精神萎靡转向反抗平庸和抗争社会，显示出个体理想的价值判断；其三，作家改变文学创作的关注焦点问题，从关注外在物质描写转而更多关注人的内在精神存在，显示出叙事伦理的范式更迭；其四，作家改变整体性理念和终极性理想，从长篇小说转向中短篇小说体裁，显示出体裁诗学的世纪转型。这种前所未有的美学转型，使现实主义思潮也发生一系列重要转向，即从历史、社会、理性叙事转向超历史、非理性、无意识叙事，从社会批判和社会期待转向文化批评和文化期待，从对时代价值和意识形态的关注转向对永恒价值和人类学的关注[2]。

20世纪前三十年，俄罗斯文学思潮激变，文体多姿，生机勃勃，不同思想倾向和艺术主张的新文学潮流极力显示自己的存在。其中，既有现实主义的落日余晖，又有现代主义的蔚为大观和新现实主义的强势崛起。不管白银时代不同思潮的美学理念和艺术特征有怎样的差异和对立，现代现实主义思潮均具有里程碑的意义和坐标系的作用。这种文学发展的复调特征和多元趋势，是由19—20世纪之交的社会现实决定的。俄罗斯资本主义和现代化发展过程中暴露出来的许多新矛盾，使民众产生一种世纪末的恐惧感；而十月革命吹响了推翻旧世界的号角，又促使俄罗斯进步知识界揭开了历史上空前的思想大解放的帷幕。彼时知识阶层的精神创造活动，表现得极为复杂多样，充满了坚定与彷徨、充实与空虚、清醒与困惑、追求与退缩等矛盾心态。经过一度的徘徊与探索、蜕变与逆转，俄罗斯现实主义文学结束了漫长的古典阶段和启蒙的伦理诉求，进入文体革新与社会发展相呼应的现代发展历程。这种状况要求艺术全方位地勾画社会精神生活，因此各种艺术流派出现了互相交织、彼此渗透的发展趋势，不同风格的艺术形式在相互吸收中走向综合。1920年代的"文

---

[1] 张建华、王宗琥、吴泽霖编：《20世纪俄罗斯文学：思潮与流派（理论篇）》，北京：外语教学与研究出版社，2012年，第2页。

[2] 同上书，第2—3页。

学尚未被独白吞没，它的活动是多声的、复调的；大量文学社团是这种多声与复调在文学组织上的表现"①。在相对宽松和自在言说的文化氛围中，知识界在对话和对立中产生众多的文艺流派，知识分子在民族文化传统和西方新学思潮的对话和激荡中，努力寻求民族文化定位和民族身份认同，"重估一切价值"遂成为一时之时尚②。

20世纪二三十年代，恰逢苏联放弃已然不适应国内外形势的"战时共产主义政策"，转而实行较为灵活多变的"新经济政策"，由此苏联国内外情况逐渐发生了重大变化。"新经济政策对于党本身也是一大变动，20世纪二十年代是苏共致力于行政、立法及建设的时代，他们在国内外遭遇种种实际问题，他们必须检讨国内现状并组织其经济生活"③。在文化艺术领域，文艺新政策的目的是"恢复艺术生活，使作家能够有机会采取主动"④，文艺组织层出不穷，出版组织纷纷出现，文艺评论繁盛一时，由此出现苏联文学的"文艺复兴"⑤。"它们（即出版社——引者注）刊行许多种书，翻印古典名著，译印欧美新旧名著，刊印苏联当代作家的作品、诗集及回忆录与评论集等等书籍，出版量增加极速，迨至一九二七年时几至恢复战前之数量（二万六千种，八千七百万册），次年出版之数量更超过战前（三万四千种，二亿六千五百万册）。新杂志及文艺月刊，例如《红色处女地》《新世界》《十月》《报业与革命》等亦纷纷出现，一九二八年报纸销量则为一九二一年之三倍；一九二一到二八年间所出版的小说、短篇小说、诗歌及散文里所发挥的独立意见、讨论以及对政府的批评，要比苏联作家后来所发表者尤多。"⑥然而，随着社会主义现实主义批评方法和文艺理念的正式提出和付诸实践，多种文学思潮余脉尚存的俄罗斯文学，在肯定和扬弃现实主义文学基础上，迅速从复调多元话语转向单声一元话语。

1934年9月1日，第一届苏联作家代表大会通过《苏联作家协会章程》。其中，社会主义现实主义得到正式界定和经典描述："社会主义的现实主义，作为苏联文学与苏联文学批评的基本方法，要求艺术家从现实的革命发展中真实地、历史地和具体地

---

① [俄]符·维·阿格诺索夫主编：《20世纪俄罗斯文学》，凌建侯等译，北京：中国人民大学出版社，2001年，第138页。
② 张冰：《白银时代：俄国文学思潮与流派》，北京：人民文学出版社，2006年，导言3-4页。
③ [美]马克·斯洛宁：《现代俄国文学史》，汤新楣译，北京：人民文学出版社，2001年，第284页。
④ 同上书，第286页。
⑤ 同上书，第288页。
⑥ 同上书，第289页。

去描写现实。同时艺术描写的真实性和历史具体性必须与用社会主义精神从思想上改造和教育劳动人民的任务结合起来。社会主义现实主义保证艺术创作有特殊的可能性去表现创造的主动性,选择各种各样的形式、风格和体裁。"[1] 作为传统现实主义思潮的时代延续和美学变异,社会主义现实主义思潮大致具有以下美学特征:空前的乐观主义,基于社会主义属性的理想主义和浪漫主义风格,具有社会主义价值论的倾向性,革命的能动的反映论,与社会主义运动紧密联系的实践性[2]。根据这一理论描述,社会主义现实主义主要有三个特点:其一,其思潮本质特征是预设现实主义和浪漫主义的集合;其二,其思潮基本功能是预设文学教育人、鼓舞人为理想英勇奋斗的使命;其三,其思潮重要缺失是排除积极文艺思想具备的批判功能和批判精神[3]。然而,在国家意识形态的强力导向下,社会主义现实主义在推动20世纪俄罗斯文学发展的同时,逐渐从理想的文艺思潮被异化为僵硬的文学体制,出现所谓的"无冲突论"思潮,逐渐走向僵化保守,日益趋于萎靡不振。由此,其生成演变既真实反映了彼时社会体制、民族理想和思想主潮的时代要求,又间接成为彼时遮蔽矛盾、理想狂热和隐藏弊病的文学见证。

在相对宽松的社会氛围和自由的文化态势中,以1953年斯大林去世为滥觞、以"解冻文学"（Литература «оттепели»）为开端迄至1980年代的俄罗斯文学,在美学观念、艺术手法、文体风格、叙事策略等层面都表现出异于以往的不同特点,由此构成了当代俄罗斯文学的发展阶段。1985年以降,随着"民主化"和"公开化"改革的推行、苏联的猝然解体和俄罗斯联邦的成立,经济体制的剧烈转型,文学与国家分离最终得以完成,意识形态日趋自由化,文学呈现出明显的边缘化、多元化和商业化趋势,由此进入了当代俄罗斯文学的发展阶段。当代俄罗斯文学界和思想界,普遍将20世纪八十年代后半期与苏联解体后的九十年代的文学视为统一整体,

---

[1]《苏联文学艺术问题》,曹葆华等译,北京:人民文学出版社,1953年,第13页。
[2] 张建华、王宗琥、吴泽霖编:《20世纪俄罗斯文学:思潮与流派（理论篇）》,北京:外语教学与研究出版社,2012年,第211—212页。
[3] 同上书,第213—214页。

并从学理上加以客观呈现和冷静分析①。之所以如此认知，原因不仅仅在于这一阶段俄罗斯文学的整理出版和研究工作日渐兴盛，走向深入；更重要在于，苏联的社会转型早在 1980 年代中期就已经起步，文学的整体阶段性变迁也由此开始，在世界观与美学观等诸方面上发生了迥异于以往时期的嬗变。诚如当代俄罗斯学者车尔尼亚克（М. А. Черняк）所言："许多当代批评家一致认为，20 世纪末正在发生文学时代的断裂，文学正在失去在社会上的中心地位，作家群和读者群正在急剧改变。如果说近两个世纪以来赫尔岑所言的'在被剥夺了社会自由的人民中，文学是人民能够诉说自身痛苦的唯一讲坛'这句话曾具有重要的现实意义，那么今天俄罗斯文学的教育使命已并不显著。"②

二、当代俄罗斯现实主义的发生渊源③

随着俄罗斯的社会形态从苏联到俄联邦的急剧转变、经济制度从计划经济到市场经济的剧烈转型、作家的社会身份从知识分子精英到创作自由人的瞬间转换、作家的谋生方式从担当道义到卖文谋生的急剧变换，作为社会文化的反映载体和作家话语的言说方式之一，当代俄罗斯文学也随之发生着前所未有的变化。自苏联解体以降，俄罗斯艺术上新旧传统的碰撞与此消彼长、艺术观念对意识形态的偏离与妥协、时代变迁对作家命运的翻云覆雨，使俄罗斯文学在丰富与统一相结合、自由与开放相一致的前提下，呈现出阶段的独特性和整体的多样性。当代俄罗斯文学总体呈现出多元并存的复调图景，后现代主义日益衰微，新现实主义已然初现，而现实

---

① См.: *Нефагина, Г.Л.* Русская проза второй половины 80-х–начала 90-х годов XX века. Минск: Издательский центр Экономпресс, 1998; Русская литература XX века, под. *В.В. Агеносова*, М.: Дрофа, 2000; *Гордович, К.Д.* История отечественной литературы XX века. СПб.: Спец-Лит, 2000; *Воробьева, Н.* Современная русская литература. Проза. 1970–1990-е годы. Самара: Изд-во СГАКИ, 2001; *Лейдерман, Н.Л.* и *М.Н. Липовецкий*. Современная русская литература: В 3-х кн. М.: Эдиториал УРСС, 2001; *Баевский, В.С.* История русской литературы XX века: Компендиум. М.: Языки славянской культуры, 2003; *Нефагина, Г.Л.* Русская проза конца XX века. М.: Флинта и Наука, 2003; *Богданова, О.В.* Современная литературная процесс (К вопросу о постмодернизме в русской литературе 70–90-х годов XX века). СПб.: Филол. фак. С.-Петерб. Гос. Ун-та., 2004; *Скоропанова, И.С.* Русская постмодернистская литература: Учебное пособие. 5-е изд. М.: Флинта и Наука, 2004; и т. п.

② *Черняк, М.А.* Современная русская литература. СПб.: Сага - Форум, 2004, С. 7.

③ 本节内容曾以"当今俄罗斯现实主义之发生考论"为题，刊发于《俄罗斯文艺》2011 年第 1 期。

主义不仅开始回潮，引起众人瞩目和热烈争论①，而且逐渐发生变异，呈现出多维度和多声部特色。这种态势恰与当代俄罗斯文化的整体情状大致同符合契，彼此呼应。

在当代俄罗斯文坛，现实主义浪潮以斑驳陆离的流派样式、多样纷繁的艺术风格和多元复杂的创作倾向，在后现代主义和后殖民主义的衰微浪潮中不断裂变与重组，形成一股强劲的回归浪潮。较之以往现实主义的单一性形态和理念，当代俄罗斯现实主义在保持历史主义和人文关怀这种哲学基础恒定不变的同时，在叙事手法、艺术风格、表现形态、美学理念等方面都发生了多维度和多样化的嬗变，整体呈现出从单声道到多声部的转换②。追根溯源，现实主义的回潮是文化思想剧变、文学发展规律和美学理念裂变等因素共同作用的结果：文化思想的剧变是就外部关联层面而言，文学发展的规律是就文学场域层面而言，美学理念的裂变是就内在品性层面而言。三个层面虽然指涉范围各不相同，彼此迥异，但却彼此关联，由浅入深，层层深入，共同指向现实主义浪潮在当代俄罗斯文学的兴起与裂变。

其一，文化思想的剧变：就文化思想而言，20世纪下半叶的俄罗斯社会，政治斗争此起彼伏，各种思潮风起云涌，不同主义接踵而来。文化思潮与思想流派或裂变或重组，文学思潮与文学流派或分裂或融合，其进程波澜壮阔，其景象绚烂多彩，其姿态多种多样，其影响或深或浅。政治思潮与文化形态、哲学观念与思想流派、社会情绪与价值取向、文学思潮与文化传统等诸种因素，彼此交叉，相互融会，组成一幅斑驳陆离的马赛克图景。1980年代中后期，戈尔巴乔夫提出"新思维"和"公开性"原则，开启改革的步伐，革新措施接连受挫；主流意识形态和官方正统理论坍塌之后，西方自由主义、后现代主义和后殖民主义等思潮乘虚而入。事与愿违的是，激进的自由化和全盘西化的改革方案，并未使俄罗斯走出政治困境和经济危机，反而使其跌入了历史上前所未有的灾难性的境地。随着激进路径的逐渐矫正、西化思潮的日益退却，左翼社会主义思潮、爱国主义和民族主义思潮重又复兴；1990年代中期以后，权威主义、保守主义思潮也一度步入前台③。20—21世纪之交，普京总统推行稳定务实的政策，力图将俄罗斯引入新的发展轨道，形成爱国民族主义、自由保守主义和权威主义彼此结合的政治态势和文化图景。由此，当代俄罗斯社会政

---

① 张捷：《俄罗斯文学界关于新现实主义的讨论》，《文艺理论与批评》2009年第3期，第28页。
② 吴晓都：《经济全球化历程中的俄国现实主义文论》，《文艺理论与批评》2006年第4期，第23—27页。
③ 张树华、刘显忠：《当代俄罗斯政治思潮》，北京：新华出版社，2003年，第13—17页。

治思潮异彩纷呈，文化思想五彩斑斓，构成一幅多维度与立体面的复调态势：诸如左翼社会主义、西欧社会民主主义、保守主义、自由主义、中间道路、激进主义、欧亚主义、传统斯拉夫派、民族主义、权威主义等相互交叉和相互吸收的思潮；其中既有东西方之对立，又有左中右之划分，亦有激进与保守之交叉①。

伴随当代俄罗斯民族问题、族群冲突和国家认同等问题的日益凸显，在政治思潮和文化思潮的多元激荡中，民族主义思潮成为宰制当代俄罗斯文化和文学的核心思潮，成为对现实问题进行历史叙事的标准，成为认同或拒绝世界主流文化的尺度，进而影响着文化理念的重建、文学理论的重构、文学史的重修、大众文化的确认、后现代主义的叙事等诸多层面②。由此，20—21世纪之交俄罗斯文化思潮的多元杂陈之态势和斑驳陆离之现象，必然会影响到当代俄罗斯文学的发展和嬗变，引起现实主义的变异、现代主义的嬗变、后现代主义的裂变，乃至后殖民主义的转换。

其二，文学发展的规律：现实主义在俄罗斯文化中具有深厚而博大的基础和底蕴，有着源远而流长的发展文脉，有着多样而持续的艺术表现。可以说，一部俄罗斯文学发展史就是一部现实主义思潮的流变史，一部历史主义的叙事史，一部人道主义的书写史。即使是在苏联解体之后文化思潮纷涌、文学流派众多、后现代主义大行其道的浮雕文学图景中，当代著名文化学家和文艺理论家利哈乔夫（Д. С. Лихачёв）仍然倾心于现实主义，执着于"现实主义创作方法"。他认为："现实主义的另一特点，是艺术中短距离的出现，作者对其所描绘的人物的接近，广义和深意上的人道主义，几乎贴近对象的世界观，不是侧面而是人之内心深处的世界观，即使是想象的人物，也是贴近读者和作者的人物的世界观。……人道主义和现实性（гуманизм и реалистичность）是艺术的永恒本质。在任何重大的艺术流派中，艺术的某些本质性的方面都获得发展。艺术中所有伟大流派不是重新创造一切，而是发展属于艺术本身个别的或许多的特点。而这首先涉及现实主义。"③

就文学发展而言，自"解冻文学"以降的近半个世纪中，俄罗斯文学"艺术上新旧传统的碰撞与此消彼长、艺术观念对意识形态的偏离与妥协、时代变迁对作家

---

① 张树华、刘显忠：《当代俄罗斯政治思潮》，北京：新华出版社，2003年，第15页。
② 林精华：《民族主义的意义与悖论：20—21世纪之交俄罗斯文化转型问题研究》，北京：人民出版社，2002年，第36—90页。
③ *Лихачёв, Д.С.* Русская культура нового времени и Древняя Русь. // Раздумья о России. СПб: Logos, 1999, С. 372—373.

命运的翻云覆雨，使俄罗斯戏剧在丰富与统一相结合的前提下，呈现出阶段的独特性和整体的多样性"①。由此，从社会主义现实主义浪潮到新现实主义戏剧，从批评现实主义到异样文学，从回归文学到后现代主义，当代俄罗斯文学流派众多，思潮涌现，风格多样，题材众多，手法不同，呈现出多元化和多样化的整体发展倾向，表现出更加自由化和商业化的宏观发展态势，形成一幅五彩斑斓的文学图景和异彩纷呈的文学地图。正如利哈乔夫所言，"在文学中向前运动的完成，仿佛是在囊括各种现象的整体的巨大括号中进行：思想的，修辞特点的，主题的，凡此种种。新现象总是伴随着新的生活事实进入，而且是作为一定的综合体进入。新风格，时代的风格是进入新组合的旧因素的常新的集合。在此情况下，早先退居次要地位的现象开始占据优势地位，而先前被认为是一流的则退居暗处"②。

就整体而言，1980年代以降的俄罗斯文学，总体表现出变动不居和实验探索的宏观态势。在白银时代文学、回归文学、后现代主义文学、异样文学（другая проза）、解冻文学等多种文学现象或文学思潮的汹涌波涛中，现实主义文学思潮也在不断改变着自身的形态和风格：以彼特鲁舍夫斯卡娅（Л. С. Петрушевская）为代表的现实主义小说，逐渐从新自然主义风格转向新感伤主义风格，实践着俄罗斯文学对现实的审慎观照和对"小人物"的温情抚慰③；以科里亚达（Н. В. Коляда）为代表的现实主义戏剧，则逐渐从新现实主义转变为心理后现代主义（如《走开-走开》《海鸥歌唱……》《凤凰鸟》），以别样的方式回应着现实人生。由此，当代俄罗斯文学的发展规律规则主要表现为两种方式：其一为"演进规则"（закон эволюции），即小说的自然嬗变，表现为1980年代后半期的传统/新经典现实主义小说在九十年代演变为感伤式现实主义与浪漫式现实主义；其二为"突变规则"（закон взрыва），即小说的爆炸式变迁，表现为1980年代后半期带有自然主义倾向的"异样文学"与"地下文学"，在1990年代集体皈依后现代主义④。

其三，美学理念的裂变：在1990年代的文学创作中，年代不同、世界观不一和

---

① 任光宣主编：《俄罗斯文学简史》，北京：北京大学出版社，2006年，第417页。

② Лихачёв, Д.С. Русская классическая литература. // Раздумья о России. СПб. : Logos, 1999, С. 379.

③ Лейдерман, Н.Л. и М.Н. Липовецкий. Современная русская литература 1950—1990-е годы. Т. 2 (1968-1990). М.: Академия, 2003, С. 560-567.

④ Нефагина, Г.Л. Русская проза конца XX века. М.: Флинта и Наука, 2003, С. 20-21.

才能迥异的作家纷纷加入文学创作行列，对现实模式问题各抒己见[1]。意识形态的转换、创作环境的改变和写作主体的重组，直接导致当代俄罗斯美学理念发生裂变：以社会主义现实主义为代表的苏联官方文艺学和美学，伴随苏联的解体成为明日黄花；民族主义思潮取而代之，成为当代俄罗斯美学理念的核心，是否表现出俄罗斯独特的民族意识、民族精神，是否有利于传承俄罗斯民族文学、民族理念，成为宰制当代俄罗斯文学的核心准则[2]。就美学理念而言，苏联解体之后，文学是国家生活的中心之局面渐行渐远，消失在历史的风尘中，文学与国家分离已然完成，现实主义已然不是作家遵循的唯一的创作手法和艺术原则，"俄罗斯文学呈现出一种流派林立、风格纷呈、题材广泛和体裁多样的多元局面"[3]。文学中心和书刊审查时代已然结束，以主流文学为意识形态的单声道话语系统渐行渐远；多元化和自由化的文学空间产生并培养着新的美学理念，为多声部的文学话语系统的转型和确立提供了必要条件。作为文化嬗变和文学演进的主导要素，当代俄罗斯文学话语主要表现为政治思想上的自由主义、市场经济的消费主义、审美标准的泛俗化、文化与文学价值观的多元化，而新根基主义、新启蒙主义、新虚无主义和实用精神则成为当代俄罗斯作家的文学价值理念[4]。

就文学自身发展规律而言，文学思潮的生成与兴起、发展与嬗变、回潮与反复等多样话语实践，与一定时代的社会变迁、文化转型、思想激荡有着密切的关联。二者形成彼此契合、相互扶持的映照关系，构成彼此呼应、相互彰显的张力结构。就本体论而言，文学思潮的裂变与重组，是文学发展规律的表现征候；就本质论而言，文学思潮的转换与变异，是文学话语操控与宰制的显现；就诗学论而言，文学思潮的实验探索，是诗学范畴不断变动的具体表征。作为话语核心的诗学范畴是变化不居的，随着时代变化和文学嬗变而改变其外在形式与意义内涵，从而形成不同时代彼此相异的艺术体系。一如阿维林采夫（С. С. Аверинцев）所言："每个这种体系的特点最终是由时代的文学自我意识决定的；因为'诗学意识与其形式'的演

---

[1] *Гордович, К.Д.* История отечественной литературы ХХ века. СПб.: Спец-Лит, 2000, С. 281.
[2] 林精华：《民族主义的意义与悖论：20—21世纪之交俄罗斯文化转型问题研究》，北京：人民出版社，2002年，第215—293页。
[3] 任光宣主编：《俄罗斯文学简史》，北京：北京大学出版社，2006年，第292页。
[4] 张建华：《论后苏联文化及文学的话语转型》，《解放军外国语学院学报》2008年第1期，第105—110页。

进问题——A. H. 维谢洛夫斯基亦如此指出，但是直到现在并未得到足够的注意——表现出类型化历史诗学的最重要观点。正是艺术意识每次都能反映这一或那一时代的历史内容，正是这种艺术意识（其意识形态需求与理念），正是文学与现实的关系决定了文学创作在理论与实践中体现出的所有原则。换言之，时代的艺术意识体现在时代的诗学中，艺术意识类型的转换决定了诗学形式与范畴的历史进程的主要路线与方向。"①

简言之，在思想活跃、流派纷涌、价值多元的复调文化氛围中，现实主义在当代俄罗斯文坛的迅速回潮，并非西方后现代主义和现实主义在俄罗斯的变体现象，亦非传统现实主义在新形势下的简单延续和嬗变，而是俄罗斯本体文学传统和外来文学因素的彼此融合，是立足于俄罗斯社会现实和文化思想的艺术表征，是具有美学理念、作家群体和艺术风格等自足品性的文学现象。由此，当代俄罗斯的现实主义，成为一种包孕多种文学流派和文学现象的文学思潮，一种具有独立品性和内在特质的文学自足体，一个包含文学创作和文学接受的综合文学场域。

三、当代俄罗斯现实主义的主要品格

当代俄罗斯现实主义的回潮和兴起、裂变与重组、变异与更新，表现出与传统现实主义不同的独特品性。这主要体现在美学范畴的开放性、艺术手法的多样性和流派形式的多元化三个方面。这种品性的基础和核心，即人道主义和现实主义性，大致一仍其旧，是传统现实主义之自足性的延续和发展；这种品行的表征和形式（即艺术手法和表现形式），则不断应时而变，是多种思想话语和文学思潮之裂变和重组的结果。

其一，美学范畴的转换：就美学范畴而言，现实主义文学向来坚持反映现实的真实性、塑造人物的形象性、描绘人生的客观性。经由亚里士多德以降众多理论家的逻辑探讨和哲理分析，传统现实主义美学形成摹仿论和反映论学说。伴随自然科学的发展和对人文学科的入侵，19世纪的现实主义文学中的摹仿范畴，表现出追求精密科学式绝对客观的内涵："现实主义是'当代现实的客观再现'。……它排斥虚无缥缈的幻想，排斥神话故事，排斥寓意与象征，排斥高度的风格化，排除纯粹的抽象与雕饰，它意味着我们不要虚构，不要神话故事，不要梦幻世界。它还包含着对

---

① *Аверинцев, С.С.* и др. Категории поэтики в смене литературных эпох. // Историческая поэтика: Литературные эпохи и типы художественного сознания. М.: Наследие, 1994, С. 3.

不可能的事物、对纯粹偶然与非凡事物的排斥。因为在当时，现实尽管仍具有地方和个人的差别，却明显地被看作一个19世纪科学的秩序井然的世界，一个由因果关系统治的世界，一个没有奇迹、没有先验东西的世界。"① 由此，诸如逼真、真实、可信、冷静观察、不动情、中立性、非人格化、精确性等术语，成为经典现实主义的重要表征和内在特质。

20–21世纪之交的俄罗斯文学是一个动态的发展过程，是一个不断演进的文学历程，其存在既可以用文学内在发展的规约性来解释，又可以用社会文化条件来解释。1980年代中期社会经济、政治、文化生活中新趋势的累积产生了批判性和解构性观点，引起思想爆炸和文学裂变的图景，传统世界观与主流美学观构成的文学坐标，发生了本质性的剧烈改变：从以社会主义现实主义为核心的单声道主流意识形态，转换为以现实主义、现代主义和后现代主义为主体，多种文学流派和文学形式并存的多声部意识形态。由此，对当代俄罗斯现实主义，以方法–风格–流派范畴来界定当代俄罗斯文学体系，可能更具有实践操作性。正因如此，现实主义、现代主义与后现代主义的艺术体系，建立在与之相适应的方法–风格–流派范畴手法基础之上。两者结构相同，这提供了体系间的相互作用；两者内容各异，这是自我发展的前提；两者的相互作用不仅表现为文学体系内部，也存在于体系之间②。

可以说，"文学进步的实质在于扩展文学的审美和思想的'可能性'，这些可能性是'审美积淀'（эстетическое накопление）的结果，是积淀文学所有经验和扩展其'记忆'的结果"③。当代俄罗斯现实主义同样在"审美积淀"中不断扩展着文学审美和思想之可能性。一方面它坚守现实主义核心特质，关注活泼泼的现实人生，不断提出永恒性的社会问题："俄罗斯文学向读者提出的道德–社会问题不是临时的、暂时的，虽然它们也具有自己时代的特殊意义。由于自己的'永恒性'，这些问题对我们具有如此重大的意义，对所有的后辈也将具有重大意义"④；另一方面它不断吸收来自其他文学思潮和思想话语的有益养分，探讨人与周围环境之间关系的复杂性、丰富性和多样性，不断变换着自己的表现形式，激活着自己的应变机制，形成坚守

---

① [美]勒内·韦勒克：《批评的诸种概念》，丁泓、余徵译，成都：四川文艺出版社，1988年，第230—231页。

② Нефагина, Г.Л. Русская проза конца XX века. М.: Флинта и Наука, 2003, С. 39-40.

③ Лихачёв, Д.С. Русская классическая литература. // Раздумья о России. СПб.: Logos, 1999, С. 378.

④ Там же, С. 377.

与变换的悖论景象。由此,"当代文学中最重要的成就,是研究人们生存问题上的存在主义深刻内涵。作家认为作品的题材本身是创作的次要因素,最主要的是一个主题材料能否很严肃而深刻地展开关于人与世界相互关系的永恒话题"。①

其二,艺术手法的更新:当代俄罗斯文学流派林立,风格纷呈,题材广泛,体裁多样,构成一个多元共存的复调宏观态势。总体来说,"在风格上,当代文学的突出特点是主观抒情和自白色彩的加强:大多数作家是从回味个人的经验开始,把握新的'变化了的'现实;作品中反思比重的增加,成为一个时代的风格特点。当代文学中自传回忆小说占有很重要的地位;另外,当代的作家还积极利用各种假定性的艺术形式(如怪诞、奇幻情节、神话形象或神话情节结构);再者,当代文学的另一个明显的发展趋势,是精雕细刻的文学手法同通俗小说的写法相结合(常常是在一部作品中)"②。具体而言,"从采用手法和体裁形式的多样性上看,当代俄罗斯文学远远地超出了20世纪六七十年代的文学"③。

无论是在思想意蕴等内容层面,还是在风格叙事等形式层面,"在1990年代,现实主义依然是作家小说创作的重要方法"④,现实主义流派仍然保持着对现实主义性的关注和对人道主义的关切。作为当代俄罗斯现实主义的代表之作,长篇小说《将军和他的部队》以卫国战争为题材,将人民战争和民族性格贯穿始终,体现出传统现实主义的痕迹:"弗拉基莫夫高出现代文学中其他作家之处在于,他既遵循古典的俄罗斯现实主义传统,又对逝去的时代有着全面的历史认识,两相结合。在描写人民战争时,他显然受托尔斯泰传统的影响,使众所周知的'托尔斯泰式'主题与情境获得了意想不到的现实意义。"⑤与此同时,包括后现代主义在内的各种非现实主义的诗学成分,开始渗入传统现实主义,使之发生重大裂变或巨大变异:"每个作家在运用现实主义创作小说时又有各自的写作特征:有的作家注重外部环境的描述,有的作家注重人物内心世界的表现,有的作家注重事件的哲理思考,有的作家注重对

---

① [俄]符·维·阿格诺索夫主编:《20世纪俄罗斯文学》,凌建侯等译,北京:中国人民大学出版社,2001年,第647页。

② 同上书,第642页。

③ 同上书。

④ 任光宣主编:《俄罗斯文学简史》,北京:北京大学出版社,2006年,第292页。

⑤ [俄]符·维·阿格诺索夫主编:《20世纪俄罗斯文学》,凌建侯等译,北京:中国人民大学出版社,2001年,第648—649页。

人物的心理感受的挖掘……总之，俄罗斯现实主义传统在这些作家笔下得到进一步弘扬和拓展。"①由此，当代俄罗斯现实主义在很大程度上带有明显的实验特色和先锋色彩。《将军和他的部队》既承继了现实主义传统，又吸收了现代主义因子，引发批评界的极大争议。有人高度赞赏该作，对小说的形式、技巧、风格和思想予以肯定②；有人在部分肯定其审美价值的同时，对该作的手法和思想表示怀疑③。然而，"大多数评论家和一般读者在一个主要之点上是意见一致的：弗拉基莫夫的这部长篇小说有力地证明了，当代文学的真正成就，都同深入地把握俄罗斯古典文学传统相联系，作家要获得成功，他的修辞艺术也必须能给读者展示出当代人精神生活的丰富和复杂"④。这个典型例证，既说明现实主义文学思潮具有强大生命力，也集中呈现出当代俄罗斯文坛的纷繁向度。

在现实主义流派之作中，戏仿、镜像、互文、游戏、错位、镶嵌、不和谐、片段性、反时空性、奇特化等后现代主义技巧得到不同程度的实验与运用，共同营造出一种先锋实验和艺术探索的文学氛围。然而，后现代主义手法的渗透与运用，仅仅是作为手法和形式而存在于文本之中，使传统现实主义风格的文本变得摇曳多姿，叙事多元，风格多变，并未改变现实主义诗学本质。现实主义的核心仍然是对社会现实的反映，对人物形象的塑造，对真实诗学的诉求。换言之，后现代主义手法只是作为一种独特的叙事策略和表现手段而存在于多样性的现实主义文学之中，这与后现代主义之作有着本质区别。作为一种"最具意图性和分析性的文学手法之一"，戏仿"通过具有破坏性的模仿，着力突出其模仿对象的弱点：矫饰和自我意识的缺乏。所谓'模仿对象'，可以是一部作品，也可以是某些作家的

---

① 任光宣主编：《俄罗斯文学简史》，北京：北京大学出版社，2006年，第292页。

② См.: Наталья Иванова. Дым отечества. // Знамя. №. 7, 1994; Лев Аннинский. Спасти Россию ценой России. // Новый мир. №. 10, 1994; Андрей Немзер. Одолевая дум. // Звезда. №. 5, 1995; Валентин Лукьянин. Георгий Владимов. Генерал и его армия. // Урал. №. 2, 1996.

③ См.: В. Богомолов. Срам имут и живые, и мёртвые, и Россия. // Книжное обозрение. 1995-05-09; В. Кардин. Страсти и пристрастия. // Знамя. №. 9, 1995; М. Нехорошев. Генерала играет свита. // Знамя. №. 9, 1995; Г. Владимов. Массировал компетенцию: Ответ В. Богомолову. // Книжное обозрение. 1996-03-19.

④ [俄] 符·维·阿格诺索夫主编：《20世纪俄罗斯文学》，凌建侯等译，北京：中国人民大学出版社，2001年，第649—650页。

共同风格"①。在艺术手法上，后现代主义的典型特征之一，是利用戏仿、反讽、拼凑等方式改造经典，赋予其新的现实目的和别样的精神内涵，让读者心目中原本建立的高大宏伟的形象轰然倒塌；作为传统现实主义变异的后现实主义，对戏仿只是形式上的借用和实验，其内容和精神实质上则恰恰相反。后现代主义通过对经典的仿写，提醒读者对今天的现实与过去的现实进行比较的同时，仍要为作者和作品中的人物在混乱世界中寻求某种精神的支撑②。

其三，流派形态的裂变：1980年代以来的俄罗斯文学艺术在叙事样式、价值观追求、流派分野、作家群划分等方面，较之以往发生了巨大变化，形成别具一格的国际性或地域性的文学现象，具体表现为：由地下文学演变为重要流派的后现代主义，如佩列文、普里戈夫（Д. А. Пригов）、科洛廖夫（А. В. Королёв）等人的先锋创作；试图重建新民族文学的新古典主义，即所谓"后苏联文学"（пост-советская литература），如弗拉基莫夫（Георгий Владимов）、别洛夫（Василий Белов）、阿斯塔菲耶夫（Виктор Астафьев）等人的古典式创作；力求恢复斯拉夫传统的"新根基派"（нео-почтовизм），如索尔仁尼琴、拉斯普京的文学创作；追求文学艺术价值自足性的"异样文学"（другая проза），如库拉耶夫（М. Н. Кулаев）的幻想性叙事、帕列伊（А. Р. Палей）的自然主义叙事、伊斯坎德尔（Ф. А. Искандер）的讽刺先锋主义；逐渐兴盛开来的"女性文学"（женская проза），如托尔斯泰娅（Т. Н. Толстая）、彼特鲁舍夫斯卡娅、乌利茨卡娅（Л. Е. Улицкая）的小说③。在多样文学体系（现实主义、新现实主义、现代主义、后现代主义）的相互作用中，当代俄罗斯现实主义不断演进与裂变。较之传统现实主义，当代俄罗斯现实主义在很大程度上发生着前所未有的裂变与重组，变异出批判现实主义的新生、后现实主义的兴起和神秘现实主义的发展三种既彼此相异又相互关联的文学流派，形成"继承传统、多元发展"的整体格局④。

---

① 王先霈、王又平主编：《文学批评术语词典》，上海：上海文艺出版社，1999年，第212页。

② 侯玮红：《继承传统、多元发展：论当代俄罗斯现实主义小说》，《外国文学评论》2007年第3期，第106页。

③ Нефагина, Г.Л. Русская проза второй половины 80-х–начала 90-х годов XX века. Минск: Издательский центр Экономпресс, 1998, С. 7-20.

④ 侯玮红：《继承传统、多元发展：论当代俄罗斯现实主义小说》，《外国文学评论》2007年第3期，第101—108页。

作为传统现实主义的变体呈现，新型批判现实主义作家坚持俄罗斯经典文学的"训诫"和"教育"方向，坚定承担"作家是人类灵魂工程师"的职责，采取对社会生活积极干预的态度，在不断深化和发展中显示着现实主义的持久生命力和实验性。以帕夫洛夫为代表的年轻一代作家继承批判现实主义的文学传统，对社会阴暗面进行无情揭露和抨击。这些倾向汇聚在一起，形成一股强大的批判现实的力量，它标志着当代俄罗斯批判现实主义文学的新生。后现实主义在秉承现实主义关注社会、批判现实的同时，有选择地吸纳存在主义思想和后现代主义的表现手法：在人物塑造上，表现出去/非英雄化或戏仿化特点，在冷漠淡然甚至嘲笑讥讽的笔调中表现作者内在的关怀和心理的关切[1]；在艺术风格上，形成兼具现实主义、存在主义和表现主义等内容的综合性风格；在艺术手法上，在继承现实主义精神的基础上，在一定程度上采取了存在主义观察世界的角度，积极吸纳现代主义尤其是后现代主义的因素，形成创作风格的多样性、多元化和综合性。神秘现实主义描写现实生活中的神秘现象、神秘事件，在亦真亦幻、似梦似真中表现人物对真理的探求和无所皈依的尴尬心态；表现精神和内心世界的神秘，通过人物对现实不满与留恋和对彼岸世界的质疑与向往之悖论态度，探寻人类心灵的港湾和最终的依托等终极问题；由此形成既关注现实、叩问现实又超越现实、获得心灵提升的一种表达方式，本质上是现实主义精神的体现[2]。

与此同时，作为"当代俄罗斯文学中最有发展前景的一支"[3]，"异样小说"自觉依靠文学典籍和现实主义传统，采用戏剧化的叙事形式，作为叙事主体的作者以不同方式参与小说情节构建，语言离奇而富有表现力，写作风格普遍表现为冷峻尖刻、讥讽嘲弄。异样小说在1980年代中期从内部发生了渐进的变化，逐渐分离成两个流派：存在主义式现实主义与讽刺戏谑式现实主义。存在主义式现实主义在1990年代初转向了包罗万象的概念范畴与元情节叙事，而讽刺戏谑式现实主义中的自我评价与解构意义，则成为游戏的开端，并逐渐得到抽象化与绝对化，由此转向了后现代主义流派的轨迹[4]。如此一来，随着创作外部条件的急剧变化与作家群体的更新，现实主义在1990年代逐渐分化

---

[1] 侯玮红：《继承传统、多元发展：论当代俄罗斯现实主义小说》，《外国文学评论》2007年第3期，第106页。

[2] 同上文，第108页。

[3] *Басинский, П.В.* В пустом саду. // Литературное обозрение, 1993, №. 3—4, С. 14.

[4] *Нефагина, Г.Л.* Русская проза конца XX века. М.: Флинта и Наука, 2003, С. 210.

为感伤式现实主义与浪漫式现实主义,出现风格多样化、杂糅化、混合化的文学现象①。现实主义在嬗变过程中逐渐与其他流派(如现代主义、后现代主义、社会主义现实主义)相互融合,产生了一批边缘混合风格的文学流派和小说形态,诸如"新现实主义""后现实主义""超现实主义""形而上现实主义""后先锋主义""后社会主义现实主义""后现代主义"等诸多混杂风格②。这种跨界现象和杂糅情态,恰恰吻合当代俄罗斯文学多元共存的复调局面。这种多元图景在文学流派中表现尤为明显,涌现出形形色色的流派:现实主义和后现实主义、现代主义和后现代主义、先锋派和后先锋派、超现实主义和后社会主义现实主义、印象主义、自然主义、结构主义,诸如此类③。

值得注意的是,现实主义在美学范畴的转换、艺术手法的更新、文学流派的多样化等方面,直接导致作家群体流派归属的不确定性、复杂性和跨界性。20世纪八九十年代,俄罗斯文学呈现出多流派、多风格、多手法的复杂动态发展图景,作家群体在国内外诸种艺术资源中不断求新求变,文艺流派在国际文化环境中不断吐故纳新,互相渗透,一切都处在思潮涌动、思想更迭之中,由此导致文本风格杂糅、手法互用、流派融合。于是,问题变得益发复杂:不仅很难把某个作家归属到某一艺术流派,而且有时具体作品也很难用某一艺术风格来简单概括,大致只能说某种艺术风格占优势,某种流派倾向更浓厚,某种艺术手法更明显。

美学理念、艺术手法、流派形式、作家归属等诸种场域,共同规约现实主义在当代俄罗斯文坛的兴起,改变精英话语的操控形态和宰制模式,使现实主义在传统现实主义、新现实主义、现代主义、后现代主义、后殖民主义等话语形态中不断裂变与重组,走出被压抑、被遮蔽、被边缘、被忽略的状态,从落满灰尘的历史深处一路走来,走向当代现实生活的舞台前景。

结 语

自"解冻思潮"以来的当代俄罗斯现实主义文学,一直在与古典文学、白银时代文学、苏维埃早期文学以及西方文学的潜对话中不断发展、嬗变和重组,形成一种影响深远的文学思潮。自1985年苏联"改革"到20—21世纪之交,伴随后现代主

---

① Нефагина, Г.Л. Русская проза конца XX века. М.: Флинта и Наука, 2003, С. 39-40.

② Там же, С. 217-248.

③ 任光宣:《再论苏联解体后俄罗斯文学》,《俄语语言文学研究》(电子期刊)2004年第1期总第3期,第9—16页。

义文学的合法化、规模化和思潮化，在后殖民主义和后现代主义思潮的文化态势和思想语境中，现实主义文学不断受到挤压、渗透和影响，不断在试验、探索和变化，与白银时代文学、苏联文学和西方文学不断交流，相互对话，形成一种跨越世纪的对话形态和互文指涉关系，构成一种规模空前的现实主义的回潮现象，并藉此获得俄罗斯、国际斯拉夫和中国学界的热烈关注和深度讨论。因此，"1990年代的现实主义并不会死亡，尽管它的存在变得十分复杂，且本身充满戏剧性"①。当代俄罗斯现实主义的回潮，是文化思想剧变、文学发展规律和美学理念裂变等因素共同作用的结果。这形成了现实主义在美学范畴的开放性、艺术手法的多样性和流派形式的多元化以及作家流派归属的跨界性等特质。

可见，当代俄罗斯现实主义既不同于19世纪的经典现实主义和19-20世纪之交的新现实主义，亦不同于苏联时期的社会主义现实主义和批判现实主义，更不同于当代的现代主义和后现代主义，而是融汇吸收多种文学流派的艺术品性与文艺思潮的部分因素，同时保留传统现实主义内核的综合现象。这既是俄罗斯现实主义强大文学传统在当代文坛的显现，亦是西方文学思潮与俄罗斯文学因素彼此结合的具体呈现。扩而展之，无论其内容是写实还是虚幻，其技法是传统还是现代，其思潮是现实主义抑或现代主义，其流派是新现实主义抑或后现代主义，当代俄罗斯文学在不同程度上都关注社会人生，呈现出向现实主义复归的倾向，在很大程度上都延续着19世纪以来的民族固有文学传统。

第二节　跨界与杂糅：当代俄罗斯新现实主义潮流的兴起②

在当代俄罗斯，文学新体制与旧传统之间相互碰撞；艺术观念与意识形态之间彼此偏离；时代变迁与作家命运关系波诡云谲。苏联解体之后，文学生产与国家制度分离，文学中心和书刊审查时代结束，多元化和自由化的文学空间初现。意识形态的转换、创作环境的改变和写作主体的重组，直接导致当代俄罗斯美学理念发生裂变，民族主义思潮成为当代俄罗斯美学理念的核心③。当代俄罗斯文学总体呈现出

---

① *Лейдерман, Н.Л. и М.Н. Липовецкий. Современная русская литература 1950-1990-е годы. Т. 2 1968-1990.* М.: Академия, 2003, С. 533.

② 本节内容曾以"当代俄罗斯新现实主义的兴起"为题，刊发于《外国文学研究》2018年第3期。

③ 林精华：《民族主义的意义与悖论：20—21世纪之交俄罗斯文化转型问题研究》，北京：人民出版社，2002年，第215—293页。

多元并存的复调图景，后现代主义日益衰微，现实主义开始回潮，新现实主义已然兴起，呈现出多维度和多声部特色。作为现实主义和后现代主义之间或之外的第三种文学思潮，新现实主义在发生学层面上如何由来、怎样产生，在本体论层面上特点如何、表现怎样等问题，无疑值得进行深度剖析。换而言之，在当代俄罗斯文化转型和范式转换过程中，不同于传统现实主义和后现代主义，新现实主义是否有其新的现实、新的方法和新的理念？

一、从白银时代文学到当代文学：新现实主义的内涵

一般说来，新现实主义既可以被看作是一种既正视现实又不断试验创新的创作精神，亦可理解为一种有别于现实主义的创作方法；既可以被视为一种不同于现实主义的文学创作观念，亦可指涉一种具有独特美学内涵的特定的文学思潮。在此我们主要在美学观念和文学思潮层面上使用该术语。就渊源由来而言，当代俄罗斯新现实主义虽在现实主义基础上产生，却有其迥然相异的诗学内核和美学理念；就内涵指涉而言，它虽与白银时代新现实主义相近，却有其独立不倚的历史逻辑和当代源流。

从词源学上考察，新现实主义由形容词"новый"和抽象名词"реализм"两部分合而构成，俄文一般表述为"неореализм"。在19世纪下半期，新现实主义在现实主义基础上产生，与现实主义有着密切的关联。它在认同并保持关注现实性、哲学反映论和思想人道性等现实主义内核基础上，对现实主义的社会现实镜像化、人物形象典型化等艺术手法进行反拨，本质上应属于现实主义美学范畴。"作为一种普遍的观念，realism 有别于 romanticism（浪漫主义）或是 imaginary（想象的）、mythical（神话的、虚构的）题材（这些不是真实世界的事物）。作为一种方法，realism 通常是一种夸赞的语词——指人、物、行为、状况被栩栩如生地（realistically）描述，即，它们被描绘得活灵活现，表现出现实主义的精神。"① 伴随19世纪经典作家的创作，现实主义被提高到经典的高度和美学的境界，成为文学审美和社会认知合谋共成的一种文化征候。新现实主义则吸收陀思妥耶夫斯基、沃尔夫、乔伊斯、普鲁斯特等作家的艺术手法，是对19世纪经典现实主义的一种主动的背离和挣扎，

---

① [英] 雷蒙·威廉斯：《关键词：文化与社会的词汇》，刘建基译，北京：生活·读书·新知三联书店，2005年，第395页。

一次现代的革新和实验，一种时代的变异和嬗变。

一般说来，"现实主义、现代主义以及介于这两者之间的许多现象，会在创作上分道扬镳，原因与其说是各种文学团体和流派之间的斗争（文学生活中的这些事实是第二性的），不如说是文学中对文学的任务是什么形成了相互对立的观点，相应对人在世界中占有什么地位也产生了不同看法。正是对人的能力与使命的不同评价，使得现实主义和现代主义在统一的文学中采取了不同的走向"①。作为居于现实主义和现代主义之间的文学思潮，新现实主义在白银时代蔚然成风，大放异彩，涌现出众多流派、作家、题材及风格。当代俄罗斯学者达维多娃（Т. Т. Давыдова）将民族性文学问题置于世界文化视野中分析，通过考察白银时代晚期的扎米亚京（Е. И. Замятин）、什梅廖夫（И. С. Шмелёв）、普里什文（М. М. Пришвин）、普拉东诺夫（А. П. Платонов）、布尔加科夫（М. А. Булгаков）等人的小说创作，展现了20世纪俄罗斯不同于主流官方文学的边缘文学的跨界品性和杂糅诗学，以及新现实主义带来的意识形态、诗学品性和小说创作变革的影响②。与此类似，当代俄罗斯学者图兹科夫（С. А. Тузков）和图兹科娃（И. В. Тузкова）认为，作为一种独特的文学思潮，19—20世纪之交俄罗斯新现实主义在传统现实主义基础上，融合了浪漫主义和现代主义风格，包括五种不同的风格类别：以迦尔洵（В. М. Гаршин）、柯罗连科（В. Г. Короленко）和契诃夫（А. П. Чехов）为代表个人倾诉式形态和个人客观主义形态，以扎伊采夫（Б. К. Зайцев）、库普林（А. И. Куприн）和阿尔志跋绥夫（М. П. Арцыбашев）为代表的印象式自然主义形态，以高尔基、安德烈耶夫（Л. Н. Андреев）和勃留索夫（В. Я. Брюсов）为代表的存在主义形态，以索洛古勃（Ф. К. Сологуб）、列米佐夫（А. М. Ремизов）和普里什文为代表的神话主义形态，以别雷（Андрей Белый）、扎米亚京和什梅廖夫为代表的讲述式装饰主义形态③。

伴随当代俄罗斯社会现实的剧烈转型，当代俄罗斯文学在现实主义与新现实主义、现代主义与后现代主义之间不断左冲右突，相互跨界，彼此互渗，形成面对现

---

① [俄] 符·维·阿格诺索夫主编：《20世纪俄罗斯文学》，凌建侯等译，北京：中国人民大学出版社，2001年，第9页。

② 见：Давывова, Т.Т. Русский неореализм: идеология, поэтика, творческая эволюция. М.: Флинта и Наука, 2005.

③ 见：Тузков, С.А. и И.В. Тузкова, Неореализм: Жанрово-стилевые поиски в русской литературе конца XIX – начала XX века. М.: Флинта и Наука, 2009.

实生活的新型创作手法和美学观念。作为对现实主义的一种承继和变异，新现实主义大致介于现实主义和现代主义之间；作为对现代主义的一种借用和扬弃，新现实主义介于现代主义和后现代主义之间；作为对后现代主义的一种抗争和反拨，新现实主义介于现实主义和后现代主义之间。由此它体现出美学理念的跨界特点、文学思潮的间性特质和艺术手法的合成特征。

在当代俄罗斯文学中，首次对"新现实主义"予以命名指称的，应该是文学批评家斯捷潘尼扬（К. А. Степанян）。他认为，"新现实主义"（новый реализм）指坚守现实主义的"最高的精神本质的实际存在"，同时吸收后现代主义的部分诗学成分，使受众注意到这种精神本质，把对世界的传统审视和主观看法综合起来的文学作品和文学现象[1]；当代俄罗斯文学中的新现实主义正在到来，蔚为大观。1997 年 3 月 24 日，第一届新现实主义文学研讨会在莫斯科作家组织进行，波波夫（Михаил Попов）、卡兹纳切耶夫（Сергей Казначеев）、帕拉马尔丘克（Петр Паламарчук）、库尼岑（Владимир Куницын）、德米特连柯（Сергей Дмитренко）、玛姆拉耶夫（Юрий Мамлеев）、穆里亚尔丘克（Александр Мулярчук）、金（Анатолий Ким）、科克什尼奥娃（Капитолина Кокшенёва）、科尼亚耶夫（Сергей Куняев）、古谢夫（Владимир Гусев）、奥特罗申科（Владислав Отрошенко）、帕里耶夫斯基（Петр Палиевский）、雅科温柯（Анатолий Яковенко）、阿津采夫（Сергей Азинцев）、瓦拉金（Александр Варакин）等作家和文学研究家参加。与会者围绕"新现实主义"展开深度激烈讨论，引起文学界和批评界的诸多反映与评论。其中，卡兹纳切耶夫做了题为《新现实即新现实主义》的大会发言[2]。该口号与论题引起广泛论证与强烈反响，其热度、强度与关注度一直延续至 21 世纪之初。"关于新现实主义的争论延续至 1999 年——第二届会议召开了。这证明批评思想的思潮是真实的：对讨论问题的兴趣并没有变冷。加入对话的人有波波夫（М. Попов）、西比尔采夫（С. Сибирцев）、巴尔哈托夫（А. Бархатов）、多罗申科（Н. Дорошенко）、加尔金（В. Галкин）、祖耶夫（В. Зуев）等等。2000 年，第三届会议以同样的题目进行，参会者有古谢夫（В.

---

[1] *Степанян, К.А.* Реализм как заключительная стадия постмодернизма. // Знамя, №. 9, 1992, С. 233.

[2] См.: *Казначеев, С.М.* Новые реалии – новый реализм. // Новый реализм. Материалы писательской конференции «Новый реализм». М.: Московская организация Союза писателей РФ, 1997, С. 3-33.

Гусев)、波波夫、邦达列夫（А. Бондарев）、安东诺夫（А. Антонов）、莫尔恰诺娃（С. Молчанова）、费季亚金（С. Федякин）、穆里亚尔丘克（А. Мулярчик）、别列利亚斯洛夫（Н. Переяслов）、特罗菲莫夫（А. Трофимов）、杰明季耶夫（В. Дементьев）等人"①。对 20–21 世纪之交俄罗斯文学创作新变与实验态势，卡兹纳切耶夫认为："米哈依尔·波波夫提出这些单词，作为 1997 年 3 月我们首届会议的口号。我一开始本来比较喜欢'新俄罗斯小说'这一术语，但围绕'新现实主义'大家展开激烈争论。它是什么？给一个定义吧！结果呢，就是有充分理由思考这一问题。我着手重新分析自己的同时代人，主要是中青年作家的作品，发现在遵循古典主义文学传统时，他们的写法与众不同。口号'新现实即新现实主义'的提出如同火上浇油，争论更加沸腾，但该口号却被接受了，虽然直到现在对其理解各不相同。"②2003 年 2 月，著名作家和批评家 В. Г. 邦达连科撰写《新现实主义》（"Новый реализм"）一文，对新现实主义的产生、源流、作家及特点进行了个性探讨。他认为新现实主义的发展可分三个阶段，即"二战"后、1990 年代与 21 世纪之初，每个阶段手法各异，风格不同，从本质上开创了属于自己的新现实主义。同时，新现实主义作家可分为三类：其一是主张恢复传统现实主义，反叛后现代主义的自由派作家，诸如帕夫洛夫（Олег Павлов）、瓦尔拉莫夫（Алексей Варламов）、瓦西连科（Светлана Василенко）、塔尔科夫斯基（Михаил Тарковский）、巴辛斯基（Павел Басинский），他们主要集中在《旗》（Знамя）、《新世界》（Новый мир）、《十月》（Октябрь）、《星》（Звезда）、《涅瓦》（Нева）等文学杂志周围。其二是积极借鉴后现代主义等创作因素，扩展现实主义的艺术手法和表现手段的作家，诸如波波夫（Михаил Попов）、卡赞切夫（Сергей Казначеев）、焦格杰夫（Вячеслав Дёгтев）、阿尔焦莫夫（Владислав Артёмов）、科兹洛夫（Юрий Козлов），他们主要以《我们现代人》（Наш современник）、《莫斯科》（Москва）等为阵地。其三是以近乎自然主义的描写笔法，对现实如实描写本真摹状的作家，诸如沙尔古诺夫（Сергей Шаргунов）、辛钦（Роман Сенчин）、斯维里津科夫（Максим Свириденков）等新生代，他们主要

---

① *Казначеев, С.М.* Новый реализм: очередное возрождение метода. // Гуманитарный вектор, №. 4, 2011, С. 94.

② См.: *Казначеев, С., В. Гусев, М. Попов, Н. Сербовеликов.* Проза: Между болконским и обломовым, беседу вела Руслана Ляшева. // Литературная Россия, №. 44, 3 Ноября 2000 г.

以《文学白天报》（День литературы）、独立出版社、网络媒体为阵地[1]。2007 年，文集《新现实主义：赞成与反对》（Новый реализм: за и против）由高尔基文学院出版社出版，集中展示了 20–21 世纪之交新现实主义论争的成果[2]。可以说，"新现实主义是当代俄罗斯文学中，引起文学家、语文学家、出版者和文学爱好者广泛范围极大兴趣、争论和辩论，最富有前景的思潮之一"[3]。

新现实主义之区别于现实主义和后现代主义，并不在于表现对象的区别和介入现实的不同，并不在于"新的手法"或"新的现实性"，而在于表现手法和艺术形式上积极借鉴包括后现代主义在内的各种先锋文学因素，表现主题主要是神秘主义和存在主义，文学思想主要是存在主义和文化哲思。由于文学现象纷繁复杂、斑驳陆离，文学空间自由开放、蓬勃混乱，新现实主义大致介乎现实主义和后现代主义之间或之外，表现出形式的多元性和模糊性，呈现出称谓的多样性和丰富性，诸如后现实主义、心理现实主义、超现实主义、社会现实主义、存在主义现实主义、感伤主义现实主义、自然主义现实主义、先锋现实主义。

作为一种综合性的文学思潮，当代俄罗斯新现实主义既不同于 19–20 世纪之交白银时代以库普林、安德烈耶夫、扎米亚京、布尔加科夫等人为代表的新现实主义，亦不同于 1950 年代融合了批判主义和暴露主义特征的"地下文学""抽屉文学"或"边缘文学"，更异于 1980 年代以"异样文学"为代表的具有自然主义风格的写实主义。它部分保持现实主义思维和逻辑，继承白银时代新现实主义、存在主义、自然主义等思潮特征，又吸收和融合包括现代主义和后现代主义在内的多种先锋手法。

二、从现实主义到后现代主义：新现实主义的渊源

从文学发展规律和宏观文化背景来看，当代俄罗斯新现实主义并非 20 世纪初新现实主义文学思潮和西方新现实主义思想的直接复制或简单移植。它始终在当代俄罗斯多样文学思潮和多元文化背景中形成，在俄罗斯民族文学思想和西方外来文学思想的交相融汇中产生，体现出 20 世纪俄罗斯文学发展的继承性规律、变异性特质和包容性品格。

---

[1] См.: *Бондаренко, В.Г.* Новый реализм. // День литературы, №. 8, 15 августа 2003 г.

[2] См.: Новый реализм: за и против (Материалы писательских конференций и дискуссии последних лет). М.: Издательство Литературного института им. Горького, 2007.

[3] См.: *Гусев, Владимир.* Метод. // Московский литератор, №. 9, май, 2007 г.

其一，现实主义文学传统的延续与影响。就文学传统而言，现实主义在俄罗斯文化中具有深厚博大的基础和底蕴，有着源远流长的发展文脉，有着多样而持续的艺术表现。当代著名文艺理论家德·谢·利哈乔夫认为："人道主义和现实性是艺术的永恒本质。在任何重大的艺术流派中，艺术的某些本质性的方面都获得发展。艺术中所有伟大流派不是重新创造一切，而是发展属于艺术本身的特点。而这首先涉及现实主义。"[1]自1985年以来，伴随"回归文学""白银时代文学""侨民文学"等文学现象的产生，现代主义在发展过程中逐渐与其他流派文学（比如现实主义、后现代主义、社会主义现实主义）相互融合，产生了一批边缘混合风格的小说。它们大致包括新现实主义、后现实主义、超现实主义、形而上现实主义、后先锋主义、后社会主义现实主义、后现代主义等诸多混杂风格[2]。

作为当代文学中与官方意识形态有明显差异的文学现象，"异样小说"（又译"别样小说"）概念由评论家谢尔盖·丘普里宁（Сергей Чупринин）首先提出，主要指涉1980–1990年代，尤其是自1980年代后半期在俄罗斯文坛悄然兴起的"新浪潮"文学[3]，主要包括托尔斯泰娅（Т. Толстая，）、皮耶祖赫（В. Пьецух）、维克多·叶罗菲耶夫（Виктор Ерофеев）、卡列金（С. Каледин）、彼特鲁舍夫斯卡娅（Л. Петрушевская）、波波夫（Е. Попов）、伊万琴柯（А. Иванченко）、库拉耶夫（М. Кураев）、纳巴特尼科娃（Т. Набатникова）、帕列伊（М. Палей）等人[4]。他们拒绝宣传训诫与道德说教，拒绝把文学作品变成说教和宣传的工具，排斥官方意识形态，冲破既定写作模式[5]；其特点是自觉依靠文学典籍传统，采用戏剧化的叙事形式，作为叙事主体的作者以不同方式参与小说情节构建，语言离奇多变、富有张力，文风冷峻尖刻、讥讽嘲弄。这种典雅活泼的艺术形式与暴露性的内容相结合，形成一种"用哲理与文化思想去透视日常生活"的独特而奇妙的文体风格[6]。1980年代中期"异样小说"从内部发生了渐进的变化，逐渐分离成两个流派：存在主义式现实主义与

---

[1] *Лихачёв, Д.С.* Русская культура нового времени и Древняя Русь. // Раздумья о России. СПб.: Logos, 1999, C. 373.

[2] *Нефагина, Г.Л.* Русская проза конца XX века. М.: Флинта и Наука, 2003, C. 217—248.

[3] См.: *Чупринин, Сергей.* Другая проза. // Литратурная газета, №. 6, 8 февраля 1989 г.

[4] *Нефагина, Г.Л.* Русская проза конца XX века. М.: Флинта и Наука, 2003, C. 172.

[5] Там же, C. 173.

[6] 许贤绪：《当代苏联小说史》，上海：上海外语教育出版社，1991年，第457页。

讽刺戏谑式现实主义。前者在1990年代初转向了包罗万象的概念范畴与元情节叙事，而后者中的自我评价与解构意义，则成为游戏的开端，并逐渐得到抽象化与绝对化，由此转向了后现代主义流派的轨迹①。

其二，白银时代文学传统的嬗变与承继。就文学思想而言，深受西方现代主义文学思想影响的白银时代文学，不仅影响20世纪俄罗斯文学史的嬗变和文学思想的发展，而且直接成为当代俄罗斯新现实主义文学思想的来源。20世纪八九十年代俄罗斯假定隐喻式小说，间接源头为白银时代新现实主义小说，直接源头为1960年代的"青年小说"(молодёжная проза)，与"想象现实主义"(фантастический реализм)传统一脉相承，与果戈理(Н. В. Гоголь)、奥多耶夫斯基(В. Ф. Одоевский)、维尔特曼(А. Ф. Вельтман)以及布尔加科夫有着不解之缘②；其典型代表作品有奥尔洛夫(В. В. Орлов)的《乐师达尼洛夫》和《药剂师》、克鲁平(В. Н. Крупин)的《活水》、雷巴科夫(Вяч. М. Рыбаков)的《没来及》、伊斯坎德尔(Ф. А. Искандер)的《家兔与蟒蛇》、彼特鲁舍夫斯卡娅(Л. С. Петрушевская)的《新鲁滨逊人》、库尔恰特金(А. Н. Курчаткин)的《极端主义者手记》、阿达莫维奇(А. М. Адамович)的《最后的田园诗》、托尔斯泰娅(Т. Н. Толстая)的《野猫精》、金(Анатолий Ким)的《森林父亲》、叶尔马科夫(Олег Ермаков)的《野兽的痕迹》、瓦尔拉莫夫(А. Н. Варламов)的《沉没的方舟》，等等。

宏观而言，假定隐喻式小说在形式上表现为童话式、神话式和想象式小说，在体裁上表现为社会型(对20世纪八九十年代的社会改革与消极社会现象予以针砭)和哲理性(对人与自然、人与社会、人与人关系予以形象解说)小说③。这种20世纪世界文学图景中别有特色的神话学进程，在俄罗斯小说中既体现在现实主义体系中，也反映在现代主义体系中④。值得注意的是，1980年代俄罗斯现代主义小说不像西方那样热衷于神话情节和神话主题的构建，而1990年代俄罗斯小说各流派普遍出现对神话倾向的兴趣，其中尤以现代主义为甚⑤。与此同时，现代主义在发展过程中逐渐与其他流派(比如现实主义、后现代主义、社会主义现实主义)相互融合，产生了

---

① *Нефагина, Г.Л.* Русская проза конца XX века. М.: Флинта и Наука, 2003, С. 210.

② Там же, С. 113.

③ Там же, С. 114-116.

④ Там же, С. 170.

⑤ Там же, С. 213.

一批边缘混合风格的小说①。

其三，后现代主义文学因素的借鉴与变异。就文学思想而言，西方后现代主义直接成为新现实主义的思想来源和手法。后现代主义文学这一称呼，直到1987年才在俄罗斯文学研究界首次正式出现②，而为文学研究界普遍接受并广泛使用则是在1990年代初期以后。在俄罗斯文学界，后现代主义文学经历了一个由潜流到显流、由地下到地上的过程，是1990年代以来文学生态图景中重要的文学思潮现象。与西方相比，俄罗斯后现代主义小说有着鲜明的特征：有思想的对话与俄罗斯心理现实主义传统相结合，与对规范的社会主义现实主义的戏仿相结合③。由此，俄罗斯后现代主义小说可以分为两类：倾向性后现代主义，致力于解构既定的意识形态，消解社会的、哲学的、政治的诸种神话，具有鲜明俄罗斯特性；非倾向性后现代主义，充满文化密码和不同时代流派的美学观点，致力于解构不同意识形态的原则模糊性，与西方后现代主义更为相似④。后现代主义最主要的价值观就是追求"莫大的多样性"，这种多样性并非同一性，而是一种不同成分的折中结合：这种结合混淆了价值创造者与消费者、中心与周边之间的界限；这种折中抛弃了价值与文化的精神成分的联系，把价值变为一种反象征⑤。

就历史逻辑而言，新的社会现实存在，要求以新的认识手段、新的表现手法和新的艺术形式，表现彼时彼刻的价值观念和思想感受；否则，仅以原有的认知方式很难有效解释新的现实问题，有效切入新的时代对象。这应是历史发展变化对文学提出的必然要求，而人类在不断改变与提高自身的认识手段和表现手法中，不断深化对世界的认知与把握。作为把握世界的一种审美方式，文学必然处于发展变化之中，有其自身的解释方式和发展规律。20世纪八九十年代，当代俄罗斯文学呈现出多流派、多风格、多手法的复杂动态图景，作家群体在国内外诸种艺术资源中不断求新求变，文艺流派在国际文化环境中不断吐故纳新、互相渗透，一切都处在思潮涌动、思想更迭之中，由此导致文学流派风格杂糅、手法互用、技巧

---

① *Нефагина, Г.Л.* Русская проза конца XX века. М.: Флинта и Наука, 2003, С. 217-248.
② *Андреев, Л.Г.* Литература у порога грядущего века. // Вопросы литературы, №. 8, 1987, С. 3-42.
③ *Нефагина, Г.Л.* Русская проза конца XX века. М.: Флинта и Наука, 2003, С. 265.
④ Там же, С. 265-266.
⑤ [俄] 叶琳娜·米哈伊洛芙娜·斯科瓦尔佐娃：《文化理论与俄罗斯文化史》，王亚民等译，兰州：敦煌文艺出版社，2003年，第324页。

融合。就此而论，当代新现实主义的杂糅性和自由化倾向，在相当程度上吻合当代俄罗斯文学多样化、实验化和自由化的整体发展态势。

三、从美学观念到叙事策略：新现实主义的特点

新现实主义文学的特点主要有三，即美学观念的哲理倾向、艺术手法的综合趋势和叙事策略的多样态势。其中，对社会现实的合成表现，对真实诗学的变异诉求，对人物形象的多样塑造，则是新现实主义的诗学核心。这也部分吻合当代俄罗斯文学的整体风貌和宏观特点。

其一，美学观念的哲理倾向。20–21世纪之交，当代俄罗斯文学在叙事样式、价值追求、流派分野、作家群体划分等方面，变得纷繁复杂：后现代主义、新古典主义、新根基派、异样文学、女性文学等文学流派或文学现象彼此交织，相互渗透。在这种多元化、自由化和多样性话语谱系中，新现实主义积极进行结构革新，追求潜意识、无意识和梦幻意识等多方面的艺术效果，讲究文本话语革新，呈现出一种鲜明的还原向度和哲理倾向。在哲理倾向上，新现实主义文学思想主要表现出三种不同维度，即对历史史实和社会现实的真实存在的本真叙事，对人的生命本义与人性本相尽可能逼近勘察，对人的生存状态与心理境况的摹写状绘，三者共同体现出对现实存在和精神存在的哲理探讨倾向和深层思考倾向。

作为合成艺术的当代审美实践，新现实主义在实现传统与创新两者有机、和谐统一的前提下，不拘泥于某一流派传统规约，倡导小说创作形式的"先锋性""前瞻性"和"实验性"，其独特的艺术表现形式与个性的创作精神与众不同。其中，"合成小说"具有与此间现实主义、后现代主义小说不同的某种"异质性"，呈现出一种难以被主流小说话语命名和言说的特征。这种"异质性"表现在艺术意识、话语形式和表达手法等层面上，呈现出不同于当代小说的重要形态。将它们置于新现实主义语境中来考察，或能对其做出更准确的解读和分析。由此，新现实主义不仅仅是当代俄罗斯文学中的一种重要过渡性特征，一种当下时代性话语，也是一种开放而敏锐的审美实践，一种灵动而个性的哲理现象，体现了具有先锋意识的当代作家对艺术形式革命的新思考。

其二，艺术手法的综合趋势。较之现实主义而言，新现实主义更多地吸收和借鉴了包括后现代主义在内的多种文学思潮的各种艺术手法，诸如戏仿、镜像、互文、游戏、错位、镶嵌、不和谐、片段性、反时空性、奇特化等等。由此，新现实主义

和后现代主义实现了密切对话与部分合流，共同营造出一种先锋实验和艺术探索的文学氛围。然而，这种对话与合流并未改变新现实主义的诗学本质，换言之，新现实主义和后现代主义有着典型的不同诗学理念和审美范式。第一，在文学思想层面上，新现实主义作家虽然以冷漠的口吻、客观的叙事、戏谑的风格或自嘲的修辞，掩盖与众不同的立场和信仰，但在很大程度上仍然相信最高精神本质的存在，并使读者注意到精神的存在。第二，后现代主义手法的渗透与运用，主要是作为手法和形式而存在于新现实主义文本之中，使新现实主义思潮的文本变得摇曳多姿，叙事多元，风格多变，并未从根本上改变新现实主义的诗学本质——对现实主义性的认同和坚守，对人道主义性的关注和保留。第三，区别于后现代主义的游戏戏仿，新现实主义之作对现实人生持严肃认真的探索态度，试图融汇传统思想性认知和先锋个体性看法，整合多元化的理想追寻与反传统的艺术手法。总之，新现实主义文学重视社会人生现实与内心精神现实，尊重现实的物质式、精神式和边缘混合式等多种表现形式，以多样的艺术手法反映多样的现实形态，由此形成多样的艺术体裁和风格。

这种综合性趋势在20-21世纪之交的俄罗斯文学中有着比较具体而微的体现。弗拉基莫夫（Г. Н. Владимов）的小说《将军和他的部队》（1994）以卫国战争为题材，既遵循俄罗斯古典现实主义传统，又借鉴包括后现代主义在内的当代多种艺术手法，"展示出当代人精神生活的丰富性和复杂性"[①]；瓦·拉斯普京的小说《下葬》（1995）和《新职业》（1998）通过社会剧变期的人与事、生与死、苦与痛、美与丑、善与恶，形象描写苏联解体后城里人的生活困境和伦理困境；《在医院里》（1995）、《完全出乎意料》（1997）、《木舍》（1998）、《在故乡》（1999）等小说，通过小说警告人们防止灾难和毁灭的发生，表现出对现实的强烈批判和伦理忧思。马卡宁和梅德维杰夫（В. В. Медведев）则以荒诞笔法来影射现实，描绘出一幅疯狂无序、伦理失范的非理性画卷：马卡宁的《出入口》（1991）表现了对未来的悲观和绝望，梅德维杰夫小说《荒诞的故事》（1992）展示了俄罗斯人无家可归、丧失自我的心态写真。索尔仁尼琴的小说《在转折处》（1996）发出唯有行动起来才能自我拯救的号召和警醒，表现出对国家处于历史性转折关头的强烈忧虑。列昂诺夫（Л. М.

---

① [俄] 符·维·阿格诺索夫主编：《20世纪俄罗斯文学》，凌建侯等译，北京：中国人民大学出版社，2001年，第650页。

Леонов）的《金字塔》（1994）、阿纳托里·金创作的幻想小说《昂里利亚》（2000）、尼古拉·戈尔巴乔夫（Николай Горбачёв）的《世界末日来临前》（2000）、邦达列夫（Ю. В. Бондарев）的政论小说《百慕大三角》（1999）、瓦尔拉莫夫的小说《傻瓜》（1995）、《沉没的方舟》（1997）和《教堂圆顶》（1999）等，关注后苏联俄罗斯社会历史现实的同时，普遍借用后现代主义艺术手法，带有比较鲜明的新现实主义特色。

其三，叙事策略的多样态势。新现实主义追求对现实世界和人生精神的艺术反映，但其叙事策略已经迥然异于以往，呈现出多元化和多样化的总体态势。当代俄罗斯文学的写实主义各种功能大多既不经由叙事者讲述出来，也不经由主人公的现实命运表现出来，而是通过不同人物的心理或意识流自然折射出来。现实主义作家的审美意识明显由作家反映社会生活，向表现作家对历史人生的感受转变，"由'干预生活'向表现自我对外部生活的感受转变"①。在作家们看来，语言较之现实更为真实，文本即现实，世界即文本，"这个后先锋派的美学公式消解了文学和现实之间的传统界限"②。由此，作家开始"从社会思索转入个体生命体验"，转向"表现普通人的生存状态和生命意识"③。诚如布斯（W. C. Booth）所言："真正的小说一定是现实主义的"，"所有艺术'名副其实'的一个目标，就是给世界已失去的秩序留下一个见证"④。由此，"现实"普遍变得不那么重要，重要的是对"现实"的个性化感受与自我式体悟。在叙事视角上，1980 年代以降的俄罗斯小说在延续现实主义文学传统的同时，体现出第一人称与第三人称叙事交织、从事件叙事到心理呈现转向的内向化倾向，带有比较明显的先锋气息和后现代氛围。

叙事策略的多样化态势与内向化转向，在当代俄罗斯戏剧中亦得到具体而微的体现。从戏剧叙事学来看，在《青春禁忌游戏》（Дорогая Елена Сергеевна）中，拉祖莫夫斯卡娅（Л. Н. Разумовская）创造性地改造戏剧的叙事方式，在人物的角色对话之中之外添加大量叙事者声音与非叙事性元素。叙事者以限制性第一人称视角出现，置身事外又身临其境，并不左右剧情发展和事态进展，使剧作呈现出角色声音和思想意识的复调性。这种叙事策略在相当程度上既规避书报审查的

---

① 张建华：《论俄罗斯小说转型期的美学特征》，《当代外国文学》1995 年第 4 期，第 77—78 页。
② [俄] 利波维茨基：《陡度的规律》，吴晓都译，《后现代主义》，让—弗·利奥塔等著，赵一凡等译，北京：社会科学文献出版社，1999 年，第 159 页。
③ 高芾：《请注意，俄罗斯文学在崛起（续完）》，《世界文学》1993 年第 5 期，第 280 页。
④ [美] W. C. 布斯：《小说修辞学》，华明等译，北京：北京大学出版社，1987 年，第 25、34 页。

危险，也显示出叙事者的道德判断与伦理诉求。在重要冲突和激烈对话后，叙事者总会跳出故事脉络发展，对冲突情节和对话内容进行总结，提示剧情的进一步发展。在叶莲娜的生日当天，学生三男一女商量以苦肉计赢得老师同情心，进而使其交出钥匙拿到试卷。面对学生们的谎言欺骗和步步紧逼，叶莲娜虽然坚守正直教师和知识分子的道德良知，却难以制止学生的狂妄行动。叙事者以画外音陈述道："这是一个恶毒的谎言。所有的谎言都在寻找一件美丽的外衣，瓦洛佳寻找到了最整洁的一件，有谁能抵挡这样的赞美和奉承？特别是在经历了这样的一场动荡之后。叶莲娜是无法接受这样突然的一个转变的，但是，善良的人们在思考时总是从善的角度出发的……"①在计划实施中，瓦洛佳弄假成真，当众强奸女生拉拉。目睹乱象丛生的此情此景，叙事者的情绪既不可遏制，又无可奈何："罪恶撕去了自己最后的伪装。瓦洛佳带有一种成就感地解开自己的衣衫，一个赤裸的小丑战战兢兢地在众人面前实施自己的暴行……"②耳闻学生们的恶言恶语，目睹青年人的丑行百态，坚持教育尊严和道德底线的叶莲娜，最终无可奈何，只好以清白激烈之死对抗肮脏的社会现实。对这一举动，叙事者激烈评价道："正义在此刻做出了最无奈的妥协！把一颗善良的灵魂交给了魔鬼，是升华，还是堕落？！金属撞击地板，也撞击着每一颗心灵……"③此类包含道德劝诫和意识倾向的叙事者声音，引人关注又发人深省，在很大程度上既是剧作家内心良知的呐喊，也是知识分子群体道德底线的呼号。

在现实主义和后现代主义迥然不同的两种文学思潮之间，新现实主义介乎其间或其外，大致保持着一种平衡的动力机制和自为的文学场域，不断吸收来自各方的有益成分和艺术手法，对现实世界做出不同于二者的艺术反映，形成既介乎二者之间或之外又与二者不即不离的体裁风格。正因区别于传统现实主义和后现代主义，新现实主义保留着现代主义的美学内涵和基本原则，又吸收着包括现实主义和后现代主义在内的各种先锋技巧，其本质属于现代主义美学范畴；正因介乎二者之间或之外变动不居，新现实主义在1990年代随着后现代主义在俄罗斯的合法化和蔚为大观，逐渐实现与后现代主义的不断合流和多样对话，形成一种别样的文学风格和异

---

① [俄]柳德米拉·拉祖莫夫斯卡娅：《青春禁忌游戏》，童宁译，北京：电子工业出版社，2003年，第78页。

② 同上书，第96页。

③ 同上书，第96页。

样的文学特色。

结　语

概而言之，在延续现实主义的诗学内涵和美学本质的同时，当代俄罗斯新现实主义通过借用白银时代新现实主义的文学遗产、西方各种先锋文艺思想和后现代主义文艺思想，形成既区别于传统现实主义和后现代主义，又介乎二者之间或之外变动不居的文学态势，影响着当代俄罗斯文学思想的嬗变和转型。不管社会形态如何转换、意识形态怎样变换、思想文化如何嬗变，"寻找理想——这是20世纪俄罗斯文学生活的主要理念，是每一位追求真理的俄罗斯作家活动的主要意识"[①]。不仅如此，"在20世纪历程中，人民过着艰难困苦而勇敢无畏的精神生活，并创造出伟大而神圣的文学，在文学中拥有一种理想追寻——既有宗教理想、美学理想、道德理想，又有社会理想、政治理想"[②]。在新现实主义文学思潮中，这种多层次的理想追寻和乌托邦探索，并未随着文学理念的降格、文学地位的边缘化和文学体制的市场化而逐渐消失，而是经由反讽、戏仿、嘲弄、镜像、拼贴、互文等后现代主义手法和现实主义手法的融汇得到变形体现。

伴随社会制度的变迁、文化态势的转变、思想情状的嬗变，文学观念、思潮特点和美学范畴也在不断发生微妙的变化，产生剧烈的转换。当代俄罗斯新现实主义的特点主要表现为美学观念的哲理倾向、艺术手法的综合趋势和叙事策略的多样态势。其中，对社会现实的合成表现，对真实诗学的变异诉求，对人物形象的多样塑造，则是新现实主义的诗学核心。这种思潮特点与诗学特色，部分呼应当代俄罗斯文学的整体风貌和艺术的宏观特点。这既影响着文学外在形式的试验与艺术手法的书写，也改变着人们认识现实的方式与把握自我的策略。"'文学性'创造了'诗性的现实'，通过原初文本的'制作'，从不成形的事物中塑造出'模式'与'主题感'，这就表明，正是过去的与现在的文学写作了我们，这是由于这种文学有它独特的表达形式——这样的表达形式以往是没有的，而在现代却出现了，这样一来，也就永久地改变了我们感知事物的方式。"[③]新现实主义在当代俄罗斯的由来渊源与兴起历程，与当代俄

[①] *Баевский, В.С.* История русской литературы XX века. М.: Языки славянской культуры, 2003, С. 399.

[②] Там же.

[③] [英]彼得·威德森：《现代西方文学观念简史》，钱竞、张欣译，北京：北京大学出版社，2006年，第194页。

罗斯美学观念的确立和文学理念的嬗变,彼此呼应,相互彰显,可谓互为表里,相互依存。二者之间多样的互动关系,折射出文学思潮与美学理念之间在理论层面相互建构消解,在实践层面彼此互动影响的二重性关联。

第三节　内部与外部:后苏联时期俄语布克奖的是非论争[①]

一、20-21世纪之交的文学评奖

20世纪的八九十年代,商业主义文化如潮水浸淫各个领域,以混乱不堪又生机勃勃的姿态敲打着历史之门。急剧的自由化与市场化,快速的城市化和消费化,使政治、经济与文化处于多边作用的结构关系中产生新变。人们既感慨文化与文学逐渐边缘化,又目睹不同于以往意识形态文化或经典文化生产的方式在扩展。从经济一体化到文化全球化与民族化的拉拔与张力,向世人提出了既敢于顺应潮流又善于趋利避害,既充分把握机遇又体现自强自立的诸种话题。因此,在20世纪末的俄罗斯,俄语布克奖(Премия "Русский Букер")一经确立就不仅仅成为文学界的事情,而且成为一个刺激俄罗斯民族自尊的话题。苏联解体带来的难题之一,是如何重建作为新民族国家的俄罗斯联邦;而新俄罗斯不仅面临如何处理苏联历史遗产,而且无法回避全球化的汹涌浪潮和民族主义思潮的侵袭[②]。

后苏联时代由于国家政局的逐渐松动、政治氛围的空前自由、民主思想的急剧升温、市场经济的剧烈转轨,将近一个世纪的由于各种原因未曾与读者见面的大量作品铺天盖地涌向读者;各种艺术流派、各种文学风格、各种思想倾向、各种社会身份的作家的创作变得异常活跃。与此同时,借助对19世纪经典作家的重新诠释和对白银时代文学理念的批判性继承,大众文化迅速复苏觉醒,快速发展,并从西方批评理论中汲取合理性成分,形成20-21世纪之交狂欢化的文学生态和复调式的文学图景。随着俄罗斯的社会形态从苏联到俄联邦的急剧转变,经济制度从计划经济到市场经济的剧烈转型,作家的社会身份从知识分子精英到创作自由人的瞬间转换,谋生方式从担当道义到卖文谋生的急剧变换,作为社会文化的反映载体和作家话语的言说方式之一,当代俄罗斯文学也随之发生着前所未有的变化。在后现代主义日

[①] 本节内容曾以"本土的与外来的,传统的与先锋的:俄语布克奖的是非非"为题,刊发于《俄罗斯文艺》2009年第3期。

[②] 参阅林精华:《"布克奖"改写俄国文学史》,《中国图书商报》2003-11-07,A02版。

益疲惫、后殖民主义逐渐变异的背景下，作为大众文化生产媒介之一的文学评奖，在当代俄罗斯文学生态图景的发展、形成和建构中起着无法替代的作用。1990年代后半期影响俄罗斯文学嬗变的因素，除了文学网站的开通、文学俱乐部与沙龙的举办，还有一个不可忽视的现象：大量文学奖项的设立[1]。

"随着国家取消对文学进程的控制，也由于文学生产过程的商业化，独立地对文学作品进行社会评价成为一项迫切的任务。总的说来，在现代的图书世界里，读者和社会都需要导引。尤其是20世纪90年代，传统上从事当代文学评论的理论界，积极性大大下降，有的也不为文学期刊所欢迎。由于这个原因，设立文学奖颁奖的制度，开始在文学发展进程中发挥重要的作用。"[2]苏联解体之后，俄罗斯设立了名目繁多的文学奖项，其评奖活动声势之浩大，奖项数目之繁多，活动花样之新奇，几乎达到令人眼花缭乱目不暇接的地步。据统计，俄罗斯近年各种各样的文学奖项有160多种，更有说多达300余种的[3]：诸如在全俄联邦评选的"俄罗斯联邦文学艺术国家奖"，注重文学创作成就的"国家普希金奖"，发掘年度畅销书的"国家畅销书奖"，鼓励年度创新之作的"安德烈·别雷奖"，表彰年度最佳文艺批评的"阿波罗·格利高里耶夫奖"。其中尤以俄语布克奖为代表："（俄语布克奖）每年优秀长篇小说评奖提名的过程，以及最终的评定结果，几乎成为（20世纪）90年代上半期文学期刊的主要话题"[4]。由于评选规则的严密规整、评选过程的公开透明、评选结果的客观公正，俄语布克奖备受各界关注的情形一直持续至今，即使在经济紊乱、政治动荡、民生艰难的1990年代中后期也从未间断过。作为苏联解体之后俄罗斯文坛上最具重要性、最有权威性、最具影响力的文学奖项，俄语布克奖自设立之初就面临来自各界的指责和非难。争论的焦点主要表现在两点：其一，就文学奖项本体而言，俄语布克奖是本土的还是外来的；其二，就获奖作品手法而言，俄语布克奖小说是传统的还是先锋的。

---

[1] Shneidman, N.N. *Russian Literature, 1995-2002: On the Threshold of the New Millennium*. Toronto, Buffalo, London: University of Toronto Press, 2004, pp. 19-20.

[2] [俄]符·维·阿格诺索夫主编：《20世纪俄罗斯文学》，凌建侯等译，北京：中国人民大学出版社，2001年，第648页。

[3] 刘文飞：《文学魔方：20世纪的俄罗斯文学》，北京：中国社会科学出版社，2004年，第70页。

[4] [俄]符·维·阿格诺索夫主编：《20世纪俄罗斯文学》，凌建侯等译，北京：中国人民大学出版社，2001年，第648页。

二、本土的与外来的：俄语布克奖的外部纷争

俄语布克奖全称是"俄语布克年度最佳小说奖"，由具有西方背景的英国布克奖评委会于 1991 年 12 月设立，次年正式评选颁奖，与英国布克奖（Британская премия Букер）同属一宗，是当代俄罗斯第一个非官方的文学奖项。该奖项旨在促进当代俄罗斯文学的发展，提高广大读者对严肃文学的判断力和欣赏力，保障继承俄罗斯优秀人文价值传统作品的推广，向西方和世界推介俄罗斯当代文学[①]。俄语布克奖原则上授予世界范围内用俄语写作的年度最佳小说，尤其是长篇小说，每年评选出一部；最初奖金金额为 1 万美元，后来增至 1.25 万美元，2004 年起获奖作家可获得 1.5 万美元奖金，入围者则可获得 1 千美元的入围奖金。按评委会评奖规定，入围者不得少于三位，不能多于八位，按惯例一般为六位，此举既是为了保证入围作品的文学水准，也是为了规范评奖机制，扩大入围者的职业范围。目前，俄语布克奖已经成为俄罗斯文坛中备受关注的文学大奖之一，也是世界范围内最重要的俄语文学年度奖项，获得国际文化界的极大关注。

在苏联解体之后显得萧条多变的俄罗斯，面对着后现代主义作家维涅·叶罗菲耶夫（Вене. В. Ерофеев）所谓"过量的氧气"而造成的空前自由和迅速商品化的市场，面对着西方大众文化的冲击和受众审美趣味的变化。俄语布克奖的成功设立和运行在当代俄罗斯当代文坛激起了颇为热烈的反应，赞赏认同与贬斥反对各执一端，莫衷一是。一种观点认为，它是"当代文学进程的酵母"，是一株鲜活的"俄罗斯土壤上的英国文学之树"[②]。著名批评家拉蒂宁娜（А. Н. Латынина）撰文指出，该奖的设立纯粹是一种"文学利他主义的行为"，英国布克公司"这件事做得正是时候——正好是在爆发了出版危机和读者对文学的兴趣下降的时候"[③]。另一种观点则与此针锋相对。在利莫诺夫（Э. В. Лимонов）看来，它是"文学种族主义的体现"，是"殖民主义的奖金"[④]。著名批评家邦达连科称，该奖是一匹偷运进俄罗斯文学的"特洛伊木马"，应该注意"西方帝国主义企图用特洛伊木马计破坏俄罗斯文化的狡

---

① *Мартин Гофф*. Букеровская премия: миф и реальность. // Литературное обозрение, № 2, 1997, С. 51-56.
② 刘文飞：《文学魔方：20 世纪的俄罗斯文学》，北京：中国社会科学出版社，2004 年，第 63 页。
③ 张捷：《当今俄罗斯文坛扫描》，北京：人民文学出版社，2007 年，第 147 页。
④ 刘文飞：《文学魔方：20 世纪的俄罗斯文学》，北京：中国社会科学出版社，2004 年，第 63 页。

诈阴谋"①；流散作家马克西莫夫（В. Е. Максимов）则激愤地诘问："为什么应该由它们（即外国人的文学奖金——引者注）来决定俄罗斯文学中谁怎么样？难道一个泱泱大国竟找不出几千美元来设立自己奖金？"②著名后现代主义作家索罗金（В. Г. Сорокин）对待俄语布克奖的态度甚至更加极端。长篇小说《冰》（Лёд）入围该奖，遭到他的不屑与鄙弃："布克奖——这是一个尚在娘胎中就已经烂朽的胎儿。"③总而言之，围绕俄语布克奖所引发的两种截然不同的解读，部分折射出1990年代俄罗斯文学界对待文学现象和诠释文化事件的两种不同方式（即以具有普适性的自由主义还是以具有传统价值的民族主义理念阐释历史），由此也反映出文化思想界围绕民族主义和全球性等公共话题的不同回应。

　　向来视文学为民族大业的俄罗斯，这个向世界文坛贡献出众多文学大师的泱泱大国，被由英国人设立一个奖项统辖全国，这种情形的确让人脸面无光。尽管英国布克奖基金会设立俄语布克奖的出发点是好意，其运作过程和结果也确实促进了俄罗斯文学的发展，但这种举动显然有违俄罗斯知识人的本意，并刺激着俄罗斯民众的自尊心。于是，国家意识形态部门及国立科研机构、各种基金会等纷纷设立了各类文学奖，或不断加大已有奖项的奖励额度。颇有意思的是，为了对抗"资本主义的布克奖"，在时任《独立报》（Независимая газета）主编特列季亚科夫（Виталий Третьяков）的倡议下，"反布克奖"（Премия Антибукер）于1995年正式设立，奖金比布克奖多1美元。《独立报》主编曾明确表示，"这是为俄罗斯文学而设的俄罗斯人的奖项"，要"让那些没有好好想过这个问题的人感到羞耻！"④总之，"一切始于报纸的强烈自尊心"④。反布克奖在1995年设立之初只设小说奖，次年增设诗歌和戏剧奖，1997年增设批评奖，1998年又增设随笔和回忆录奖，由此衍生出五个不同的奖项。各奖项名称分别冠以俄罗斯文学及批评经典名称，如小说奖被称为"卡拉马佐夫奖"，语出自陀思妥耶夫斯基的同名长篇小说；诗歌奖被称为"陌生女郎奖"，源自勃洛克诗篇《陌生女郎》；戏剧奖被称为"三姐妹奖"，据契诃夫戏剧《三

---

① 张捷：《当今俄罗斯文坛扫描》，北京：人民文学出版社，2007年，第146页。
② 张捷：《当今俄罗斯文坛扫描》，北京：人民文学出版社，2007年，第146页。
③ *Соколов, Б.В.* Тайны русских писателей: Расшифорованная русская литература. М.: Эксмо, Яуза, 2006, С. 541.
④ 伍宇星：《"反布克奖"五周年》，《俄罗斯文艺》2000年第3期，第59页。
④ 同上文，第60页。

姐妹》而得名；批评奖被称为"一线光明奖"，得名于杜勃罗留波夫的批评文章《黑暗王国里的一线光明》；随笔、回忆录和历史文艺奖被称为"第四种散文"，语出自诗人曼德尔施塔姆的同名随笔。该奖的设立不仅满足了俄罗斯民众的自尊心，也得到当代俄罗斯文学界的认可。影响颇广的《新世界》和《大陆》（Континент）等知名大型刊物主编，愿意担任该奖项的评委；历史悠久、声誉颇高的《文学报》（Литературная газата）对"反布克奖"进行追踪报道，向获奖者表示祝贺，并郑重表示："五年间，'反布克奖'没能推翻'布克奖'，但得到了文学界的承认，成为俄罗斯主要的文学奖项之一。"[①] 可惜的是，由于人事变动调整（2001年，特列季亚科夫离任，《独立报》主编由塔吉亚娜·科什卡列娃接任）、资金紧张短缺、体系复杂庞大、评选制度欠佳等原因，反布克奖于2002年不幸停办消亡。在汹涌澎湃的民族主义思潮操控下，面对爱恨交加的西方文化界，当代俄罗斯文化界大致持一种既拒还迎、若即若离的复杂态度。

针对这种来自俄罗斯民族主义的压力，俄语布克奖组织不断调整策略，让更多的俄罗斯基金会、团体、企业介入，淡化俄罗斯民众所持的"来自英国殖民主义诱惑"的敌视。正因为俄罗斯民族主义思潮的盛行和操控，俄语布克奖自设立多年以来一直因为赞助人的不断变更而内忧外患，动荡不安，几易其名。1997年，俄语布克奖脱离英国布克公司的支持，改由俄罗斯斯米尔诺夫伏特加酒业公司建立的"彼得·斯米尔诺夫基金会"赞助，并更名为"斯米尔诺夫–布克"文学奖（Литературная премия "Смирнофф-Букер"）。2003年10月下旬被俄联邦总检察院起诉的"尤科斯"（ЮКОС）石油股份有限公司，于1997年发起"开放的俄罗斯"运动，同时积极参与俄语布克奖活动。2002年起，该奖被尤科斯股东会建立的"开放的俄罗斯基金会"垄断经营，并随之更名为"布克–开放的俄罗斯"文学奖（Литературная премя "Букер-Открытая Россия"），这种称名状况大致延续至今，由此俄语布克奖完成了本土化和民族化，也赢得社会各界的认可和支持。正是这样，俄语布克奖才通过逐渐的本土化和去西方化过程逐渐获得了俄罗斯读者界和作家群体的认可，成为俄罗斯当前最有影响力、最具权威性的文学奖项。

由于俄语布克奖的设立者，是拥有成功运营相关奖项经验的西方文化机构或是俄罗斯国内有西方背景的评委会机构，推举程序看似比较民主而客观，有一套完备

---

① 伍宇星：《"反布克奖"五周年》，《俄罗斯文艺》2000年第3期，第60页。

而成规模的宣传机制，所以该评奖各环节的透明度很高，引起俄罗斯人的极大关注和热切期望。俄语布克奖评选注重作品的文学性和艺术性，强调文学的人文精神，注重文学的审美价值，倡导"让文学回归到文学"。每年俄罗斯文学中三大主要构成板块——官方文学、境外文学、地下文学均有佳作入选。该奖项不断得到越来越多的俄罗斯人的认同，引起世界上关心俄罗斯文学的读者的兴趣。应该指出的是，侨民文学在当代俄罗斯已经与国内主体文学逐渐汇流，成为一体："对当代文学的分类原则已经改变。将国内文学与侨民文学——这在今天是同一种现象——分开来单独审视，已经失去意义。"[1] 从某种意义上可以说，俄语布克奖的获奖作品代表着俄罗斯文学生态之发展倾向，而获奖者在声名鹊起的同时，也部分体现着俄罗斯文学界对其写作倾向和叙事策略的一种认同和接纳。由此，俄语布克奖在相当程度上成为当代俄罗斯文学的一个缩影和晴雨表，从中可以对当代俄罗斯文学的发展，尤其是长篇小说的主题内容、思想倾向、艺术技巧、叙事策略、道德伦理等方面管窥一斑。因此，每年俄语布克奖评选章程的制定、评选委员会的构成、大名单的出炉、小名单的揭晓以及获奖者的问世与获奖感言，一向是俄罗斯文化界、文学界、读者界和各种报刊传媒持续报道和关注的对象。

三、传统的与先锋的：俄语布克奖的内部平衡

苏联解体之后，在文学艺术奖项仍然导引俄罗斯文坛变化的情境中，正是俄语布克奖在很大程度上唤起了俄罗斯作家和读者群体继续关注俄罗斯当下文学的发展和变迁，关注文学生态的变更与调整，也引起西方斯拉夫学者和热心人士关心俄罗斯文学的发展态势。综观当代俄罗斯文学的发展历程和历年历届获奖小说，近二十年来俄语布克奖最引人关注的功能是，促进文学形态从苏联时期浓厚的意识形态性向当代俄罗斯的非意识形态性的转化，促使叙事方式从线性叙事到空间叙事的转换，叙事视角从以全知全能的视角为主导向多种叙事视角相互渗透彼此共存的转变，从而确认了不同于苏联社会主义现实主义的多元化文学叙事策略。由此，在当代俄罗斯小说中传统手法与先锋技巧并存，本土技巧与外来方法同在，多种样式与多元风格共存，形成一幅错综复杂五彩斑斓的文学生态图景。

其一，俄语布克奖在很大程度上积极促进了后现代主义在俄罗斯的合法化，丰

---

[1] *Гордович*, К.Д. История отечественной литературы XX века. СПб.: Спец-Лит, 2000, С. 104.

富了俄罗斯文学的表现手法和叙事方式。《命运线》《审讯桌》《集邮册》《兽笼》《攻克伊兹梅尔》等小说，普遍呈现出碎片化、无情节化、无中心化等后现代主义特色，以及戏仿、粘贴、调侃、镜像等后工业化特征，体现出明显的先锋特色和试验手法；诸如马卡宁的《出入孔》、伊万钦科（Александр Иванченко）的《花纹字》、布依达（Юрий Буйда）的《堂·多米诺》、阿列什科夫斯基（Юз Алешковский）的《黄鼠狼的生活经历》、斯拉波夫斯基（Алексей Слаповский）的《第一次基督的第二次降世》、博罗蒂尼亚（Александр Породыня）的《以马列维奇画的方块作为领章的制服》、佩列文的《奥蒙·拉》和《昆虫的生活》等不少被提名和进入决赛圈的作品，广泛采用象征、寓意、幻想、怪诞、神话、变形等手法①。比如，当代作家马克·哈里托诺夫（Марк Харитонов）的名作《命运线》创作于 1980 年代，发表于 1991 年，在《各民族友谊》杂志 1992 年第 1-2 期上连载②。在 1992 年布克奖的角逐中，该小说赢得包括牛津大学教授约翰·贝利（John Bayley）、美国评论家艾兰迪亚·普罗弗（Ellendea Proffer）、俄罗斯作家兼评论家安德烈·西尼亚夫斯基（Андрей Синявский）、安德烈·比托夫（Андрей Битов）、阿拉·拉蒂尼娜（Алла Латынина）五位评委的一致好评，从弗·马卡宁、弗·索罗金、柳·彼特鲁舍夫斯卡娅等人的作品中脱颖而出，获得首届俄语布克奖。《命运线》刚刚问世，就获得俄罗斯批评界的众多赞誉。卡连·斯捷潘尼扬（Карен Степанян）曾在文章中指出，马克·哈里托诺夫完全有资格获得 1992 年的俄语布克奖，"这真的是当时入围布克奖的最好的作品"③。俄罗斯教育科学院院士、莫斯科师范大学语文系教授弗·维·阿格诺索夫（В. В. Агеносов）也在访谈录中称《命运线》为最引人入胜的作品之一④。俄罗斯批评家安·涅姆泽尔（Андрей Немзер）认为哈里托诺夫是一位了不起的作家，他的作品《命运线》具有多重结构，是一部十分优秀的长篇小说。2001 年，阿拉·拉蒂尼娜撰长文《文学的黄昏》再次肯定《命运线》的艺术价值，

---

① 张捷：《当今俄罗斯文坛扫描》，北京：人民文学出版社，2007 年，第 145 页。
② См.: *Харитонов, М.С.* Линии судьбы, или Сундучок Милашевича. // Дружба народов, №. 1-2, 1992.
③ *Степанян, К.А.* Назову себя цвайшпацирен? (любовь, ирония и проза развитого постмодернизма). // Знамя, №. 11, 1993, С. 184.
④ 余一中、[俄] 弗·维·阿格诺索夫、孙飞燕：《百花齐放的二十世纪九十年代俄罗斯文学：弗·阿格诺索夫访谈录》，《当代外国文学》2001 年第 4 期，第 111 页。

称在近十年布克奖获奖作品中《命运线》一直为她所喜爱①。该小说的出现与整个俄罗斯文学传统特别是近几十年俄罗斯后现代主义文学的发展密不可分，它不仅继承了前人的创作经验，又有所创新。正如阿拉·拉蒂尼娜所指出，长篇小说《命运线》"既与世界文化传统接轨，又扎根于俄罗斯文化传统"②。而且，该小说文本在形式上的碎片性、互文性，手法上的拼贴、戏仿、陌生化，乃至内容上的与苏联主流文学话语的对话与争论、消解与颠覆等等，都带有明显而典型的后现代主义印记。

其二，俄语布克奖使写实主义文学传统在俄罗斯得以延续，并体现出别样的生命力。当代俄罗斯文学的写实主义各种功能大多既不经由叙事者讲述出来，也不经由主人公的现实命运表现出来，而是通过不同人物的心理或意识流自然折射出来。现实主义作家的审美意识明显由作家反映社会生活、干预批判生活，转向作家感受社会生活、体验表现人生。在作家们看来，语言较之现实更为真实，而文本即现实，现实世界就是一个巨大的文本，文学和现实之间的传统界限逐渐消弭。由此，对"现实"的个性化感受与自我式体悟，成为作家关注和文本探讨的中心和重心。这正是当代俄罗斯文学延续心理写实主义传统的一种潮流。弗拉基莫夫的《将军和他的部队》（1995年获奖），以俄罗斯历史上的卫国战争为题材，展现的是坚韧不拔的俄罗斯民族性格和广阔深入的人民战争，二者彼此交织、相互作用、贯穿始终，成为小说的主要线索。该小说坚守俄罗斯古典现实主义叙事传统，与风行1990年代的后现代主义明显不同："他既遵循古典的俄罗斯现实主义传统，又对逝去的时代有着全面的历史认识，两相结合。在描写人民战争时，显然受托尔斯泰传统的影响，使众所周知的'托尔斯泰式'主题与情境获得了意想不到的现实意义。"③值得注意的是，小说透过主人公的个人感受和心理思索展现了作者对社会现实的思考、对历史文化的诉求、对民族意识的思索。其中，作者对俄罗斯民族性格问题的个人思考，就经由小说情节和人物意识体现出来，展现了作者深邃的哲理探究和形象的逻辑思维。《将军和他的部队》中有这样一个情节，德国将军古杰利昂坐在列夫·托尔斯泰的书桌旁，思考着难解的俄罗斯性格之谜。一如俄罗斯唯美主义诗人丘特切夫（Ф. И. Тютчев，1803–1873）所言："用理性无法理解俄罗斯／用公尺无法衡量她：／俄罗斯具有独特

---

① *Латынина, Алла.* Сумерки литературы. // Литературная газета, №. 47, 21-27 ноября, 2001г., С. 1.
② 高莽：《请注意，俄罗斯文学在崛起》，《世界文学》1993年第4期，第275页。
③ [俄] 符·维·阿格诺索夫主编：《20世纪俄罗斯文学》，凌建侯等译，北京：中国人民大学出版社，2001年，第649页。

的气质 /——对她只能信仰",德国将军无法理解娜塔莎·罗斯托娃(即《战争与和平》中的女主角——引者注)的行为,如同不能为当前战争中发生的事找到合理的解释一样。小说中作者有一句话颇有哲理,成为全书的点睛之笔:"抵抗希特勒的已经不仅是工农兵代表苏维埃,不仅是这个不断加强自己力量和强化阶级斗争的苏维埃,而是整个俄罗斯。"①

其三,俄语布克奖还使女性心理小说、神秘象征小说、想象推理小说、历史侦探小说等合成性小说文类顺利登堂入室,融入当代俄罗斯异彩纷呈的文学长廊中。宏观而论,作为一种具有内在逻辑和外在诉求的实验文类,合成小说具有多重向度的诗学内涵,呈现出明显的杂糅化、交互性和先锋性特征。首先,在审美元素上,合成小说将主流与边缘、审美与政治、文学与科技等悖立因素融为一体;其次,在修辞风格上,它将虚构与纪实、解构与建构、戏仿与独创等矛盾风格彼此并置;再次,在文体叙事上,它兼具小说流派与文体特色,融合时空跨度与心理跨度;复次,在主题话语上,它将寻根与想象、认同与颠覆、政治与历史等多重话语融合统一;最后,在思潮流派上,它将现实主义与新现实主义、后现代主义与后殖民主义、新感伤主义与新存在主义等不同思潮融汇合流。这在俄语布克奖小说中也有着具体而微的体现。

2006年度获奖长篇小说《2017》是一部融合了神话、科幻、爱情、革命等诸多流行元素的小说,兼具女性心理文学、神秘象征小说和想象推理小说之特色。作者斯拉夫尼科娃(О. А. Славникова)曾指出:"事件发生在十月革命一百周年——2017年。百年庆典重现百年历史事件。故事发生在乌拉尔,中心主人公是天才的宝石磨制工匠。小说中穿插了巴若夫曾一度使用过的乌拉尔山区的神话小说的题材——反空想与神话小说相结合。"②总体说来,斯拉夫尼科娃的作品特点鲜明,富于幻想,笔法细腻,关注现实,这在《2017》中表现尤为明显突出。在颇受欢迎的《新闻时间》(Время новостей)上,著名评论家涅姆泽尔(Андрей Немзер)撰文《这只是开场白:斯拉夫尼科娃新作问世》评论道:"奥尔加·斯拉夫尼科娃的长篇小说《2017》的出版是一件大事。……我确信,在我们的作家中,斯拉夫

---

① [俄] 符·维·阿格诺索夫主编:《20世纪俄罗斯文学》,凌建侯等译,北京:中国人民大学出版社,2001年,第649页。
② 张晓强:《2006年俄语布克奖得主斯拉夫尼科娃访谈录》,《外国文学动态》2007年第1期,第11页。

尼科夫最像它（即小说——引者注）的作者。她有斗士的气质，有对于被生活打入底层的人们的真挚同情，有杰出的心理学家的经验，有一个复杂故事讲述者的热情，有对虚构的喜爱，有对日常生活的偏好，有记录并以象征的方式展示时代特点的能力，有对'纳博科夫写作方式'的偏好，有引人关注的渴望，有对传统的尊重和对创新的向往。所有这些都表现在长篇小说《2017》中。"① 在知名文学期刊《各民族友谊》(Дружба народов) 上，卢基扬宁 (Валентин Лукьянин) 撰文《读不尽的斯拉夫尼科娃》认为："如果需要为奥尔加·斯拉夫尼科娃的现实主义起一个名字，我想把它叫做'全息现实主义'(голографический реализм)，意思是说，感光板的一个碎片反映的不是图像的一部分，而是整个图像。"② 在久负盛名的报纸《独立报》(Независимая газета) 上，巴维利斯基 (Дмитрий Бавильский) 撰文《金色沙粒》指出："斯拉夫尼科娃幻想力之强和比较之准简直令人吃惊，你会因它们而失去多余的视觉力量……于是出现一种组装机制 (монтажный аттракцион)，它可以平衡各个组成部分，这使得奥尔加·斯拉夫尼科娃的创造战略得以成功地实现。"③

2008 年度获奖长篇小说《图书馆馆员》(Библиотекарь, 2007) 包含着魔幻、争斗、寓言、历史等流行元素，体现出神秘主义特征和幻想主义色彩。小说主人公是一个颇具 "多余人" 气质的大学生，没有受过西方资本主义文化的影响。他知道被人遗忘的苏联作家格罗莫夫 (Д. А. Громов) 的一些书籍具有神秘的魔术能力，而为了得到它，不同的读者群体展开了残酷而血腥的争斗。小说通过幻想性情节来隐喻时代，暗示关于失去的时间、虚假的怀旧和野蛮的现在，书写俄罗斯南部童话。就其长度来说，该小说是 1990 年代以来俄罗斯出版的最厚重扎实、最才华横溢的一部作品；就其本质而言，该小说是俄罗斯 30 岁一代人 (即 1970 年代生人) 书写苏联和俄罗斯社会生活的首批后苏联小说。《图书馆馆员》的出版在当代俄罗斯文学界和读书界激起强烈反响，引起各界人士激烈的争论，获得俄罗斯批评界的诸多赞赏。评论界常常将米·叶利扎罗夫 (М. Ю. Елизаров, 1973–) 的艺术风格与著名后现代主义作家弗·索罗金相提并论，认为从可耻的丑闻糗事等写作内容到充满智

---

① *Немзер, Андрей.* Это только присказка. Вышел новый роман Ольги Славниковой. // Время новостей, №. 66, 17 апреля, 2006.

② *Лукьянин, Валентин.* Непрочитанная Славникова. // Дружба народов, №. 12, 2000.

③ *Бавильский, Дмитрий.* Золотой песок. // Независимая газета, №. 149, 15 августа, 2001.

力游戏的虚构叙事，二者小说的诸多层面有颇多相似之处①。批评家安娜·纳林斯卡娅（Анна Наринская）在《生意人报》（Коммерсантъ）中曾撰文指出：在当代俄罗斯文学界所高度评价的创作激情等方面，叶利扎罗夫已然超过"新四十岁作家"代表之一索罗金；与老一代作家的理想主义创作不同，叶利扎罗夫消弭了严肃与通俗、庄重与滑稽、现实与虚幻等元素之间的对立，但从小说的字里行间却分明可以感受到作者的真诚之心②。

四、市场化与审美化：俄语布克奖的发展诉求

在社会转型、经济转轨、文化多元的时代，文学在当代俄罗斯日益边缘化、多元化、市场化。文学评奖也面临着严峻挑战与多种考验，在市场化与审美化之间游离不定。文学评奖的自由化、民主化和去意识形态化特征，一方面解构了苏联文学的既有权威，形成自由的创作风气，促进文学的自主发展，促成文学范式的转换；另一方面部分引发了奖项数量的泛滥、文学书写的僵化、文学导向的失范，以及伦理道德的失衡。

其一，评奖机制如何建立健全？评奖机制是一个奖项得以顺利运作、协调发展的保证，更是评选结果获得公众认可的保障之一。随着时代与社会的变化，俄语布克奖自1991年设立运行至今需要不断完善与发展。

第一，如何提高权威性、公信力和影响力？在很大程度上，每一个文学奖项受瞩目受信任的大部分理由在于其权威性、公信力和影响力。倘若一个颁发了数十年的文学奖项，每次评价连公布获奖者日期都无法确定，没有明晰的时间表，缺少既定的评审程序等基本规则，那么其权威性和公信力必然受到质疑。因此，从参选之初增强评价的透明度，制定合理的操作程序，通过媒体网络扩大宣传面，科学客观评审文学作品，注重作品的艺术性，是极为必要的。毕竟，优秀而适当的文学评价对繁荣和发展文学事业有着巨大推动力，它们应该注重权威性、公信力和影响力的提高。其次，如何拓宽并畅通作品送审参评渠道？按照评奖规则，"布克奖"每年由评委会选出30–40名提名人和5名评委人员。每名提名人可以推荐三部上一年度发表的长

---

① *Кузнецова, Анна.* Михаил Елизаров. Библиотекарь. // Знамя, №. 10, 2007; *Григорьева, Надежда.* Михаил Елизаров: Ногти. // Новая русская книга, №. 1, 2002.

② *Наринская, Анна.* Союз негасимый. // Коммерсантъ, №. 118/П (3694), 09 Июля, 2007, С. 118.

篇小说，推荐材料和被推荐的作品必须于每年3月31日前送达评委会，10月由5人评委会公布最后的"入围名单"，12月上旬由评委会投票产生唯一胜出者，并在随后的酒会上公布结果。按规定，入围者不得少于3位，不能多于8位，按惯例一般为6位。尽管如此，每年还是有不少佳作未能及时入围布克奖。最后，奖金数额等级差别如何合理地掌握？衡量文学作品的标准是使用价值（即审美价值），而现在很大程度上却用交换价值（即货币数额）来体现，自然会出现诸多意外问题。文学生产和文学竞赛是不能相互取代的。应该提高奖项自身的"含金量"，而非盲目追求高额奖金，甚至以此做商业广告，忽视创立文学奖项的初衷，影响评价过程的公正性。

第二，作家团体如何面对现实？在当代俄罗斯文坛，"总的来讲，对组织工作的了解使人产生奖项最像周围现实的这种印象。在这方面一切都是实实在在的——商业调子、法律概念、必须推广作品的市场准则、与伙伴分享奖金、尝试着猜出可能的争论并对争论做出明确的规定。这是俄罗斯作家在日常生活中越来越经常遇到的一切"①。诸如作品的时代感与艺术性如何共存、如何直面现实与关注人生等问题，是作家群体共同面对的难题。

当代俄罗斯重要文学奖项的获奖作品在艺术上均有可圈可点之处，但总体水准尚需进一步提高。作品评审过程中必须面对的问题是，如何解决文学作品的艺术性与时代性的矛盾。"公开、公平、公正"可以说是所有文学奖项的持有立场，但是需要澄清的是艺术性强与受读者欢迎，何者是文学奖项的关注立场。毕竟，最受读者欢迎的作品其艺术性/文学性究竟如何，尚需时间作深入考察；而一般说来，艺术性强或过于先锋的作品往往受到接受面小的限制与乏人问津的尴尬。作品的时代感与艺术性如何共存，这无疑是作家在写作中必须考虑的事情之一，也是文学奖项在评审过程中需确立的立场。20世纪九十年代，俄罗斯小说创作存在着"泛化"现象。根据作品的审美对象、精神取向和题材内容，小说泛化现象的特征主要有四点，即反思文字的消疲、都市文学的发展、女性文学的崛起和通俗文学的繁荣；其主要原因是国际文学和文化的交流、市场经济的发展、文学创作方法的多元化，这影响着

---

① [俄]叶卡捷琳娜·沃罗比约娃：《多种多样的俄罗斯文学奖》，《俄罗斯文艺》2006年第3期，第50页。

21世纪俄罗斯文学的发展①。直面现实瞩目人生，以艺术形式反映人的生存状态，关注人的精神建构和审美提升，无疑十分迫切且颇为重要。由此，当代俄罗斯作家最迫切的任务之一，是将所知道、所经历和所理解的现实问题、人生经验与哲理思索，用语言艺术形象地呈现出来。

其三，读者群体如何提高修养？作为文学消费主体的读者，对文学作品有着不可估量的作用和价值，文学作品正是在读者的阅读中产生价值。"一些大众文学出版社的文学奖在世界上出现并有活跃的表现，这导致新的文学现实产生，这一现实按市场规律生存，改变着读者的评价标准，在作品的销售量与艺术价值之间树立了平等的标ís。"②如何培养有辨识力与高素质的读者群体、怎样改善民间批评呼声的缺席等问题，是文学生态发展中的问题之一。

苏联解体后，较之19世纪和苏联时期，当代俄罗斯的文学读者群体发生了翻天覆地的变化，用当代俄罗斯著名文艺学家哈利泽夫（В. Е. Хализев）的论述来说，就是"大众读者同精神和美学传统的疏离"，"精神空虚的大众充满生活欲望和消费情绪"③。有资料显示，2003年偶尔读书、报、杂志的人数百分比分别是40%、43%、47%，从不读这些的人数百分比分别是34%、14%、32%；而2005年偶尔读书、报、杂志的人数百分比分别是40%、44%、47%，从不读这些的人数百分比分别是37%、18%、39%。在素以书报大国而闻名世界的俄罗斯，这种数据的增长无疑让人触目惊心。当代俄罗斯读者群体的分流、大众文学与快餐文化的日益兴起，大致已是不争的事实。19世纪的俄罗斯文学之所以发展迅速，体裁完备，在很大程度上与文艺批评的兴盛有着密不可分的关联。其中，民间文艺批评占了相当大的比重，且孕育出别林斯基、车尔尼雪夫斯基、杜勃罗留波夫等著名文艺理论家。在当代俄罗斯，随着文学的日益边缘化与个人化，文艺批评界生态呈现出明显的学院化、职业化和专门化的发展趋势。与此相应，民间文艺批评则日益萎缩，鲜有别林斯基式举足轻重的民间批评家。在《文学白天报》（День литературы）主编邦达连科（В. Г. Бондаренко）看来，"各个作家协会中有60%

---

① 张建华：《世纪末俄罗斯小说的"泛化"现象种种：二十世纪九十年代俄罗斯小说现象观》，《当代外国文学》2001年第4期，第84—90页。
② 程家钧编译：《乔·尼瓦谈当代俄罗斯文学》，《俄罗斯文艺》1994年第5期，第50页。
③ [俄]瓦·叶·哈利泽夫：《文学学导论》，周启超等译，北京：北京大学出版社，2007年，第164页。

都是批评家，有数千支笔，但真正有才华的批评家，无论是右翼的，还是左翼的，一个个地算充其量也只有20个。……今天为当前后苏联批评界定调的是四个有才华的'四十岁一代批评家'：帕维尔·巴辛斯基、安德烈·涅姆泽尔、维亚切斯拉夫·库尼岑、德米特里·巴维利斯基，当然他们身旁还有更年轻的人在充实着这一队伍"[1]。

总体而言，随着当代俄罗斯文学与他国文学和国际文学的影响渗透，大众文学和严肃文学之间界限的模糊，女性文学、侦探文学、奇幻文学等文学类型的兴起，俄语布克奖越来越倾向于折中各方，综合各种手法和风格，走平衡中庸之道。这部分体现出当代俄罗斯文学的综合性特点。由此，当代俄罗斯文学的叙事策略和文学史的建构，通过俄语布克奖的评选和推介而得到很大程度的合法解构与逐渐改写。面对现实普遍的"后现代""解构"或"颠覆"的心态或倾向，当代俄罗斯文学内容无论写实还是虚拟，技法无论传统还是现代，依然延续其固有的宏大传统：在思想内容上，关注国家民族的命运，反映深刻的社会变革以及变革中的个体感受；在关注方式上，普遍将个体置于社会体制中考察，注重个体与体制之间的多重关联。俄语布克奖小说尽管风格各异，年代不同，主题有别，手法迥异，但都不约而同地以不同形式将目光投向社会下层，关注动荡不安的社会中小人物的悲惨际遇与内心世界。

文学评奖制度，在本体论层面上与文学创作、文学评论等一同构成当代俄罗斯文学的生态图景，体现出多元化的特点；在方法论层面上兼具建构和消解两种不同功能，在很大程度上塑造着俄罗斯文学生态的形成与发展。文学评奖从消解苏联意识形态化、一元化的文学形态开始，逐步参与到建构当代俄罗斯文学共同体中，在市场化、商业化、政治化过程中又部分消解了文学的本体性特质。以俄语布克奖为代表的文学评奖很大程度上体现出俄罗斯文学生态的多元化、边缘化、市场化的趋势，也凸显出文学自由化、本土化、个人化的特质。作为带有地域性和民族性特色的文学现象之一，当代俄罗斯文学评奖在后现代和后殖民主义语境中产生，充分利用媒体以推动和扩大文学的社会影响力，体现出一定的普遍原则和共同特点，这对中国文学评奖的发展和完善亦不无借鉴意义。

---

[1] 参阅张建华：《俄罗斯批评家看当代俄罗斯文学》，《文艺报》2006-04-29，第004版。

第四节 解构与建构：当代俄罗斯《文学报》风雨三十年[①]

随着苏联的解体、国家政局的逐渐松动、政治氛围的空前自由、民主思想的急剧升温、市场经济的剧烈转轨，将近一个世纪的由于各种原因未曾与读者见面的大量作品铺天盖地涌向读者；各种艺术流派、各种文学风格、各种思想倾向、各种社会身份的作家的创作变得异常活跃。与此同时，以狂欢、对话、解构、批判等为主要理念特点的大众文化，借助对19世纪经典作家的重新诠释和对白银时代文学理念的批判性继承，迅速复苏觉醒，快速发展，并从西方批评理论中汲取合理性成分，与之在俄罗斯境内迅速合流，一时间广为传播，蔚为奇观，形成20–21世纪之交狂欢化文学生态和复调式文学图景。当代俄罗斯文学的这种转型和巨变，主要是通过文学类报纸杂志所承载的物质性文本形态显示出来，并经由批评文章、学术论文等评论性文本来共同完成。换言之，文学报刊在20–21世纪之交的文学转型过程中起着不可替代的作用和功能。

享有盛誉的《文学报》（Литературная газета）由著名诗人普希金和他的同仁好友创刊于1830年，由小变大，几经蜕变，由弱变强，数度浮沉，其发展与变迁恰与俄罗斯百年的政治更替、意识形成、社会变更、文化嬗变紧密相联，如符合契，互为映像[②]。由此，《文学报》与意识形态、社会改革、文化转型与思想论争之间的关系，也就为世人提供了一个观察和剖析俄罗斯社会文化规训与话语重组的典型切片和鲜活标本。经由探讨文学类报纸杂志如何从苏联时代演变为当前状况，以及这种变化与整个社会生活的变革、读者分流和文学地位改变的关系，读者可以理解当代俄罗斯文学的复杂程度、实际状况和发展趋势。对于苏联解体之后的俄罗斯而言，作为特定术语和文化概念的"20–21世纪之交"（рубеж 20–21 веков），指的是1991年以降至21世纪前二十年的一个历史性文化概念，大致相当于俄罗斯学界的"苏联解体后的俄罗斯"（Россия после распада СССР），抑或西方斯拉夫学界所谓的"后苏联"（post-soviet）[③]。基于此，经由对《文学报》在世纪之交的变迁进行文学社会学考察，我们可以从中管窥此一阶段俄罗斯文学的嬗变和话语的重组。

[①] 本节内容曾以"俄罗斯《文学报》风雨二十年"为题，刊发于《读书》2010年第4期。
[②] 参阅《文学报》的俄文官方网站 https://lgz.ru
[③] 林精华：《民族主义的意义与悖论：20—21世纪之交俄罗斯文化转型问题研究》，北京：人民出版社，2002年，第1—9页。

一、苏联解体前后《文学报》的"解构"

自 1985 年始，苏联社会实行全面改革，"公开化"与"民主化"政策施行，社会政局发生变化，意识形态控制减弱，审查制度逐渐宽松，言论思想相对自由，诸种新现象和新变化给俄罗斯文学带来新的社会需求，也使文学研究迎来新的条件与契机。在这种日益宽松和自由的整体文化环境中，《文学报》开一时风气之先，对报刊的报刊思路、风格定位、内容设计等层面进行了改革和修订，一时风生水起风云激荡，揭开了苏联解体前后文艺报刊改革之序幕，由此也在很大程度上影响着俄罗斯文学观念的变更和文化思想的嬗变。

1990 年，《文学报》开俄罗斯出版业风气之先河，依据新的《出版法》(Закон о печати) 成为第一批独立的出版物。与此同时，对于苏联各种类型的报刊记者们来说，综合广泛的题材范围（从文学艺术到国内外政治）成为一种新的趋势和潮流。在《文学报》上刊登着俄罗斯和苏联其他加盟共和国的作家，以及侨居国外的侨民作家的作品。如果说截至"改革"时期，《文学报》在文学范围上主要保留了对社会主义现实主义学说的忠诚和坚守；那么，在社会政治的范围上，相对于其他苏联报刊而言，该报刊则表现出前所未有的勇气、自由、无拘无束。《文学报》是为数不多的为发生在 20 世纪八九十年代激进的重组改革而未雨绸缪、关注社会意见、为新俄罗斯报纸杂志的发展而预先做准备的报刊之一。这一时期《文学报》的成功，极为鲜明地表现在发行量的大幅度增长上：1990 年前夕年发行量突破 600 万份。这在当时的苏联无疑是一个不可小觑的数目，意味着几乎每个家庭人手一份《文学报》。由此，《文学报》成为当时世界上被广泛援引和采用的俄罗斯定期出版物之一。

苏联解体后，拥有大约一万名会员的苏联作家协会随之解散。后来，俄罗斯作家根据自己的政治观点和文学立场，分门别类地成立了多个作家组织，如俄罗斯联邦作家协会、俄罗斯作家协会和独联体作协联合会等。它们各自都分得一份原属苏联作协的财产，自立门户，独立经营，直到今天。20 世纪九十年代，苏联文学派别/阵营分化尤为明显，主要有观点尖锐对立、思想迥然相异的两大派系："民主派"（又称"改革派"）和"爱国派"（又称"保守派"）。它们从组织机构、创作队伍、传媒工具等方面都各自为政，互相对峙。单就报纸阵地来看，爱国派的文学报纸是《文学俄罗斯》(Литературная Россия)，而民主派的文学报纸则是《文学报》①。在苏联解体之后俄罗斯文学的市场化转型和实验探索过程中,《文学报》起着不可忽视的作用,很多后现代主义、先锋派等作家和评论家都曾在该报上发表过文章。

1990年代,俄罗斯文学进行着艰难的转型和大胆的实验,在极度自由化和混乱化的市场经济态势中,文学作品不再是人们业余生活的首选,不再是大众社会生活关注的中心,不再受到强烈的社会关注。文学杂志发行量锐减,严肃文学作品出版艰难,社会对严肃文学的需求紧缩,大众/通俗文学以快餐文化大量出版,畅销一时。这种情形在很大程度上改变着自19世纪以降俄罗斯文学注重多重社会功用价值的特性,文学随之也不再额外承担着社会学、政治学、历史学、哲学等其他学科功能,不再是俄罗斯知识分子和读者群体注重的公共思想－精神空间和现代化运动中民族性建构的重要平台、思想资源和重要手段。

在此背景下,1997年,《文学报》的编辑部经重组更名为《出版者之家－文学报》。股份公司"出版者之家－文学报"归"出版者之家"公司创始人和《文学报》出版者所有。1991-1998年间,《文学报》主编是乌达尔佐夫(А. П. Удальцов);1998-1999年间,主编是波德纳鲁科(Н. Д. Боднарук);1999-2001年间,主编是《出版者之家－文学报》董事会成员古辛(Л. Н. Гущин);2001年4月19日,经全体董事会同意,《文学报》主编由著名作家和出版家尤·波里亚科夫(Ю. М. Поляков)担任;之后的主编为著名诗人、散文家和政论家扎姆舍夫(М. А. Замшев)。2004年4月22日,《文学报》隆重庆祝自复刊后的75周年纪念日。在该报编辑部举行的新闻发布会上,主编波里亚科夫向与会者郑重宣布:《文学报》在广泛征求读者意见的基础上,已决定从即将出版的第一期报纸起,在报头上恢复著名作家高尔基的侧面头像。于是,从4月27日出版的第16期《文学报》开始,高尔基头像在"退隐"和"消失"14年后重又出现,继续和诗人普希金的自画像并列在一起;而波里亚科夫本人为此撰写的专论《高尔基的回归》("Возвращение Горького")在头版头条上发表。正如1990年高尔基头像从《文学报》上悄然消失具有某种象征意义,高尔基的隆重"回归"也同样是一种无言而深切的象征。波

---

① 关于1990年代前后俄罗斯文坛中"爱国派"和"民主派"之间在组织机构、创作队伍、思想观点、文学阵地等方面的区别,请参阅任光宣、刘涛:《20世纪90年代俄罗斯文坛概观》,《深圳大学学报》(人文社会科学版)2002年第2期,第15页。

里亚科夫坦言:"我们终于醒悟,俄罗斯不可能在谩骂前辈的虚无主义的废墟上复兴。"① 值得注意的是,在苏联解体后的俄罗斯学界,高尔基研究在经历过贬斥和冷落之后重又成为关注重点。研究界对高尔基不再一味称颂或简单否定,而是力图客观真实地、实事求是地评价他的贡献和局限、成就与实绩、精神痛苦与思想矛盾②。于是,一个更加完整、更加真实、更加鲜活的高尔基形象,便逐渐呈现在俄罗斯读者面前。其中相当部分的文章,正是经由《文学报》而与读者见面的。"高尔基头像的回归",无疑反映了《文学报》立场的微妙转变,也折射出俄罗斯文化思想界对待文化遗产态度的变化。

作为苏联时期影响最大的文学报刊,《文学报》在苏联解体前后曾是"民主派"最主要的政治喉舌之一,当时的人们在调侃"《真理报》上无真理,《消息报》上无消息"的时候,也时常会加上一句"《文学报》上无文学"。在作家波里亚科夫担任主编之后,《文学报》倾向发生了明显的转变:开始向文学——尤其是严肃文学——回归,同时对苏联时期和苏联文学表现出了一种冷静、克制和客观的态度。波里亚科夫曾说道:"现在,对苏联文学和文化的修整时期已经过去,人们都开始明白,苏联文学并不是当时意识形态的一个阶段,它是整个俄罗斯文学一个非常重要的时期。……我们不能把苏联文学和苏联解体后的文学对立起来。"进而,他认为:"如果说前段时间大家的热情是在反思苏联时期的文学和文化,那么现在情况发生了变化,人们开始用一种非常客观的态度去看待苏联文学。"③ 客观而言,波里亚科夫立场的变更有某种程度的典型意义。《文学报》立场的转变并不仅仅是由于其主编见解和意志的左右,更与变化中的社会文化思想倾向不无关系。与此同时,其他文学报刊也逐渐改变着办刊策略,更关注于文学本身。

---

① См.: *Поляков, Ю.М.* Возвращение Горького. // Литературная газета. №. 16 (6459), 2014, 23-04-2014.

② См.: *Колобаева, Л.А.* Неизвестный Горький. М. Горький и его эпоха: Материалы и исследования. Выпуск 3. М.: Наследие, 1994; *Киселёва, Л.Ф.* Новый взгляд на М. Горького. М.Горький и его эпоха: Материалы и исследования. Выпуск 4. М.: Наследие, 1995; *Келдыш В.А.* (отв. ред.). Русская литература рубежа веков (1890-е—начало 1920-х годов). М.: Наследие, 2000; *Примочкина, Н.Н.* Горький и писатели русского зарубежья. М.: ИМЛИ им. А.М. Горького РАН, 2003; *Басинский, П.В.* Горький. М.: Молодая гвардия, 2006; и т.п.

③ 参阅《环球时报》2001-12-19,文化版。

二、20-21世纪之交《文学报》的"建构"

经过艰难的市场经济的洗礼和商业化的锻炼，20–21世纪之交的俄罗斯文学呈现出比较明显的多元化、边缘化、市场化特点，随之而来的则是作家群体媒体化、文学作品网络化和文学语言晦涩化等新趋势；文学的热点板块表现为新境外文学、宗教题材文学和后现代主义文学①。这些特点在《文学报》中同样也有比较鲜明的具体表现。

第一，20世纪九十年代，俄罗斯文学出现了网络化现象。《文学报》也因势利导，迅速顺应并融入全球化和信息化的时代潮流之中，开办了自己的网站和信息平台，以利于报刊的传播和读者的阅读。总体说来，一方面，俄罗斯文学获得了新的载体——互联网。从古典到当代的文学作品基本上都被搬上网络，很多文学杂志都有网络版，一些作家有其个人网站，广大读者和研究者可以上网查找和阅读文学作品和评论，由此具有了更为广阔的视野和更为便利的阅读研究条件；另一方面，文学获得了新的形式——网络文学。当代俄罗斯学者阿达莫维奇（М. М. Адамович）认为，传统的书面文学把印刷的单词固定在纸上，预先提供出一种线性的、有序的文本阅读，这样就把读者整合各种各样阐述的可能性化为乌有②。在书面文学里，语境不可能与基本文本得到同时的体现，而互联网允许在文学里实现超文本思想。超文本有一个基础文本，这个基础文本编织出一个联想序列，这些联想又产生出一些新的幻想序列。从理论上来讲，这种幻想序列可以达到无穷。的确，网上接龙的所谓"交互式写作"一方面把作者彻底消解掉，作者主体身份的不断改变和漂移使得罗兰·巴特"作者已死"的断语得以实现；另一方面产生出无数的读者阐述和各样的阅读程序，使得读者在真正意义上参与作品的创作。大众创作和集体作者的存在把网络文学塑造成一种类型化的大众产物。

第二，与其他媒体一样，《文学报》积极适应新的市场形势，致力于开拓新的市场领域，提高市场占有率。与此同时，《文学报》没有丢失优秀传统，而是忠实发扬着对社会问题和文化生活严肃认真、与时俱进的态度，保持着高度的社会文化责任感和专业化标准，以及在长期办报过程中所形成的为"文学报"流派所独有的其他

---

① 刘涛：《二十世纪末俄罗斯启示录文学》，北京大学俄语语言文学博士论文，2002年，第14页。
② 转引自任光宣、刘涛：《20世纪90年代俄罗斯文坛概观》，《深圳大学学报》（人文社会科学版）2002年第2期，第17页。

传统。1998年9月，《文学报》改变了报刊的社会定位和办报理念：它首先是供广大知识分子群体阅读的社会-政治周刊，其次才是文学和艺术刊物。换言之，《文学报》事实上是在同一外观和版面之下四份涉及不同主题（即政治、经济、社会、文学艺术）的报刊组合。《文学报》对政治问题和社会现实的关注是与主流话语、官方意识形态极为吻合的。在当代俄罗斯自由多元、个性独立、资讯发达的语境之下，这种做法在相当程度上限制了《文学报》的社会影响的力度、深度和广度，当然这没有《图书评论报》和《独立报·书评周刊》因注重办报的资讯服务、叙事品位和非商业化而造成的影响大。在注重办报的资讯服务、叙事品位和非商业化的同时，《图书评论报》和《独立报·书评周刊》还保留俄罗斯书籍文化传统，既服务读者也面对市场，去掉广告版面，体现出行业特点，即叙述俄罗斯图书出版史、19世纪三四十年代大众文化（包括杂志和图书）情形，图文并茂地介绍普希金、别林斯基、果戈理等名家名作的首版情况（附有原来的插图、美术字体和字号），介绍新经济政策时期自由出版的情景和苏联时期地下文学风貌[1]。

第三，20世纪九十年代末，报纸杂志的综合定位趋势相当普遍。随着图书市场（出版自由、发行形式的多种市场化渠道）形成、成熟、日益规模化，以及读者市场的分化（不同阅读趣味的读者群形成、不同专业读者的需求差别），极有声望的《独立报》(Независимая Газета，创办于1990年12月21日）先后于1997年分化为《综合》《信仰、政治、社会》《宗教》《军事评论》等几种报纸，其中《独立报·书评周刊》在这个时候问世了。无独有偶，今天的《文学报》也是一份有着一个"精美外包装"的几个不同选题范围的报刊。每份出版报刊必有"政治""社会""文学和艺术"和"十二把椅子俱乐部"（即幽默讽刺版）等主题，同时会附加"老书铺/书市""阅读大厅""重要人物"等论题。其中，"十二把椅子俱乐部"语出20世纪二三十年代著名幽默作家伊里夫（Ильи Ильфя）和彼得罗夫（Евгени Петров）的小说《十二把椅子》（Двенадцать стульев）。经过数十年的市场经济的洗礼和历练，《文学报》逐渐向国际化接轨。它在俄罗斯的大部分地区、在独联体国家、在波罗的海地区、在遥远的国外都有特约授权零售，同时在许多航空公司，比如俄罗斯的"航空舰队""交通航空""英国航线""日本航空线"，也有随航销售网点，提供便捷而及时的服务。

---

[1] 林精华：《想象俄罗斯》，北京：人民文学出版社，2000年，第173页。

三、文学嬗变之际《文学报》的"坚守"

尽管文学生产逐渐商业化，文学态势渐趋边缘化，文学功能倾向娱乐化，《文学报》仍然坚守着对人文精神与社会现实的关注。经过近两个世纪的风雨沧桑和世事变迁，《文学报》几经变更，数次浮沉，历经坎坷，命运多舛，始终没有放弃对社会的深切瞩目和对人生的强烈关切。可以说，这种关注人生和现实的传统和姿态，正是《文学报》和俄罗斯文学的一贯传统和立身之本。

19世纪帝俄时期，由于沙皇专制制度的钳制和书刊审查制度的查封，文学成为观念嬗变和思想变迁的主要载体，一如赫尔岑（А. И. Герцен, 1812–1870）所言："对于失去政治自由的人民，文学是唯一的论坛，可以从这个论坛上向公众诉说自己愤怒的呐喊和良心的呼声。"①在办刊人、作家和批评家等启蒙共同体的努力下，《文学报》将自己的笔触深入下层人民和丑恶现实，触摸时代脉搏和文化脉络，成为批判现实主义文学的重要阵地之一，与《现代人》（Современник）、《祖国纪事》（Отечественные записки）、《望远镜》（Телескоп）、《俄国导报》（Русский вестник）等重要进步报刊一道，促成了19世纪俄罗斯文学观念的转换和文化思想的变更。由于苏联时期意识形态的强力介入，《文学报》逐渐丧失了先前的文学自由论坛地位和文化先锋姿态，成为权力机构的喉舌和意识形态的传声筒。苏联解体之后，俄罗斯文学领域发生了一系列变化，文学研究界对俄罗斯文学，特别是20世纪俄罗斯文学的发展进程进行重新描述和评估，对一系列重大文学现象和重要作家作品做出新的阐释和解读。与此同时，文学批评也不再固守社会历史批评乃至庸俗社会学的单一视角和方法，而是广泛运用和借鉴本土和西方各种新的理论批评方法，在观念和话语的双重更新中展开有效的言说。苏联解体几十年来，久负盛名的《文学报》的影响力呈缩小趋势，其主要原因是不变革改革时代所确立的反主流意识形态的办刊宗旨。20–21世纪之交，时代要求人们的并非一味破坏传统、批判历史和诋毁过去，而是建构民族文化和精神信仰，实践探索性和建设性使命。大多数文学或文学研究类杂志，热情鼓励当代读者重建对民族的信念和在俄罗斯生活的信心，而当今的《文学报》在很大程度上并未履行好其民族使命，其声望逐渐让位于其他报纸杂志。在文化谱系传承和文化体制转型的宏观背景下，《文学报》与《书评周刊》

---

① [俄] 赫尔岑：《赫尔岑论文学》，辛未艾译，上海：上海文艺出版社，1962年，第58页。

（Книжное обозрение）[①]、《独立报·藏书》（НГ-Exlibris）[②]、《今日》（Сегодня）[③]、《文学俄罗斯》（Литературная Россия）[④]、《词语》（Слово）[⑤] 等文学类报纸一起，与《文学问题》（Вопросы литературы）[⑥]、《新文学评论》（НЛО）[⑦]、《十月》（Октябрь）[⑧]、《旗》（Знамя）[⑨]、《新世界》（Новый мир）[⑩]、《涅瓦》（Нева）[⑪] 等文学类期刊一道，以对文学本体的关注和文学创作的坚守，在相当程度上以文学作品和批评文体影响当代俄罗斯文学和文坛，进而折射出 20 世纪俄罗斯文学观念的变迁和文化思想的嬗变。

  从根本而言，苏联时期的《文学报》和新俄罗斯时期的《文学报》都是对俄罗斯文学和文化的符号化建构。所不同的是，苏联时期的《文学报》作为官方喉舌被纳入文化规训体制之内，其对文学和文化的评判和解读带有明显的主流文化的痕迹；新俄罗斯时期《文学报》作为大众传媒的一分子面对汹涌澎湃的商品浪潮，在话语裂变和重组过程中浸淫大众文学品格和文化美学思想。前者如同一面流光溢彩的镜子，折射出平滑真实的光影；后者如同一盏熠熠生辉的灯火，发射出动人心魄的热量。一个是政治美学，一个是大众美学，其嬗变转型恰与时代变迁和话语裂变如符合契，如影相随。《文学报》在 20–21 世纪之交的裂变与重组、规训和播迁，经历了一个解构崇高和逐次降解的嬗变，恰恰是当代俄罗斯文学和文化由僵硬的官方想象到主动的民间参与的历程，显示出 20–21 世纪之交政治乌托邦向文化反思的艰难转型，呈现出面对市场新意识形态和大众文化的兴起，精英话语向大众美学渐次妥协的幽微路径。历经世纪百年的曲折变迁和复杂嬗变，《文学报》一直以不同的形式关注文学艺术的嬗变和文化思想的建构，从一个侧面诠释俄罗斯文学观念与文化思想的发展与变迁。《文学报》的发展历程和变迁历史，在某种程度上就是一部浸润着痛

[①] 参阅俄文版网址 http://www.knigoboz.ru/.
[②] 参阅俄文版网址 http://www.ng.ru/ng_exlibris/.
[③] 参阅俄文版网址 https://www.segodnia.ru/.
[④] 参阅俄文版网址 https://www.litrossia.ru.
[⑤] 参阅俄文版网址 https://www.gazeta-slovo.ru.
[⑥] 参阅俄文版网址 https://voplit.ru/.
[⑦] 参阅俄文版网址 https://www.nlobooks.ru/magazines/?f=novoe_literaturnoe_obozrenie.
[⑧] 参阅俄文版网址 https://magazines.gorky.media/october.
[⑨] 参阅俄文版网址 https://znamlit.ru.
[⑩] 参阅俄文版网址 https://new.nm1925.ru/.
[⑪] 参阅俄文版网址 http://nevajournal.ru.

（以上网址访问时间：2024 年 5 月）

苦与欣喜、坚定与迷茫、快乐与悲伤、理智与情感的俄罗斯文学和文化发展史。它既见证俄罗斯文学的沉浮漂泊与变迁更迭，规训文学话语的嬗变并影响文化思想的变迁；也塑造复杂多变的俄罗斯民族性格和博大精深的民族文化，参与民族认同的想象和文化认同的建构。

第二章　从文本叙事到历史修辞：20世纪俄罗斯小说谱系演变

第一节　"讲述体"：一种民族化叙事体式的生成演变①

作为一种现代意义上的文学体式，"讲述体"（сказ/skaz，又译"故事体"）是俄罗斯小说中带有鲜明民族特色的一种文体形式和叙事形态。俄罗斯文学史上的诸多经典作家，都曾采用过这一独特的文体形式。诸如19世纪的果戈理、屠格涅夫、赫尔岑、列斯科夫（Н. С. Лесков）、托尔斯泰、契诃夫，白银时代的高尔基、别雷、列米佐夫，20世纪的布宁、巴别尔（И. Э. Бабель）、皮里尼亚克（Б. А. Пильняк）、左琴科（М. М. Зощенко）、肖洛霍夫、索尔仁尼琴、舒克申（В. М. Шукшин），乃至20–21世纪之交的彼特鲁舍夫斯卡娅、皮耶祖赫、佩列文、叶利扎罗夫等作家，以各自不同的艺术风格和独具特色的叙事技巧，为俄罗斯文学和世界文学贡献出许多瑰丽精致的传世之作。对这一极具民族性的叙事体式，中外众多研究者和学者纷纷从不同角度对其予以学理关注②，

---

① 本节内容曾以"讲述体：一种民族化叙述体式的生成"为题，刊发于《外国文学》2010年第5期。

② 诸如 Мущенко, Е.Г., В.П. Скобелев, Л.Е. Кройчик, Поэтика сказа. Воронеж: Изд-во Воронеж. гос. ун-та, 1978; Виноградов, В.В. Проблема сказа в стилистике. // О языке художественной прозы. М.: Высшая школа, 1980; Эйхенбаум, Б.М. Лесков и современная проза. // О литературе: Работы разных лет. М.: Советский писатель, 1987; Каргашин, И.А. Сказ в русской литературе. Вопросы теории и истории. Калуга: Калужский гос. пед. университет, 1996; Хализев, В.Е. Теория литературы. М.: Высшая школа, 1999; [俄]列·费·叶尔绍夫：《苏联文学史》，北京：北京师范大学出版社，1987年；吕绍宗：《我是用做实验的狗：左琴科研究》，郑州：河南人民出版社，1999年；[俄]符·维·阿格诺索夫主编：《20世纪俄罗斯文学》，凌建侯等译，北京：中国人民大学出版社，2001年；[俄]德·谢·利哈乔夫：《解读俄罗斯》，吴晓都等译，北京：北京大学出版社，2003年；王加兴：《试析讲述体的语层结构》，《外语与外语教学》1999年第1期；王加兴：《俄罗斯文学修辞特色研究》，北京：北京大学出版社，2004年；杨玉波：《论列斯科夫小说中的第一人称叙事艺术》，《佳木斯大学社会科学学报》2004年第1期；杨玉波：《列斯科夫讲述体小说文体辨析》，《上海师范大学学报》（哲学社会科学版）2005年第2期；杨玉波：《列斯科夫小说〈理发师〉的叙事艺术》，《名作欣赏》2009年第2期；汪隽：《列斯科夫的创作与民间文学》，上海外国语大学俄语语言文学专业博士论文，2007年；等等。

并在文本细读基础上做理论分析。那么，讲述体究竟如何生成，含义怎样，作用何在，价值如何？俄罗斯小说如何经由讲述体这一叙事文体，不断建构作为本尼迪克特·安德森（Benedict Anderson）所谓"想象的共同体"（imagined communities）的民族形象和文化认同？

一、本土与外来：讲述体谱系与多元因素

作为一种民族化的叙事样式，讲述体的生成有着一个渐进的发展过程。经由从果戈理到列斯科夫、从托尔斯泰到别雷、从巴别尔到肖洛霍夫等不同年代、不同族群、不同理念、不同手法、不同风格的作家的多样创作，讲述体在俄罗斯滥觞酝酿，形成发展，嬗变转换，可谓蔚为大观。在20世纪俄罗斯文学发展过程中，讲述体一直绵延不绝，不断吸收来自各方的叙事经验、艺术技巧、语言特色，不断根据时代要求和生活现实做出相应的调整和更新，由此生成为独具一格的叙事形式和叙事体式。

（一）讲述体的外来渊源：就构成成分和发展源头而言，讲述体的生成是俄罗斯本土文学和西方外来文学思潮、传统文学特质与先锋文学思潮共同作用的结果。讲述体虽然带有鲜明的俄罗斯民族特色，但其最初的本源并非来自俄罗斯本土文学，而是受到西欧的"故事体"（novella）小说的影响。据俄罗斯学者德米特里耶娃（Е. Е. Дмитриева）考证：

> "故事体小说"的古典形式出现于意大利，产生于文艺复兴时代，最初指称口述故事、那些不寻常的但富有特征意义的、确实发生的事件或笑话（"novella"在意大利文的原意为"新闻""消息"）。渐渐地，"故事体小说"开始被辑入文集，构成系列：薄伽丘那著名的《十日谈》便是这样产生的……在欧洲，而后来则是在美国——尤其是自埃德加·坡的时代以降——"故事体小说"开始成为小型散文中最为流行的一种样式。①

在帕乌斯托夫斯基（К. Г. Паустовский）看来，俄罗斯文学中的讲述体小说的形成与西方的短篇小说（novella/ новелла）有着内在的关联：源自意大利

---

① [俄]叶·德米特里耶娃：《二十世纪初的俄罗斯故事体小说》，载《白银时代·小说卷》，周启超、张建华主编，北京：中国文联出版公司，1998年，第2—3页。

的"новелла",是著名作家梅列日科夫斯基在心烦意乱时的一种命名①。就文体本质而言,"новелла"近似于俄罗斯文学中的短篇小说,"是叙述平凡中不平凡的东西,或者恰恰相反,叙述不平凡中的平凡东西的短篇小说";俄罗斯文学中的第一批 новелла 是普希金的中篇小说,"这是一种关于平凡生活中的不平凡事件的短小的短篇小说。这是一批标准的 новелла,结尾出乎意料,写得十分成功"。②

在形成和发展过程中,讲述体小说不断受到来自西方的故事体小说的影响与作用,在叙事技巧和诗学理念等方面发生着很大程度的变化。其中,讲述体在白银时代的试验、探索、革新和变化最为明显,显示出俄罗斯本土文学传统与外来西方文学思潮的碰撞与渗透、交融与汇集。白银时代是俄罗斯文学史上一个思潮锐变、文体多姿、生机勃勃的辉煌时期,各种不同思想倾向、不同艺术主张的文学流派互相交织、互相渗透,不同风格的艺术形式在相互吸收中走向综合。在多元共生、多语并存的文化氛围中,"有两种散文类的题材显得十分突出——长篇小说与故事体小说。恰恰是故事体小说在作家们心目中成为在许多方面是新颖的因而要好好驾驭的一种体裁"。③ 这一时期,随着西方故事体小说在俄罗斯文坛的风行,俄罗斯散文创作中的故事体小说逐渐复苏。20世纪初期讲述体或故事体小说在俄罗斯文坛的勃兴,与以美国作家爱伦·坡(Edgar Allan Poe)为代表的西方文学因素有着重要的关联:"在西方 новеллист 中,爱伦·坡是最出色的一位 новеллист 和诗人,他是西方这种体裁的创始者,是侦探小说、神秘小说、幻想小说的创始人。他值得一提,因为他对整个西方文学和我国文学都产生了巨大影响。如果对我国的 новелла 作一番彻底研究,那么在很多方面其源盖出于爱伦·坡。"④ 于是,俄罗斯作家纷纷"凭借西欧与美国的情节散文的经验",对讲述体小说以不同的方式从各个层面进行试验、改造和革新,以"写情境的短篇小说"来抗衡"写性格的短篇小说"⑤。而故事体小说的突出特征是,故事情节性强,叙事动感强烈,钟情于独特鲜明的事件,以非凡手法

---

① [俄]康·帕乌斯托夫斯基:《论短篇小说》,载《"冰山"理论:对话与潜对话》(上),崔道怡等编,北京:工人出版社,1987年,第274页。
② 同上书。
③ 同上书。
④ 同上书。
⑤ [俄]叶·德米特里耶娃:《二十世纪初的俄罗斯故事体小说》,载《白银时代·小说卷》,周启超、张建华主编,北京:中国文联出版公司,1998年,第3页。

描写常见事物，故事结尾出乎意料，又合乎情理①。这种小说叙事特色在法国作家莫泊桑（Henri Guy de Maupassant）、美国作家欧·亨利（O. Henry）、马克·吐温（Mark Twain）和海明威（Ernest Miller Hemingway）等人的作品中体现最为明显，体现出西方故事体小说的特质，与俄罗斯的讲述体表现出一定的差异。

（二）讲述体的本土特质：西方的故事体小说进入俄罗斯之后，与俄罗斯的本土文学传统相互融合，彼此渗透，不断发生衍化。普希金、果戈理、莱蒙托夫、屠格涅夫、列斯科夫、契诃夫等作家，都是创作故事体小说的代表作家。他们赋予西方的故事体小说以俄罗斯民族特色，由此形成带有浓郁俄罗斯民族特色的讲述体小说。"在俄国，'故事体小说'出现于十七世纪，显示在一些翻译文学的集子中，后来便是在用俄文原创的作品中。这是其最为鲜明的典范之作——《卡尔普·苏图罗夫的故事》《费多尔·斯科别耶夫的故事》。"② 俄罗斯讲述体小说的繁荣，出现在1820–1840年代，代表作家有茹科夫斯基（В. А. Жуковский）翻译的故事体小说，巴纳耶夫（В. И. Панаев）、别斯图热夫-马尔林斯基（А. А. Бестужев-Марлинский）、索莫夫（О. И. Сомов）、奥多耶夫斯基（В. Ф. Одоевский）等人创作的故事体小说，沃尔孔斯卡娅（З. А. Волконская）用法文创作的故事体小说，以及普希金在"波尔金诺之秋"（1830年9–10月）时期创作的《别尔金小说集》③。这一系列构思严谨、形式精致、技巧圆润、叙事流畅的小说，为讲述体的迅速发展奠定了重要的基础。19世纪的果戈理、屠格涅夫、列斯科夫、陀思妥耶夫斯基、契诃夫等名家，20世纪上半期的皮里尼亚克、巴别尔、左琴科、列昂诺夫、肖洛霍夫等作家，都是运用讲述体形式的行家里手，他们对讲述体的实践革新和理论探讨，乃至对俄罗斯小说的叙事美学都做出深度探索和重大贡献。

讲述体的本质特征在于，它是一种或以第一人称，或以其他人称叙事的"自叙体"形式，是讲述者或叙事人的"独白语"，这是它不同于西欧其他叙事形式的关键区别。名作《别尔金小说集》通过构拟多层次的叙事者将五个或喜或悲的故事真实呈现出来：开篇叙事文本《出版者的话》中存在两种类型的叙事者，即外叙事者"亚·普"（А. П.，由《出版者的话》署名得知）和内叙事者"一位可敬的先生，

---

① [俄]叶·德米特里耶娃：《二十世纪初的俄罗斯故事体小说》，载《白银时代·小说卷》，周启超、张建华主编，北京：中国文联出版公司，1998年，第3页。
② 同上书。
③ 同上书。

伊凡·彼得罗维奇的老朋友"①。随着叙事视点由外向内的转换，经由内叙事者的讲述引出五篇故事的记载者别尔金和讲述者——四个身份各异、旨趣不同的小人物②。《别尔金小说集》所建构的多层次讲述方式影响着后人的小说创作：作为"俄国文学中一部引人注目的作品"（别林斯基语），该小说集为后来俄罗斯文学的主要体裁（即小说）树立了典范，尤其是《驿站长》，上承卡拉姆津《苦命的丽莎》，下开1840年代"自然派"（即俄罗斯现实主义的别称——引者注）的先河，对俄罗斯现实主义民主文学的确立产生过较大影响③。

于是，在俄罗斯本土文学与西方文学因素的共同作用下，讲述体形式得到前所未有的革新。白银时代故事体小说，就小说内容而言，普遍描写荒诞不经的偶发事件、乖戾无度的命运逆转、环境对人神秘无常的戏弄；就叙事技巧而言，倾心于文字语言的象征性与神秘性，大胆借鉴绘画和音乐等方面的技巧；就诗学理念而言，对存在本身的相对性加以肯定，认可现实与虚构之间的界限存在相对性。于是，"文艺复兴时代的故事体小说的文体风格便得以重现（自然，每一次重新都是承受了俄国作家按各自方式所进行的改造），这从梅列日科夫斯基的故事体小说《爱胜过死亡》、古米廖夫的故事体小说系列《尘世爱情的欢乐》均可看出来。与此同时，一些作家还把自己的视界完全自觉地定位于意大利的'纪事'以及司汤达、戈蒂耶、法朗士等人在他们的创作中对这类'纪事'的风格模拟，譬如梅列日科夫斯基的《圣萨堤里》、阿姆菲佳特罗夫的《死去的诸神》、勃留索夫的《在地牢里》"。④值得注

---

① [俄]普希金：《普希金小说集》，冯春译，合肥：安徽人民出版社，1982年，第72页。

② 在《别尔金小说集·出版者的话》中，作者普希金通过间接"指示性话语"表明："这些提到的小小说大多是真人真事，是他听人家说的。可是其中的人名几乎都是他虚构的，而村名则出自我们附近的村庄。"（参阅普希金：《普希金小说集》，冯春译，合肥：安徽人民出版社，1982年，第71—72页）。与这段话相应的注释告知了《射击》等五篇小说的直接叙事者：九品文官 А. Г. Н. （《驿站长》），中校 И. Л. П（《射击》），店伙计 Б. В.（《棺材店老板》）和贵族小姐 К. И. Т.（《暴风雪》和《村姑小姐》）。以上指示性话语及其注释，不仅证明了由这四位叙事者建构的特殊叙事中介的存在，还提供了叙事者所采用的叙述方式和策略，暗示出这部叙事作品的"虚拟性"和"假定性"。参阅拙文《序言的叙事功能——〈别尔金小说集〉和〈当代英雄〉的序言比较》，《中国俄语教学》2005年第1期，第51—56页。

③ 蒋路：《作家与西欧语文》《评论家的失误》，载《俄国文史采微》，北京：东方出版社，2003年，第16页。

④ [俄]叶·德米特里耶娃：《二十世纪初的俄罗斯故事体小说》，载《白银时代·小说卷》，周启超、张建华主编，北京：中国文联出版公司，1998年，第3—4页。

意的是，白银时代俄罗斯作家对讲述体或故事体小说的青睐和重视，对这一文体的试验和革新，并不仅仅局限于个别作家，而是普遍存在于彼时整个文坛："可见之于那些大相径庭的流派、各种各样的社团与旗号各异的派别：可见之于俄国古典散文传统的承传者（布宁、契诃夫、扎伊采夫以及安德烈耶夫创作中的一部分），又可见之于新浪漫主义者——高尔基与阿·托尔斯泰在其创造的一定阶段就属于这种流派，还可见之于那些我们由于习惯而依旧笼统地称之为现代派的作家。"①

讲述体小说的形成受到俄罗斯文学和西方文学的双重影响，二者作用的时间和力度各有所异。就作用时间而言，西方的故事体小说在进入俄罗斯文学之后，经由19世纪俄罗斯名家的创作逐渐实现民族化，形成带有浓厚民族特性和民间文学特质的讲述体小说；在西学思潮激荡的白银时代，讲述体小说的革新和建构受到西方文学的重要影响，实现了叙事技巧和文学观念等方面的试验和革新。就作用力度而言，在讲述体的形成和完善过程中，俄罗斯文学传统的作用是主要的，是无法摆脱的关键性因素，由此讲述体体现出鲜明的俄罗斯民族特色；而西方文学的作用则是次要的，起着不可或缺的辅助性作用，由此讲述体呈现出与西方故事体小说的内在联系。不同文学传统和不同文学因素的相互渗透和彼此作用，共同建构了独具特色的讲述体形式。

作为一种现代意义上民族化的叙事样式，讲述体的生成有着一个渐进的发展过程。经由从果戈理到列斯科夫，从托尔斯泰到别雷，从巴别尔到肖洛霍夫等不同年代、不同族群、不同理念、不同手法、不同风格的作家的多样创作，讲述体在俄罗斯滥觞酝酿，形成发展，嬗变转换，蔚为大观。自普希金以降的俄罗斯文学发展过程中，讲述体一直绵延不绝，不断吸收来自各方的叙事经验、艺术技巧、语言特色，不断根据时代要求和生活现实做出相应的嬗变和更新，由此生成为独具一格的叙事形式和叙事体式。

二、内涵与外延：讲述体界定与多样表现

作为俄罗斯文学叙事传统的典型代表之一，讲述体的生成与演变、流布与更新，得到什克洛夫斯基（В. Б. Шкловский）、艾亨鲍姆（Б. М. Эйхенбаум）、维诺格拉多夫（В. В. Виноградов）、叶尔绍夫（Л. Ф. Ершов）、利哈乔夫等不同时代、不同

---

① [俄] 叶·德米特里耶娃：《二十世纪初的俄罗斯故事体小说》，载《白银时代·小说卷》，周启超、张建华主编，北京：中国文联出版公司，1998年，第4页。

学派、不同理念的文学批评家和学者的关注，由此也形成讲述体在内涵和外延等方面的不同界定和解读。这种多样界定和多元解读，在很大程度上既丰富和修正了讲述体的能指与所指，也构建了学者的个人身份认同，直接指向俄罗斯文学的民族意识。

（一）**讲述体的内涵界定**：作为俄罗斯小说的重要叙事文体之一，讲述体自形式主义代表人物之一艾亨鲍姆提出后一直为俄罗斯学界所关注。在研究列斯科夫小说基础上，他用"讲述体"来指称从口语风格出发写作的作品，认为讲述体是指一种在词法、句法和语调选择方面基于讲述者口语模式之上的叙事模式，并把普希金、果戈理、列斯科夫、列米佐夫、安德烈·别雷都归为此类小说家[1]。此后不少文论家、文学修辞家都对此做过深入细致的研究，对讲述体贡献最大的当数 В. В. 维诺格拉多夫。提及术语"讲述体"，维诺格拉多夫将其界定如下："讲述体有一个独特的文学艺术目标，即在于采用叙述型的口头独白，它是对因体现出叙事情节，便如同以直接讲述情节的方式而构成的独白言语的一种艺术模仿"[2]。然而，讲述主体如何讲述故事、如何选择恰当语汇、给故事风格带来怎样影响等问题并未得到关注。巴赫金在《陀思妥耶夫斯基诗学问题》中认为，在讲述体中作者假托一个讲述者来交代整件事情，讲述者讲述故事时表达的并非作者观点，而是自己观点。由此开始，研究者把目光投向讲述体中的讲述者。在艾亨鲍姆和维诺格拉多夫基础上问世的《讲述体诗学》(1978)借鉴各种研究成果指出，作为一种语言风格而非文学体裁，"讲述体是一种有着分属作者和讲述者双重声音的叙事体式"[3]。

综合各种研究成果，讲述体主要包括三方面含义：第一，指源自民间的口头创作形式，是以讲述人的口吻叙述的、关于过去的或当代的真实事件的民间故事，不存在虚构成分，即历史故事体（исторический сказ）；第二，指"以讲述人的独白言语为指向而展开的一种叙述形式"[4]，即独白叙事形式（сказовая форма

---

[1] *Эйхенбаум, Б.М.* Иллюзия сказка. // Сквозь литературу: Сборник статей. М.–Л.: Изд. Academia, 1924, С. 152–156.

[2] *Виноградов, В.В.* Проблема сказа в стилистике. // О языке художественной прозы. М.: Высшая школа, 1980, С. 49.

[3] *Мущенко, Е.Г., В.П.Скобелев, Л.Е. Кройчик.* Поэтика сказа. Воронеж: Изд–во Воронеж. гос. ун-та, 1978, С. 34.

[4] 王加兴：《试析讲述体的语层结构》，《外语与外语教学》1999 年第 1 期，第 38 页。

повествования); 第三，指"基本上以采用口头叙述语言的典型特征进行的、独白式叙述构建的文学形式"①，即文学故事体（литературный сказ）。不难看出，讲述体部分源于对民间故事的一种摹仿，是"建立在民间故事基础上有独特语调和风格的特有形式。这里讲述体指的是文学作品所具有的特征。狭义上，该文学作品模仿口头文学作品的语体，在广义上则指涉所有的口传话语以及非同寻常的书信话语形式"②；借用奥日科夫（С. И. Ожегов）和什维多娃（Н. Ю. Шведова）主编的《奥日科夫俄语词典》（Словарь русского языка Ожегова）的界定，指"模仿讲述人的言语并由讲述人引出的叙述"③。当然，讲述体既可以对某种体裁（比如民间故事、讽刺小说）的言语进行模仿，也可对某个历史时期、某种社会－心理阶层的言语进行模仿，以达到针砭时弊、关注现实、抒发情感、表达心志的目的。

（二）**讲述体的外延指涉**：讲述体是对某一种叙事独白言语的模仿与再现，模仿与再现是讲述体的重要特征，而这种摹仿与再现是以某种人物的独白叙事来呈现出来的，因此认识讲述体的关键在于叙事独白的特点④。叙事独白具有综合性特点，常常从通用的标准书面语转向带有强烈感情色彩的俗语、方言和行话，因此它是各种不同类型语言混合的一种独特的叙事形式。讲述人/叙事者打乱了各种语言的场域界限，跨越了不同语言的风格类型，混合了多种多样的语言形式，叙事独白就构成了一幅五彩斑斓的修辞图案，宛如万花筒般斑驳陆离、瞬息万变、精彩纷呈，富有语言和结构的层次美感。对此，维诺格拉多夫指出："有意识地在结构上打乱各种语言场域是它们的典型特征。书面语的成分，在书面语基础上产生的人为特征，民间词源式的独特见解，通过复杂组合而产生的句法的各色图案，各种民族、社会的方言，各种零散的行话词语——所有的这一切，都可以在对许多方言环境有所接触（无论是直接接触，还是通过他人接触）的某个讲述人的修辞结构中交汇。"⑤

作为小说叙事文体之一，讲述体有着相对稳定的叙事结构和复杂的话语层次。

---

① *Тимофеев, Л.И.* и *С.В. Тураев.* (ред. и сост.) Словарь литературоведческих терминов. М.: Просвещение, 1974, С. 355.

② Литературная энциклопедия. Т. 10. М.: Художественная литература, 1937, С. 763.

③ "Сказ - В литературоведении: повествование, имитирующее речь рассказчика и ведущееся от его лица." См.: https://slovarozhegova.ru/

④ 王加兴：《俄罗斯文学修辞特色研究》，北京：北京大学出版社，2004 年，第 18–19 页。

⑤ *Виноградов, В.В.* Проблема сказа в стилистике. // О языке художественной прозы. М.: Высшая школа, 1980, С. 49.

它的叙事结构通常由作者、讲述人/叙事者、人物三个层次组成。其中，作者大多并不直接出现在作品中，现身作品时又与叙事者有着难解的纠葛，而叙事者有时又兼当某个人物；作为连接作者与人物的中介，叙事者最为活跃，有着特殊的功能和作用。在讲述体小说中，叙事者常常面对某一个或者某些交谈对象讲述故事，叙事的开端和进行都是在回答交谈对象的提问或者评判交谈对象的意见和看法中实现的。在讲述体小说中，"新的修辞原则中有一个特点，就是把语言作为描绘的对象，不仅要描写事件与人物个性，也要描写这些内容是怎么说出来的。正因为这样，讲述者、叙述人成了重要人物。这个形象并不进入情节；他的性格与意识特征通过他的话语来传达。故事体是一种叙述方式，反映的是别人的意识、另一种不同的社会性思维。所以，故事体总具有社会性色彩，表达特定社会意识的观点，如农民或工人阶层、小市民阶层"[1]。

从叙事者角度可将讲述体分为两类：其一是由故事人物充当叙事者，既讲述故事引导情节发展，又参与故事参加情节建构；其二是由作品中不露面的隐含作者充当叙事者[2]。从叙事者与作者的关系角度，可把讲述体大致分为三类：其一，叙事者的讲述镶嵌在作者叙事的框架之内，叙事者与作者关系泾渭分明；其二，叙事者与作者的讲述贯穿故事始终，叙事者与作者关系复杂多变，或彼此分离，或相互交缠；其三，作者退场，故事全篇只有叙事者的自我独白[3]。在叙事结构层面上，讲述体的形式多种多样，千姿百态，五彩斑斓，有着复调式的叙事特征。由此，叙事体小说既可以不露痕迹地表达不同人物的声音和意识，包括作者自己的观点和想法；又可以使小说叙事最大程度地为普通读者所接受，避免了生拉硬凑、叙事呆滞之嫌。

三、个体与家国：讲述体与身份认同构建

在俄罗斯文学叙事体式的生成和发展过程中，讲述体占有不可忽视的文学史和文化史地位，即作为民族经典叙事样式而被俄罗斯作家和民众广泛接纳和认同，作为民族意识的重要载体而在俄罗斯文学史上占有一席之地。就此而言，在俄罗斯文学史和思想史背景之下，考察作为一种叙事体式的讲述体的生成谱系，在一定程度

---

[1] [俄] 符·维·阿格诺索夫主编：《20世纪俄罗斯文学》，凌建侯等译，北京：中国人民大学出版社，2001年，第160页。

[2] 王加兴：《俄罗斯文学修辞特色研究》，北京：北京大学出版社，2004年，第19页。

[3] 同上书，第21页。

上可以说明和揭示俄罗斯作家个人身份的构建和民族认同的表述。有别于西方文学的审美性形态，文学在俄罗斯额外承担着社会学、哲学、历史学、政治学等学科功能，文学成为知识分子探讨文化精神的公共空间，其目的性使命得到不断强化，而审美性功能日趋弱化①。作为一种想象的共同体和集体认知的产物，俄罗斯的民族认同和国家想象在很大程度上是通过文学叙事而建构出来的，是通过语言、文化、艺术等话语形态而得以展开的。

（一）讲述体与个体认同的构建：讲述体形式在1920年代的俄罗斯文坛具有相当的普遍意义，是喜闻乐见的文学叙事策略。在20世纪俄罗斯文坛上，讲述体被公认为是果戈理－列斯科夫的文学遗产和文学传统，成为众多作家在不同程度上借鉴和使用的叙事手法。讲述体是"20世纪俄罗斯散文发展的一个基本趋向，它发端于果戈理，发展于列斯科夫，被列米佐夫、别雷、皮里尼亚克、高尔基、左琴科等人继承"②。在讲述体形式的发展、成熟、扩展和丰富过程中，列斯科夫的小说创作起着举足轻重的作用。他在一系列小说创作中广泛运用民间的口语、谚语、俗语、各式各样的民歌手法和自创新词；同时讲究文学创作形式的多样化，特写、回忆录、寓言、剧本、民间故事、诗歌、小说，应有尽有琳琅满目。仅在《大堂神父》(Соборяне，1872)中就融会了回忆录、特写、民间故事、日记、书信、笑话趣事等多种文学体式。《大堂神父》中的"蓝皮历书"以日记讲述体形式，记载了大司祭萨韦力作为一个普通人的七情六欲：他对妻子的爱恋，对孩子的渴望，对人世虚荣的追求，对亲情的眷恋，对教民的悲悯之情，诸如此类。对列斯科夫以讲述体形式创作的、富于民族特色的小说文本，俄罗斯著名文化学家、美学家 Д.С.利哈乔夫曾中肯地评价道：

19世纪的俄国有许多成就要归功于口头叙述文化……列斯科夫完全是从这样的故事讲述者中间产生的。连列斯科夫也不掩饰这一点。列斯科夫是令人称奇的俄国作家，因为他以自己的艺术技巧与俄国的日常生活联系在一起，他写道："俄国人的确喜欢他们为之痛苦的东西，喜欢他们在火车的包厢里、邮车驿站上、在轮船上、在船上休息厅里、在客厅里、在小酒馆的讨论和长时间交谈

---

① 林精华：《想象俄罗斯》，北京：人民文学出版社，2000年，第83页。

② Карпенско, И.Е. Позиция рассказчика в русской прозе XX века. от Ал. Ремизова к Вен. Ерофееву. // «Москва–Петушки» Вен. Ерофеева: Материалы третьей международной конференции «Литературный текст: проблемы и методы исследования». Тверь: Издательство ТГУ–а, 2000, С. 137.

中为之倾注情感的东西，或者就是傍晚是在自己家里和熟人那里聊天的东西。茶炊也使人产生这种愿望，茶在茶炊里几个小时也不会凉，还有冬天的严寒、漫长的冬季的傍晚、有往昔古朴的好客习惯培养的大量友人和熟人。"①

俄罗斯文学中的讲述体源自果戈理和列斯科夫，经由巴别尔、扎米亚京、左琴科、伊里夫和彼得罗夫等作家的熟练运用，而成为备受欢迎的小说叙事策略②。在20世纪二三十年代，运用假面或采用故事体叙事方法盛行一时，成为短篇小说写作的主潮，普遍反映出一种对文学民主潮流的独特理解，反映出那个时期文学艺术向广大读者水平的靠近③，典型代表作家有皮里尼亚克（《裸年》）、巴别尔（《骑兵军》《敖德萨故事》）、革拉特科夫（《士敏土》）、早期肖洛霍夫（《顿河故事》）④。其中，作为20世纪俄罗斯文学史上"一位无与伦比的短篇小说大师"⑤，巴别尔技艺高超，匠心独运，既从果戈理、列斯科夫、托尔斯泰、高尔基、莫泊桑等不同经典作家处，继承了以讲述体为代表的优秀叙事传统，为己所用；又积极吸收同时代的文学成就，将密集的意象、凝练的语言、瑰丽的画面、悖立的情节等文学因素纳入讲述体之中，形成带有复调特色的"华美小说"（орнаментальная проза/ornamental prose）。著名斯拉夫学者格·司特卢威总结道：

他的小说以其清晰独特的脉络和浓缩式的风格，在所谓"动态散文"作家的混乱松散而缺乏定型的作品产生之后，成为某种新颖的作品。然而，巴别尔与那些精力充沛的作家有着诸多相似之处，与那些现实主义和心理小说家有着很大不同。他对讲述体，对华丽辞章风格，对奇异的革命的主体，有着相同的偏好；而对心理分析主义，则有着相同的厌恶。与此同时，他对形式和不同于动态散文作者的讲述体的叙事方式极有感觉。讲述体不是现实语调的一种再现，

---

① [俄]德·谢·利哈乔夫：《解读俄罗斯》，吴晓都等译，北京：北京大学出版社，2003年，第311页。

② Ehre, Milton. *Isaac Babel*. Boston: University of Chicago Press, 1986, p. 64.

③ 吕绍宗：《我是用做实验的狗：左琴科研究》，郑州：河南人民出版社，1999年，第96页。

④ Regine, Robin. *Socialist Realism: An Impossible Aesthetic*. Stanford: Stanford University Press, 1992, pp. 178–83.

⑤ Баевский, В.С. История русской литературы XX века. М.: Языки славянской культуры, 2003, С. 134.

而是一种彼此不同的和常常是对立成分的综合，在讲述体中，体裁组织原则占优势。在巴别尔关于革命和内战的小说中，同样也在他的《犹太小说》中，每一篇故事都是由文体所支配着；没有它，缺少组织和构形因素，小说将会散碎成片。①

由此，巴别尔提升了讲述体的理论水平，扩展了苏维埃早期文学的世界声誉。无论在玄学层面上，还是心理层面上，抑或是艺术技巧与情节层面上，讲述体小说都与时代精神内涵相结合，回应时代的一定情绪②，进而以文化幻象的形式参与不同时期民族意识和文化认同的改造与建构。

作为一种植根民间的文学叙事体式，讲述体先是说书人、民间艺人、行吟歌手钟爱的讲述方式，具有浓郁的民间文学气息，后经普希金、果戈理、屠格涅夫、列斯科夫、托尔斯泰、契诃夫等经典作家的润色和扩展，而提升为俄罗斯文学的一种传统叙事体式，不仅得到众多作家的喜爱和借用，而且成为文学史和文化史中的重要叙事内容。在俄罗斯文学发展史中，讲述体不断和本土与外来、过去与现在、传统与先锋等不同文学因素相互对话、渗透、融合，葆有鲜活而强大的生命力，一直绵延不断。即使在充满游戏与互文、充满解构特色的俄罗斯后现代主义小说中，仍能找到讲述体的文学传统和文体痕迹，维涅·叶罗菲耶夫的史诗小说《从莫斯科到佩图什基》（Москва–Петушки）即是其中的典型个案③。即使在苏联解体之后多元化和自由化的文学中，仍然能找寻到讲述体的文体痕迹和强大生命。2008 年度"俄语布克奖"得主米·叶利扎罗夫以处女作小说集《指甲》④（Ногти，2001）而在俄罗

---

① Struve, Gleb. *Soviet Russian Literature*. London: Routledge, 1935, pp. 24–25.

② [俄] 叶·德米特里耶娃：《二十世纪初的俄罗斯故事体小说》，载《白银时代·小说卷》，周启超、张建华主编，北京：中国文联出版公司，1998 年，第 4–5 页。

③ *Орлов, Е.И.* После сказа. // Филологические науки, №, 6, 1996, С. 13–22; *Карпенко, И.Е.* Позиция рассказчика в русской прозе XX века: от Ал. Ремизова к Вен. Ерофееву. // «Москва–Петушки» Вен. Ерофеева: Материалы Третьей международной конференции «Литературный текст: проблемы и методы исследования». Тверь, 2000. С. 137–141.

④ 该文集包括 24 部短篇小说和 1 部同名中篇小说，在叙述体式上巧妙借用讲述体形式，描写寄宿学校的两个毕业生的神秘遭遇，带有明显的神秘主义气息和魔幻主义色彩。文学评论家丹尼尔金在《海报》（Афиша）上撰文称其为 2001 年度最佳作品，称作者为当今俄罗斯文坛中的"新果戈理"（новый Гоголь）。См.: *Данилкин, Лев*. Круг чтения: Перевод с английского. // Ведомости, №. 240 (563), 29 декабря 2001.

斯文坛崭露头角，引起文学评论界的注意①。不仅如此，在长篇小说《图书馆馆员》（Библиотекарь，2007）中，叶利扎罗夫通过变换视角和戏拟手法，借用讲述体形式让人物自我呈现，将继承房产、卷入凶案、接受职责、参与对决、全军覆没等情节，以轻松笔调、讽刺口吻和迷宫情节讲出，营造出一种别样的魔幻色彩、神秘主义和惊悚氛围②。

（二）讲述体与家国认同的构建： 作为一个外源性后发现代性国家，自彼得改革以来随着现代化进程的大力推进，俄罗斯自19世纪下半期进入大规模的现代化时代，经济、社会、文化、思想转型随之徐徐展开。伴随经济腾飞、国家富强等物质快速增长而来的，并非一厢情愿的社会的和谐、族群的认同与个性的发展，而是如影相随的社会两极的分化、不同族群的冲突与自我认同的分裂等问题。伴随俄罗斯艰难的社会转型，自陀思妥耶夫斯基以降的诸多作家，在很大程度上都存在身份认同的两难问题。在现代俄罗斯的家国认同构建中，"俄国文学创作和接受是表达俄罗斯民族性问题的重要途径，也是探讨俄罗斯民族性的重要方式，或者说，俄罗斯民族性诉求在很大程度上是通过文学的言说和接受而得以表达的"③。

作为一种叙事策略，讲述体形式在俄罗斯小说传统中占有非常重要的地位，发挥着不可低估的作用。当代俄罗斯著名文艺学家哈利泽夫指出："Н. В. 果戈理的《狄康卡近乡夜话》，精通俄罗斯民间文学的语言大师 В. И. 达利的短篇小说，Н. С. 列斯科夫的《左撇子的故事》《着魔的流浪者》《被查封的天使》都是讲述体的典范杰作。在20世纪初则有 А. М. 列米佐夫（比如《顺着太阳的方向》）、Е. И. 扎米亚京、Б. А. 皮里尼亚克、Вс. И. 伊万诺夫和 М. М. 左琴科的小说。用 Б. М. 艾亨鲍姆的话来说，20世纪一二十年代的小说界对讲述体表现出极大的热情，这见证着'对传统文学言语的不满'。在较近的这段时期，采用讲述体形式写作的则有 Б. В. 舍尔金、С. Г. 皮萨霍夫、П. П. 巴若夫（《孔雀石小匣》）、В. И. 别洛夫（《沃洛格达的布赫金一家》）。讲述体的特征在 А. Т. 特瓦尔多夫斯基的长诗《瓦西里·焦尔金》中也是显而易见

---

① См.: *Григорьева, Н.* Михаил Елизаров. Ногти. // Новая русская книга, № 1, 2002; *Рагозина, Ксения.* Илья Стогoff. Мачо не плачут; Михаил Елизаров. Ногти. // Знамя, №. 11, 2001.

② 赵丹：《虚构世界中的真实：俄语布克奖新书〈图书管理员〉初论》，《外国文学》2009年第6期，第3–10页。（《图书管理员》即《图书馆馆员》。——引者注）

③ 林精华：《想象俄罗斯》，北京：人民文学出版社，2000年，第59—60页。

的。"① 不同时代的作家以不同风格、不同的笔调和不同的主题，用讲述体形式丰富和发展着俄罗斯民族文学的叙事形态，建构并深化着俄罗斯的民族性意识。

作为一种兼具作家个性和民族特色双重特色的文学叙事样式，讲述体既具有明显的民族特色，体现出浓厚的民族意识诉求，又有着塑造作家生活理想、建构个人身份的本体价值；既有植根民间文化、认同民间传统的个性化考量，又有扩展俄罗斯文学理念、反对西方文学观念的民族性诉求。换而言之，以讲述体形式创作的文学作品既具有本体审美价值，可以经由此来感知不同于西方的俄罗斯小说的审美意蕴，体验植根于民间文化的俄罗斯文学的叙事美感；又具有客体认知价值，可以经由此来认识特定时期俄罗斯的社会情态和世态人心，触摸俄罗斯民族意识的形成和国家认同的构建。诚如哈利泽夫所言，讲述体使得"人民大众拥有直接以自己的名义讲话的机会"②，可以嘲讽和批判小市民和庸俗人的狭隘老套意识（比如左琴科的小说），描绘植根民间文化传统的诗意世界，关注民族意识的传承和建构，反映民族语言的独特性和准确性（比如果戈理、达利、列斯科夫、别洛夫的小说）③。与此同时，运用讲述体进行创作的作家，普遍具有强烈的现实指向和人道关怀，思考的并非如何更新艺术形式等纯粹的艺术命题，而是经由小说来表达个人身份构建、扩展思想文化主张、探讨处于变革时期的民族国家走向等宏大命题。文学的功能价值是多层次、多方面、多内涵的，其中社会功用占首要位置。正因如此，大致可以说，"从罗蒙诺索夫、普希金、列夫·托尔斯泰、陀思妥耶夫斯基到拉斯普京、索尔仁尼琴等人三个世纪以来的俄国文学，是以审美形式表达民族性诉求的"④。

总而言之，在百年文体变迁和叙事更迭过程中，讲述体不断吸收民间与个体、传统与先锋、历史与现实等诸种情态的文学元素，兼具民间特色和作家创作、西方因素和本土特色两种不同的叙事特征，由此也表现出明显的个性认同和强烈的家国想象两种意识和两种观念。经由自普希金、果戈理以降的俄罗斯作家的不断创新、发展和丰富，讲述体形式在篇章结构、叙事技巧和叙事语言等方面都体现出高度的叙事典范和艺术水平，不仅建构了作家的自我身份和民族意识，而且表现出强烈的

---

① *Хализев, В.Е.* Теория литературы. М.: Высшая школа, 1999, С. 253.

② *Мущенко, Е.Г., В.П. Скобелев, Л.Е. Кройчик.* Поэтика сказа. Воронеж: Воронеж. гос. ун-та, 1978, С. 9.

③ *Хализев, В.Е.* Теория литературы. М.: Высшая школа, 1999, С. 253.

④ 林精华：《想象俄罗斯》，北京：人民文学出版社，2000 年，第 59 页。

民族特色和国家诉求。这种独特的叙事体式，有力凸显出俄罗斯作家不同于西方艺术形式的"民族意识"和"民族诉求"，彰显出他们对"艺术世界"和"现实世界"之间情态关系的独特审美取向。由此，讲述体在相当程度上扩展了俄罗斯现实主义小说的叙事诗学理论的坚实基础，促进了现代主义小说在俄罗斯的发生，为俄罗斯白银时代小说的勃兴和苏维埃小说的滥觞乃至后苏联文学的兴起，奠定了不可忽视的物质基础和理论条件。

第二节　"五彩缤纷的大厦"：巴别尔小说的叙事结构[①]

作为"一位臻于完美的故事大师"，"俄罗斯散文的最新伟大成就"[②]，巴别尔（Исаак Бабель/ Isaac Babel，1894–1940）的创作大致可以分为小说、剧作、特写札记以及日记书信四个部分。其中，小说部分是巴别尔全部创作的核心和艺术的精华，为他带来世界性的文学声誉，是进入其艺术世界的主要基础。在叙事文本的整体叙事话语中，叙事者角色或视角的构拟发挥着主导的影响和作用："叙述者的出现，事实上是小说别具异彩的特征，这就把它从更为直接的戏剧或诗歌描写中分离出来了。"[③] 整部作品的情调、态势、气氛都与该叙事者的时代共性与独特个性息息相关，密不可分；而叙事者的叙事格调则是作者的一副"语言面孔"，有其社会属性、心理特色、时代印痕和独特个性。"在艺术作品中，视点的差别可以不仅在意识形态层面，而且在话语层面表现出来，此时作者以不同的语言去描写不同的主人公，或者一般而言在描写时以某种他者的或者代替的言语元素；在这种情况下，作者可以由另一个出场人物（那部作品中的）的视点出发去描写一个出场人物，运用自己的视点或者运用某一第三观察者（它既非作者，也非直接的行动参与者）的视点等等。在这种情况下，需指出在特定的情况中，言语特征描写层面（即话语层面），可以成为作品的唯一层面，这一层面允许对作者位置的替换进行考察。"[④] 由此，叙事视角的变化更迭和摇曳多姿，不仅影响文本的语言辞貌和风格特征，而且会经由话语层次得

[①] 本节内容曾以"'一座五彩缤纷的大厦'：巴别尔小说叙事结构的多元性"为题，刊发于《中国俄语教学》2022年第3期。

[②] [英]德·斯·米尔斯基：《俄国文学史》下卷，刘文飞译，北京：人民出版社，2013年，第324页。

[③] [美]理查德·泰勒：《理解文学要素：它的形式、技巧、文化习规》，黎风等译，成都：四川大学出版社，1987年，第95页。

[④] [俄]鲍·安·乌斯宾斯基：《结构诗学》，彭甄译，北京：中国青年出版社，2004年，第18页。

到秘而不宣的呈现。

按20世纪俄罗斯著名学者叶尔绍夫（Л. Ф. Ершов）在《俄罗斯苏维埃文学的讽刺体裁》（1977）中的观点，故事叙事方式可基本分为三种："以作者的口气叙事（客观化的叙事形式）；不归属个人的直接的话语（这种情况下话语既不直接属于作者，也不属于主人公们）；最后，是一种特殊类型的手法，保持着以其名义展开叙事的人的语言和性格风貌。"[1]这种以叙事视角为核心的分类方法，言简意赅，与法国结构主义叙事学的分类异曲同工。所谓"以作者口气"即通常的"第三人称"叙事方式，所谓"不归属个人"即"讲述体"中的叙事方式，所谓"以其名义"即"第一人称"叙事方式，兼具一般第一人称之叙事特点，又有讲述体的独有特征，以口语、普通民众的日常用语组织叙事，通常篇幅短小[2]。根据故事叙事者与隐含作者的不同关系，巴别尔小说大致包含三类特点各异的叙事结构，不同的叙事结构影响着叙事辞貌和艺术风格的变化，对应着不同的叙事态势和话语层次，包蕴着不同的伦理诉求和话语权力。不同叙事结构错落有致，彼此呼应，构成1920–1930年代著名批评家沃隆斯基（А. К. Воронский）所谓的"一座五彩缤纷的大厦"："这本书（即《骑兵军》——引者注）自然是五彩缤纷、五花八门的。它像是一座大厦，有许多附属建筑和耳房。"[3]

一、叙事者的登场与"单一式"叙事结构

在巴别尔隽永凝练的小说中，"单一式"叙事结构对应着叙事者／隐含作者的出场。叙事视角为有限性（第一或第三人称）视角，多为第一人称叙事视角。这表现在巴别尔的大部分小说中，也给巴别尔小说带来明显的自传性色彩。该类叙事结构中叙事者的出场，主要有两种不同的表现形式。

其一，叙事者以旁观者的超然身份出现在小说中，用冷静克制的情感观察事物，讲述故事，铺陈情节，描绘人物，其本身并不介入故事情节的发展。《骑兵军》系列中《萨什卡·耶稣》讲述来自梁赞的庄稼小伙萨什卡性情忠厚，为人和气，但因父亲的风流成性，不幸染上梅毒，后应征入伍，南征北战，光荣负伤。隐含作者以"这

---

[1] *Ершов, Л.Ф.* Сатирические жанры русской советской литературы. М.: Академия, 1977, С. 191.
[2] 吕绍宗：《我是用做实验的狗：左琴科研究》，郑州：河南人民出版社，1999年，第100页。
[3] [俄] 亚·沃隆斯基：《伊·巴别尔》，载《在山口》，刁绍华译，北京：东方出版社，2000年，第141页。

事儿原委如下"①开篇讲述,"以上便是一切的来龙去脉"②结束故事。接着,叙事者由隐身讲述转而登场陈述,笔锋悄然荡开,以战时两人的相遇相伴结束全篇:"不久前,我结识了萨什卡·耶稣,于是我那只箱子便放在他的大车上了。我们经常在一起迎接朝霞,伴送落日……"③由此,叙事者多起着故事叙事者和人物介绍者的作用,并不具备介入故事情节和揣度人物心理的修辞性特征,并不承担情节建构和冲突营造等结构性功能。

《敖德萨故事》系列中《哥萨克小娘子》的叙事者是带有少年巴别尔影子的男孩。在小说中,叙事者仅仅以旁观者的身份讲述他所知道的故事。在故事开头,叙事者以第一人称视角"我"现身:"楚杰奇基斯是个小个子犹太人,……我知道关于楚杰奇基斯的许多故事"④;在故事结尾,叙事者身影体现明显,并与《我的鸽子窝的故事》中喜爱鸽子的男孩"我"遥相呼应:"一个礼拜后,我去找叶夫泽利买鸽子时,看到柳布卡店内新添了管事……他当管事一当就是十五年,在这些年间,我知道了许多有关他的故事。要是我有此可能的话,我定会把所有这些故事逐一讲述出来,因为这些故事全都要有趣味。"⑤

与此不同,《战马后备处主任》中虽然并未出现叙事者柳托夫(Кирилл Лютов)的身影,但人们却可以清楚地感觉到隐含作者的存在。小说以全知全能的第三人称视角,讲述了战马后备处主任奇亚科夫伶牙俐齿、欺骗农民、以劣马换好马的故事。小说写道:"村里怨声载道。骑兵部队在此征粮和交换马匹。骑兵将他们奄奄一息的驽马换成干农活的使役马。这无可指责。没有马匹就没有军队。"⑥从中不难感知到隐含作者的在场与身影——一位冷眼旁观又不乏善良温和的革命青年,既置身其中,又置身事外。在隐含叙事者"我们大家"⑦的旁观视野中,战马后备处主任奇亚科夫衣着华丽,神采飞扬,是"一个红脸膛灰白唇髭的汉子,披着黑斗篷,穿着缀有银

---

① *Бабель, И.Э.* Собрание сочинений: В 4-х т. Т. 2. М.: Время, 2006, С. 95. 中译本参阅刘文飞主编:《巴别尔全集》(五卷本),戴骢、刘文飞、王树福、谢春艳等译,桂林:漓江出版社,2016年。本节相关译文均出自该译本,以下只标注原文出处,不再一一说明。

② Там же, С. 101.

③ Там же.

④ *Бабель, И.Э.* Собрание сочинений: В 4-х т. Т. 1. М.: Время, 2006, С. 93.

⑤ Там же, С. 100.

⑥ *Бабель, И.Э.* Собрание сочинений: В 4-х т. Т. 2. М.: Время, 2006, С. 54.

⑦ Там же, С. 55.

饰带的大红灯笼裤，骑着一匹火红色的英国阿拉伯骏马，飞马来到门廊下"[1]。他英姿勃勃，巧言善辩，善言揣摩，精于表演，"把缰绳扔给勤务兵，一步就跨了四级台阶，只见他身上戏装般的斗篷飞舞了一下，便消失在部队里了"[2]。

其二，叙事者以参与者身份用带有主观感情的视角，观察周围的人、事、物，描述故事的来龙去脉，推动情节的前后发展，是小说发展的一个必不可少的推动力，在小说叙事中起着关键性的作用。《骑兵军》系列中《吻》的叙事者"我"基里尔·柳托夫，"毕业于法律系，属于所谓知书达理的人……"[3]小说讲述了战争间隙柳托夫与犹太女教师托米林娜之间一段无望的情感纠葛，描绘了温柔亲切文质彬彬的犹太女人和她快乐坚忍的父亲，以及战争中他们微不足道的个人命运。可以说，倘若《吻》中没有叙事者"我"，反思战争、张扬人道、彰显个性的诉求也就无从表达，《吻》也就不成为《吻》了。与此类似，《敖德萨故事》系列中《带引号的公正》的叙事者是犹太人经纪人楚杰奇基斯。小说讲述道：因为楚杰奇基斯的挑拨离间，黑帮首领别尼亚和科利亚发生误会；别尼亚为此主动承认错误，合理殴打楚杰奇基斯，并为他付钱疗伤。不难看出，叙事者楚杰奇基斯在故事中起着重要作用，推动着故事情节的起伏发展，并映衬着主人公别尼亚的英雄形象和侠义行为。

与叙事视角相应，该类别小说的叙事层次主要表现为双层次性：其一为叙事者语层，其视野内的一切都带有叙事者的个性特征，可称其为知识分子特性；其二为人物语层，小说人物的话语带有自己所属职业、社会阶层、知识背景的个性特征，可称其为专业化/行业化特性。在这种叙事态势中，小说通篇只有叙事者的语层，不见隐含作者的语层，小说叙事主体结构比较明晰简单。此类叙事结构可以形象称其为"单一式"叙事结构。

二、叙事者的退场与"交叉式"叙事结构

在巴别尔繁复多样的小说中，"交叉式"叙事结构对应着隐含作者的出场与叙事者的退场，叙事视角为全知全能性视角，表现最为复杂多变，手法多样，相对而言语篇层次也最为复杂，甚至故事中嵌套故事，形成独有的连环故事叙事手法。这种

---

[1] Бабель, И.Э. Собрание сочинений: В 4-х т. Т. 2. М.: Время, 2006, С. 55.

[2] Там же, С. 56.

[3] Там же, С. 203.

复杂表现主要有两类。

第一类是抒情性短篇小说。此类小说普遍具有浓厚的抒情性、场景的片段性与深刻的象征性。《骑兵军》系列中的《科兹纳的墓地》不过寥寥数百词，短短半页纸，稀疏几行字，简洁几句话，而作者却以近乎白描的手法，使小说充满了强大的艺术张力。小说前半部用语简洁，表述清晰，以单部句的形式描述了一幅阴暗压抑、神秘荒凉的图景：

> 磨光的灰色石头上镌刻着三百年前的文字。花岗岩上刻着花纹粗犷的高浮雕。浮雕上有鱼，有几只站在亡人头部上方的羊。有戴皮帽的拉比，一色细腰束带。他们没有眼珠的面孔下面，起伏的花岗岩线条构成他们的胡须。在花岗岩的一旁，在被雷电击断的一棵橡树下边，是被博格丹·赫麦尔尼茨基的哥萨克杀害的阿兹里尔·拉比的墓室。一家四代都长眠在这座墓室内。①

小说后半部借用墓碑上的祷文，隐蔽而巧妙地表达了作者对战争的憎恶、对人类的悲悯、对文化的思索：

> 阿兹里尔呀，亚拿尼亚之子，耶和华的喉舌。
> 伊里亚呀，阿兹里尔之子，与遗忘孤身搏斗的大脑。
> 沃尔夫，伊里亚之子，从律法中偷走十九个春天的王子。
> 犹大呀，沃尔夫之子，克拉科夫和布拉格的拉比。
> 啊，死神，啊，贪婪之徒，不知餍足的窃贼，你为什么从不出于怜悯放过我们，哪怕只一次？②

第二类是首尾或中间带有抒情性话语的短篇小说。这些抒情性话语普遍表现为，以说书人的口吻用第一人称"我"或"我们"和第二人称"你"或"你们"，或大声疾呼，抒发情感，或低声吟诵，表达情志。

在小说《诺沃格拉德的天主教堂》中，作者在百孔千疮形同废墟的天主教堂中，

---

① *Бабель, И.Э.* Собрание сочинений: В 4-х т. Т. 2. М.: Время, 2006, С. 108-109.
② Там же, С. 109.

与曾经叛变投敌的罗姆阿里德神父喝酒聊天,气氛似乎融洽和谐;接着作者笔锋急转,直接谴责起罗姆阿里德神父,并暗讽愚人弄神的天主教会,表达对阉割派等异教的不满。作者写道:"我从这儿看清了你,你是个披着紫袍的不守清规的修士,你的两手是虚肿的,你的心是软弱而又残忍的,就像猫的心,看清了你那个主的伤口,从那儿流出的是精液,是让处女醉倒的芬芳的毒液。"① 这种叙事视角的急剧转换,延宕了小说的情节叙事,增强了小说的叙事力度,给读者带来多种想象的可能,也使叙事有了多种阐释的可能。小说叙事接下来转回正常叙事:"我们喝着罗姆酒,等着政治委员,可他迟迟未从师部回来。罗姆阿里德倒在角落里睡着了……"② 望着满目疮痍的教堂和横尸遍野的窗外,叙事者的思绪驰骋于历史与现实、艺术与现实、理想与现实之间,由此叙事视角再次转换:

  瞧,这就是波兰,这就是波兰立陶宛王国桀骜不驯的苦难!我,一个靠暴力闯入的异邦人,在神甫丢弃的圣殿内把一条满是虱子的褥垫铺开,将那本硕大无比的颂书垫在头下,里边颂扬的是无上尊荣的圣明的元首约瑟夫·毕苏斯基。

  饥寒交迫的大军朝你古老的城市蜂拥而来,啊,波兰,全世界的奴隶团结起来的歌声响彻在你这些城市的上空,你要倒霉了,波兰立陶宛王国,你要倒霉了,昙花一现的拉吉维尔公爵,萨佩基公爵!……③

叙事者神游于历史人物、宗教殿堂、王公贵族之间,以"你"或"你们"直抒胸臆,表达着自己的万千思绪。叙事者注意力再次回归丑恶现实后,小说叙事视角也随之转换。由此形成的话语层面的多层次性和多维度性,表现出作者高超的叙事技巧,也考验着读者受众的欣赏水平、认识程度和文学素养。

在小说《夜》开篇第一段,作者以"俄罗斯共产党党章"为抒情对象,以高昂笔调写道:"啊,俄罗斯共产党党章!你铺设了一条神速的铁路穿越俄罗斯纪事(指古罗斯最大的编年史汇集《往年纪事》——引者注)陈腐的泥淖。你使

---

① *Бабель, И.Э.* Собрание сочинений: В 4-х т. Т. 2. М.: Время, 2006, С. 46.

② Там же.

③ Там же, С. 46-47.

梁赞的三颗怀着耶稣激情的单身汉的心成为《红色骑兵报》的编辑,你之所以使他们成为编辑,就是要他们每天编写出一张充满大无畏的精神和粗俗笑料的报纸。"①接下来,作者笔锋一转,视角突然转换,以旁观者身份描写起战争间隙的瞬间场景:"他们三人——患有白内障的加林、患有肺痨病的斯林金、肠子溃疡了的塞切夫,——行走在后方贫瘠的尘土中,用他们的报纸,在那些退役了的青壮年哥萨克、那些挂名当波兰语翻译的预备役内的滑头以及那些由莫斯科派至我们政治部专列上来的劳军姑娘们中间,煽起叛逆精神与火焰。"②这种视角的急剧转换,不仅使小说文本风格前后迥然相异,而且也隐蔽地表达出作者的身份认同。

该类别小说的话语层次明显表现出多层次性,隐含作者意味深长的评价性语层、叙事者的叙事性语层,以及人物的个性化语层。这种情景中,叙事者语层和隐含作者语层几乎同时贯穿始终,时而相去甚远,泾渭分明,时而彼此交织,难辨彼此。此类叙事结构可以形象被称为"交叉式"叙事结构或网状叙事结构。

三、叙事者的面具与"框架式"叙事结构

在巴别尔精彩纷呈、热烈隽永的小说中,"框架式"叙事结构即叙事者讲述别人的故事,集中表现在讲话体小说系列中。在叙事结构、人物语层、叙事主体等方面,讲述体小说均具有层次分明的多元性和多样性。其中,就叙事结构而言,此类小说的每个人物对应着不同的语篇层次,在词汇使用、句式选择、情感表达、评价方法等方面都各有特色,有所差别。由此,讲述体小说中的语篇修辞呈现出鲜明的个性化叙事表征。

认真阅读小说,可以发现部分小说呈现和叙事的方法极为有趣独特,如著名文学理论家韦勒克(René Wellek)所言:"某些故事是经过精心安排被引导出来的,……故事本身和它的作者或读者之间被隔开不同程度的距离,所用的手法是,让乙把故事说给甲听,或让乙把当作手稿的故事委托给甲,而乙这份手稿却可能写的是丙的悲剧的一生。"③这种"经过精心安排被引导出来的手法",就是带有口传民间文学色彩的"讲述体"。有"诗歌的盟主,文坛的魁首"(别林斯基语)之誉的果戈理和被

---

① Бабель, И.Э. Собрание сочинений: В 4-х т. Т. 2. М.: Время, 2006, С. 127-128.
② Там же, С. 128.
③ [美]勒内·韦勒克、奥斯汀·沃伦,《文学理论》,刘象愚等译,南京:江苏教育出版社,2005年,第261—262页。

誉为"最具俄罗斯民族特色的俄罗斯作家"（高尔基语）的列斯科夫，都曾是"讲述体"小说的写作高手。这类小说在巴别尔作品中占有相当数量，如《骑兵军》中的《家书》《马特韦·罗季奥内奇·巴甫利钦柯传略》《叛变》《潘·阿波廖克》《意大利的太阳》《普里绍帕》《盐》等篇章，如《敖德萨故事》中的《国王》《此人是怎样在敖德萨起家的》等篇什，诸如此类。

在《骑兵军》中，"讲述体"体现得最典型的应该算是《家书》《马特韦·罗季奥内奇·巴甫利钦柯传略》和《叛变》。《家书》描写的是，战争期间父子因信仰、想法、观念、判断有别而分属不同对立阵营，结果在战斗中彼此相遇，不顾血缘亲情而彼此相残。小说由叙事者"我"自然引出开篇，言简意赅，简洁精练："这是我们收发室那个叫库尔丘科夫的男孩子向我口授，由我代书的一封家书。这封信是不应该遗忘的。我全文摘录了下来，一字未改，完全保留了本来面目。"①接下来便是叙事者借库尔丘科夫之口，以书信的形式，用客观冷静的口气转述库尔丘科夫父兄相残的悲惨故事。此时小说叙事者"我"暂时退场，不干涉故事的进展和讲述，而书信的叙事者借库尔丘科夫登场，讲述战争期间一个亲人相煎的残忍故事。在著名文学批评家亚·沃隆斯基看来，较之莫泊桑的怀疑叙事、契诃夫的忧伤叙事、高尔基的浪漫叙事，巴别尔的客观叙事相对较为特殊，精致凝练，形象简洁："巴别尔是叙事型的，有时甚至是《圣经》那种叙事型的。……巴别尔在小型作品中是无动于衷、心平气和、慢慢腾腾的，不慌不忙，也不催促读者，尤其是不刺激神经，不追求读者激动地绞着双手。"②在小说的结尾，叙事者通过与库尔丘科夫的简单对话，透露被叙事者对特定时期下亲人的态度，描写故事主人公的外在相貌，进而揭示其精神状态，由此反映战争的残忍和人性的复杂。通过以上分析，我们不难看出，在《家书》中，叙事者基本不参与故事情节的建构，而是以旁观者的身份引导并追随故事的发展。

在《马特韦·罗季奥内奇·巴甫利钦柯传略》中，小说开篇由类似说书人的持中立态度的"我"引出话题，是比较典型意义上的"讲述体"。它以直接面对听众的第二人称"乡亲们，同志们，我的骨肉兄弟们"打开话匣，以夹叙夹议方式简要介

---

① *Бабель, И.Э.* Собрание сочинений: В 4-х т. Т. 2. М.: Время, 2006, С. 48.
② [俄] 亚·沃隆斯基：《伊·巴别尔》，载《在山口》，刁绍华译，北京：东方出版社，2000年，第122、123页。

绍主人公的人生简历。

乡亲们,同志们,我的骨肉兄弟们!为了人类,你们不妨熟悉一下红军将领马特韦·巴甫利钦柯的传略吧。他,那位将军,出身牧童,在尼基京斯基老爷的利季诺庄园当过牧童,他,马久什卡,在没有成丁前给老爷当猪倌儿,成丁后当上了牛倌儿,谁知道呢,要是他,我们的马特韦,亲爱的罗季奥内奇,生长在澳大利亚,没准儿还会升任牧象的象倌儿呢,马久什卡没能当上象倌儿不能怨他,要怨我们斯塔夫罗波尔省上哪儿都找不到一头象。我可以向你们直说,在我们幅员辽阔的斯塔夫罗波尔地区没有比水牛更大的动物了。①

接着,叙事者话锋一转,以说书人惯常用的"言归正传",将叙事视角由类似说书人的"我"转化成主人公"我"。

言归正传,我就这样当上了牛倌儿,母牛从四面八方把我团团围住,将我劈头盖脸地浸在牛奶里,我浑身上下就像切开了的奶子,一股奶腥味,闹得那些个小公牛,灰毛的小公牛,成天围着我打转,想干那事儿。我四周是自由自在的旷野,风把草吹得飕飕地响,头顶上的天空远远地伸展开去,活像是拉开了多键盘的手风琴,弟兄们,斯塔夫罗波尔省的天空可蓝着哩。②

根据小说叙事,马特韦是一个贫苦正直牧民,爱憎分明却嫉恶如仇,生活艰辛却自由自在,不幸的是,妻子被地主霸占,工钱被无情克扣。在小说中,马特韦以第一人称现身说法,以口语体话语讲述亲身故事,充分表达着自己对旧制度、对地主阶级、对阶级压迫的憎恨,表达着对革命、对新制度、对新社会的欢迎。

它,一九一八年,是骑着欢蹦乱跳的马……来的……还带了一辆大车和形形色色的歌曲……唷,一九一八年,你是我的心头肉啊……我们唱尽了你的歌曲,喝光了你的美酒,把你的真理列成了决议……在那些日子里横刀立马杀

---

① *Бабель, И.Э.* Собрание сочинений: В 4-х т. Т. 2. М.: Время, 2006, С. 102.
② Там же, С. 102.

遍库班地区，冲到将军跟前，一枪把他崩了……我把我的老爷尼斯京斯基翻倒在地，用脚踹他，足足踹了一个小时……在这段时间内，我彻底领悟了活的滋味……①

该类别小说的话语层次泾渭分明，具体表现为叙事者语层和人物语层，而人物语层又包含多种层次，即所谓的故事嵌套或故事套故事。在这种叙事情景中，人物的讲述镶嵌在叙事者叙事的框架之内，叙事者的讲述又笼罩在隐含作者叙事的框架之内，由此小说叙事结构体现出明显的多主体性。可以形象称之为"框架式"或"套娃式"叙事结构。同样，讲述体在《敖德萨故事》系列和《我的鸽子窝的故事》系列中也体现明显。正因如此，巴别尔的小说叙事别具一格，与众不同："他不慌不忙地说着简洁的话，字斟句酌，深思熟虑。即使是抒发感情时也是叙事型的。……这是一种对善与恶全然无动于衷的叙事，……这是一种特殊的叙事。他是一堆刚刚熄灭的篝火：灰烬下面是灼热的火炭。巴别尔的叙事是一种独特的艺术手法，精心构思，反复推敲。"②

四、叙事诗学的制约与叙事结构的成因

作为从白银时代文学向苏维埃早期文学转型的代表，巴别尔小说叙事结构的多元性是多重因素和多种场域共同作用的结果，是多种文学因子和文化遗产彼此融汇的产物。这与巴别尔的小说诗学理念、俄罗斯小说叙事传统和西欧小说叙事资源等诸多因素密不可分。

首先，巴别尔的小说诗学观内在影响和规约着其小说叙事艺术。在师承俄罗斯古典文学大师和欧洲文学名家的基础上，巴别尔充分借鉴契诃夫的凝练细腻、列夫·托尔斯泰的素朴宏阔、普希金的简洁客观、陀思妥耶夫斯基的深刻奥妙、高尔基的阳光奔放、莫泊桑的热烈青春，形成以"有分量"（значительный）、"简单"（простой）和"漂亮"（красивый）为核心的小说诗学。其一，在词语美学上，巴别尔认为创作需要人生经验、体验沉淀和词语挑选："在我这一生里，'写什么'的

---

① Бабель, И.Э. Собрание сочинений: В 4-х т. Т. 2. М.: Время, 2006, С. 112.
② [俄]亚·沃隆斯基：《伊·巴别尔》，载《在山口》，刁绍华译，北京：东方出版社，2000年，第123页。

问题我几乎永远清清楚楚,如果说我一时无法把这一切写在十二页纸上,我始终缩手缩脚,那也是因为我始终在挑选词语,这些词一要有分量,二要简单,三要漂亮。"(《论作家的创作之路》)① 其二,在体裁节奏上,巴别尔具有短篇小说的理论自觉,注重小说结构的逻辑、风格的确立、修辞的采用和词汇的选择:"我开始写短篇小说的时候,常常用两三页纸罗列出一篇小说应有的词语,但不给它们喘息之机。我大声朗读这些文字,尽量让它们保持严格的节奏,与此同时使整篇小说紧凑到能一口气读完。"(《短篇小说的写作》)② 其三,在创作方法上,巴别尔强调要放松身体,重视创作灵感,追求文本叙事的轻盈、平稳和直接,不要为既定的创作规则所限制、拘囿和束缚:"在写作之前就考虑好一切,这就很少再有即兴创作的余地了。当你拿起笔在纸上写字的时候,天才晓得你会跑到什么地方去,你会受到什么诱惑。你并不永远都会遵从那些既定的节奏以及既定的表达方式。如今我换了一种方法。当我产生了写作的愿望,比如说想写一个短篇,我就会按照当时的感觉写下来,然后放上几个月,然后再一遍一遍地读,一遍一遍地改写。我可以无数遍地改写(我在这方面很有耐心)。我认为,这种方式(在我即将发表的小说中可以看出这种方式)能让作品更为轻盈,叙事更为平稳,更为直接。"(《论作家的创作之路》)③ 其四,在写作主题上,巴别尔指出创作不能仅仅停留在现象表层,而应深入探究事情背后的生成原因和应对策略:"就本性来说,我感兴趣的永远是'怎样做'和'为什么'的问题。对于这些问题,需要多多思考,多多研究,为了用艺术的形式回答这些问题,就必须怀着更大的真诚来诉诸文学。"(《论作家的创作之路》)④ 这使巴别尔小说呈现出语言的简洁漂亮有力,结构的精巧华丽雅致,修辞的奇特冷峻诡谲,风格的华美凝练隽永。

其次,俄罗斯小说叙事传统赋予巴别尔小说以叙事榜样和创作镜鉴。经由俄罗斯名家(如契诃夫、托尔斯泰、普希金等)精致凝练的短篇文本和带有民间特色的"讲述体"小说,巴别尔不仅习得小说的结构布局、艺术手法和语言技巧,而且对短篇小说这一文学体裁有了高度自觉的理论意识。1937 年 9 月 28 日,在《文学学习》杂志联合苏联作协举办的文学晚会上,巴别尔面对与会者的提问即席坦言:"我

---

① *Бабель, И.Э.* Собрание сочинений: В 4-х т. Т. 3. М.: Время, 2006, С. 403.
② Там же, С. 29.
③ Там же, С. 393-394.
④ Там же, С. 394.

觉得，最好也谈一谈短篇小说的技巧问题，因为这个体裁在我们这里一直不太受恭维。应该指出，这一体裁在我们这里先前从未有过真正的繁荣，在这一领域，法国人走在了我们前面。说实话，我们真正的短篇小说家只有一位，就是契诃夫。高尔基的大部分短篇小说，其实都是压缩版的长篇小说。托尔斯泰那里也都是压缩版的长篇小说，只有《舞会之后》除外。《舞会之后》是一篇地道的短篇小说。总的说来，我们的短篇小说写得很差，大都是冲着长篇去写的。"（《论作家的创作之路》）①普希金、果戈理、列夫·托尔斯泰、陀思妥耶夫斯基、契诃夫、高尔基等系列经典作家，以风格不同的文本资源和创作范式，赋予巴别尔以各美其美、臻于成熟的叙事榜样。其中，托尔斯泰创作的世界眼光、大气磅礴和简洁素朴，给巴别尔树立了可资借鉴的永恒典范，使他"懂得艺术真正的任务并不在于更强烈地刺激神经，而在于提供列·尼·托尔斯泰当年所写的那个'一点点'，突出艺术需要，在事物、人、细节中发现基本点"②。巴别尔亦坦言："我近期越来越关注的作家只有一位，这就是列夫·尼古拉耶维奇·托尔斯泰。（我没说普希金，普希金是我们永恒的伴侣。）我认为，在我们这里，初学写作的作家对列夫·尼古拉耶维奇·托尔斯泰阅读得不够，研究得不够，托尔斯泰或许是有史以来所有作家中最令人惊异的一位。"（《论作家的创作之路》）③然而，巴别尔并非完全服膺并全盘接受托尔斯泰的叙事艺术，而是以凝练隽永和浓缩简洁的相反方式，向托尔斯泰叙事的宏阔大气致敬："我虽然崇拜托尔斯泰，可为了能写出点东西，我在自己的工作中还是在走一条与他截然不同的路……问题在于，列夫·尼古拉耶维奇·托尔斯泰的禀赋使他足以描写一昼夜间的全部二十四小时，而且他还能把这期间所发生的一切都记得清清楚楚，而我的天性显然只够用来描写我所体验到的最有趣的五分钟。"（《论作家的创作之路》）④在很大程度上，正是在俄罗斯小说叙事传统和西欧小说资源的彼此融汇和相互作用之下，巴别尔迅速成长为"苏维埃文学中恢复讲述体小说（nouvelle）这一文学类型的第一人，他在一定程度上模仿莫泊桑的小说（莫泊桑、福楼拜，连同果戈理和高尔基，

---

① *Бабель, И.Э.* Собрание сочинений: В 4-х т. Т. 3. М.: Время, 2006, С. 340.

② [俄] 亚·沃隆斯基：《伊·巴别尔》，载《在山口》，刁绍华译，北京：东方出版社，2000年，第124页。

③ Там же, С. 395.

④ Там же, С. 398.

经常被视为巴别尔的主要文学导师)"①。

最后，西欧小说叙事资源和新的时代主题使巴别尔小说具备新的叙事特质。莫泊桑和拉伯雷等西欧小说家，以热烈奔放和汪洋恣意的别样创作，给予巴别尔的创作以不可忽视的域外启发。巴别尔充分认识到，俄罗斯文学在写作主题和修辞风格上不同于西欧文学："我们的文学不像西方文学，尤其不像是法国文学。法国文学都写了些什么？一个年轻人爱上了一个姑娘，不了了之。他想要工作，不了了之。结果，他饮弹自杀了。"(《短篇小说的写作》)②因此，不同于果戈理和陀思妥耶夫斯基等人的忧伤沉郁，巴别尔选择热烈青春的主题，采用阳刚炽热的叙事风格和五彩缤纷的叙事结构，以理想读者为写作目标，注重读者反映和文本接受："我总是在努力地为自己挑选读者，而且我还总是给自己出难题。我心目中的读者是聪明的，有文化的，具有健康、严谨的趣味。我总是认为，一篇好的小说只应该读给一位非常聪明的女人听，因为出类拔萃的女性往往具有绝佳的趣味，就像许多人具有绝佳的听觉。在这里最重要的一点就是，要把自己想象成一位读者，当真地想象。我自己就是这么做的。读者就活在我的心中，由于他在我心中生活得太久，我便根据自己的模样把他给塑造了一番。也许，这位读者已经与我合为一体。"(《论作家的创作之路》)③与此同时，对社会主义建设时期的文学创作，巴别尔既充满发自内心的职业理想和崇高思想，也不乏洞若观火的清醒审视和现实选择："较之写作方法而言，高尔基树立了高度职业化的写作风格的卓越典范。……文学工作者应该思考——这件事并非多余，现在尤其是这样。不能往旧皮囊里灌新酒。无产阶级革命的思想、新人的思想穿着巴兰采维奇、雷什科夫、波塔别科的敞胸女式短上衣，会显得窄小而憋闷。应该牢记苏维埃国家赋予作家的崇高称号，从而坚定不移地致力于写作，既要探究形式又要斟酌内容。"(《短篇小说的写作》)④作为一名真诚率直的作家，巴别尔认为创作应当忠于自我内心，潜心关注现实重大问题，不能为转瞬即逝和琐碎微小的时髦问题所牵制："唯有做真实的自己，竭尽全力、全心全意地发掘自己的才能和感情，方可通过最终的检验。我的个性，我的工作，我的文字和我的愿望——这一切能否成为正在建设中的、我为之服务的社会主义文化的一部分？这便是这种自我检

---

① Struve, Gleb. *Soviet Russian Literature*. London: Routledge, 1935, p. 24.

② Бабель, И.Э. Собрание сочинений: В 4-х т. Т. 3. М.: Время, 2006, С. 31.

③ Там же, С. 402-403.

④ Там же, С. 34.

查的主要内容。"(《谈新文化工作者》)①

结　语

宏观而言,巴别尔小说的叙事结构大体包括三大类,即"单一式"叙事结构、"交叉式"叙事结构、"框架式"叙事结构,其中后两者明显体现出叙事结构的多层次性(尤其是"框架式"叙事结构所代表的"讲述体"形式)。与此同时,在小说文本中,不同身份的叙事者讲述故事时,在词汇选用、句式组织、语句修辞等方面均有较大差异,明显形成三种不同的语篇话语层次。在"单一式"叙事结构中,叙事者以旁观者或参与者的身份出场,讲述故事描绘情节,由此形成叙事者语层和人物语层的双层话语结构;在"交叉式"叙事结构中,叙事者以全知视角出现,组织情节讲述故事,由此形成隐含作者的评价语层、叙事者语层和人物语层的多层话语结构;"框架式"叙事结构中隐含作者、叙事者,人物彼此交织,相互缠绕,形象鲜明,由此形成层次叠生的嵌套话语结构。在巴别尔的小说创作中,这种叙事结构的多元性表现得丰富多样,五彩斑斓,在《骑兵军》中体现得尤为突出明显。其中,从复调理论出发,《骑兵军》可被视为"一部由一个不相称的叙事者和一列士兵组成的小说,这些士兵发出散布在文本表层的、带有平等的强制性声音"②。

巴别尔小说的叙事视角多元,叙事结构多变,话语层次多样,一如变幻莫测的万花筒,又如五彩斑斓的马赛克。短篇随笔《敖德萨》诉说着他对故乡的留恋与怀念,洋溢着压抑不住的青春阳光,恰似其创作之途的开幕式。《敖德萨故事》风格绚烂多彩,叙事结构多变,修辞奇诡隽永,记录着帝俄时期的犹太黑帮英雄,是巴别尔创作之途的重要发展。《我的鸽子窝的故事》语言幽默诙谐,叙事视角多变,情节真假参半,诉说着难忘的童年创伤与青春回想,正似其创作之途的一咏三叹。《骑兵军》情节大开大合,色彩瑰丽阳刚,风格热烈冷峻,记录着1920年代俄波战争的影像,可谓其创作之途的高潮节点。1930年代,巴别尔在转型期沉默如金,应是其创作之途的高潮回落。1940年,巴别尔以外国间谍罪不幸被枪毙,则是其创作之途的黯然谢幕。巴别尔短暂的一生与其凝练的创作,充满时代的历史硝烟与社会的体制

---

① *Бабель, И.Э.* Собрание сочинений: В 4-х Т. 3. М.: Время, 2006, С. 368.

② Robin, Regine. *Socialist Realism: An Impossible Aesthetic.* Translated by Catherine Porter. Stanford: Stanford University Press, 1992, p. 220.

规训，正如一篇跌宕起伏、扣人心弦的短篇小说，又如一部充满变数、戛然而止的话剧，更像一部高潮迭起、出人意料的电影。

第三节　维克多·佩列文：一个当代俄罗斯的文学标本[①]

板寸短发，黑色墨镜，严肃表情，这大致是当代俄罗斯著名作家佩列文（Виктор Пелевин，1962–）的典型扮相；创作丰硕，嬉笑揶揄，备受欢迎，这基本是公众对佩列文的集体定位；语言幽默，手法杂糅，思想深刻，这应该是当代批评家对佩列文的理性认知[②]；深居简出，远离媒体，关心现实，这似乎是佩列文的自我姿态。如此一来，佩列文的形象似乎是难以琢磨、难以定位的。他既引起大众读者的争相阅读和持续喜爱，又进入当代主流文学和大中学教科书之列；他既在当代俄罗斯文学界广为人知，混得风生水起，掀起一股经久不衰的佩列文热，又为东西方主流文化所欢迎，其作品拥有英、法、德、西、中、日等诸多不同译本；他既有俄罗斯知识分子典型的使命感和责任感，又有当代俄罗斯人的玩世不恭和嬉笑雅皮；他既有俄罗斯的文学传统和现实图景，又有东方佛学精髓和道家思想。总而言之，佩列文的作品总是难以界定，不合常规的。

2012年11月，享有盛誉的《独立报》曾以专栏整版篇幅刊载长文《佛的小指：'百事'一代巡检50岁的维克多·佩列文》（"Мизинец Будды: 50-летие к ключевому цензуру поколения 'П' Виктору Пелевину"），对其人其作进行回顾，对作为文化事件的佩列文现象进行剖析[③]。文章标题"佛的小指"实质是一种隐喻和象征，来自小说《恰巴耶夫与普斯托塔》（Чапаев и Пустота，又译《夏伯阳与虚

[①] 本节内容曾以"佩列文：一个后苏联时期的文学标本"为题，刊发于《俄罗斯文艺》2013年第3期。

[②] 根据波格丹诺娃（О. Богданова）、基巴尔尼克（С. Кибальник）和萨福罗诺娃（Л. Сафронова）的不完全统计，截至2006年，以佩列文创作为论题的俄语专题论文近200篇，主要刊发在《新世界》《十月》《各民族友谊》《星》《旗》《乌拉尔》等重点文学创作刊物，《文学评论》《文学问题》《新文学评论》《文学学习》等核心文学评论刊物，以及《独立报》《文学报》《书评周刊》《星火报》等重要文化报刊，涉及巴辛斯基（Павел Басинский）、贝科夫（Дмитрий Быков）、格尼斯（Александр Генис）、库里岑（Вячеслав Курицын）、利波韦茨基（Марк Липовецкий）、涅姆泽尔（Андрей Немзер）、丘普里宁（Сергей Чупринин）、爱波斯坦（Михаил Эпштейн）等当代批评名家。См.: *О. Богданова, С. Кибальник и Л. Сафронова*. Литературные стратегия Виктора Пелевина. СПб.: ИД Петрополис, 2008, С. 166-180.

[③] См.: *Филатова Натали*. Мизинец Будды: 50-летие к ключевому цензуру поколения "П" Виктору Пелевину. // Независимая газета, №. 245. 22 Ноября 2012 г.

空》)的英译名"Buddha's Little Finger"。而所谓"'百事'一代"则喻指在20世纪六七十年代成长起来的一代俄罗斯人,他们喝着百事可乐,吃着油炸薯条,读着欧美书籍,行为思考截然不同于其前辈。这个说法泛指受欧美西方文化影响成长起来的新一代俄罗斯年轻人,也隐喻当代俄罗斯在民族道路和文化归属上的西方倾向与艰难选择。该小说具有典型的梦幻色彩和蒙太奇叙事:1919年动荡之际,面对昔日同窗今日革命者埃尔年,彼得·普斯托坦陈因诗获罪逃亡至此,而立场鲜明的埃尔年却掏出手枪。无奈之下,彼得杀死同学,更名换姓扮成埃尔年,参与一系列活动,醒来后却发现自己置身异度时空,身处精神病院……主人公彼得具有两个截然不同的身份,其一是颓废派诗人彼得,被送进精神病医院,治疗所谓的"伪人格分裂症",其二是夏伯阳师的政委埃尔年,与夏伯阳搭档指挥部队,而夏伯阳则成为幽默的点缀;故事情节也具有两个不同的时空:其一是1919年夏伯阳所率的红军师部,其二是当代俄罗斯精神病医院的虚空环境。主人公身份在两个交叉进行的梦境里不断转换:此梦醒来是彼梦,彼梦醒来是此梦,此时此刻与彼时彼刻,在梦境中不断模糊化为虚空。作为禅宗佛祖的转世之身,主人公"左手吊在一条黑色的亚麻布带上","手上缠着绷带,看得出来,本该包着小指的地方是空的"①。在"上帝已死"的20—21世纪之交,面对苏联解体带来的社会动荡、经济倒退、生活窘迫、文化混乱的"世纪末"景象,作者意在经由此证明世界存在虚空,其小指的缺失隐喻着佛学的虚空真谛。不难看出,佩列文作品涉及宗教与哲学、语言与历史,关注社会与个体、心理与灵魂,融合本土与外来、先锋与传统,兼有戏仿与反思、解构与建构。因此,作为一种典型的文学现象和文化行为,佩列文其人其作无疑值得密切关注和冷静分析。

一、佩列文创作与当代俄罗斯文学的转化

苏联解体三十多年来,以佩列文为代表的作家经由体裁各异、手法不同和主题有别的文学创作,促进了文学形态从苏联时期浓厚的意识形态性向当代俄罗斯的非

---

① [俄]维克多·佩列文:《夏伯阳与虚空》,郑体武译,上海:上海译文出版社,2004年,第404页。1951年,长春电影制片厂将苏联根据小说《恰巴耶夫》(Чапаев)拍摄的电影译成《夏伯阳》;1981年,郑泽生翻译的福尔曼诺夫的长篇小说《恰巴耶夫》(Чапаев),由外国文学出版社出版。此处郑体武教授将"Чапаев и Пустота"译为"夏伯阳与虚空",在很大程度上考虑的应是佩列文小说与电影的互文指涉关系。

意识形态性的转化，促使叙事方式从线性叙事向空间叙事转换，叙事视角从以全知全能的视角为主导向多种叙事视角相互渗透彼此共存，从而实现了文学态势从单声部一元化到多声部复调化的转换。由此，佩列文及其同仁不仅使后现代主义在俄罗斯合法化，使严肃文学与通俗文学的边界彼此消弭，也使当代小说文类综合化，形成兼具传统与先锋、超越与眷顾特质的"合成小说"，进而部分成功改写了当代俄罗斯文学史，影响了当代俄罗斯时代话语的转化。

首先，佩列文促进了后现代主义在俄罗斯的合法化，丰富了当代俄罗斯文学的表现手法和叙事策略。"后现代主义文学"这一称呼，直到 1987 年才在俄罗斯文学研究界首次正式出现①，而为俄罗斯学界普遍接受并广泛使用则是在1990年代初期以后。后现代主义文学在俄罗斯经历了一个由潜在到显在、由地下到地上、由非法到合法的过程：1960–1970 年代是形成期，代表作家为阿·西尼亚夫斯基、安·比托夫、维涅·叶罗菲耶夫等；1970–1980 年代是确定期，代表作家为萨沙·索科洛夫、维·叶罗菲耶夫、德·普里戈夫等；1980–1990 年代是合法期，代表作家为维·佩列文、弗·索罗金、弗·索科洛夫等②。

佩列文作品在文本结构上充满时空跨越、文本拼贴的颠覆性，人物塑造上呈现出戏仿经典、颠覆英雄人物的去神化，普遍带有后现代主义文学的时空随意、戏仿经典、嘲讽揶揄等特点。而后现代主义元素与民族文化传统的有机结合，恰恰构成佩列文创作的最大特色，其戏谑嬉笑的文风中隐含着对自由精神国王的追求③。《昆虫的生活》充满戏谑嘲讽和荒诞无序，通过拟人手法使故事妙趣横生：蚊子、苍蝇、金龟子、飞蛾、蚂蚁、蝉等昆虫，如人类一般看电视，做买卖，谈哲学，论人生；荒诞的情节让昔日权贵与今日庶民原形毕露，展示出人性的阴郁与幽微、狰狞与丑陋，让读者在谐谑过后深切体味到世界的荒诞与诡谲。《恰巴耶夫与普斯托塔》从头到尾是名叫普斯托塔（俄文意即虚空）的人对荒诞梦境的随意记录，首尾两端对莫斯科相同的描写实际是其思想无意识在断裂之后的随意拼接。伴随《黄色箭头》中列车没有目的和终点的疾驰，主人公安德烈为寻找"原初的真实"而殚精竭虑，其

---

① *Андреев, Л.Г.* Литература у порога грядущего века. // Вопросы литературы 1987, №.5, С. 3-42.

② *Нефагина, Г.Л.* Русская проза конца XX века. М.: Флинта и Наука, 2003, С. 253-297; *Скоропанова, И.С.* Русская постмодернистская литература. М.: Флинта и Наука, 2007, С. 71-72.

③ 赵杨：《后现代元素与民族文化底蕴的结合：维克多·佩列文和他的自由王国》，《外国文学》2007 年第 6 期，第 3—11 页。

心理意识也随之蔓延，时空在意识之流中不断变化。在《"百事"一代》中，伴随苏联解体后的市场化浪潮，塔塔尔斯基恰如其前辈乞乞科夫（即《死魂灵》中的主人公——引者注），在当局权贵、新型富人、各色媒体、利益集团之间不断冒险，由此展示出后苏联时期俄罗斯社会的芸芸众生和市井百态，这一切实质经由其思想的衍生和意识的折射而呈现。与此同时，其作品文风体现出冷静反思与随意深刻同在的悖论现象，语言风格弥散着机智随意又揶揄调侃的味道。面对社会历史和现实生活，作品人物在道德伦理上则变得模糊不清，珍惜与鄙弃、热爱与仇恨、正直与卑微之间的界限，已然消失得无影无踪。经由无处不在的后现代主义创作，佩列文模糊着小说与戏剧、文学与学术、真实与假定、历史与现实的关联，也消解着严肃文学和通俗文学、主流文学和边缘文学的界限。

其次，佩列文消弭了严肃文学与通俗文学的分野，使当代俄罗斯文学体现出强劲的生命力，呈现出别样的世纪风景。20世纪八九十年代以降，当代俄罗斯小说呈现出多流派、多风格、多手法的动态发展图景，作家群体在国内外诸种艺术资源中不断求新求变，文艺流派在国际文化环境中不断吐故纳新，互相渗透，一切都处在思潮涌动、思想更迭之中，由此导致小说文本风格杂糅、手法互用、流派融合。1990年代，佩列文以黑马的姿态出现在当代俄罗斯文坛，先后创作出《蓝色灯笼》（1991）、《奥蒙·拉》（1992）、《昆虫的生活》（1993）、《恰巴耶夫与普斯托塔》（1996）、《黄色箭头》（1998）、《"百事"一代》（1999）、《转折时期的辩证法》（2003）、《美女菠萝水》（2010）等一系列兼具可读性和思想性的畅销严肃小说。他不仅迅速成为当代俄罗斯"几乎唯一畅销的纯文学作家"，而且是2009年度最有现实影响力的作家，更被法国杂志选入"当代世界文化最杰出的1000名活动家名单"[①]。在莫斯科地铁中，时常可见以不同方式阅读佩列文小说的乘客；在各种类型书店里，亦不难看到热情购买其小说的无名粉丝；在互联网上进行电子阅读的读者中，他估计也有相当一批铁杆粉丝；更有甚者，即使在近些年里除了电话号码簿外什么书也不读的人，对其小说也颇感兴趣。

佩列文的创作既有严肃文学对现实的反思，对人性的批判，对哲理的思考，又有通俗文学对玄幻的青睐，对快餐文化的借鉴，对语言修辞的实验。在佩列文小说

---

① См.: *Натали Филатова*. Мизинец Будды: 50-летие к ключевому цензуру поколения "П" Виктору Пелевину. // Независимая газета, №. 245. 22 Ноября 2012 г.

中，文字表述宛如迷宫拼盘，变幻多端，光怪陆离：既有规范的传统民族语言，又有大量黑话、行话和俚语，既有各种低俗语汇和暴力词语的"爆炸"，又有俄语和英语等外来语的"拼盘"，从俄罗斯黑手党到日本武士道，从俄罗斯经典名作到中国禅宗思想，从西方神秘主义到东方佛学思想，从中国古代民间传说到今日西方社会百态……可以说，"佩列文的作品语言是'我行我素的'，他的艺术客体并非外部世界，而是人物的内心世界"[1]，由此在给读者带来愉悦和轻松的同时，消解着严肃文学与通俗文学的界限，表达着对形而上的自由世界的向往和追求。其小说融辛辣的嘲讽、奇异的幻想、新颖的结构、调侃的语言、睿智的思想等特点为一体，其印数普遍在数万册或十万册以上，这在当代俄罗斯绝对是一个庞大的数字。佩列文堪称"俄罗斯和西方最受欢迎的新一代小说家"，也是"后苏联文学中最具个性的代表"（A. 格尼斯）[2]。在佩列文笔下，严肃文学与通俗文学的分野已经取消，语言游戏与思想探讨的界限已被悬置，现代主义与后现代主义的区别已然融合。用诸如现实主义与后现实主义、现代主义与后现代主义、先锋派与后先锋派、超现实主义与后社会主义现实主义、解构主义与后结构主义之类的标签来标记佩列文的文学创作类别，是比较困难的。由此，佩列文的跨界式写作和杂糅式风格，使文学创作面对社会现实和人生百态，体现出强劲的生命力，呈现出别样的世纪风景：既充满嬉笑嘲讽，又不乏忧伤黯然；既有冷峻的奇情异想，又有坚实的现实指向；既随处可见先锋手法，又不乏民族文学传统；既充盈着哲理反思，又弥散着轻松愉悦。

二、佩列文创作与当代俄罗斯文学的实验

当代俄罗斯文学经历着从意识形态话语到个人话语，从公共空间到私人空间，从宏大叙事到个人叙事的转向，依然延续着"关注小人物"的文学传统，坚守着"文学即人学"的理念，弘扬人道主义传统，珍视人的价值、情感与尊严。伴随苏联解体和文学转型，佩列文以杂糅化的书写方式、多样化的叙事策略和后现代的艺术风格，促使当代小说文类综合化，形成别样的"合成小说"。

首先，佩列文使幻想心理小说、神秘象征小说、历史想象小说等合成性小说文

---

[1] *Богданова, О.В.* Постмодернизм в контексте современной русской литературы (60–90-е года XX века-начала XX I века). СПб.: Филол. ф-т. С.-Петерб-. гос. ун-та, 2004, С. 304.

[2] *Богданова, О., С. Кибальник, Л. Сафронова.* Литературные стратегия Виктора Пелевина. СПб.: ИД Петрополис, 2008, С. 3.

类顺利登堂入室，融入当代俄罗斯异彩纷呈的文学长廊中。1990年代俄罗斯小说创作实践证明，"合成"（синтез）不仅仅是小说发展过程中的一个必要环节，一个重要进程，一种多元对话，也是当代俄罗斯小说中的一种高度开放的小说体裁，一种敏锐灵动的小说体式，一种极具个性的创作风格，体现了具有先锋意识的当代小说家对小说艺术形式革命的新成果。这种创作体式，部分呼应着白银时代作家扎米亚京的文学理念："现实主义——乃是纲领，象征主义——则是反纲领，而如今——还有新的，第三种即合成，其中同时存在着现实主义的显微镜，还有导向无终结的象征主义的望远镜。"① 这种在诗学上兼具小说流派与文体特色、在叙事上融汇时空跨度与心理跨度的"合成小说"，在佩列文小说中也有着具体而微的体现。

《恰巴耶夫与普斯托塔》既有诗歌片段和戏剧仿作，又有学术分析和心理记录，充满强烈的实验色彩和典型的文本间性。就时空构拟而言，该小说情节在20世纪初的梦境战争时期与1990年代的现实疯人病院的双重时空中不断穿梭，《大师与玛格丽特》在1930年代的莫斯科、精神病院与罗马帝国时期的耶路撒冷构拟的异度时空中来回转换，二者在历史、现代和永恒三个层次上彼此呼应互为文本，有着异曲同工之妙②。就人物形象而言，两部小说都构拟出对立式情节人物关系③，设计出思想层面的"师生"对（пара «Учитель–Ученик»），其中"沃兰德–恰巴耶夫"相互比照遥相呼应，有着彼此彰显之趣④。正因如此，《恰巴耶夫与普斯托塔》被视为现代版的《大师与玛格丽特》。就情节设计而言，福尔曼诺夫的《恰巴耶夫》成为该小说的基本背景，

---

① *Мусатов, В.В.* сост. Некалендарный XX век: Материалы всероссийского семинара 19–21 мая 2000 года. Великий Новгород: Новгородский государственный университет, 2001, С. 263.

② *Богданова, О., С. Кибальник, Л. Сафронова.* Литературные стратегия Виктора Пелевина. СПб.: ИД Петрополис, 2008, С. 138–140.

③ 在《大师与玛格丽特》中，布尔加科夫使用了对立式人物关系设计：大师——流浪汉，别廖兹——流浪汉，耶舒阿——列维·马特维，耶舒阿——总督彼拉多，沃兰德——耶舒阿，沃兰德——大师，沃兰德——玛格丽特，斯特拉文斯基——病人等人物关系，在一定的故事情节中，彼此对立，相互对照。在《恰巴耶夫与普斯托塔》中，佩列文也使用了类似的对立式人物关系图谱：恰巴耶夫——普斯托塔，恰巴耶夫——安娜，恰巴耶夫——科托夫斯基，帖木儿·帖穆雷奇——病人等人物关系，在特定的故事语境中，彼此呈对立关系。不同的是，两部小说中人物所处的时空关系有所不同。См.: *Богданова, О., С. Кибальник, Л. Сафронова* Литературные стратегия Виктора Пелевина. СПб.: ИД Петрополис, 2008, С. 140-160.

④ *Богданова, О., С. Кибальник, Л. Сафронова.* Литературные стратегия Виктора Пелевина. СПб.: ИД Петрополис, 2008, С. 140-141.

恰巴耶夫和女机枪手安娜也从《恰巴耶夫》越界进入《恰巴耶夫与普斯托塔》，即使作家福尔曼诺夫也成为小说人物之一。就小说文体而言，现代主义诗人彼得的所谓诗歌，大多源于帕斯捷尔纳克的《日瓦戈医生》第十七章"尤里·日瓦戈的诗作"；而在"音乐鼻烟盒咖啡馆"一章中，诗人置身1920年代彼得堡上流社会的沙龙咖啡馆，与阿·托尔斯泰和勃留索夫谈论着著名诗人勃洛克的长诗《十二个》，咖啡馆里则上演着根据《罪与罚》改编的戏剧《拉斯科尔尼科夫和马美拉多夫》。不独该小说具有合成特点，其他小说在相当程度上亦然：《黄色箭头》既有传统的社会写实和人生描摹，又有先锋的意识记录和梦呓文本，充盈着明显的象征意味；《"百事"一代》既有各种诗歌和不同广告，又有传统语言和外来词汇，散发着耀眼的陆离色彩。在评论家鲁宾施坦看来，《"百事"一代》中"最让人记忆深刻的……是各种广告短片的描写。……而且叙事本身，其实也只是一种自由的、不太拘泥于某种匀称原则的短片剪接"①。不难看出，佩列文小说中的拼贴式或拼盘式"合成"现象，既有时空跨越，与后现代主义明显一脉相承，又有心理跨度，与人物心理和小说意涵息息相关。

评论家C.科尔涅夫曾在《新文学评论》上撰文指出："如果从形式上判断，佩列文是个后现代主义者，是个典型的后现代主义者：不仅从形式角度，而且根据内容——第一眼似乎如此……看得仔细些……，佩列文……事实上——在思想上、内容上——根本不是后现代主义者，而是地地道道的俄罗斯典型的思想型作家，类似托尔斯泰或车尔尼雪夫斯基那样。"②此言切中肯綮，令人深思。在佩列文的合成文类和杂糅风格背后，一如其托尔斯泰等前辈作家，时时喷涌着深沉的反思意识和强劲的探索冲动。在《恰巴耶夫与普斯托塔》中，作者通过笑话嘲讽策略，解构恰巴耶夫领导的红军神话，通过时空结构和人物关系的互文策略，探寻佛学理念和人生哲学，由此，该书不仅巧妙解构苏联神话，而且表达"唯心的佛教后现代主义"哲学③。在《"百事"一代》中，作者经由广告神话设计策略，人为制造出一片意识的幻象和思想的场域，其背后隐藏着知识分子精神的痛苦与异化，巴比伦塔神话背

---

① [俄] 亚·博利舍夫、奥·瓦西里耶娃：《20世纪俄罗斯后现代派文学概观》，陆肇明摘译，《俄罗斯文艺》2003年第3期，第38页。

② Корнев, С. Столкновение пустот: может ли постмодернизм быть русским и классическим?: Об одной авантюре Виктора Пелевина. // Новое литературное обозрение, 1997, №. 28, С. 248.

③ Богданова, О., С. Кибальник, Л. Сафронова. Литературные стратегия Виктора Пелевина. СПб.: ИД Петрополис, 2008, С. 125.

后则闪烁着思想重构和精神重建的冲动，一如佩列文所言："在俄罗斯，作家所写的不是小说，而是脚本。"① 凡此种种，不胜枚举。如果打个形象比喻，佩列文小说犹如斑驳炫目的万花筒，可以随意摇出不同的侧面，射出不同的耀眼光彩；又如变幻不定的玩具魔方，可以不断构成不同的物体，形成不同的绚丽印象。综合化、多元化和杂糅化诗学特征，在佩列文创作中得到比较充分和鲜活的体现，这在相当程度上与后苏联文学的"过渡性、多变性与不确定性"② 的发展态势彼此契合，相互呼应。

其次，佩列文也使中国文学超出学界研究范围而成为审美文化因素，他通过中俄文化因素相互融合的文学创作，使当代俄罗斯文学呈现出别样的中国文化图景。阅读佩列文作品，不难体验到弥散在字里行间的中国文化因素，触摸到无处不在又无形无影的东方文化氛围。受早年阅读老庄的深刻影响，佩列文雅好中国古代哲学，痴迷东方文化，常常在其小说中借用中国和东方文化元素，营造异域氛围表达深刻思想。《蓝灯笼》（1991）里借用中国或东方习俗，门前悬挂"蓝色灯笼"意味有人辞世正在治丧，以幽冷之光营造毛骨悚然的气氛。通过死者对话，旁及人心善恶和社会面貌，作者探讨东西方的生死观念和哲理问题——"我们是否真的知道我们之中谁活着、谁死了？如果知道，那么这个知识来自何处，是否可靠？"③《奥蒙·拉》讲述宇航员为了国家宇航事业而自我牺牲，锯掉双腿，其中"可以看出佛教哲学的萌芽"，"佛教学说不仅不违背他的唯心观倾向，而且还是 20 世纪末的时尚追求"④。《恰巴耶夫与普斯托塔》被批评家 A. 格尼斯称为"俄罗斯第一部佛教禅宗小说"⑤，其英译名"佛的小指"无疑道出该作的宗教思维和佛学精髓：佩列文尝试以东方佛学的"虚无"对照转型时期俄罗斯人的心灵"虚空"，隐隐然以禅学作为慰藉茫茫人心的皈依，经由禅宗的虚空和无有主题探讨人的意识和世界本源问题。短篇小说《苏联太守传》（1991，又译《一个中国人的俄罗斯黄粱梦》）包含着蚂蚁缘槐、南柯一觉、黄粱美梦的典故。作者给中国民间故事添加了苏联时代背景，构拟出荒诞的俄

---

① [俄] 维·佩列文：《"百事"一代》，刘文飞译，北京：人民文学出版社，2001 年，第 3 页。
② Зайцев, В.А. Русская поэзия XX века: 1940—1990-е годы. М.: Изд-во МГУ, 2001, С. 258.
③ [俄] 亚·博利舍夫、奥·瓦西里耶娃：《20 世纪俄罗斯后现代派文学概观》，陆肇明摘译，《俄罗斯文艺》2003 年第 3 期，第 36 页。
④ 同上文，第 36 页。
⑤ 同上文，第 37 页。

罗斯奇遇：中国农民张七梦见自己在莫斯科加官晋爵，娶妻生子，呼风唤雨，风光无限，而梦醒时分，看到的却是自家仓库里的一个蚂蚁巢穴。通过荒诞奇谲的典故改写，佩列文在批判个体命运的卑微之同时，着重在西化浪潮、物质主义和功利主义泛滥中挖掘人的复杂性、自由意志、对上帝信仰的自我体验能力等主题。这与普希金的《青铜骑士》、陀思妥耶夫斯基的《穷人》、梅列日科夫斯基的《基督与反基督者》、索洛古勃的《小矮人》等作品，有着一脉相承的隐蔽关联，继承着俄国19世纪以降的文学传统，即把人置于制度化语境下体察，探求人作为社会成员的存在形式问题。

《"百事"一代》并非意在全景式描写从苏联到新俄罗斯转换之际，俄罗斯社会的动荡、经济的转型、现实的混乱以及意识的多元，而是表现"智慧的转型，这智慧在忙于解决现实生活急速变化条件下的生存问题"①。佩列文对情节的构思和对主题的思考，氤氲在挥之不去的中国文化氛围中："这本书就是一个俄罗斯版的《西游记》故事。"②不同的是，其一，在《西游记》中，经过诸多磨难猴子越来越像人，而在俄罗斯，人民却在不断努力使自己更像猴子；其二，《西游记》中师徒旅行的"目的是精神上的"，而"俄罗斯版旅行的目的则完全是物质上的。这次旅行的目的就是获得大笔的金钱"③；其三，唐僧师徒四人在不同时空中，经历了九九八十一难，而塔塔尔斯基只不过在电视、电脑、广告创意等媒体构建的虚拟空间中，不断游历冒险，而游历的"一个主要特征，就是它的虚拟性"④。因此，"《'百事'一代》的主题，就是人的智慧以及作用于这一智慧的手段，就是商业的和政治的广告"⑤。佩列文坦承"中文产生过许多伟大的作品，那些作品塑造了作为个性的我"⑥。不难看出，佩列文对中国文化和哲学的了解，在同时代人中算是比较深刻和深入的。长篇小说《阿狐狸——狐狸精圣书》（2005）主人公是名为阿狐狸的莫斯科高级妓女，以其第一人称现身说法的方式，讲述中国狐狸女妖与俄国狼人上校的爱情故事。"我们狐狸不像人，不是生出来的。我们来自天上的石头，同《西游记》的主人公孙悟

---

① [俄] 维·佩列文：《致中国读者》，刘文飞译，《外国文学动态》2001年第2期，第27页。
② 同上文。
③ 同上文，第28页。
④ 同上文。
⑤ 同上文。
⑥ 同上文。

空是远亲。"① 这种充满奇幻色彩的自述，使得小说氛围既荒诞又鬼魅，既异域又奇幻。小说还通过书信的方式，叙述了阿狐狸的姐妹叶狐狸和易狐狸的故事，由此展示了阿狐狸的中国狐妖谱系。有意思的是，除了俄文书名外，该小说的封面上赫然印着毛笔字体的汉字"阿狐狸"。这种装帧行为和销售策略，既凸显了该书浓厚的中国文化氛围，也提醒读者小说主要讲述主人公阿狐狸的故事。作者意在通过时空交错、人狐转换，揭示莫斯科社会现实和人生百态，更着意探寻人生存在的哲理意义。

此外，在《数字》（2003）、《"第五"帝国》（2006）等小说和其他随笔中，佩列文也或多或少地涉及中国文化元素，将其视为进行文学创作的重要元素、表达文学诉求的重要手段。事实上，在文学创作中借用和挪用中国文学/文化元素，并非佩列文一人之专利，而是一定范围内的当代俄罗斯文学和文化现象。汉学家 B. 瓦尔扎佩强的《秉烛夜游客》（1987）和 C. 托洛普采夫的《回归太白》（2001）直接描写李白的风流倜傥与魂归太白，霍利姆·王·扎伊奇克的三卷八部"欧亚交响曲"涉及儒释道文化，散文家 A. 巴尔托夫的散文诗集《西方与东方》（2007）涉及李白和庄子②，畅销书作家 Б. 阿库宁的试验剧《阴与阳》（2005）演绎中国道家人生观，观念主义诗人 Д. 普里戈夫的《中国卡嘉》（2007）叙述俄侨家庭及其女儿卡嘉的中国经历，小说家 A. 奥尔洛夫的《哈尔滨快车》（2008）讲述俄罗斯青年医生多赫图洛夫在满洲里的冒险之旅，凡此种种。

三、佩列文创作与当代俄罗斯文学的转型

通过一系列遍及长中短篇小说、剧本、散文、随笔等不同体裁的文学创作，佩列文以其对文学审美性的关注、对大众审美趣味的引导、对不同文学流派的发掘以及对哲理问题的探寻，部分成功地改写当代俄罗斯文学史（尤其是小说史），并使"后现代主义文学"作为独特的文学思潮和类别融入文学史。由此，马卡宁、佩列文、彼特鲁舍夫斯卡娅、托尔斯泰娅、乌利茨卡娅等人成为当代俄罗斯文学史上的重要坐标和里程碑。他们既承继着"黄金时代"文学的民族传统，也呼应着"白银时代"

---

① Пелевин, В. А Хули: Священная книга оборотня. М.: Эксмо, 2005, С. 10.
② 刘亚丁:《回归"哲人之邦"套话——近30年来俄罗斯作家对中国传统文化的利用与想象》,《俄罗斯研究》2010年第5期，第22—35页。

文学的现代特质；既见证着20—21世纪之交俄罗斯文学的异代承传，也映照出时代话语从知识精英主义到大众消费主义的世纪嬗变，更实践着从僵硬被动的政治美学到主动参与的大众美学的审美转换。20—21世纪之交的俄罗斯作家，生活在从国家定制到市场选择的新型体制和变动环境中。生活展示的困惑和提出的问题，一如古希腊哲学家安那萨哥拉斯提出的"化圆为方"命题，往往无从找到答案，也根本没有答案。裹在面纱中的俄罗斯造就了谜一般的佩列文，急剧变化的社会现实成就了思想敏锐的佩列文，汹涌澎湃的后现代主义思潮塑造了嬉笑戏谑的佩列文。难以捉摸的佩列文如同神秘莫测的巴别尔，仿佛是一个难以解读的悖论：既是主流文学中的异类，又是异类文学中的主流；既是大众化的精英作家，又是精英中的大众作家；既是草根中的精英代表人，又是精英中的草根言说者。

虽然佩列文的小说风格杂糅，年代不同，主题有别，手法差异，但它们都以不同形式将目光投向社会现实，关注普通人的人生际遇与内心世界。在艺术手法上，它们普遍求新求变不断创新，大胆借鉴各种先锋手法和修辞手段；在思想内容和主题意蕴上，关注国家走向与民族命运，反映社会变革与个体感受；在道德情感和伦理价值上，日趋纷繁复杂难以捉摸，带有明显的解构嘲讽之风。较之19世纪俄罗斯文学的忧伤而深沉，批判与挣扎，佩列文的小说则显得淡然而嬉皮，戏谑而荒诞，由此形成一种别样的世纪之交的文学风景，一如佩列文在《"百事"一代》中所描写："不能说他们背叛了自己先前的观点，不能这样说。先前的观点所朝向（观点总是有所朝向的）的空间，本身就倾塌了，消失了，在智慧的挡风玻璃上没留下任何细小的斑点。四周闪烁的是完全别样的风景。"[1]佩列文以大众作家的姿态和知识精英的思想，表达着对消费主义盛行时期俄罗斯现实社会的深刻反思，关注着民族主义思潮裹挟下俄罗斯芸芸众生的奇幻机遇，进而透过五彩斑斓的表象直指复杂的人性本质，探寻着个人和家国往何处去的永恒民族诉求。由此可以说，人生过半的佩列文纵横文坛数十载，其机遇折射出20—21世纪之交俄罗斯社会政治之动荡，分化之剧烈，商业之勃兴，文学之边缘；其创作映照出当代俄罗斯文学转型之艰难，嬗变之迅捷，实验之多样，思想之多元，可谓是当代俄罗斯文学的一个典型标本，当代俄罗斯社会的一枚鲜活切片。

---

[1] [俄]维·佩列文：《"百事"一代》，刘文飞译，北京：人民文学出版社，2001年，第6页。

第四节　历史与现实之间：马卡宁《亚山》的认同叙事①

在当代俄罗斯文坛和文学研究界，提起当代作家马卡宁（В. С. Маканин, 1937–2017），说他无人不知，无人不晓，似乎并不为过②；在当代英美文坛和英语斯拉夫学界，提起另类作家马卡宁，说他知者甚众，享有盛誉，应该名副其实；在当代中国俄罗斯文学研究界，提起文学常青树马卡宁，说他有口皆碑，耳熟能详，似乎此言不谬。作为"俄罗斯文学中最杰出的代表人物之一"、"当代俄罗斯文坛的领军人物之一"③，马卡宁生前被誉为"祖国文学活的经典"，在当代俄罗斯文坛绝对是一个里程碑式的经典人物，一个无法忽略的重要存在，一个鲜亮持久的文学现象。马卡宁其人以瘦高颀长的身材、飘逸潇洒的须发、桀骜不驯的个性，在当代俄罗斯作家中颇具明显的区分度；其作奇崛冷峻的笔法、神秘荒诞的风格、隐喻象征的手法，在当代俄罗斯文坛具有强烈的辨识度。

在当代俄罗斯文化杂陈、观念多元、意识多样的复调图景中，伴随诸如车臣战争（Чеченская война）、克里米亚问题（Проблема Крыма）等俄罗斯境内外民族冲突，随着格鲁吉亚玫瑰革命（Революция роз）、乌克兰橙色革命（Оранжевая революция）等俄罗斯境外国家纷争的此消彼长，民族问题、族群冲突和国家认同等问题日益凸显出来。与此同时，后殖民主义、后结构主义和后现代主义语境下的文本叙事分析，呈现出从发现到创造、从一致性到复杂性、从诗学分析到政治批判、从纯粹形式主义考察到边缘式综合性研究的发展趋势④，由此，大致说来，"在更为学

---

① 本节内容曾以"在历史与现实之间：《阿桑》的认同叙事分析"为题，刊发于《中国俄语教学》2010年第3期。（注：阿桑即亚山）

② 1965年，马卡宁以长篇小说《直线》在俄罗斯文坛崭露头角，如实描写日常生活琐事和摇摆人物的复杂心理，"侧着身子"登上文坛，先后发表了六十多部作品，体裁通及长中短篇各类小说、小说集、随笔、札记、散文。其中，《没有父亲的孤儿》（1971）、《古书》（又译《书市上的斯维特兰娜》，1976）、《透气孔》（又译《豁口》，1978）、《肖像与周围》（1978）、《反首领》（1980）、《天空与群山相连处》（1984）、《一男一女》（1987）、《中和的情节》（1992）、《审讯桌》（1993）、《高加索俘房》（1994）、《地下人，或当代英雄》（1998）、《惊恐》（2006）、《亚山》（2008）、《两姐妹与康定斯基》（2011）、《艺术家Ｈ》（2013）等小说，既展示了1970—2013年代当代俄罗斯人在社会变革和转型期间的精神世界与心理状态，也折射出马卡宁创作特色与文学诉求的不断嬗变。

③ Лейдерман, Н.Л. и М.Н. Липовецкий. Современная русская литература. Т. 2. М.: Академия, 2001, С. 626.

④ [英] 马克·柯里：《后现代叙事理论》，宁一中译，北京：北京大学出版社，2003年，第3—8页。

术化的语境中,人们都承认,在个人回忆和自我表述中的个人身份表述中,或者在诸如地域、民族、性别集团的集体身份的表述中,叙事都占有中心地位"。① 作为一部反映社会问题和民族矛盾的严肃之作,马卡宁的长篇小说《亚山》(Асан)是继《高加索俘虏》(1994)② 之后描写车臣战争和民族关系的力作,以备受关注的民族认同和家国想象问题作为叙事对象,展现了后殖民主义语境下民族主义思潮在当前俄罗斯的整体态势。将该作置于俄罗斯文学史和思想史谱系中予以分析,既可以触摸到俄罗斯的民族主义思潮的脉搏跳动,体察到面对强势的俄罗斯主流意识少数族裔的艰难而尴尬的认同之旅,又能感受到小说对俄罗斯关注现实同情弱者的文学传统的承继,体验到作家的人道主义情怀和求新求变的艺术追求。

一、摇摆不定的认同悖论

从地理分布上讲,高加索指黑海、亚速海和里海之间的广大地区。该境内以横贯中部的大高加索山脉为界分为两部分:自山脉北侧至库马-马内奇盆地称为北高加索,属今俄罗斯;而山南部则称为南高加索或者外高加索,包括格鲁吉亚、亚美尼亚和阿塞拜疆。高加索地区共有五十多个民族,语言和地形都很复杂多变,但自然资源极为丰富,战略地位重要,曾是伊朗和土耳其长期争夺和瓜分的对象。后来随着领土疆域的扩张和国家实力的强大,沙俄帝国也参与高加索的侵略和瓜分。民族纷争不断的车臣就位于俄罗斯南部北高加索地区,南与格鲁吉亚为邻,北接俄罗斯斯塔夫罗波尔边疆区,西与北奥塞梯自治共和国毗连,东靠达吉斯坦自治共和国高加索地区,历来是民族冲突、宗教矛盾、国家内战的频发之地。

就情节而言,《亚山》讲述的是一个普通寻常的战争亲历者非同寻常的人生遭遇,描写俄军少校亚历山大·谢尔盖耶维奇·日林(Александр Сергеевич Жилин)。他在车臣战争后成为俄军敬仰的汽油大王,车臣人敬畏的战神"亚山"(Асан)。日林曾是一名有为的建筑工程师,在车臣地区从事军火库和燃料库的建筑工作。第一次车臣战争爆发前,日林当上了仓库主管,被升为少校,其实这只是顶头上司的脱身之计,他留下做了无辜的挡箭牌。车臣人多次来仓库抢劫军火,车臣分裂主义头

---

① [英] 马克·柯里:《后现代叙事理论》,宁一中译,北京:北京大学出版社,2003年,第3—4页。
② См.: *Маканин, В.С.* Кавказский пленный. Рассказ. // Новый мир, № 4, 1995. 译文参阅马卡宁:《高加索俘虏》,胡谷明译,《俄罗斯文艺》1997年第3期。

目杜达耶夫（Д. М. Дудаев, 1944–1996）也亲自来过两次。杜达耶夫第二次来抢军火时，日林让他出钱才把武器带走。这是日林生平第一次，也是最后一次做军火生意。第二次车臣战争时，日林利用职务之便做起燃料生意，并成为受俄军和车臣军都尊敬的汽油大王。作为一名俄军军官，日林与其他人一样滥用职权：利用职务之便，贪污受贿，大肆敛财，谋取一己私利；作为一个良心未泯的人，他又有着良心准则：借用和车臣人做贸易的机会和能力，尽其所能保护俄军，赎回被俘的俄军士兵，为他们的母亲送去安慰……如此美丑一体，好坏同在，善恶难分，如同法国作家雨果（Victor Hugo）提出的"美丑对照原则"，复杂地体现在一个人物身上，和谐地统一在典型人物中。

从人性角度来看，少校日林算不上是纯粹的英雄或简单的坏人，而是复杂多面的个性形象。他对现实有着清醒认识，不乏尖锐批判之词，可是却无法改变现实，只好无奈屈从于现实。他既是俄军高加索地区的军需官和负责人，也是当地索拉油和汽油贸易的实际控制者，同车臣人和联邦政府地方当局进行燃料买卖交易，从中不断谋取私利，大肆中饱私囊，体现出当代俄军内部的秩序混乱、贪污营私、滥用权力等内幕。与此同时，日林并非良心泯灭、十恶不赦：他和车臣人交换双方的俘虏，尽可能让士兵免于无谓的死亡；他竭力帮助士兵的母亲寻找被俘的儿子；他尽所能改善士兵的日常供给和生存条件，提供更为人性化的救助；诸如此类。所有这一切，焦点并非作为个体的"当代英雄"良心的泯灭与找寻，而是作为整体的军队系统的贪污腐败和以权谋私①。对资源所有权的争夺，对资源话语的掌控，对生存空间的打压，对民族认同的剥夺，恰恰是造成车臣战争和民族冲突的关键问题之所在。马卡宁曾强调："《亚山》并非一部笼统关于车臣战争的长篇小说，而是一部描写因汽油而引发战争的小说。……当时我想，这是一部一切就绪的长篇小说，只要找到主人公，长篇小说就可以写完。"②然而，随着对车臣问题关注程度的加深和对民族认同问题思考力度的加大，作者改变初衷，对小说进行了必要的改动，由一个军人的言行举止出发铺陈出广阔的社会现实和深刻的民族问题，体现出鲜明的时代特色："主要人物——少校亚历山大·谢尔盖耶维奇·日林，与《地下人，或当代英雄》中的他的先辈——没有著述的作家彼得洛维奇，都是时代英雄。他是一个不打仗的军官，

---

① *Александров, Николай.* «Асан», или Риторика Маканина. // Openspace, 2008-09-11.

② *Бабин, Андрей.* Маканин: «Асан» тему Чечни не закрыл. // Postimes, 2009-08-06.

一个部队供需负责人，一个在车臣族群和当代俄罗斯现实之间变化不定的人物。"[①]由此，《亚山》也摆脱了一般小说的肤浅和纪实小说的拘囿，成为一部关注社会现实和人生苦难的力作，成为一部反映民族主义谱系流变的作品。

在当代俄罗斯文学中，绵延不断的民族主义情结和大国沙文主义思想，仍然有着潜在的影响和不易察觉的潜流。描写车臣问题的文学作品层出不穷，体裁有别，风格不同，主题各异，诸如《代号"眼镜蛇"：特种侦察员笔记》[②]（1997）、《我的战争：车臣战壕将军日记》[③]（2006）、《第二个车臣女人》[④]（2002）、《我的车臣战争：94天的俘虏》[⑤]（2005）、《起降场》[⑥]（2005）、《亲历战争：1995年的车臣》[⑦]（2001）、《车臣短篇小说》[⑧]（2005）、《车臣伤痕》[⑨]（2002）、《车臣布鲁斯》[⑩]（2001）、《夜行人》[⑪]（2001）、《扎罕纳姆，或地狱再见》[⑫]（2007）等。此类不同风格的作品，对车臣战争的由来和民族矛盾的生成，从不同视角进行了形象描绘；对车臣族裔的总体态度和形象塑造，则或正面居多或负面居多或正负错杂或错综复杂，服务于俄罗斯家国想象和民族认同的宏大叙事[⑬]。在《亚山》中，马卡宁以反思精神对历史战争和民族认同问题进行了深度挖掘，从更为客观的人性和中立的人道角度去描写车臣；不过在字里行间人们仍能触摸到民族主义意识的绵延不绝的脉动，感受到民族主义思潮操控下的主流

---

① *Амусин, Марк.* Чем сердце успокоится: заметки о серьезной и массовой литературе в России на рубеже веков. // Вопросы литературы, 2009, №. 3, С. 13.

② См.: *Абдуллаев, Эркебек.* Позывной - "Кобра": записки разведчика специального назначения. М.: Альманах "Вымпел", 1997.

③ См.: *Трошев, Геннадий.* Моя война: Чеченский дневник окопного генерала. Смоленск: Смоленская гор. тип., 2006.

④ См.: *Политковская, Анна.* Вторая чеченская. М.: Захаров, 2002.

⑤ См.: *Мамулашвили, Николай.* Моя чеченская война: 94 дня в плену. М.: Время, 2005.

⑥ См.: *Бабченко, Аркадий.* Взлетка. // Новый мир, №. 6, 2005.

⑦ См.: *Миронов, Вячеслав.* Я был на этой войне: Чечня - 95. М.: Библион-Русская книга, 2001.

⑧ См.: *Карасёв, Александр.* Чеченские рассказы. // Дружба народов, №. 4, 2005.

⑨ См.: *Горбань, В.В.* Чеченский шрам: Рассказы и повести. Калининград: ФГУИПП «Янтарный сказ», 2002.

⑩ См.: *Проханов, Александр.* Чеченский блюз. // Роман-газета, №. 5, 2001.

⑪ См.: *Проханов, Александр.* Идущие в ночи. // Роман-газета, №. 16, 2001.

⑫ См.: *Латынина, Юлия.* Джаханнам, или До встречи в аду. М.: Эксмо, 2007.

⑬ См.: *Щербинина, Юлия.* Метафора войны: художественные прозрения или тупики? // Знамя, 2009, №. 5, С. 187-198.

意识形态的强力宰制，体会到意识形态和文化规训对作者的影响和渗透。

二、多元综合的叙事视角

著名文学批评家爱德华·萨义德曾言："作者并不是机械地为意识形态、阶级或经济历史所驱使"，而是"生活在他们自己的社会中，在不同程度上塑造着他们的历史和社会经验，也为他们的历史和经验所塑造"①。面对着汹涌澎湃的民族主义思潮和民族矛盾纷争，马卡宁亦深受"历史和经验所塑造"，以虚构的小说叙事传达着对现实的族群认同的看法。而小说历史内涵和审美价值的给定，与作家的叙事艺术有着重要关联，其中叙事视角或形象的构拟在整体叙事话语中发挥着主导作用："叙述者的出现，事实上是小说别具异彩的特征，这就把它从更为直接的戏剧或诗歌描写中分离出来了。"②就叙事视角而言，《亚山》以限制性第一人称和全知型第三人称视角来展开故事叙述，根据认同叙事的需要在不同视角之间游离转换。通过视角的切换，小说展现了不同民族对家国认同的不同认知，呈现出民族矛盾的深刻和民族认同的艰难。小说第一、二章明显以第三人称和第一视角的转换来叙述事件。第二章开头叙述道："他们已经开车离开约一百公里了。他们瞧不上这些汽油。然而少校日林并没有小瞧装汽油的货车。少校日林——就是我。施工主任鲁斯兰沉着冷静。鲁斯兰镇定自若地给我打电话。他刚刚参加过运车纵队，以便和运汽油的货车同行……是的，是的，出问题了！车队停下来了……山头都还没看到，就出问题了！据他说，事情朝大笔赎金或是大量流血方向进展。车队停在半路上。车臣人要经过城市的买路钱。"③

由此开始，小说主要以第一人称视角来讲述，故事情节随之波澜壮阔地展开，带有比较明显的叙事者本人的思想意识和审视观念。一如评论家达尼尔金所言，《亚山》是一部以第一人称视角叙述故事展开情节的小说，这种视角的选择有助于深度呈现主人公的内心意识流变，表现在民族冲突和国族认同之间激烈斗争的人物的精

---

① [美]爱德华·W.萨义德：《文化与帝国主义》，李琨译，北京：生活·读书·新知三联书店，2003年，第17页。

② [美]理查德·泰勒：《理解文学要素：它的形式、技巧、文化习规》，黎风等译，成都：四川大学出版社，1987年，第95页。

③ См.: *Маканин, В.С. Асан. Роман.* // Знамия, №. 8, 2008.

神世界，由此也展现了马卡宁高超的叙事艺术①。接续全知全能性的第三人称叙事的，是少校日林以第一人称叙事视角和搭档鲁斯兰之间的对话：

——是一群醉得要死的大兵，亚历山大·谢尔盖伊奇。汽车上……醉醺醺的酒气中……他们全都伤痕累累。不知为什么他们由我们纵队负责。
——车臣佬很多吗？
——足够多。
——装甲运输车上的士兵开枪了吗？
——感谢上帝，没有开枪。

急匆匆给少校日林打完电话，鲁斯兰就把自己的手机藏了起来。此外，在这里，手机在路途中常常成为首次吵架的借口和对象。第一个火苗！
然而他的声音没有颤抖。这很好。
——我坐车去，——少校说道。②

伴随小说情节的跌宕起伏，作者在不同叙事视角之间不断转换，由此一方面造成小说辞貌上的多姿多彩，导致人物感情上的千变万化，使小说呈现出一种内在呼应与潜对话的多声部的复调效果；另一方面隐蔽地表达着自己对作为他者的车臣族群的不同认知，传递着俄罗斯民族的集体性想象。就整体而言，小说在叙事视角上以第一人称为主体，兼及全知全能的第三人称和限制性第三人称等叙事视角，形成一种多元性和综合化的叙事方式，由此也带来小说叙事主体的多样性和多元性，形成多重人物观念和思想意识的复调图景。由此，马卡宁通过多样化的艺术手段和多元化的叙事视角，将那些隐在的、边缘的、非理性的、非正常的、被否定的、不能言说的生活现象表现出来。

经由多元综合的叙事视角，作者一方面以饱满的激情描写俄军官兵的英雄主义精神，并基本使之处于小说叙事的近景；另一方面又以冷静的笔调关注被妖魔化的车臣族群和个体，并大致使之处于小说叙事的远景。俄军官兵与车臣族群之间相互勾连，彼此彰显，构成一幅多层次的立体性画面；近景与远景之间时常彼此转换，

---

① См.: *Александров, Николай*. «Асан», или Риторика Маканина. // Openspace, 2008-19-11.
② См.: *Маканин, В.С.* Асан. Роман. // Знамия, №. 8, 2008.

相互交织，形成一种五彩斑斓的巴洛克艺术画面。通过叙事视角的多样呈现，马卡宁在小说中策略性地展现了不同民族归属、社会阶层、思想意识以及国族观念的人对车臣问题的不同看法，细致呈现了民族冲突的尖锐与严重、民族交流的必要与价值、民族主义问题的艰难与复杂。

三、多姿多彩的叙事风格

小说《亚山》在主旨上既指向历史民族意识，又观照人性自由与人道主义，在艺术手法上体现出多元化品性和多样性特色，以虚构的艺术形象叙述着现实的民族矛盾，由此形成多姿多彩的综合性叙事风格。这主要体现在对写实传统的承继和对先锋手法的借鉴两个方面。

就写实传统而言，《亚山》以写实主义或近似于自然主义的笔法，用艺术形象比较客观真实地展示了高加索问题和车臣问题的生成和发展、嬗变和激化，展示了被边缘化和恶魔化的车臣族群的艰难生存境况。如马卡宁所言，"20世纪，甚至21世纪的风格都是形象体系"①，小说构拟了一个由现实族群、历史神话、民族问题以及社会病症构成的形象与思维体系。虽然主人公日林在车臣战争中呼风唤雨，在俄军和车臣人之间如鱼得水，利用职权便利大发战争不义之财，但他也有普通人的简单诉求和美好愿景。作为万千平凡人中的一个，日林梦想挣很多钱，以便让退休的父亲过上幸福的晚年生活，让心爱的妻子住上舒适的房子，让可爱的女儿读上最好的学校……尽管有批评家对小说的真实性提出不少质疑，诸如提出富藏石油的车臣地区怎会缺少燃料、1990年代车臣地区尚未使用手机、作者无权为山民们杜撰战神"亚山"等情节谬误②，但这并无损小说现实品性和艺术逻辑。毕竟，文学作品与社会现实之间的关联并非如平滑光亮的镜子般如实客观，而是如跃动不居的灯影般变幻演绎。"不管文学作品在不同的社会文化领域的史料价值是多么千差万别，文学作品的表现方式却是一样的。真实性的多少在于与现实直接联系起来的程度有多大，真实性不是指物质对象的真实，或者虚构过程的真实，而是指想象、期待和希望的真实，是

---

① 侯玮红：《21世纪的文学是形象和思维的体系——马卡宁访谈录》，《外国文学动态》2003年第6期，第9页。

② 薛冉冉：《一个平凡人的神话——马卡宁新作〈阿桑〉赏析》，《外国文学动态》2009年第6期，第18页。（注：阿桑即亚山）

社会意识和文化准则的真实。"①

就先锋手法而言,《亚山》自由使用象征、引入幻想和仿写成分,充分利用隐喻、象征、戏仿、互文、游戏、错位、片段性、反时空性、奇特化等艺术技巧,塑造出一些隐喻式的情节和象征性的人物。在《亚山》中,作者延续着象征、幻想的艺术手法。在车臣民间传说中,战神"亚山"是车臣地区山民在伊斯兰教或东正教之前的多神教中的主神,称呼源于两千多年前征服世界、战无不胜的马其顿王国亚历山大大帝的名字。有意思的是小说主人公也叫亚历山大。俄罗斯人日林在车臣人眼里无所不能,可以帮助他们解决燃料、俘房和其他问题,成为现实中的异族"亚山"。此外,巴扎诺夫将军、古萨尔采夫少校、赫沃罗斯季宁大尉等也被山民们称为"亚山"。这种形象化隐喻隐蔽体现出车臣人进退两难的矛盾心态,也折射出面对汹涌澎湃的民族主义思潮,俄罗斯境内的少数族裔既拒还迎的尴尬处境和进退维谷的两难选择。由此,透过车臣事件和族裔认同主题,人们大致可以触摸当代俄罗斯社会多样的民族关系、多元文化特征以及复杂的民族心理②。

与此同时,小说人物体现出鲜明的互文和游戏等先锋手法。主人公的名字耐人寻味,颇有深意,体现出典型的互文性:《亚山》主人公日林游走在俄军和车臣之间,对双方各有认同,被称作"战神",其名与马其顿王亚历山大相同;日林又是托尔斯泰小说《高加索的俘房》中主人公的姓氏,其名和父称亚历山大·谢尔盖耶维奇恰与普希金相互吻合;而普希金曾写过叙事长诗《高加索俘房》,描写囚徒对高加索山民之爱好自由、追求纯真的欣赏与认同。由此,小说《亚山》与普希金的长诗《高加索俘房》和托尔斯泰的小说《高加索的俘房》之间建立起一种超越时空的互文指涉关系,也承继着一种绵延不断的人道情怀。马卡宁充分利用俄罗斯文学知识和历史遗产,以小说修辞学的曲笔方式在小说中塑造和构建了一个居于俄罗斯人和车臣人之间的"当代英雄",一个充满悖论身份的主人公。"这个英雄是亚历山大·日林,他成为车臣的战争之神,并和亚山做生意,用现代车臣语说,也就是萨什卡;是普希金,既然他也叫亚历山大·谢尔盖耶维奇;是托尔斯泰的高加索俘房,既然亚历山大·谢尔盖耶维奇的姓氏是日林。"③将托尔斯泰的日林和马卡宁的日林的命运加

---

① [德]约·布姆克:《宫廷文化——中世纪盛期的文学与社会》,何珊、刘华新译,北京:生活·读书·新知三联书店,2006年,第17页。

② Александров, Николай. «Асан», или Риторика Маканина. // Openspace, 2008-09-11.

③ Там же.

以对比，不难看到马卡宁与前人的对话，对前人思想的补充：马卡宁在《亚山》中延续着托尔斯泰的主题，即不平凡环境中平凡人的生存境遇；然而，今天的民族矛盾和战争变得更加残酷，人的命运变得更加悲惨，托尔斯泰的日林努力从车臣人的囚禁中挣扎，最后有了逃出牢笼的善果；而马卡宁的日林则努力在民族冲突的牢笼中摇摆，为别人带来生命的亮光，最后却被他百般关心、爱护的人打死，成了荒诞战争的永恒"俘虏"。

此外，《亚山》还充满隐喻式和片断性的场景叙事。小说开篇，载着新兵的列车在行进途中，新兵们醉醺醺，懒洋洋，满不在乎，醉生梦死。车臣士兵拦住车队，索要买路钱。前来谈判的日林不仅仅对醉眼惺忪的新兵忧心忡忡，更为列车送来的汽油而苦恼不已。于是一边是谈判在进行，一边是士兵四处游逛。"那时车队里的丑态行为正进行得起劲儿。四个……五个……六个光头小伙子在路边！他们朝我们这一边瞧了瞧……这应该统统销声匿迹！所有的路两边，所有的车队两边！……他们在那里哈哈大笑……而现在不知道有什么花花肠子坏主意。有一个人醉醺醺地大声下命令：'用火烧死车臣佬！'……他们正在死亡边上徘徊。一群魔鬼白痴！"① 较之神话建构和哲理表达，类似碎片化的生活场景更具有象征和隐喻意味。它将深藏在俄罗斯民族意识思维中的无意识和深层原始思维展露无遗，将俄罗斯族与车臣族裔之间的隔膜与仇恨形象展现出来。

结语

总之，一本书"从〔产生〕那时起，它便进入反复的无尽游戏之中；……每次阅读，都为它暂时提供一个既不可捉摸，却又独一无二的躯壳；它本身的一些片断，被人们抽出来强调、炫示，到处流传着，这些片断甚至会被认为可以几近概括其全体。……一本书在另一个时空中的再版，也是这些化身中的一员：既不全为假象，亦非完全等同"②。作为现实民族矛盾的"化身"之一，《亚山》的认同叙事"既不全为假象，亦非完全等同"，而是对车臣问题的历史构拟和想象叙事。在认同主题上，该作经由塑造善恶同在、好坏并存的俄军少校日林，描绘出面对强势主流意识

---

① См.: *Маканин, В.С.* Асан. Роман. // Знамия, №. 8, 2008.

② [法] 米歇尔·福柯：《古典时代疯狂史》，二版自序，林志明译，北京：生活·读书·新知三联书店，2005 年，第 1—2 页。

少数族裔的欲拒还迎的认同情态，展现了历史与现实、宏大认同与私人叙事之间的复杂情状；在叙事视角上，该作通过构拟多元综合的叙事视角，形成小说叙事主体的多样性和多元性，导致小说辞貌的繁复斑斓和人物思想的复调多样；在叙事风格上，该作在继承写实传统的同时，充分借鉴隐喻式情节和象征性人物等多种先锋手法，形成多姿多彩的叙事风格，使小说呈现出内在呼应与潜对话的复调效果。由此，这在相当程度上折射出当代俄罗斯文学丰富多彩的整体态势，反映出当代俄罗斯文学错落和谐的发展趋向。

第三章 从白银时代到青铜时代:20世纪俄罗斯诗歌谱系演变

第一节 艺术自律与人生讲坛:20世纪俄罗斯诗歌的演变[①]

以10—16世纪具有强烈宗教倾向性和意识形态性为特征的古罗斯文学为基础,在西欧文化的影响和浸润下,17世纪俄罗斯文学开始摆脱东正教的约束与桎梏,以宫廷和贵族为主体,模仿西方文学体裁、伦理情境、人物形象,出现明显的世俗化和宫廷的模仿化倾向。以自上而下的西化改革为重要契机,"彼得大帝在北方建立了一个新的首都圣彼得堡。他打破了教会的权力,鼓励翻译,并派年轻俄罗斯人到西方学习。他们回来时已经熟悉西方的知识潮流、文学时尚和新的诗歌规则。到18世纪中叶,一种古典主义文学正在形成,而诗歌是其主要的表达方式"[②]。作为文学谱系中重大转折的一环,18世纪俄罗斯文学在西欧古典主义、启蒙主义和感伤主义思潮的浸润与影响下逐渐近代化、世俗化、职业化,推崇理性主义原则,集中探讨个人与国家、民族、社会之间的关系,主张克制个人情欲、个人利益服从国家民族利益,通过塑造崇高的文学形象来建构美好的道德榜样与理性的伦理秩序。在这一过程中,特列佳科夫斯基、罗蒙诺索夫、苏马罗科夫、康捷米尔、杰尔查文、卡拉姆津等人,从情节、文体、修辞、音韵、主题、体裁、理念等诸多方面,为19世纪俄罗斯文学的崛起和发展奠定了必不可少的创作基础。他们的诗歌创作和诗学革新,"不仅逐渐填平了与西欧古典主义文学和启蒙主义文学之间的差距,而且也在俄罗斯诗歌艺术形式以及诗律学建构等方面,做出了一系列的开拓。而以卡拉姆津为代表的感伤主

[①] 本节内容曾以《俄罗斯诗歌流派的百年风云》为题,刊发于《中国社会科学报》2011-05-10。

[②] Bristol, Evelyn. *A History of Russian Poetry*. Oxford: Oxford University Press, 1991, p. 4.

义诗歌，在弘扬启蒙精神的基础上，思考人类不幸的历史，发挥必要的伦理教诲功能，以激发人们的怜悯与同情，传达了典型的感伤主义伦理思想。正是18世纪古典主义和感伤主义文学在诗歌艺术上的探索和成功，为19世纪俄罗斯诗歌的繁荣和黄金时代的产生打下了应有的坚实的基础，发挥了重要的奠基作用"①。

以茹科夫斯基（В. А. Жуковский）、普希金、维亚泽姆斯基（П. А. Вяземский）、巴拉丁斯基（Е. А. Баратынский）、莱蒙托夫（М. Ю. Лермонтов）、丘特切夫（Ф. И. Тютчев）等人为主要代表，19世纪俄罗斯诗歌如初升旭日一般光芒四射，发展迅猛，大致先后涌现出感伤主义、浪漫主义、现实主义、纯艺术派等不同诗歌流派，迎来气势如虹、前所未有的"黄金时代"（Золотой век）。"19世纪最初十年，感伤主义诗歌比较流行，不久，浪漫主义流派兴盛起来，它吸收感伤主义一些特点，在文学运动中成为主流。20年代中期，与浪漫主义并存，出现了现实主义的小说和戏剧，到30年代、40年代，呈现流派并存和多元的局面。各流派之间既相互排斥，又相互渗透，交融沟通，取长补短，促成文学的繁荣。那个时候的文学运动都是自由发展，没有外力的干预，这可能是诗歌发展的一个重要客观因素。"②承续19世纪深厚而丰硕的民族诗歌传统，伴随跌宕起伏的数度社会变迁和历史发展，20世纪俄罗斯诗歌以承上启下、自成逻辑的"白银时代"为开端，涌现出关注社会、对话世界的"青铜时代"，以实验转型、动荡不安的"后苏联时期"为终章，呈现出千姿百态、绚丽多彩的整体态势，以或真实或抽象、或荒诞或先锋的艺术镜像，反映着社会现实和人生百态。

一、从现实主义到现代主义

1890–1920年代，正值俄罗斯从现实主义向现代主义的文化转型时期，是俄罗斯从19世纪的启蒙现代化向20世纪的审美现代化、从罗曼诺夫王朝向社会主义转型的历史过渡时期，也是俄罗斯名人辈出、思想爆炸、流派众多、文艺复兴的时期，即文学史上广为人知的"白银时代"（Серебряный век/ the Silver Age，1890–1920）。伴随现代化进程的加剧、社会经济的发展和科学技术的繁荣，这一时期，俄罗斯进一步认同和融入西方文化图景，大幅度吸收和接纳西方各种思想资源，大规模试验和革新传统文化，大范围探讨和寻找文化理路；这一时期，俄罗斯文学呈现出现实

---

① 吴笛：《18世纪俄罗斯诗歌中的启蒙伦理与艺术革新》，《外国文学研究》2023年第4期，第98页。
② 徐稚芳：《再版前言》，载《俄罗斯诗歌史》，北京：北京大学出版社，2002年，第6页。

主义与现代主义交相辉映、两相媲美、平行发展的宏大景观，文坛群星闪耀，流派众多，风格多样，名家如林，求新求变，新人辈出，探索新知。不同于注重社会批判和思想启蒙的"黄金时代"文学，白银时代俄罗斯文坛以"人的发现""人的个性"和"人的意识"为中心，是一种建立在新的历史与新的逻辑起点的文化思潮。它延续了自19世纪末期以来的复调式文学图景和多元化文化态势，表现出无与伦比的艺术创作力和思想爆发力，产生了一大批有重要影响的作家、思想家、哲学家以及文学批评家。对此，加州伯克利大学著名学者伊琳娜·帕佩尔诺（Ирина Паперно）认为："俄国文化生活（文学、艺术、智识发展）在力度、灿烂程度和多元方面达到了高峰。审美理论、艺术运动、艺术团体、出版事业纷纷登上文化舞台；从事这些活动者讨论各种不同思想，阅读诗歌，参加各类轰动一时的先锋艺术展和富于革新精神的戏剧演出，发表各种宣言，以前所未有的速度出版自己的作品；他们也有激烈的对话和争论，并且试图依据一定的理论安排自己的生活——与此同时，他们经历了许多重大的历史事件并经受了痛苦的艺术和个人危机。"[1]

就文艺思潮和诗歌流派而言，白银时代诗歌谱系主要由三大部分构成。其一为以个性意识、艺术自律和神秘思想为核心特点的现代主义诗歌，其中规模较大的有象征派诗歌（поэзия символизма）、阿克梅派诗歌（поэзия акмеизма）、未来派诗歌（поэзия футуризма）；其二为以继承19世纪古典诗歌传统为主要特征的现实主义诗歌，其中伊万·布宁和高尔基的诗歌成就最高；其三为介于各个流派与团体之外，带有"综合"倾向或"合成"性质的诗歌，其中既有以叶赛宁（С. А. Есенин）、克柳耶夫（Н. А. Клюев）为核心的农民诗歌（крестьянская поэзия），也有弗拉基米尔·霍达谢维奇（Владимир Ходасевич）、格奥尔基·伊万诺夫（Георгий Иванов）、玛丽娜·茨维塔耶娃（Марина Цветаева）等人的诗歌[2]。就诗歌成就和文学遗产而言，白银时代现代主义诗歌成就最高，贡献最大，影响最广，涌现出勃洛克、阿赫玛托娃、曼德尔施塔姆、马雅可夫斯基等经典诗人；介于现代主义和现实主义之外的诗歌成就次之，贡献较大，影响较深，贡献出叶赛宁、茨维塔耶娃、霍达谢维奇等经典诗人；现实主义诗歌成就又次之，影响较小，远远无法与现代主义诗歌成就

---

[1] [美]伊琳娜·帕佩尔诺：《序言：从下个世纪之交看上个世纪之交、从西方看俄国》，林精华编译：《西方视野中的白银时代》，北京：东方出版社，2001年，第2—3页。

[2] *Келдыш, В.А.* (ред.) Русская литература рубежа веков (1890-е – начало 1920-х годов). Книга 2. М: Наследие, 2001, С. 650-721.

相提并论。就核心话语和美学范式而言，白银时代可谓是俄罗斯文学和文化的"现代主义时期"，"这个时期的文学大概是整个俄罗斯文学史上最大的文化特质复合体，由于它纷繁的表现形式而被称为现代主义时期：颓废派、象征派、先锋派、未来派、阿克梅派、形式主义，以及一大批其他的流派，所有这些流派都被作家们以其敏锐的文化意识系统地阐述成由人类意识创造出来的实体"①。

其一，象征派诗歌主要以勃留索夫（В. Я. Брюсов）、索洛古勃（Ф. К. Сологуб）、巴尔蒙特（К. Д. Бальмонт）、安年斯基（И. Ф. Анненский）、吉皮乌斯（Зинаида Гиппиус）、维亚·伊万诺夫（В. И. Иванов）、别雷（Андрей Белый）、勃洛克（А. А. Блок）等为代表。作为一个大致有统一艺术理念和文学宗旨的文艺共同体，白银时代俄罗斯象征派兴起于19世纪末期，如万花筒般成员众多，风格多样，又如马赛克般五彩斑斓，思想芜杂，其中既有观念应和，彼此渗透，又有矛盾抵牾，旁逸斜出。总体说来，象征派呈现出既相对统一又彼此矛盾的宏观态势。"象征派是一个内部思想十分庞杂的统一体，充满错综复杂的矛盾和斗争。梅列日科夫斯基、别雷、伊万诺夫、巴尔蒙特等主张创作的'无意识'，勃留索夫则曾经宣传带某种纯理性主义的'学术诗歌'；勃洛克反对梅列日科夫斯基、吉皮乌斯等人的'文学咖啡馆'；伊万诺夫试图建立象征主义戏剧，却遭到勃留索夫和勃洛克等的反对和嘲笑；别雷指责勃洛克对'知识'出版社现实主义作家过于偏袒；索洛维约夫亦奚落勃留索夫的某些文学主张……"②根据步入诗坛时间和诗歌成就的区别，象征派诗人可分为两个不同代际，即"老一代象征主义者"和"年轻一代象征主义者"；前者有吉皮乌斯、索洛古勃、勃留索夫、巴尔蒙特等人，后者有别雷、勃洛克、维亚·伊万诺夫等人。根据地域归属和刊物阵地的不同，象征派诗人可分为莫斯科派和圣彼得堡派，前者以勃留索夫、别雷、索洛维约夫等为代表，主要阵地是《天平》（Весы, 1904–1909）；后者以伊万诺夫、罗扎诺夫、勃洛克等为代表，主要刊物有《新路》（Новый путь, 1902–1904）、《金羊毛》（Золотое руно, 1906–1909）、《阿波罗》（Аполло, 1909–1917）。虽然象征主义"呈现出创作主体繁复多样的思想取向与不同的艺术追求"③，但它表现出一些共同思想诉求和相近的审美原则，诸如反对文学社会学的功利目的，

---

① [英] E. 布里斯托等：《20世纪俄罗斯文学的宏观描述》，《俄罗斯文艺》2001年第3期，第43页。
② 刘宁主编：《俄国文学批评史》，上海：上海译文出版社，1999年，第564页。
③ 张建华、王宗琥、吴泽霖编：《20世纪俄罗斯文学：思潮与流派（理论篇）》，北京：外语教学与研究出版社，2012年，第27页。

肯定文学本体论的审美价值，探讨神秘永恒的宗教精神，追求艺术合成和风格化，具有严肃庄重的修辞风格，强调词语声音的情感价值，呼唤文学永恒性与诗歌纯洁性的融合①。总体来说，象征派诗歌不仅仅是提倡"为艺术而艺术"、注重诗歌审美自律的文学运动，更是倡导"为思想而艺术"、探讨神秘彼岸思想、重建乌托邦世界的文化实践："俄国象征主义是一个总的文化高潮的组成部分，这一文化高潮改变了1890–1910 年间俄国文明的面貌。俄国象征主义是一场美学运动，同时也是一场神秘运动；它提升了诗歌技艺的水准，将其连结为一体的则是'象征主义'这一概念本身所包含的一种面对世界的神秘态度。"②

其二，阿克梅派诗歌主要以古米廖夫（Н. С. Гумилев）、阿赫玛托娃（А. А. Ахматова）、曼德尔施塔姆（О. Э. Мандельштам）、戈罗杰茨基（С. М. Городецкий）等为代表。作为对象征派诗歌强调抽象主义与神秘主义倾向的反拨与反叛，阿克梅派虽起源于 19 世纪末期影响深远的象征主义诗歌运动，但并未跟随象征主义而亦步亦趋，而是超越象征主义诗歌而革故鼎新。在诗学理念层面，阿克梅派强调抽象主义和唯美主义的同时，主张"返回物质世界、返回现实、返回尘世的美学主张，试图取得天上的与地上的、日用习常的与高渺形而上的、象征主义与现实主义之间的平衡"③。在创作实践层面，阿克梅派诗人的诗歌创作各具特色，各有千秋：阿赫玛托娃《念珠》（1914）、《安魂曲》（1935–1940）、《没有主角的长诗》（1940–1962）等诗作，"能够在物质与所经历的时刻难以理解的联系中将其理解并热爱"④，以明晰清新的意向和细腻明快的语言，深切表达爱情、死亡、苦难、爱国主义等主题；曼德尔施塔姆的《石头》（1916）、《哀歌》（1922）、《时代的喧嚣》（1928）等作品，善于在西欧古典历史和不同文化之间展开思考，将个人价值、人道主义和历史文化相互关联；古米廖夫的《篝火》（1918）和《火柱》（1921）等诗集擅长赋予词语新义，拓展词语的能指内涵，充满别样的象征和新奇的比喻，形成带有巴洛克倾向的"俄

---

① *Минералова, И.Г.* Русская литература Серебряного века. Поэтика символизма. 5-е издание. М.: Флинта и Наука, 2009, С. 17-174.

② [英]德·斯·米尔斯基：《俄国文学史》下卷，刘文飞译，北京：人民出版社，2013 年，第 183 页。

③ 张建华、王宗琥、吴泽霖编：《20 世纪俄罗斯文学：思潮与流派（理论篇）》，北京：外语教学与研究出版社，2012 年，第 50 页。

④ *Келдыш, В.А.* (ред.) Русская литература рубежа веков (1890-е——начало 1920-х годов). Книга 2. М: Наследие, 2001, С. 442.

罗斯语义诗体"。就文学史而言，阿克梅派作为诗歌流派虽然存在时间仅有两三年左右，但在20世纪俄罗斯诗歌史和文学史上影响深远。首先，阿克梅派向俄罗斯文学贡献出阿赫玛托娃、曼德尔施塔姆、古米廖夫等经典诗人，涌现出阿达莫维奇（Г. В. Адамович）、格·伊万诺夫（Г. В. Иванов）、洛津斯基（М. Л. Лозинский）等外围诗人，极大提升并拓展了白银时代诗歌的世界性声誉；其次，阿克梅派有力平衡了象征主义与现实主义诗歌理念和创作传统，构建出一种细腻准确、自然清新、清晰素朴的诗歌诗学；最后，阿克梅派细腻明晰、准确自然的诗风得到后世诗人的传承，在吉洪诺夫（Н. С. Тихонов）、巴格里茨基（Э. Г. Багрицкий）、谢尔文斯基（И. Л. Сельвинский）、斯维特洛夫（М. А. Светлов）等人的诗作中有着具体而微的体现。

其三，未来派诗歌主要以马雅可夫斯基（В. В. Маяковский）、赫列勃尼科夫（Велимир Хлебников）、克鲁乔内赫（А. Е. Кручёных）、特列季亚科夫（С. М. Третьяков）、卡缅斯基（В. В. Каменский）、兹达涅维奇（И. М. Зданевич）等为代表。马雅可夫斯基诗歌中的"隐喻现实化"（реализация метафоры）以先锋化的修辞和实验化的语言，呈现出传统语言组织和话语结构的颠覆重组。所谓隐喻现实化即使隐喻现实主义化，或用现实主义方式使用隐喻，指将隐喻手法以现实主义方式呈现，使之与作为本体的人的生活体验与个体经验相吻合。在三幕诗剧《宗教滑稽剧》（Мистерия-буфф，1918）中，政治话语、日常俗语和革命话语等传统缺乏诗意和艺术美感的词汇，以铿锵有力的韵律、隐喻夸张的修辞和楼梯诗的形式进入诗剧，巧妙激活了中世纪广场剧因素和讽刺剧传统，进而营造出积极昂扬的革命性姿态与振奋人心的乌托邦图景。著名斯拉夫学者米尔斯基（Д. С. Мирский）认为："马雅可夫斯基最钟爱的表现手法是隐喻和夸张。其隐喻和夸张均得到了现实主义方式的发展，在一定程度上会令人想起17世纪的'奇想'。"[1] 与此不同，赫列勃尼科夫的未来主义理念主要有二，即语言实验理念与实践、时间与历史理论，其中蕴含着比较明显的尼采思想痕迹[2]。迷恋词语的现代意涵和符号意义，打破、颠覆并重构、新建词语组织，使之具有现代主义意识，是赫列勃尼科夫戏剧创作的重要特点。换言之，赫列勃尼科夫注重的不仅仅是词语的象征修辞意义和文化伴随内涵，还有词语

---

[1] [俄]德·斯·米尔斯基：《俄国文学史》下卷，刘文飞译，北京：人民出版社，2013年，第279页。

[2] Baran Henryk. "Khlebnikov and Nietzsche: Pieces of an Incomplete Mosaic", in *Nietzsche and Soviet Culture: Ally and Adversary*. Ed. by Bernice Glatzer Rosenthal. New York: Cambridge University Press, 1994, p. 59.

本身的音韵、音步、节奏、色彩、修辞、文体等形式意涵。通过借用斯拉夫词汇、挪用区域方言、创造时代新词等形式，他发展出一种以语言想象和知识联想为特点的"智力字母表"（азбука ума/ alphabet of the intellect）、以借旧创新和化用词汇为特色的"星星语言"（звездный язык/ language of the stars）[1]，形成比较典型的语言陌生化和言语思想化手法。

总之，虽然白银时代诗歌流派众多，风格各异，争论颇多，但它们彼此之间并非泾渭分明，并非封闭隔绝，并非互不往来，而是比较熟悉，变动不居，相互渗透，由此保持一种既各有特色又流动融合的动态机制。一如当代俄罗斯学者凯尔德士所言："流动性、不稳定性以及持续不断的变化性在各个流派内部愈演愈烈。虽然他们彼此之间存在着巨大的分歧，但是对自己的特色总能感受到一种极其强烈的意识，不过这种意识并没有导致彼此绝缘（这并不排除激烈的争辩），因为与此相关他们同时还在紧张地汲取'异己的'艺术经验。"[2]

二、从白银时代到青铜时代

1890–1930年间的文学变革期和文化激荡期，表现出明显的复调性与多元化特色。十月革命后，被革命释放和扩大而来的浪漫激情，连同白银时代所倡导和推崇的个性自由，一同弥漫在文学创作中。这一时期，文学处于新旧交替和过渡时期：一方面，十月革命前既已开始创作的作家并未立即停止创作，旧文学带着惯性步入新社会，白银时代文学传统和精神在十月革命后得到潜在传承；另一方面，革命者中涌现出大批文学天才，带着清新的感觉闯入文坛。由于自身独特的发展规律，文学无法在一夜间彻底改头换面，新的现实又为文学提供了新的主题和新的风格。于是，新旧文学的交融形成五光十色的局面，各种流派纷呈，多种理论并峙，多种文本并立。这种局面一直持续到1920年代中后期[3]。

---

[1] Baran Henryk. "Khlebnikov and Nietzsche: Pieces of an Incomplete Mosaic", in *Nietzsche and Soviet Culture: Ally and Adversary*. Ed. by Bernice Glatzer Rosenthal. New York: Cambridge University Press, 1994, p. 59.

[2] Келдыш, В.А. (ред.) Русская литература рубежа веков (1890-е—начало 1920-х годов). Книга 1. М: Наследие, 2001, С. 7.

[3] 刘文飞：《文学魔方：二十世纪的俄罗斯文学》，北京：中国社会科学出版社，2004年，第26—27页。

在白银时代未来主义诗派和农民诗派基础之上，俄罗斯诗歌以社会主义现实主义为旨归，形成充满现实主义传统、革命主义精神和理想主义气质的诗歌风格，在20世纪俄罗斯诗歌史和世界诗歌史上占有重要一席之地，并对世界诗歌和文学的发展都产生了难以估量的影响。及至1930年代初期，从白银时代文学到苏联文学的文学过渡和类型转换业已完成，社会主义现实主义创作手法和批评原则的一元化格局初步得以确立，但还部分保留多元化的文艺特征与自由化的文化氛围。这种复调式的文学图景，既是20世纪二三十时代应运而生的特殊产物，也是特定时代中特定环境下的特定文学现象。它的出现有着社会历史和文学思想史上的必然性和合理性，在那个年代的文学创作中也得到具体而微的体现。这一时期文学的主要问题与矛盾是，"新艺术的思想内容与它的形式，或者是表达方法之间的关系问题"①。

于是，"象征派、未来派、谢拉皮翁兄弟以及其他许多不属于任何明确派别的作家都为一种要从事试验的无法抗拒的欲望所驱使。正像马雅可夫斯基、叶赛宁或帕斯捷尔纳克进行诗歌试验，梅耶荷德、塔伊洛夫以及在戏剧中进行试验的其他几十位导演一样，皮里尼亚克、费定、卡维林、列昂诺夫、巴别尔、爱伦堡和维谢奥利在创作技巧、人物性格以及对小说语言的使用上也都试验了新的技巧"②。由此，20世纪三四十年代的俄罗斯文学，在思想观点和艺术形式上体现出一定的多样性和复调性。经由白银时代诗歌的创作、改变和影响，在思想哲理、诗歌理念、表现手法、艺术特质等方面，20世纪俄罗斯诗歌名家辈出，风格多样，精彩纷呈。

大致说来，当代俄罗斯学术界通常以1953年斯大林逝世为界，将20世纪俄罗斯历史划分为现代阶段与当代阶段。斯大林逝世后不久，伴随苏共二十大的召开和反对个人崇拜思潮的展开，俄罗斯文学逐渐形成了一个以爱伦堡（Илья Эренбург）的中篇小说《解冻》（Оттепель，1954–1956）命名的"解冻文学"思潮。随着苏联解冻时期意识形态控制的放松、"解冻文学"与"回归文学"到来，一系列在政治运动中遭到迫害和杀害的作家得以"恢复名誉"（реабилитация），部分回归20世纪俄罗斯文学史。1954年，苏联第二次作家代表大会的召开开创了文坛新局面，活跃了理论批评和文学创作，重新提出"写真实"的诉求，并发展为"积极干预生活"的

---

① Slonim Marc, *Soviet Russian Literature: Writers and Problems (1917—1977)*. New York & London: Oxford University Press, 1977, p. 45.

② Ibid., p. 54.

口号，有针对性地破除了"无冲突论"（бесконфликтность）。由此，包括诗歌在内的俄罗斯文学在美学思想、艺术观念、艺术手法、人物塑造、叙事策略等诸多方面，进行了一系列有益的实验和较大的创新，涌现出一大批久负盛名的诗人和闻名世界的作家，深刻影响了"停滞时期""改革时期"和"后苏联时期"俄罗斯文学谱系的发展。当代俄罗斯诗歌建立在新的历史与逻辑基点之上，接续的是"白银时代"文化"对人的发现"和"人的意识"。换言之，当代俄罗斯诗歌的历史基点和逻辑起点，是对作为现代性价值核心的人的价值的发现和人的意识的觉醒，是人作为自足价值体对自我的充分观照和深刻反思。正因如此，"解冻文学"成为20世纪俄罗斯文学谱系中一个重要界碑和分水岭。

在俄罗斯诗歌创作领域，与1950年代文学思潮的活跃相呼应，涌现出一批青年抒情诗人。他们带着铿锵有力的新诗，走向人头攒动的广场和舞台，向热情洋溢的公众朗诵，大声疾呼宣告理想，于是形成诗歌史上风格迥然相异的"响派"（громкая поэзия，又名"高声派"或"大声疾呼派"）和"静派"（тихая поэзия，又名"低声派"或"悄声细语派"）。前者主要以叶甫图申科（Е. А. Евтушенко）、沃兹涅先斯基（А. А. Вознесенский）、罗日杰斯特文斯基（Р. И. Рождественский）、阿赫玛杜琳娜（Б. А. Ахмадулина）、卡扎科娃（Р. Ф. Казакова）、马特维耶娃（Н. Н. Матвеева）、库尼亚耶夫（С. Ю. Куняев）和戈尔杰伊切夫（В. Г. Гордейчев）等代表，主要继承普希金、涅克拉索夫和马雅可夫斯基的诗歌传统，更多以人潮汹涌的广场街头为讲坛，关注具有宏大叙事的社会问题和人生意义，向普通公众高声疾呼。"响派"诗人多以政治抒情诗和广场朗诵诗等诗歌类型，"用诗歌清算历史的旧账，抒发人们淤积在心底的呼声，抨击现实，回答人们所关切的重大社会和政治问题"[①]。后者主要以鲁勃佐夫（Н. М. Рубцов）、索科洛夫（В. Н. Соколов）、日古林（А. В. Жигулин）等诗人为代表，更多继承普希金、丘特切夫和叶赛宁的诗歌传统，有意避开人头攒动的广场和声音洪亮的麦克风，用悄声细语或描绘自然书写个人省思，或寄情往事抒发内心胸臆。不同于"响派"强势的社会介入姿态，"静派"诗人多回避直接回答或反映社会现实和历史问题，而是通过生死爱情、历史自然、艺术理想等共同主题，抒发内心情感和个性意识。从文学史角度来看，"响派"与"静派"在"解冻文学"之后迅速崛起，既有特定社会历史氛围的催生孕育，又有俄罗斯文学传统的自然延续。

---

① 刘文飞、陈方：《俄国文学大花园》，武汉：湖北教育出版社，2007年，第229页。

二者"并不是俄国诗歌史上两个突兀的现象……不过是俄国诗歌两大传统基因的积淀在特定的时代、环境中的相继释放而已。高声派与细语派并不是两个相互截然对立的派别，任何诗歌都不可能仅为'高声'或仅为'细语'。只不过在特定的时代氛围的孕育下，在特定的读者审美意愿的需求下，诗中的'响'或'静'的某一因素被诗人有意无意地强化、突出了"①。

此外，诸如特瓦尔多夫斯基（А. Т. Твардовский）、卢戈夫斯科依（В. А. Луговской）、梅热拉依蒂斯（Э. Б. Межелайтис）、普罗科菲耶夫（А. А. Прокофьев）等诗人则依照传统风格写作，处于"响派"和"静派"两者之间或之外，呈现出既积极干预社会现实又专注审美艺术的特色。不仅如此，20世纪下半叶的俄罗斯诗坛群星灿烂，相继涌现出帕斯捷尔纳克（Б. Л. Пастернак）、布罗茨基（И. А. Бродский）、阿克肖诺夫（И. А. Аксёнов）、奥库扎瓦（Б. Ш. Окуджава）等著名诗人，以诗意的语言书写着诗意的诗歌。由此，不同风格和观念的各派诗歌相辅相成，彼此影响，形成一个多元与对话的复调诗歌图景，史称"青铜时代"（Медный век）。其中，作为现代诗坛的开拓者，布罗茨基以其丰富多样的诗歌创作和高超自然的诗歌技巧，出版了《小于一》《大哀歌》等诗作，并于1987年获得诺贝尔文学奖，成为第五位获此殊荣的俄罗斯作家，充分显示了当代俄罗斯诗歌的世界性成就。

三、从苏联诗歌到后苏联诗歌

随着1980年代中期苏联的社会改革和文化转型，文学的整体阶段性变迁也由此开始，在世界观与美学观等诸方面上发生了迥然异于以往时期的嬗变。20世纪九十年代，随着苏联的猝然解体和俄罗斯联邦的成立，"文学与国家的分离"最终完成，文学创作呈现出自由化趋势。"俄罗斯文学给自己恢复了早已失去的面貌，并且已不再是全民幸福和安康乐观的传声筒，而是成为一种自由的艺术，成为一种独立、自治和权威的艺术，就像音乐、绘画和建筑等艺术一样。"②借助文学报刊的介绍、专业期刊的评论、电视媒体的宣传、电子网络的传播以及自媒体的推介，通过商业化操作和专业化运作，一大批新鲜面孔和年轻作家迅速崭露头角，以强劲的创作势头涌现出来。在20–21世纪之交极度自由化和混乱化中生长的当代俄罗斯诗歌，将俄

---

① 刘文飞、陈方：《俄国文学大花园》，武汉：湖北教育出版社，2007年，第231页。
② *Тимина, С.И.* Русская проза конца 20 века. М.: Академия, 2002, С. 7.

苏诗歌传统、白银时代诗歌精神和欧美后现代主义精髓融为一体，形成多元化的诗歌创作局面和多样化的诗歌表现形式，涌现出新感伤主义、新现实主义、象征现实主义、浪漫现实主义、感伤现实主义、神秘现实主义、形而上现实主义、心理现实主义、女性诗歌、观念主义、元喻主义等多种诗歌流派。

在从苏联文学向后苏联文学转型过程中，较之流派众多、风格各异、手法繁复的俄罗斯小说，对当代中国读者而言，当代俄罗斯诗歌如同清晨氤氲朦胧的雾霭一般，显得遥远而苍白，寂寥而陌生。宏观而言，当代俄罗斯诗歌呈现出思潮流派繁复化、诗人年龄多层化、物质形态多样化、人数构成扩大化的态势。"当代俄罗斯诗坛可谓群英荟萃，热闹非凡。诗歌创作队伍蔚为壮观，几代诗人同台竞技。（20 世纪）六七十年代引领风骚的'大声疾呼派'（沃兹涅先斯基、阿赫玛杜琳娜、卡扎科娃）和'悄声细语派'（索科洛夫、库尼亚耶夫等）诗人笔力尚健；活跃于 80 年代的一代诗人（特里亚普金、库兹涅佐夫、库什涅尔等）稳步前行；后现代主义诗人声势浩大，来势凶猛，繁多的诗歌奖项和诗歌节捧红了一批又一批诗坛新秀；网络媒体的迅猛发展催生了大量的网络诗歌写作者。……各代传统诗人的创作在 90 年代的文学进程中占有非常重要的地位，但应该指出的是，从 90 年代开始，不少诗人对世界的悲剧意识加剧了。"①

在诗歌摆脱政治、回归本体、注重心灵、面向市场的文化语境中，《当代俄罗斯诗选》（2006）和《俄罗斯当代诗选》（2018）的出版，具有比较重要的意义和不可忽视的价值。《当代俄罗斯诗选》由当代俄罗斯诗人马克西姆·阿麦林（Максим Амелин）编选，收录 37 位当代诗人的近 200 首诗作，其中既有叶甫盖尼·叶甫图申科、安德烈·沃兹涅先斯基、亚历山大·库什涅尔（Александр Кушнер）、贝拉·阿赫玛杜琳娜等著名诗人，又有帖木尔·基比罗夫（Тимур Кибиров）、德米特里·贝科夫（Дмитрий Быков）等中生代诗人；既有列夫·鲁宾施坦（Лев Рубинштейн）、谢尔盖·甘德列夫斯基（Сергей Гандлевский）等后现代主义诗人，又有薇拉·巴甫洛娃（Вера Павлова）、叶莲娜·伊萨耶娃（Елена Исаева）、伊琳娜·叶尔玛科娃（Елена Ермакова）等女性诗人②。《俄罗斯当代诗选》由上海外国

---

① 郑体武、马卫红：《俄罗斯诗歌通史（20—21 世纪）》，上海：上海外语教育出版社，2019 年，第 367 页。

② 参阅 [俄] 马克西姆·阿麦林编选：《当代俄罗斯诗选》，高莽等译，北京：人民文学出版社，2006 年。

语大学郑体武教授编选翻译，收录47位当代诗人的200首诗作，基本能囊括并反映当代俄罗斯诗坛"多姿多彩和不同凡俗的态势"①，其中既包括"大声疾呼派"诗人，如罗伯特·罗日杰斯特文斯基、安德烈·沃兹涅先斯基，也有"悄声细语派"诗人，如尤里·库兹涅佐夫（Юрий Кузнецов），既涵盖观念主义诗歌，如德米特里·普里戈夫（Дмитрий Пригов）、列夫·鲁宾施坦、帖木尔·基比罗夫，也有元喻主义诗歌，如伊万·日丹诺夫（Иван Жданов）、亚历山大·叶廖缅科（Александр Ерёменко），还收入活跃于流派之外的诸多诗作。按译者郑体武的观点，《俄罗斯当代诗选》一书的"入选诗人分属当代俄罗斯诗坛的老中青三代，其中最年长者生于20世纪三十年代（如格列勃·戈尔博夫斯基、维亚切斯拉夫·库兹涅佐夫等——引者注），最年轻者为八十年代生人（如格里高利·舒瓦洛夫、安东·梅杰尔科夫、伊琳娜·伊万尼科娃——引者注），中青年诗人占的比重较为突出；这三代诗人中，有当代诗坛各个时期不同流派的代表，也有活跃于流派之外的诸多诗人，各具风采，交相辉映，从中可以大体领略俄罗斯当代诗坛的风貌"②。

　　宏观而言，20世纪俄罗斯诗歌先后经历了"白银时代""苏联时期"和"后苏联时期"三个相对独立的阶段，涌现出众多名家名作，表现出不同的特点与风格，呈现出不同的价值与功用。在20世纪前二十年，受西欧现代主义精神的影响和浸润，20世纪俄罗斯诗歌表现出强烈的世界意识、实验特色和探索精神，在俄罗斯本土和境外都创作出一批重要诗歌佳作。1920–1930年代，随着苏维埃政权的建立和巩固，俄罗斯诗歌出现了很多别样的人物形象（诸如共产主义者、共青团员形象、契卡英雄、耐普曼、农民个体、工人形象、知识分子类型、女性形象），独特的死亡主题、老人儿童情节、疾病/健康主题等，但这些渐次受到主流意识形态的强烈控制和审查，由此从多声道的狂欢图景很快转换为一元化的规则态势③。在苏联时期，俄罗斯诗歌必然要受到社会主义现实主义文学思潮的影响、支配和宰制，在苏联文学框架体制内不断左冲右突，求新求变。在1980年代中期的改革年代，原有的社会阶级利益观、无神论意识形态和文艺无冲突观念开始发生变化，朝着更加自由、民主、平等、多元、对话的大方向发展："社会意识中逐渐确立了全人类价值的优先地位，以取代阶

---

① 郑体武：《前言》，载《俄罗斯当代诗选》，郑体武译，上海：上海外语教育出版社，2018年。
② 同上。
③ *Гуськов, Н.А.* От карнавала к канону: русская советская комедия 1920-х годов. СПб.: Изд-во СПбГУ, 2003, С. 63-174.

级利益观，确立了对不同思想的尊重以及观点的多元化。可以证明这一点的，是对罗斯接受基督教1000周年的广泛庆祝。罗斯对基督教的接受，被视为一件对于人类的文化发展具有巨大意义的事件。"① 苏联后期追求文学的反官方意识形态性和自由化思潮，导致"回归文学"和"地下文学"的大量出现；而苏联解体后的历史变迁，则使文学整体上趋于非意识形态化和创作自由化。一系列变化无疑导致了文学语言的自然变异，影响着文本叙述策略的逐渐转化。与此同时，世界各大国在1990年代先后进入后工业社会，传统意义上的语言艺术不可避免受其影响，被其改造；加之后现代主义浪潮风起云涌，于是，较之以往任何时期，当代俄罗斯诗歌在美学思想、价值取向、社会功用和叙事策略等方面均发生着前所未有的变化。

在继承19世纪诗歌关注社会人生、批判现实丑恶和白银时代诗歌哲理意蕴丰厚、艺术手法多样的民族传统基础之上，伴随俄罗斯的数次革命运动和社会动荡，20世纪俄罗斯诗歌增添了革命主义激情和浪漫主义气息，形成与众不同的诗歌特质和文学图景。纵观20世纪俄罗斯诗歌发展史，可以看到在一个世纪的时间里，俄罗斯诗歌流派众多，风格多样，思潮纷涌，诗人辈出，形成多元化的整体态势和多样性的生态图景。由此，俄罗斯诗歌漂流瓶升降隐现，沉浮不定，不断被不同时代的诗人破译和阐释，不断得到不同形式的重写与解读，呈现出不同的艺术形式、表现手法和诗歌理念。在自由宽松的学术环境中，当代俄罗斯文学研究获得长足进展。目前国内外研究成果普遍克服过度褒扬或贬抑的倾向，对其文学成就的评价更加科学客观，对其文学史地位的讨论也渐趋统一。由此，象征主义诗歌巨匠亚·勃洛克、阿克梅派诗人安·阿赫玛托娃、未来主义诗人弗·马雅可夫斯基、意象派诗人谢·叶赛宁，成为20世纪俄罗斯诗歌史上的重要坐标和里程碑。

第二节 天鹅之歌与革命基督：勃洛克的长诗《十二个》②

作为白银时代象征派诗歌的集大成者，亚历山大·勃洛克（А. А. Блок，1880–1921）出身高贵，才华横溢，学识渊博，容貌俊美。在同代诗人楚科夫斯基（К. И. Чуковский，1882–1969）看来，他有着一张"令人倾倒、难以置信的美的"脸，

---

① [俄]М.Р.泽齐娜等：《俄罗斯文化史》，刘文飞、苏玲译，上海：上海译文出版社，1999年，第401页。

② 本节内容曾以《勃洛克的〈十二个〉：'天鹅之歌'与'革命基督'》为题，刊发于《中华读书报》2013-07-17，国际文化版。

堪与古希腊-罗马或文艺复兴时代的人的美相媲美；在同时代著名诗人克尼亚什宁（В. Н. Княжнин，1883–1941）的眼中，"他的脸通常是严峻的……有时候它就像是古希腊罗马神的漂亮的雕像"①。在同时代著名作家格·伊万诺夫（Г. В. Иванов，1894–1958）眼中，勃洛克是"一位北方美男子，有一张吟唱诗人的脸，漂亮的卷发，穿着雅致的丝绒外套，白衬衣柔软的领子敞开着"；"是诗人中间最超尘脱俗的一个"，"一个心灵无比纯洁的人，他与卑劣是相互排斥的两个概念"②。

勃洛克以其象征主义诗歌和戏剧创作，得到同人的极大肯定和认同。在20世纪俄罗斯诗人吉洪诺夫（Н. С. Тихонов，1896–1979）看来，"就其歌喉的力量而言，就其深刻和真诚而言，就其题材的广度而言，就其诗歌性格的博大而言，就其与祖国历史生活的联系而言，亚历山大·勃洛克无疑是一位伟大的俄罗斯诗人"③。即使向来桀骜不驯的马雅可夫斯基也认为，勃洛克的诗歌"代表了整整一个诗歌的时代，……对当代诗歌产生了巨大的影响"，意味着"整个诗歌的时代"④；在阿克梅派著名诗人阿赫玛托娃看来，勃洛克是"20世纪（俄罗斯诗歌）的里程碑"⑤，是白银时代诗人最典型的代表⑥；在高尔基的记忆中，勃洛克"不论是作为一个诗人，还是作为一种个性，都美丽得惊人"⑦。十月革命以锐不可当的气势，涤荡着勃洛克眼中的旧世界，也影响着诗人的思想意识，由此十月革命成为勃洛克诗歌创作中的一个分水岭。十月革命之前，勃洛克创作出反映"喜悦-痛苦"象征内涵的著名诗剧《玫瑰花与十字架》（Роза и крест, 1913），表现"音乐与光明的旋风"式的爱情组诗《卡门》（Кармен, 1914）和《竖琴与小提琴》（Арфы и скрипки, 1908–1916），以及思考人之使命的长诗《夜莺园》（Соловьиный сад, 1915），其中尤以《夜莺园》成就最高。该"长诗无论在主题、形象、意象上，还是在语言、形式、音乐性上，都充

---

① [俄] 弗·维·阿格诺索夫主编：《白银时代俄国文学》，石国雄、王加兴译，南京：译林出版社，2001年，第124页。
② 转引自汪剑钊：《阿赫玛托娃传》，北京：新世界出版社，2006年，第58页。
③ *Тихонов, Н.С.* Александр Блок. // А. Блок и современность. М.: Современник, 1981, С. 6.
④ 张玉书主编：《20世纪欧美文学史》第1卷，北京：北京大学出版社，1995年，第322页。
⑤ 郑体武、马卫红：《俄罗斯诗歌通史（20—21世纪）》，上海：上海外语教育出版社，2019年，第149页。
⑥ 任光宣主编：《俄罗斯文学简史》，北京：北京大学出版社，2006年，第210页。
⑦ 汪剑钊：《蓝色的幻影》，《百科知识》2001年第11期，第57页。

分显示出诗人深刻的思想、独特的视角和高超的诗艺"①。十月革命后,勃洛克以整个的身心和全部的感情去迎接它,在"人民群众的自发力"中看到旧世界的毁灭和新世界崛起,并在政论文章《知识分子与革命》(Интеллигенция и революция,1918)中,号召人们"整个身体、整个心灵、整个意识——倾听革命吧"②。带着这种涤荡丑恶、革故鼎新的激越情绪,勃洛克文思泉涌,激情勃发,创作了后期代表诗作——长诗《十二个》(Двенадцать,1918)和《西徐亚人》(Скифы,1918)。

一、"天鹅之歌"如何唱响

长诗《十二个》是勃洛克后期创作的代表作,被托洛茨基誉为"个人艺术的天鹅之歌",集中体现出诗人对人民和革命的看法,具有高度的艺术水准和深刻的思想内涵。彼得格勒武装起义两个月后,面对着摧枯拉朽、充满理想的"人民群众的自发力",勃洛克思绪纷涌,情感涌动,在从酝酿到搁笔的二十天里,跟随着灵感的激流,借助灵感的"自然力"(勃洛克语),创作一气呵成。长诗集合了勃洛克自1910年以降所集中探讨的主题,诸如人民与革命、知识分子与人民、知识分子与革命以及俄罗斯的命运等,是诗人后期精神探索的延续和总结。诗作形式精巧,构思巧妙,结构严整,构架了三条充满戏剧性的情节线索:线索之一是,"彼得鲁哈 - 卡季卡 - 万卡"(Петруха - Катька - Ванька)三人因感情纠葛而引发的悲剧故事;线索之二是,十二个赤卫队员在彼得堡大街上,伴着雄壮的歌声迈着自豪的前进步伐;线索之三是,老太婆、资产阶级、贵太太、神甫、流浪汉等不同阶层、不同出身、不同意识、不同身份的民众,对革命有不同反应。所有这一切,都发生在"黑夜"里恣意横行的"暴风雪""大狂风"等自然背景之中。由此,三条情节线索既可以彼此独立,情节完整,又相互交织,对比鲜明,彰显出面对人民群众的革命洪流的势不可挡,抨击着沙皇专制统治的保守黑暗。

在作者笔下,现实生活中的自然现象具有强烈的隐喻意义和审美的修辞效果:"黑夜"(чёрный вечер)象征黑暗和腐朽,"雪风"(вьюга)、"狂风"(ветер хлесткий)隐喻强有力的摧毁力量和革命运动过程中的混乱无序;"白色"(белый)、"白雪"(белый снежок)象征光明和纯洁,而"癞皮狗"(пес паршивый)、"饿狗"

---

① 任光宣主编:《俄罗斯文学简史》,北京:北京大学出版社,2006年,第213—214页。
② [俄]亚·勃洛克:《知识分子与革命》,林精华、黄忠廉译,北京:东方出版社,2000年,第170页。

(пес голодный)、"冻僵的狗"(пес холодный)、"无家可归的狗"(пес безродный)则隐喻行将就木、即将毁灭的旧世界,由此长诗体现出高度的审美意象价值。这已成国际文学评论界的共识①。诗人以敏锐的观察和传神的笔墨,采用对立和对照的手法来构筑情节,将旧世界即将分崩离析的图像刻画得栩栩如生:"一个资本家站在十字路口,/把鼻子藏进衣领。/一条癞皮狗蜷缩在他旁边,/翘起尾巴,浑身僵硬。//资本家无声地站着,/像一个问号,一条饿狗。/旧世界仿佛丧家犬,/翘着尾巴,站在他身后。"② 在长诗中,旧世界的灭亡和新世界的诞生,直接与人民大众联系在一起,而来自城市底层的十二个赤卫队员则是人民的代表:"我们的伙伴出发了,/到赤卫队军中去服役——/到赤卫队军中去服役——/抛头洒血在所不惜!"③

由此,在彼得格勒街道后面,面对着百废待兴的废墟,诗人看到一个新世界即将诞生,一个新俄罗斯正在崛起;在巡逻的十二个赤卫队员的身后,诗人看到一群奔向未来的人民大众,一个人民做主的时代正在到来。在"拿着旗子的基督"带领下,"他们迈着雄赳赳的脚步走向远方"(Вдаль идут державным шагом...)④——这面旗帜鲜艳而巨大,充满激情和感召力;这个基督虽无迹可寻,但充满号召力和革命激情;这些脚步坚定而执着,豪迈而有力;这个远方,虽朦胧却美好,虽未知而美妙;由此共同体现出诗人对十月革命、对人民群众和未来世界的认知立场和价值诉求——向旧世界报复的"革命风暴",是涤荡肮脏消除苦难的暴风雪,是正确而伟大的;跟随基督而前进的"十二个赤卫队员"是新生活的代表者和捍卫者,是人民自发力量的表达者,同时带有无政府主义的极端性;而未来新世界则是符合宗教道德的,也是朦胧模糊的。

值得注意是的,勃洛克比较客观如实地描写人民群众的代表——十二个赤卫队员,并没有将其理想化、片面化或妖魔化。在《十二个》中,一方面,十二个赤卫队员清楚自己是人民群众力量的表达者和象征者,意识到自己崇高的革命职责,并随时随地用激情和力量履行打破旧世界的职责,捍卫新世界的理想("保持革命的步伐!/不甘心的敌人没有打瞌睡"⑤)。另一方面,这些人在心理上表现出明显的无

---

① 参阅任光宣主编:《俄罗斯文学简史》,北京:北京大学出版社,2006年,第214页。

② Блок, А. А. Полное собрание сочинений и писем в 20 томах. Т. 5. М.: Наука, 1999, С. 17. 中译本参阅[俄]勃洛克、叶赛宁:《勃洛克叶赛宁诗选》,郑体武、郑铮译,北京:人民文学出版社,1998年。本节相关译文均出自该译本,以下只标注原文出处,不再一一说明。

③ Там же, С. 12.

④ Там же, С. 19.

⑤ Там же, С. 15.

政府主义倾向和极端主义情绪。作为长诗线索之一的赤卫队员彼得鲁哈（Петруха），在荒谬中竟然开枪打死自己的恋人卡季卡（Катька），这在很大程度上表明赤卫队员的极端破坏性和强烈情绪性，也使长诗蒙上一层浓厚的悲剧色彩。对此，勃洛克比较清醒地认识到："您怎么认为？认为革命是一首田园诗？认为创造不会破坏自己道路上的任何东西？认为人民是乖孩子？……最后，还认为，'黑'与'白'出身之间的争斗会'不经流血''没有疼痛'地解决？……"①

二、"革命基督"如何诠释

耐人寻味的是，对长诗标题的"十二个"，对中间若隐若现、结尾处明确出现的基督形象，俄罗斯评论界向来莫衷一是，言人人殊，甚至彼此对立，迥然相异。有人认为，基督形象是革命者和社会主义者的象征，象征着革命者的共产主义理想，乃是一种宗教式信仰；有人认为，基督形象是符合教规的《福音书》里的人物，基督是美好未来的象征；有人认为，基督形象是异教的基督，是古老信徒派"燃烧的"基督，是永恒的女性气质的化身；也有人认为，基督形象是一个超凡脱俗的超人，是一个融合了西方外来思想和俄国民族传统的艺术家；更有甚者认为，基督形象是一个反基督者，一个敌基督者，是一个充满革命暴力的基督②。可以肯定的是，标题"十二个"具有象征意义，十个二赤卫队员很容易让人联想到耶稣基督的十二个使徒，长诗在结构上分成12章，这与标题似乎又有着某种形式关联和内在呼应。而抽象的基督隐喻着什么呢？对此，诗人勃洛克曾表示，他写十二个赤卫队员和基督形象，将二者并置共存，是一种内在意识的宰制和牵引，它们隐藏在一个"在前面奔跑着的斑点"后面，陷入灵感的迷狂状态之中，斑点巨大而光亮，"激动着和吸引着我"③。至于"拿着旗子的基督"，在勃洛克看来是比较模糊的形象："'既是这样又不是这样'……当旗子随风飘动（在雨中或是在雪中，更主要的——是在夜色的黑暗中），就想到在它的下面有某个巨大的人，想到曾经和他有关的（他不是举着，不是拿着，怎么样呢——但我不会讲）。"④不仅如此，诗人还曾经在笔记本上写道，基督形象是

---

① [俄] 符·维·阿格诺索夫主编：《白银时代俄国文学》，石国雄、王加兴译，南京：译林出版社，2001年，第143页。
② 同上书，第144页。
③ [俄] 勃洛克：《十二个》，戈宝权译，桂林：漓江出版社，1985年，第87页。
④ 同上书，第84页。

一个"女性的幻影"①；凡此种种。

如此看来，模糊的基督形象具有诠释的多样性：既可以理解为对革命的道义上的认可，也可以认为是崇高的道德理想的象征；既可以理解成对新世界的诞生和精神的改造的期待，也可以认为是一种凌驾于人间之上的抽象力量，更可以认为是一种对未来乌托邦世界的认同与召唤。然而，对形象的诠释是有限度的、有条件的，一如意大利著名符号学家安贝托·艾柯（Umberto Eco）所言，"说诠释（'衍义'的基本特征）是无限的并不意味着诠释没有一个客观的对象，并不意味着它可以像水流一样毫无约束地任意'蔓延'。说一个文本没有结尾并不意味着每一诠释行为都可以得到一个令人满意的结果"，因为"在神秘的创作过程与难以驾驭的诠释过程之间，作品'文本'的存在无异于一支舒心剂，它使我们的诠释活动不是漫无目的地到处漂泊，而是有所归依"②。在"青年近卫军"出版社推出的《勃洛克传》（Александр Блок）③中，当代俄罗斯学者图尔科夫（А. М. Турков）认为，"诗人不是占星家，他的诗不是占星图。在诗中寻找对具体事件的预言，……这是可笑的"④，勃洛克虽然看到人民运动的洪流和摧枯拉朽的革命是"生活的开端"，但对究竟谁可以拯救黑暗的旧世界、建立美好新世界，并不明确和清晰。学者郑体武从诗人身份和诗歌审美角度出发，审视和诠释革命基督形象，其看法别有一番新意："从作者本人的解释可以看出，《十二个》的基督与其说是一个抽象的幻影，不如说是对社会历史巨变的一种诗意体验。"⑤综合各种观点，可以大致说，基督形象使诗人给予十月革命和人民群众一种道德解释和象征认知——任何革命和信仰都是在传统和遗产上建立起来。事实上，苏维埃政权的建立和苏联发展道路的确定，既有来自西欧马克思主义理论的指引和空想社会主义学说的诱惑，又有俄罗斯集体主义理念传统的支配和东正教乌托邦意识的渗透。

作为象征派诗歌的代表之作，长诗《十二个》的革新之处不仅仅在于外在形式的不同，更在于内在诗学的革新。就外在形式而言，长诗具有一种历史转折时期复

---

① [俄]勃洛克：《十二个》，戈宝权译，桂林：漓江出版社，1985年，第68页。
② [意]安贝托·艾柯等：《诠释与过度诠释》，王宇根译，北京：生活·读书·新知三联书店，2005年，第25、95页。
③ См.: Турков, А. М. Александр Блок. 2-е изд., исправл. М.: Молодая гвардия, 1981.
④ [苏]图尔科夫：《勃洛克传》，郑体武译，上海：东方出版中心，1993年，第414页。
⑤ 郑体武：《俄国现代主义诗歌》，上海：上海外语教育出版社，2001年，第214页。

调式的众声喧哗，而这种声音来自广大人民群众。于是，长诗中有了口语俚语的词汇、街头清晰的人声、崇高昂扬的词汇以及低级卑俗的词语，有了演说的语调、口号的语调与抒情的语调，有了民间短歌与进行曲的融合，有了小市民的浪漫曲与人民的革命歌曲的并置，有了三音节诗格的变体、无韵的诗歌与抑扬格、扬抑格诗格的共存。所有这一切，无论是音韵的还是节奏的起伏，无论是词汇的还是语调的变化，无论是人民的还是贵族的声音，有机地融合成统一的艺术有机体。就内在诗学而言，长诗通过象征和写实的手法，从革命的"艺术的海洋"中杂取种种意象，以革命的激情和全身心的召唤，将象征的符号性、音乐的节奏性和史诗的宏阔性巧妙融合，形成气势磅礴的诗歌乐章。《十二个》的所有情节都是在肆虐的大自然背景下展开的，诗歌中多次出现充满力量和激情的自然意象，诸如"风啊，风——/吹在神的世界里！//风卷起/白色的雪"（Ветер, ветер -/ На всем Божьем свете !// Завивает ветер/ Белый снежок）①，"呼啸的风"（Ветер хлесткий）②，"快活的风/又凶猛又欢乐"（Ветер веселый/ И зол, и рад）③，"暴风雪狂烈地刮过"（Разыгралась чтой-то вьюга）④，"哦，多大的暴风雪，上帝保佑！"（Ох, пурга какая, Спасе!）⑤，"只有暴风雪发出长笑，/在白雪堆里狞笑"（Только вьюга долгим смехом/ Заливается в снегах...）⑥。对此，鲁迅曾比较中肯地指出，作为"现代都会诗人的第一人"，勃洛克"在用空想，即诗底幻想的眼，照见都会中的日常生活，将那朦胧的印象，加以象征化。将精气吹入所描写的事象里，使它苏生；也就是在庸俗的生活、尘嚣的市街中，发见诗歌底要素。所以勃洛克所擅长者，是在取卑俗、热闹、杂沓的材料，造成一篇神秘底写实的诗歌"⑦。

总体说来，长诗《十二个》结构紧凑，场面宏大，情节紧张，气势雄浑；语言清新，诗句凝练，绘声绘色，富于动感，通俗的民间谣曲与高雅的抒情旋律彼此结合，并行不悖，由此达到惊人的艺术高度。首先，就结构篇章而言，该诗由12个片

---

① Блок, А. А. Полное собрание сочинений и писем в 20 томах. Т. 5. М.: Наука, 1999, С. 7.
② Там же, С. 7.
③ Там же, С. 9.
④ Там же, С. 18.
⑤ Там же, С. 18.
⑥ Там же, С. 19.
⑦ 鲁迅：《〈十二个〉后记》，载《鲁迅全集》第七卷，北京：人民文学出版社，2005年，第311页。

断构成，每段行数不等，短则 12 行，长达 83 行，错落有致，和谐相容。其次，就节奏层次而言，长诗总体运用了交错变化的诗歌韵律，包括四音步抑扬格、四音步和不同音步的扬抑格、三音节诗格的变体，不同韵律的变化取决于具有对照性的情节内容、描绘语调和感情色彩，服从于创作目的的表达。最后，就音乐特色而言，长诗兼具民间歌谣的通俗易懂和文人诗作的典雅庄重，体现出强烈的音乐性、交响性和复调性，多种不同的人物声音和彼此相异的语言风格结合自然协调，使得复杂多样的情感得到自然抒发，可谓是象征派诗歌中最具音乐性和思想性的诗作。诗人通过自己全身心地倾听革命声音，通过十二个赤卫队员的豪迈步伐，通过黑暗势力的无可奈何的哀号，形象弹奏出一曲壮丽雄伟的复调交响乐，汇集了革命的呼啸风声、街头巷尾的嘈杂声、新旧世界的搏斗声、旧世纪的叹息声，以及新世界的欢呼声："朔风呼呼 / 白雪舞舞 / 雪的下面是冰碴 / 滑呀，真难走 / 每个行人都跌倒——/ 唉，可怜的人行路！ /……"①

三、"世纪诗人"如何评价

作为"五四运动"后最早被译介到中国的俄罗斯现代主义诗人，勃洛克和他的长诗《十二个》受到鲁迅的极大关注和重视。1922 年 4 月，饶了一根据英文转译长诗《十二个》，在《小说月报》上刊出②；1926 年 8 月，胡斅（即胡成才）根据俄文译出新作，由北平北新书局正式出版③。对此，鲁迅热情为中译本《十二个》撰写后记，称"当革命时，将最强烈的刺戟给予俄国诗坛的，是《十二个》"④，该作"正是俄国十月革命'时代的最重要的作品'"⑤。对波谲云诡的时代局势和复杂多变的诗人创作，对十月革命时期俄罗斯知识分子的思想特点及其走向趋势，鲁迅体察入微，视野宏阔，极具洞察之功和识人之力："就诗人而言，他们因为禁不起这连底的大变动，或者脱出国界，便死亡，如安得列夫（即安德烈耶夫——引者注）；或者在德法做侨民，如梅垒什珂夫斯奇（即梅列日科夫斯基——引者注）、巴理芒德（即巴尔蒙特——引者注）；或者虽然并未脱走，却比较的失了生动，如阿尔志跋绥夫。但也有还是生

---

① Блок, А. А. Полное собрание сочинений и писем в 20 томах. Т. 5. М.: Наука, 1999, С. 7.
② 参阅 [俄] 勃洛克：《十二个》，饶了一译，载《小说月报》第 13 卷第 4 期，1922 年 4 月。
③ 参阅 [俄] 勃洛克：《十二个》，胡斅译，北平：北新书局，1926 年。
④ 鲁迅：《〈十二个〉后记》，载《鲁迅全集》第七卷，北京：人民文学出版社，2005 年，第 311 页。
⑤ 同上书，第 312 页。

动的,如勃留梭夫(即勃留索夫——引者注)和戈理奇、勃洛克。"①

对《十二个》结尾的"革命基督"形象,即使从今天看来,鲁迅的点评也颇为深刻而中肯:"篇末出现的耶稣基督,仿佛可有两种的解释:一是他(即耶稣基督——引者注)也赞同,一是还须靠他得救。但无论如何,总还以后解为近是。故十月革命中的这大作品《十二个》,也还不是革命的诗。"②对勃洛克的身份立场和思想归属,鲁迅点到即止,虽非长篇宏论,但却精辟独到,深刻有力。他指出,勃洛克"究竟不是新兴的革命诗人,于是虽然突进,却终于受伤,他在《十二个》之前,看见了戴着白玫瑰花圈的耶稣基督"③。后来,鲁迅又多次论及勃洛克及其诗作。此后,浦风、汪玉岑、戈宝权分别在1937年、1946年、1946年都曾翻译过《十二个》,前两者的译作现已难觅踪迹,而戈宝权的译文则保留下来。从翻译学角度来看,戈宝权的译本忠实原作,音韵贴切,意象丰满,流畅通晓,备受各方读者的肯定与好评。

随着意识形态的解放和自由空间的拓展,当代俄罗斯文学界已不再一味称颂或简单否定勃洛克,而是力图客观真实、实事求是地评价其贡献与局限、其成就与失误、其矛盾与痛苦。于是,一个更加完整真实鲜活的勃洛克形象,呈现在文学界、知识界、读者群面前。作为白银时代里程碑式的作家,勃洛克"具有神奇的天赋",散发着"朦胧的光华"(格·伊万诺夫语),在20世纪俄罗斯诗歌史上占有无可替代的重要席位。20世纪俄罗斯勃洛克研究专家多尔戈波洛夫(Л. К. Долгополов,1928–1995)认为:"在20世纪之初的诗人中,无论是勃留索夫、别雷、因诺肯基·安年斯基还是巴尔蒙特,没有人像勃洛克一样,对俄罗斯诗歌贡献巨大。他们的探寻和发现具有很大的独立价值,他们每人以自己的方式理解和体验生活的时代复杂性,然而唯有勃洛克注定要创作出抒情诗的新类型。"④既要理性正视民族传统和精神信仰,又要着眼美好未来和理想世界,更要敢于担当时代责任和历史使命,因为复杂的生活与时代注定无法斩断其与历史和传统的关联,任何事情都是在文化传统和历史遗产基础上发展起来的,这也许是勃洛克的长诗《十二个》给当下世人最重要的思想启示。

---

① 鲁迅:《〈十二个〉后记》,载《鲁迅全集》第七卷,北京:人民文学出版社,2005年,第310页。
② 同上书,第312页。
③ 同上书。
④ *Городецкий, Б.П.*(отв. ред.) История русской поэзии. В двух томах. Т. 2. Л.: Наука, 1969, С. 308.

第三节　失恋哀曲与时代悲歌：马雅可夫斯基《穿裤子的云》[①]

百年前的马雅可夫斯基，在十月革命前后的风云际会中，以与众不同的诗歌探索和契合时代话语的长诗，在"白银时代"（1890–1920）文化氛围中迅速崛起，成为俄罗斯诗坛一颗耀眼的明星。就个人气质而言，马雅可夫斯基兼具解构之力与建构之功，混合着高亢激越与忧伤多情的双重气质，时而严峻激昂，时而忧郁悲伤，时而开朗自信，时而抑郁苦闷，可谓是20世纪俄罗斯诗歌史上最有文学成就、最具影响力、最具个人魅力的诗人之一。他是一个复杂而矛盾的诗人，一个裹在面纱中的巨人。他被视为俄罗斯未来主义的诗歌领袖，被斯大林称为"我们苏维埃时代最优秀、最有才华的诗人"，红极一时，妇孺皆知，却又因为个人感情和社会现实而自杀身亡，其人其作在20世纪俄罗斯文学史上沉浮不定，毁誉参半。

一、从混合气质到失恋哀曲

"他正是我想象的那样，——身材魁梧，沉甸甸的下颚，一双时而忧郁、时而严峻的眼睛，他高大、笨拙，仿佛时刻都在准备同人格斗——他像是大力士和幻想家的混合物，又像是一面祈祷、一面头顶着地面走路的中世纪的杂技演员和毫不妥协的圣像破坏运动的拥护者的混合物。"[②] 这位具有一双忧郁而严峻眼睛的诗人，就是未来主义诗歌领袖马雅可夫斯基，其人其作具有明显的混合气质和难得一遇的创新精神。马雅可夫斯基于1893年7月19日出生在格鲁吉亚山区的一个林务官家庭。他童年时代就喜欢文学，阅读了不少俄国古典文学，受到比较良好的教育。1908–1910年间，他曾三次因从事激进革命活动而被捕入狱，不过皆因"年龄尚幼"和"证据不足"而获释。坐牢期间，马雅可夫斯基阅读了包括象征主义在内的文学作品，并受到深刻影响。1911年，他进入莫斯科特罗加诺夫工艺美术学校，后又进入绘画雕刻建筑学校。彼时，他结识了"俄罗斯未来主义之父"大卫·布尔柳克，与倡导现代派的文艺青年组织未来派团体，写诗作画演戏，穿奇装异服，招摇过市，吸引大众注意力。

1912年，马雅可夫斯基与布尔柳克、克鲁乔内赫、赫列勃尼科夫一起，发表了

[①] 本节内容曾以"马雅可夫斯基的《穿裤子的云》：从失恋哀曲到时代悲歌"为题，刊发于《文艺报》2016-06-24，世界文学版。

[②] [苏] 伊·爱伦堡：《人·岁月·生活》，冯南江、秦顺新译，广州：花城出版社，1991年，第99页。

未来主义宣言《给社会趣味一记耳光》。正是在这本宣言中，诗人的诗作首次得以公开发表。这里的"社会"主要指资本主义社会，"趣味"则主要指资本主义社会中奢华浮夸、道德低下的低级趣味。在宣言中，未来派诗人对社会历史和传统文化遗产主要采取虚无主义和无政府主义态度，宣称："只有我们才是时代的本来面目。……过去的一切太过狭隘。科学院和普希金比象形文字还晦涩。必须把普希金、陀思妥耶夫斯基和托尔斯泰等人统统从现代轮船上丢下水去。"[1] 他们主张向旧的语言挑战，呼吁扭断旧句法的脖子，让"电报式"语言入诗；向旧的韵律挑战，呼吁采用获得口语诗格；向旧的词汇挑战，呼吁更新词库，让数学与音乐符号入诗；向旧的诗歌格式挑战，呼吁革新诗行排列，认定诗行排列是有意味的；向旧的诗歌编排形式挑战，呼吁在字体与标点选用上突破传统规范，凡此种种。由此，作为唯一的艺术创作者，未来派诗人一方面主张与旧的传统文化决裂，创作一种新的文化形态；另一方面追求文学艺术形式和诗学理念的革新，强化语言材料的"物质性"和"自在性"。

十月革命前，马雅可夫斯基对俄罗斯诗歌的贡献主要在于，以综合艺术形式复活并部分革新长诗。此类长诗主要有《弗拉基米尔·马雅可夫斯基》（1913）、《穿裤子的云》（1914–1915）、《长笛–脊柱》（1915，又译《脊柱横笛》）、《战争与和平》（1915–1916）、《人》（1916–1917）。1914年，悲剧《弗拉基米尔·马雅可夫斯基》在彼得格勒（即圣彼得堡）月光公园公演，诗人自导自演，但结果却并不理想，演出时几乎被观众轰下台去——这首长诗展示了自己因处于灵魂被扭曲的人群中而感受到的孤独落寞。几经周折才得以面世的《穿裤子的云》，提出打倒资产阶级社会一切的"纲领性"宣言，具有比较明显的无政府主义和超人哲学激情。1917年的《人》文字晦涩，形象怪诞，结构复杂，从中可以感受到人在资本主义社会中备受压抑的痛苦，以及对个性解放的渴望。

十月革命对马雅可夫斯基的诗歌创作和思想变化有着十分重要的影响。他以极大的热情和惊喜的心情迎接革命的到来，在自传《我自己》中称"十月革命"是"我的革命"，"到斯莫尔尼宫去。工作。做了该做的一切"[2]。瞿秋白曾言，"他以革命为生活，呼吸革命，寝馈革命，——然而他的作品并不充满着革命的口头禅。他在20

---

[1] 参阅郑体武：《俄国现代主义诗歌》，上海：上海外语教育出版社，2001年，第377页。
[2] [俄]马雅可夫斯基：《我自己》，载《马雅可夫斯基选集》第一卷，北京：人民文学出版社，1984年，第29页。

世纪初期已崭露头角于俄国诗坛,革命以后,他的作品方才成就他的天才。"① 马雅可夫斯基以积极的态度接受十月革命,用研究专家别尔佐夫(В. О. Перцов)的话说,"十月革命给了马雅可夫斯基力所能及的任务……马雅可夫斯基和民众一起在十月革命风暴中站起来,成为一个巨人"②。十月革命之后,马雅可夫斯基的创作题材转变为肯定和讽刺,肯定革命的积极作用,歌颂革命给世界带来的正义、真理、人性和力量,讽刺社会中的种种丑陋,批判人性中的黑暗和惰性。这一时期,马雅可夫斯基写出了短诗《我们的进行曲》(1917)、《革命颂》(1918)和《向左进行曲》(1918),以及剧本《宗教滑稽剧》(1918)等许多歌颂革命的作品。1919–1922 年国内战争期间,马雅可夫斯基为俄罗斯电讯社的"罗斯塔之窗"工作。他把每天前线最新消息化成喜闻乐见的图画和诗歌,悬挂在商品橱窗中,向市民做报道,鼓舞人民支援前线,以最直接的方式配合和支持新政权的建立。他作的诗画题材广泛,简洁鲜明,摆脱了晦涩难懂、矫揉造作的风格,开创出一种大众化、生活化和简洁化的诗歌风格,颇受人民群众的欢迎。对此,瞿秋白曾评价道:"未来主义创作新的韵格,破毁一切旧时的格律,制作新的字法,能充分地自由运用活的言语。"③

长诗《穿裤子的云》(Облако в штанах,1914–1915)原名《第十三个使徒》,是马雅可夫斯基的代表作;其高度的艺术技巧、深刻的思想意蕴和多样的话语内涵,即使在今天以比较挑剔的眼光来审视,仍然具有值得大书特书的普遍价值和审美意义。从1914年初,诗人就开始从主题和技巧方面构思《穿裤子的云》:"我感觉到我有了技巧。能够掌握主题了。认真地工作。提出了关于主题的问题。关于革命的主题。构思《穿裤子的云》。"④ 长诗由一个抒情片段发展而来,与诗人的真实爱情体验和失恋经历有着密不可分的关联。在长诗中,马雅可夫斯基以第一人称"我"的视角来叙述故事,22岁的"我"像云一样飘逸,有着震撼人心的力量与无与伦比的俊

---

① 瞿秋白:《俄国文学史及其他》,上海:复旦大学出版社,2004年,第77页。

② Перцов, В.О. В. Маяковский: Жизнь и творчество. В 3-х Т. 1 (1893—1917). М.: Художественная литература, 1976, C. 406-407.

③ 瞿秋白:《俄罗斯文学及其他》,上海:复旦大学出版社,2004年,第77页。

④ [俄] 马雅可夫斯基:《我自己》,载《马雅可夫斯基选集》第一卷,北京:人民文学出版社,1984年,第35页。

美,"声如震雷,震撼世界","挺拔而俊美"①。长诗第一部分开篇写道:"你们以为,这是在热病中讲昏话?/事情发生在/发生在敖德萨。"②这种第一人称直陈其事的叙事策略,一方面无疑增强了长诗的故事真实性和时代现实感,另一方面也方便个人情感的抒发和复杂氛围的营造。在第二版前言中,诗人对这首长诗进行了"纲领性"的说明:"我认为《穿裤子的云》(原名《第十三个使徒》被检察官划掉了。不再恢复它。习惯了)表现了当代艺术的基本思想。'打倒你们的爱情','打倒你们的艺术','打倒你们的制度','打倒你们的宗教'——这就是四部乐章的四个口号。"③这一提纲挈领式的宣言,切中肯綮,无疑阐释出马雅可夫斯基长诗的思想基调。

  长诗由一个抒情片段发展而来,与诗人的真实爱情体验和失恋经历有着密不可分的关联。在长诗中,马雅可夫斯基以第一人称"我"的视角来叙述故事,抒发浓烈而复杂的情感。作为一部爱情长诗,《穿裤子的云》的情节基础是个人初恋的痛苦感受。像云一样飘逸的男主人公"我"高大魁梧,性情温柔,勇敢坚决,英俊体贴,但在金钱面前毫无反抗力量,只能眼睁睁地看着所爱的女孩玛丽娅为了追求美好生活,离他而去。按照俄罗斯风俗习惯,男人一般穿裤子,女人一般多穿裙子,因此裤子代表男性,而裙子则代表女性。长诗基调并非描写世俗爱情的美好,而是批判资本主义的丑陋,从"对爱情被庸俗化的抗议进一步发展为对资产阶级社会的否定,把个人的悲剧与穷苦大众的悲剧结合起来"④,由此形成情节架构和思想意蕴上的悖论张力,被视为马雅可夫斯基早期创作的纲领性作品。诗人在诗中高声疾呼:"打倒你们的爱情""打倒你们的艺术""打倒你们的制度"和"打倒你们的宗教",进而否定资本主义社会和资产阶级世界的一切。马雅可夫斯基的诗歌语体风格是要求性的,或慷慨激昂,或激情四射,或温柔缠绵,或典雅清新,充满强烈的情感和炽热的诉求;而非请求性的,它舍弃了俄罗斯古典诗歌中的浪漫感伤情怀,抛弃了星星、月夜、花园、云朵、阁楼、云帆等传统意象。总体说来,十月革命前,马雅可夫斯

---

① *Маяковский, В.В.* Полное собрание сочинений в 13-ти томах. Т. 1. М.: Художественная литература, 1955, С. 175. 中译文参阅[俄]马雅可夫斯基:《穿裤子的云》,载《马雅可夫斯基选集》第二卷,北京:人民文学出版社,1984年。本节相关译文均出自该译本,以下只标注原文出处,不再一一说明。

② Там же, С. 176.

③ [俄]马雅可夫斯基:《写给第二版》,载《马雅可夫斯基选集》第四卷,北京:人民文学出版社,1984年,第85页。

④ 许贤绪:《20世纪俄罗斯诗歌史》,上海:上海外语教育出版社,1997年,第82页。

基的创作主题是抗议和孤独①，即抗议旧社会的黑暗和腐朽，反抗资本主义的肮脏和丑陋，诉说自己内心的孤独和无奈，倾诉自己情感的落寞和孤寂。

《穿裤子的云》体现出未来主义诗歌的典型特色，把古旧词语和乡村俗语、优雅话语与粗俗俚语并置，大胆使用夸张、想象、比拟、隐喻等超现实艺术手法，体现出明显的对照式描写和悖论式特色。美国斯拉夫学者马克·斯洛宁的评判可谓鞭辟入里，切中肯綮："在所有这些气势不凡的作品里，马雅可夫斯基使用了未来派的辞藻、古怪和破碎的韵律、奇特的近似韵脚、半谐音、整枝式的排列和怪诞的标点法，而他的词汇也是夸张地使用俗语和粗话。叛逆和抒情的结合、近似野蛮的表达力与内心情感的敏感性的结合，使得他的诗歌具有高度的独创性。他在诗歌中，把悲剧式的爱情故事和对艺术、国家和宗教的否定糅合在一起。内心的自白紧跟着对社会状况的鞭笞。"②这种奇异的结合和对立的融合，让著名犹太作家伊利亚·爱伦堡诧异不已："马雅可夫斯基使我感到诧异：诗歌、革命，莫斯科喧嚣的街道和'洛东达'咖啡馆的老主顾所幻想的新艺术居然能在他的身上融洽无间。"③其实，马雅可夫斯基的诗歌中之所以表现出纠缠不清的矛盾之处，主要因为马雅可夫斯基"是一个伟大、复杂的人物，他有坚强的意志，有时也怀着一团纠缠不清、互相矛盾的感情"④。

二、从个人感情到时代悲歌

就思想内容层面而言，长诗《穿裤子的云》实质上是马雅可夫斯基以个人情感为蓝本创作的一首从私人情感出发探讨社会问题、呈现时代悲曲的社会－哲理性诗作。《穿裤子的云》以一首个人化的失恋抒情诗，描写了二十岁奇伟英俊的诗人因恋人的离别而生发的爱恨情仇和喜怒哀乐等各种情感，并由此衍生出对社会现实和历史史实的激烈抨击。控诉资产阶级的罪恶、抨击封建制度的腐朽、反思社会文化的规训，成为作者创作思想的核心。

---

① 许贤绪：《20世纪俄罗斯诗歌史》，上海：上海外语教育出版社，1997年，第84页。
② [美] 马克·斯洛宁：《苏维埃俄罗斯文学》，浦立民、刘峰译，上海：上海译文出版社，1983年，第18页。
③ [苏] 伊·爱伦堡：《人·岁月·生活》，冯南江、秦顺新译，广州：花城出版社，1991年，第100页。
④ 同上书，第101页。

年轻的诗人自称"穿裤子的云"①，在相思等待中期待恋人玛丽娅的到来，这等待既甜蜜温馨，又苦痛难耐。玛丽娅说："我四点钟来"②，然而钟响了八下、九下、十下，恋人仍然未到。在"蹙着眉头的／十二月的傍晚"，诗人"离开窗前／走进夜的恐怖的不安"①，一切都变得似是而非："我"青筋暴出，痉挛呻吟，面色阴沉，然而纵然是铁打铜铸的心儿，也仍然期待着女性的温柔和爱情的甜蜜。这等待既甜蜜温馨，又苦痛难耐："我把我的面颊／紧贴着雨天的麻脸，／等啊，等啊，／我在等着，／雷声似的城市的水波向我飞溅"④。然而，让诗人意想不到的是，"十一点倒下了，／就像死囚的头颅从断头台上滚下"⑤，千呼万唤、相思万千的恋人来到诗人面前，诉说的却并非相思之情，而是分手之别，因为玛丽娅要嫁给有钱人。"你进来了，／真是意想不到，／搓着麂皮手套，／你说：'我告诉你——／我要出嫁了。'"⑥

悲愤万分的诗人强烈否定虚假的爱情，批判有钱人的罪恶，抨击城市的物欲横流，向往美好的未来。于是，"一九一六年／戴着革命的荆冠正在行进"，而诗人则是革命的先驱者，他愿意如丹柯一般"把这血淋淋的灵魂交给你们，作为旗帜"⑦，引导众人在革命的道路上不断前进。进而，诗人鄙视沉浸在风花雪月和温柔梦乡中的"谢维里亚宁之流的诗人"，因为在澎湃的《马赛曲》的召唤下，"饥饿的人们，流汗的人们，恭顺的人们"，要"把所有的星期一和星期二／用鲜血都染成血色的节日！"⑧苦闷的诗人借酒消愁，醉眼朦胧，在圣母玛丽娅和恋人玛丽娅之间摇摆，渴望灵魂的解脱和现实的人生。由此，经由私人性的恋爱遭遇，作者成功地展示了时代的变迁和社会的动荡，表达了群体意识的觉醒和内心的愤怒。

《穿裤子的云》不仅具有深刻的思想内涵，而且在艺术形式上也别具匠心、新颖别致。《穿裤子的云》共分四章，每章长短不一，以情绪表达为结构核心，如作者所言，"'打倒你们的爱情''打倒你们的艺术''打倒你们的制度''打倒你们的宗

---

① *Маяковский, В.В.* Полное собрание сочинений в 13-ти томах. Т. 1. М.: Художественная литература, 1955, С. 175.

② Там же, С. 176.

① Там же.

④ Там же, С. 177.

⑤ Там же.

⑥ Там же, С. 178.

⑦ Там же, С. 185.

⑧ Там же, С. 188.

教'——这就是四部乐章的四个口号。"① 长诗根据渐次展开的原则来构建诗章,通过由浅入深的逻辑来抒发情感。被恋人玛丽娅抛弃后,诗人有一种遗世独立的孤独感和痛楚感。在个人情感体验和社会形势的双重作用下,身份不明的诗人成为被遗弃者的预言家,从爱情经历走向历史概括,从个体小我走向群体大众,从对艺术使命的思考走向对本质变革的信仰。由此,作为"第十三个使徒",孤独的诗人融入下层民众,成为大众诗人和广场诗人,传播未来主义的思想,却被视为异端邪说而被"钉上十字架"。

> 在人民短视眼望不到的地方,
> 带领着饥饿的人群,
> 一九一六年
> 戴着革命的荆冠正在行进。
> 我在你们这里——就是它的先驱者;
> 哪里有痛苦——我便在哪里停下;
> 我在每一滴泪水上
> 都把自己钉上十字架。②

由此,随着牺牲思想的深化,长诗的悲剧色彩逐渐加深,一些形而上的因素也使问题趋向复杂和多样,进而形成一个革命的意象,似乎在昭示着现实变革的迫切。值得注意的是,四个打倒口号并非长诗四部分各自独立的主题,而是贯穿整部作品的思想主旨。马雅可夫斯基采用重音诗律,诗行构成以重音音节数量为核心,大胆运用跳动不居、抑扬顿挫的音韵,使作品具有鲜明的音响效果和振聋发聩的气势;同时,大量使用呼语、请辞和感叹语,运用断行、移行、续行等楼梯诗形式,使作品铿锵有力,朗朗上口,具有强烈的宣言品性和论辩基调。

1930 年 4 月 14 日,因长期受宗派主义打击,加上感情生活挫折等多种原因,马雅可夫斯基以开枪自杀的决然方式,抗争这个并不美好的世界。其身后留下十三

---

① [俄] 马雅可夫斯基:《写给第二版》,载《马雅可夫斯基选集》第四卷,北京:人民文学出版社,1984 年,第 85 页。

② Маяковский, В.В. Полное собрание сочинений в 13-ти томах. Т. 1. М.: Художественная литература, 1955, C. 185.

卷诗文和一份遗嘱。马雅可夫斯基去世后，其作品未能再版。为此，1935年11月24日，诗人女友莉丽娅·勃里克（Лилия Брик）曾上书斯大林。1935年11月24日，在致叶若夫的备忘录中，斯大林针对勃里克的来信做了一段批示，其中比较关键的字句是："马雅可夫斯基过去是、现在仍然是我们苏维埃时代最优秀、最有才华的诗人。对他的作品，采取漠不关心的态度是一种罪行。"① 该批示后载于1935年12月5日的《真理报》（Правда），诗人之作也广为流传。自此之后，诗人之死和诗人形象，便有了彼此不同的解说版本。耐人寻味的是，诗人生前曾别有意味地说："如果历史突然倒转了，那时我的诗一行也剩不下，我会被烧成灰。"虽然1990年代苏联历史不幸倒转，但诗人诗作并未烧成灰烬，其"红色歌手"和"官方诗人"的身份逐渐淡薄，对民族文化传统的拒斥亦被逐渐边缘，而其对诗歌形式的大胆探索和对时代话语的哲理书写，则成为20世纪俄罗斯诗歌史上浓墨重彩的一笔。

　　总之，不管是马雅可夫斯基的社会理想和思想观点，还是其诗歌创作和戏剧艺术，都充满了难以理解的矛盾，表现出对立元素的并置。这些组诗和剧作，充分展现了马雅可夫斯基作为未来主义者的艺术特点："他的诗句充满过分夸张的明喻，为的是要同优雅的、崇高的和神秘的诗歌传统彻底决裂。马雅可夫斯基要的是喧闹、粗鲁、冲动和反美学。他厌恶贵族诗人那种乏味的感伤主义和象征派含糊不清的语言。他贬低语言和隐喻，在诗中运用冷嘲或怪诞手法和谈话语调，这都是故意用来直接反对传统诗歌的'灵魂'和'纯洁性'的。"② 作为20世纪俄罗斯诗歌史上一位重要的诗人，马雅可夫斯基以其新颖的诗歌形式、奇特的韵律构拟、鲜明的音乐节奏、新奇的诗歌理念，极大革新着俄罗斯诗歌的发展，给20世纪苏维埃诗歌带来丰厚的文学养料，开一代诗歌风气之先。如爱伦堡所言："马雅可夫斯基不仅摧毁了过去的美，也摧毁了自己；他的功绩的伟大在于此，他的悲剧的关键亦在于此"③ 马雅可夫斯基起步于未来主义，得益于未来主义，但他突破了未来主义的束缚，最终超

---

① Сталин, И.В. Записка Н.И. Ежову (после 24 ноября 1935 года). // И.В. Сталин. Сочинения. Т. 18. Тверь: Информационно-издательский центр «Союз», 2006, С. 115.

② [美] 马·斯洛宁：《苏维埃俄罗斯文学》，浦立民、刘峰译，上海：上海译文出版社，1983年，第18页。

③ [苏] 伊·爱伦堡：《人·岁月·生活》，冯南江、秦顺新译，广州：花城出版社，1991年，第112页。

越了未来主义。可以说，诗人之成就成于未来主义的大胆革新，诗人之悲剧亦在于未来主义的割裂传统，一如在《穿裤子的云》中，诗人走出个人失恋的愁肠哀苦，走入激烈变革的社会现实，走进时代脉搏的剧烈跳动之中，在呼喊出个人情感和未来主义的同时，也奏响着暴力革命和割裂传统的最强音。由此，在历史与现实、真实与虚构、个体与家国、时代与政治之间，文学叙事如何处理不同题材与主题、如何协调各种话语关系、如何平衡不同力量形态，就显得耐人寻味。在涉及国家民族与意识形态、大众群体与社会现实、个人体验与时代话语等彼此纠缠的问题时，不同的修辞术和叙事法，尤其别有滋味引人遐思。

第四节 个性弘扬与性情抒发：阿赫玛杜琳娜与诗歌漂流瓶[①]

在俄罗斯文学史上，诗歌佳作如林，诗人灿若群星，诗歌的漂流瓶不断被诗人破译改写，诗人的纪念碑不断被世人雕刻竖起。20–21世纪之交，尽管诗歌在商业活动和消费主义的冲击下，已然无可奈何地被边缘化和小众化，但经典诗歌仍然在俄罗斯广袤无垠的土地上传唱不休，著名诗人仍然为不同族群的人们所敬仰尊崇。如果说诗歌是俄罗斯文学的首要面貌，那么诗人则是俄罗斯文学的第一宠儿。在一定程度上可以说，近代以降俄罗斯的文学发展史即是诗歌嬗变史和诗人谱系史：从以康捷米尔、罗蒙诺索夫、特列佳科夫斯基、苏马罗科夫、杰尔查文为代表的"古典主义"，到以卡拉姆津和茹科夫斯基为代表的"感伤主义"；从以普希金和莱蒙托夫为代表的"黄金时代"，到以费特、丘特切夫和涅克拉索夫为代表的"诗歌勃兴"；从以勃洛克、阿赫玛托娃、马雅可夫斯基、叶赛宁为代表的"白银时代"，到以叶夫图申科、罗日杰斯特文斯基、阿赫玛杜琳娜、鲁勃佐夫为代表的"青铜时代"，俄罗斯诗歌的漂流瓶沉浮兴衰，绵延不断，俄罗斯诗人的谱系图前后相继，延展至今。

一、传统承继：关注人生与现实的诗歌创作

作为一位有着鞑靼血统的女诗人，贝拉·阿赫玛杜琳娜（Белла Ахмадулина，1937–2010）生于莫斯科知识分子家庭，自幼喜爱诗歌。中学时期，她曾以编外记者

[①] 本节内容曾以"阿赫玛杜琳娜与俄罗斯诗歌漂流瓶"为题，刊发于《中华读书报》2013-04-24，国际文化版。

身份在《地铁建设者》(Метростроевец)杂志工作过。1955年,她因在《共青团真理报》上发表了诗作《祖国》(Родина)而崭露头角①,同年诗作首次刊登在《十月》杂志上,由此在苏联文坛崭露头角。中学毕业后,阿赫玛杜琳娜于1955年考入莫斯科高尔基文学院。在入学考试竞赛中,著名诗人谢尔文斯基(И. Л. Сельвинский)赞扬她的诗作感染力强,清新自然,感受纯洁,感触深沉。大学期间,阿赫玛杜琳娜在《十月》等文学刊物和《句法》等手抄本杂志上发表了不少诗作;同时参与创办杂志,撰写出《在西伯利亚的路上》(На сибирских дорогах)等随笔②。作为二战后一代诗人中的佼佼者,阿赫玛杜琳娜崇尚独立思考,举止特立独行,我行我素,而非人云亦云,随声附和,随波逐流。1957年,她在《共青团真理报》上发表文章表达自己的诗歌观和价值观,认为艺术的使命不是给人们欢乐,而是给他们以痛苦。1960年,阿赫玛杜琳娜以获得高度评价的学位论文从高尔基文学院毕业。

  阿赫玛杜琳娜的诗歌天赋让老一代诗人感到惊讶,安托科利斯基(П. Г. Антокольский)、斯维特洛夫(М. А. Светлов)、卢戈夫斯科伊(В. А. Луговской)等人对她的诗歌才情都称赞有加。1962年,在著名诗人安托科利斯基的提携和支持下,阿赫玛杜琳娜出版了自己的首部诗集《琴弦》(Струна),清丽高雅、柔中带刚、描写细腻、真实准确的风格引起苏联诗歌界的广泛评论。安托科利斯基从艺术技巧和思想意蕴等层面,高度赞扬了阿赫玛杜琳娜的诗作,称她的诗歌像"一架调试得很好的钢琴"③;随后,他在诗作《致贝拉·阿赫玛杜琳娜》(Белле Ахмадулиной,1974)中写道:"不要害怕,如果你曾害怕。/ 不要停止,如果你曾停止。/ 你好,名叫贝拉的奇迹!/ 阿赫玛杜琳娜,展翅欲飞的雏鹰!"④此后不久,阿赫玛杜琳娜以冷静凌厉的眼光,深刻剖析苏联停滞的社会现状,将自己的独特感受和深刻思考用诗歌的形式表达出来。诗集《寒颤》(Озноб)收集了阿赫玛杜琳娜在20世纪五六十年代十多年间创作的所有诗作,于1969年由境外侨民出版社"波谢夫"出版⑤。未经苏联官方机构允许而私自在外国出版作品,这在冷战时期诡谲多变的政治形

---

① См.: *Ахмадулина, Б.А.* «Родина» (На грядках зеленого огородника...). // Комсомольская правда, 5 мая 1955 г.

② См.: *Ахмадулина, Б.А.* Сочинения. Том 1. М.: Издательство «ПАН», 1997, С. 537-568.

③ 许贤绪:《20世纪俄罗斯诗歌史》,上海:上海外语教育出版社,1997年,第539页。

④ *Антокольский, П.Г.* Стихотворения и поэмы. М.: Советский писатель, 1982, С. 336.

⑤ См.: *Ахмадулина, Б.А.* Озноб. Избранные произведения. Verlag: Possev, 1968.

势下无疑是一件越轨出格的事件。

就人生主题而言，阿赫玛杜琳娜抒情诗的创作中心之一是友谊，包括爱情式的友谊（дружба-любовь）和创作式的友谊（дружба-творчество）。她视友谊为人类最强烈的情感之一，认为友谊的本质在某种程度上表现为激情（"在爱情的世界中没有冷漠的友谊"）和伤害（"那年沿着我的街道"）[①]。就自然主题而言，在阿赫玛杜琳娜的诗歌中，自然界并非只是山川秀水、平原沃野、江河湖海、缤纷四季，也有她身边周围的、与人类生活息息相关的自然现象。1979年，阿赫玛杜琳娜的颠覆俄罗斯叙事传统和思想意蕴的小说《众狗与独狗》（Много собак и Собака）[②]，因其神秘主义色彩和超现实主义气息无法在苏联国内出版，只能在地下出版物《大都会》（Метрополь）上问世。这一时期，她被视为自"解冻思潮"以降最具特色、最有实力、最有影响的诗人之一，其诗歌所体现出来的别样地方和新奇之处，与其说是一种新颖的诗学结构或诗学系统，不如说是一种与读者直接交流的手段或方法。

尽管受到严格的书报审查，阿赫玛杜琳娜的诗作和书籍在俄罗斯文坛仍不断问世，诸如《音乐课》（Уроки музыки，1969）、《诗作》（Стихи，1975）、《暴风雪》（Метель，1977）、《蜡烛》（Свеча，1977）、《秘密》（Тайна，1983）、《花园》（Сад，1987）、《格鲁吉亚之梦》（Сны о Грузии，1977）等。这些风格各异、主题不同、意象有别的诗集相继出版，不仅使阿赫玛杜琳娜在俄罗斯诗歌界广为人知，而且将她推向了文艺思想界的风口浪尖。1977年，阿赫玛杜琳娜因非凡的诗歌和翻译成就，被选为美国艺术文学院（American Academy of Arts and Letters）荣誉院士；1988年，诗作《选集》（Избранное）顺利问世[③]，给风云激荡变动不居的苏联诗歌界带来一丝新鲜的空气；1989年，她因诗集《花园》而获得苏联国家奖。苏联解体后，阿赫玛杜琳娜仍然关注现实执着人生，出版多部诗歌作品，体现出俄罗斯知识分子心系祖国的优秀品质。因诗作关注现实人生和注重诗歌艺术性，阿赫玛杜琳娜得到来自俄罗斯和西方的普遍好评，先后获得俄罗斯民族友谊勋章（1984）、苏联国家奖（1989）、德国汉堡托普费尔基金会奖（1994）以及俄罗斯国家文艺奖（2004）等重要奖项。

[①] *Ахмадулина, Б.А.* Сочинения. Том 1. М.: Издательство «ПАН», 1997, С. 33.

[②] Там же, С. 582-610.

[③] См.: *Ахмадулина, Б.А.* Избранное: Стихи. М.: Советский писатель, 1988.

二、主题破译：人生与自然的创作主题

比较而论，阿赫玛杜琳娜的诗歌创作呈现出三个方法，即社会现实的介入描摹、人物群像的抒情书写、人生自然的内在沉思。换言之，阿赫玛杜琳娜的诗歌比较融洽地将历史传统与当代生活、大声疾呼与悄声细语、宏大叙事与个体感受等多重因素结合起来。

其一，阿赫玛杜琳娜的诗歌以日常普通的生活意象和清新质朴的抒情语言，介入社会现实和人生问题。面对"停滞时期"（Эпоха застоя/ Период застоя）社会中的丑恶现实和不良现象，阿赫玛杜琳娜并未被现实丑陋现象所吓倒，而是直面现实的美与丑、善与恶、真与假。以1960–1970年代的诗意隐喻书写和1990年代的住院临床体验为基础，她创作了一系列别具特色的"医院文本"（Больничный текст），诸如诗集《圣彼得堡》（Санкт-Петербург, 1984）系列和《深度昏厥》（Глубокий обморок, 1998）系列，成功在诗歌中建构出一个由"痛苦"（боль）–"疾病"（болезнь）–"医院"（больница）构成的独特语义序列。其中，生死爱欲与道德伦理等永恒主题、社会矛盾与人生苦难等现实问题，得到多层次、多维度、哲理化的体现。"阿赫玛杜琳娜的'医院文本'是存在于二分对立中'生'与'死'之间的状态论辩。作为一个特殊的神圣空间，'医院'激活了抒情主体/对象的'神话'（儿童）思维，使人意识到'生命之简'优先于'文学之重'。身体层面的'疾病'主要由负责女主人公精神生活的'心'代表，而她的'创造性'本质则被边缘化，因为女主人公的诗意功能由于最重要的'创作'中心'大脑关闭'而退化。在'更高力量'面前，基督式的谦卑和接受自己的状态，成为这一系列诗集的语义主导。"① 关于此类直面社会现实和内心哲思的诗作，著名诗人布罗茨基（И. А. Бродский）在《何以是俄罗斯诗人？》（1997）中指出，阿赫玛杜琳娜的诗作"在很大程度上是内省的，向心的。这种内省性，在作者所生活的国家是完全自然的，也是道德存在的表现形式"②。

其二，大量不同时代、不同地区、不同民族、不同阶层的人物，经由诗人的生花妙笔跃然纸上，既构成别具特色的时代影像图和鲜活生动的人物群像谱，也展示

---

① *Михайлова, М.С.* «Больничный» текст в лирике Беллы Ахмадулиной 80-90-х гг. // Культура и текст, №. 7, 2004, С. 70.

② *Бродский, И.А.* Зачем российские поэты?.. // Звезда, №. 4, 1997.

诗人对社会历史的反思和对现实人生的关切。总体说来，其创作中的人物形象大致有三类：其一为俄罗斯文学史上的著名诗人，诸如普希金、莱蒙托夫、茨维塔耶娃、帕斯捷尔纳克、纳博科夫（Владимир Набоков）等①；其二为同时代诗人、作家和当代名人，诸如沃兹涅先斯基、安托科利斯基、维索茨基（Владимир Высоцкий）、多甫拉托夫（Сергей Довлатов）、奥库扎瓦、维涅·叶罗菲耶夫等俄罗斯诗人和作家，西梅翁·齐克瓦尼（Симон Чиковани）、格奥尔基·列昂尼泽（Георгий Леонидзе）、格奥尔基·阿巴什泽（Григол Абашидзе）、卡尔洛·卡拉泽（Карло Каладзе）、安娜·卡朗达泽（Анна Каландадзе）、米哈伊尔·科夫利维泽（Михаил Квливидзе）等格鲁吉亚诗人；其三为同时代社会中的普通大众，诸如《作品集》（Сочинения，1997）中的"格鲁吉亚女性""十五个男孩"，《诗作》（Стихотворения，1988）中的"电气员瓦西里"，诗集《滨河》（Побережье，1991）中的"独眼人尼因卡"。就文学体裁而言，阿赫玛杜琳娜的创作主要包括诗歌、随笔、札记、小说、译作、讲演、评论、序言等，以各类诗歌为核心，以其他文类为辅助。与刚劲清丽的艺术风格相呼应的是，对社会现实问题与人生自然现象的思考，构成阿赫玛杜琳娜诗作中经常出现的主题。她对这些主题的开拓挖掘不仅深刻有力，寓情于景，情景交融，而且角度新颖，不落窠臼。阿赫玛杜琳娜的诗歌语言将深度和简单、传统和现代、高超技艺和纯朴自然等特点完美结合起来，达到令人赞叹不已的境界。对此，倡导精英主义趣味的约瑟夫·布罗茨基认为，她是"无可置疑的莱蒙托夫－帕斯捷尔纳克诗歌传统的继承人"，其"诗歌发人深思，深思熟虑，主题阐述深刻；句法沉重凝练——这在很大程度上是由她的自然本真的声音所决定的"②。或许正因如此，她被誉为俄罗斯诗歌"黄金时代""白银时代"与"青铜时代"之间联系的纽带和桥梁。

其三，阿赫玛杜琳娜的诗歌以清新朴素、隽永诗意的语言，描绘静谧自然的美好永恒，抒发内心隐秘的生命体验。自"解冻时期"以降，苏联社会文化形势出现相对的宽松趋势，一如美国学者布朗（Edward J. Brown）所言："在当时冷漠的表面下仍然存在着对多样化和个性化的渴望。这在斯大林去世后变得更清楚了，由于控

---

① *Ахмадулина, Б.А.* Сочинения. Том 3. М.: Издательство «ПАН», 1997, С. 359-476.

② *Бродский, И.А.* Зачем российские поэты?.. // Звезда, №. 4, 1997.

制的放松（文学解冻），大批文章和书籍如潮水般涌现，……"① 在相对宽松和自由的文化氛围中，阿赫玛杜琳娜撰写出一系列不涉及社会政论的"内心隐秘感情"的抒情诗，擅长将个人内心情感与对个性解放和个人价值的强调结合在一起，其诗歌感情真实、描写细腻、分寸到位、高调高雅、风格清丽，与"高声派"一起给1960年代的俄罗斯文坛带来一股清新高亢自然真实的诗风。《敲响了，秋天的时钟》（1973）写道："敲响了，秋天的时钟，/响声比去年更加沉重。//一个苹果落到地上，/树上有多少个苹果，/就有多少次坠地的声响。"② 不难理解，"时钟"是大自然的象征，造物主的隐喻；苹果"坠地的声响"，意味着"秋天时钟"的奏鸣。1973年诗人恰好36岁，正值告别青春迈向中年之际，已然是回首之间青春不再之时。诗人似乎试图告诉读者，四季在不断轮回，一个轮回一个春秋；苹果恰如人生，一个年岁一次坠落；每一次苹果坠地的声响，都宣告个人年轮的增长，生命年华的老去。因此，生命之果的"响声比去年更加沉重"（тяжелее, чем в прошлом году），而且明年的"坠落响声"也会比今年愈加"沉重"。苹果与人生、秋天与中年、时钟与年轮，构成具有互文性的隐喻书写。由此，阿赫玛杜琳娜擅用意识流式的独白、自白、怀念和回忆的诗歌方法，通过精心挑选的形象营造出意蕴丰满的意象，抒发着内心的孤独与冷寂，张扬着独特的个性与思想，兼有阿赫玛托娃诗歌的意象之美和茨维塔耶娃诗歌的哲理之思。

三、风格改写：刚劲而细腻的诗歌风格

作为"室内抒情诗歌"的代表人物，阿赫玛杜琳娜的诗歌押韵活泼大胆，表现细腻传神，诗律富于变化，这既是诗人内心世界的表白与袒露，又是社会现实的艺术体现。她的诗歌想象空间开阔，意象内容丰富，富含哲理意蕴，既有公民诗歌直面现实关注人生的遒劲铿锵，又有唯美诗歌触摸心灵吟诵性情的温婉细腻。这种刚劲有力和细腻传神兼具的诗歌特色和艺术风格，在阿赫玛杜琳娜的早期和中期创作中表现得尤为明显。

阿赫玛杜琳娜没有直接批判现实丑恶，冲击当时尚属禁区的重大社会政治问题，

---

① Brown, Edward J. *Russian Literature since the Revolution*. Cambridge, Mass.: Harvard University Press, 1982, pp. 16–17.

② *Ахмадулина, Б.А. Сочинения*. Том 1. М.: Издательство «ПАН», 1997, С. 212.

而是在个人感情领域里或大声呼喊或低声吟唱，表达着迥然异于苏联主流文学的诗歌诉求，并写出一些颇具个性特色的作品。诗作《深夜》（1955）以极为细腻和传神的笔触，倾诉了一位女性对情人的柔情深意："我要命令春天／把深夜中万籁的声音收起，／那时你在睡梦中会是怎样的／你的双手已经软弱无力……／／在你那眼角皱纹的深处，／隐藏着倦意……／明天我要亲吻皱纹，／不让疲倦留下痕迹。"[①]《雨落在面颊和锁骨》（1955）、《请别为我浪费太多时间》（1957）等诗作以日常生活和个人情感为中心，通过构拟"小船"（корабль）、"缆绳"（штора）、"桅杆"（мачта）、"雷鸣"（гром）等日常意象，形象表达出失恋时女性内心的痛苦与坚强："我不会抱怨，与你相遇，／我不害怕，我爱着你"[②]，宣告着分手之际女性内心的决绝与坚定："你以为，是我处世傲慢／才不与你结为好友？／／不，不是傲慢，而是出于痛苦／我才如此坚定地昂起头。"[③] 从饱含情意而具体形象的心理描绘中，可以清晰地感受到阿赫玛杜琳娜的诗歌细腻深刻、注重细节、意象丰富，具有比较明显的物质性、日常性和哲理性特色。

阿赫玛杜琳娜的诗作刚强遒劲，充满男性的阳刚气息，同时表现细腻形象，却又不流于纤巧，形成刚劲而细腻的诗歌风格。她善于从普通的生活中摄取诗意，形成鲜明的诗歌意象，但又不拘泥于日常生活，而是经由日常生活展现广阔的社会生活，然后晓以深邃的哲理思考和美学意蕴，形成抒情和哲理密切交织的诗歌特色。在《格鲁吉亚之梦》（1960）中，诗人敏感于彼时彼刻苏联社会的停滞，建构出作为他者而存在的"格鲁吉亚之梦"（Сны о Грузии），形象地表达了改革现实、呼唤自由的观点："格鲁吉亚之梦，——这是快乐！／这里清晨时分如此清新／葡萄般的甜蜜喜悦，／令人印象深刻的唇。／／什么我也不渴望，／什么我也不希慕——／在金色清真寺圣殿上／我奉上白色蜡烛。／／对盛典中的细小石块／我给予赞颂和荣耀。／／主啊，就让所有这些／永远如此，一如现在。／／就让我永远消息灵通／处于亲爱祖国的严厉／别人祖国的温柔之中。"[④] 清晨的温馨、金色的圣殿、白色的蜡烛等美好的生活意象和日常场景，却只能出现在遥远的梦境中，出现在作者构拟的"格鲁吉亚之梦"中，出现在无法存在的幻象之中。这无疑是对苏联社会现实和文化生活的一种艺术劝讽

---

① *Ахмадулина, Б.А.* Сочинения. Том 1. М.: Издательство «ПАН», 1997, С. 120.

② Там же, С. 10.

③ Там же, С. 26.

④ Там же, С, 60.

和镜像揶揄，表达着作者不同于正统的个人诉求和区别于主流意识形态的文化认同。与此同时，阿赫玛杜琳娜的诗歌想象力开阔，意象变化丰富，情感交替迅速，使人目不暇接，而她的语言则如溪水般清新朴素自然真实，毫不矫揉造作，同时又不乏庄重深沉之感。当然，其诗作（比如《秘密》和《花园》）中意念的抽象、比喻的奇特、字句的跳跃，都会给阅读理解和翻译传达带来一定的困难。

整体而论，以日常生活和个人体验为基础，阿赫玛杜琳娜巧妙融合了阿赫玛托娃、茨维塔耶娃和曼德尔施塔姆等人的诗歌精髓，形成刚柔并济、内外兼具的诗歌特征——情感坦诚真挚，手法细腻多元，句法结构繁复，语言朴实隽永，风格庄重深沉。其中，少女的内心抒怀与个人声音的抒发，来自阿赫玛托娃诗歌的启发；内心的孤独感受、独立的个性意识与先锋的句法结构，来自茨维塔耶娃诗歌的影响；富有逻辑的形象思维和复杂多重的隐喻手法，则来自帕斯捷尔纳克和曼德尔施塔姆诗歌的启迪[①]。阿赫玛杜琳娜的诗歌既关切重要社会现实问题，又坚守内心抒情和历史文化传统，兼有抽象思维与形象思维特点，兼具"响派"和"静派"诗歌的特长，其抒情艺术在当代俄罗斯诗歌界具有某种跨界特征和象征意味。比较而言，"在同时代诗人中，阿赫玛杜琳娜最接近沃兹涅先斯基，当然是指总的倾向方面——强调个人日益增长的作用，突出新一代人对世界的感觉。另一方面，阿赫玛杜琳娜又与奥库扎瓦十分相似，这不仅表现为她和他都写细腻的内心抒情诗，而且有许多共同题材：普希金的生平和创作、老的和新的莫斯科、俄国革命知识分子的先行者十二月党人……表达了对古代俄罗斯文化的热爱，把现代人的生活感觉与历史文化传统融合起来"[②]。

作为20世纪俄罗斯诗歌史上的重要路标之一，阿赫玛杜琳娜承继阿赫玛托娃和茨维塔耶娃的诗歌传统和表现技巧，以爱情、友谊、个性、家庭等人生元素和自然现象为创作主题，破译并改写俄罗斯诗歌的传统主题，扩展着诗歌的艺术手法和表现力度，传达刚毅勇猛的民族精神和高雅细腻的民族气质。她擅长写不涉及社会政论的"内心隐秘感情"的抒情诗，将个人内心情感的抒发与个性解放、个人价值的强调巧妙结合起来。其诗歌感情真实、描写细腻、分寸到位，由此形成刚劲高雅、清丽通透、自然清新的艺术风格。以阿赫玛杜琳娜、卡扎科娃、马特维耶娃（Н. Н.

[①] 许贤绪：《20世纪俄罗斯诗歌史》，上海：上海外语教育出版社，1997年，第542—543页。
[②] 同上书，第543页。

Матвеева）等为代表的"室内抒情诗歌",与以特瓦尔多夫斯基、叶夫图申科、罗日杰斯特文斯基等为代表的"社会诗歌",以卢戈夫斯科伊、沃兹涅先斯基、库兹涅佐夫、布罗茨基等为代表的"哲理诗歌",以鲁勃佐夫、亚申（А. Я. Яшин）等为代表的"民歌体诗歌",以维索茨基、加里奇（А. А. Галич）、奥库扎瓦等为代表的"行吟诗歌"等各种诗歌体裁和流派,构成20世纪下半叶俄罗斯诗歌绚丽多彩的"青铜时代",呼应并延续繁复多元的俄罗斯诗歌传统。由此,阿赫玛杜琳娜的诗歌创作与俄罗斯诗歌传统之间,其文学理念与俄罗斯文化思想之间构成错综复杂的张力关系。它既真实反映了20世纪俄罗斯诗歌从"解冻时期"到后苏联时期的世纪流变,诗歌美学从政治激情到审美回归的嬗变转型,也展现了主流话语从主体性悬置到个体化张扬逐次降解的历史过程；既显示出20–21世纪之交俄罗斯文化范式从政治乌托邦向文化反思的艰难转型,也呈现出面对大众文化兴起时代话语从精英美学向大众美学渐次妥协的幽微路径和隐蔽更迭。

第四章　从世纪新变到当代转型：20世纪俄罗斯戏剧谱系演变

第一节　"哲理性"与"人道性"：高尔基戏剧思想演变考论[①]

伴随社会变迁和历史发展，20世纪俄罗斯戏剧以强烈的现实关怀、真切的人生体悟、多样的美学理念，上演了一出活泼的多幕连续剧，其中戏剧美学理念的嬗变、艺术手法的探索、舞台美学的实验、戏剧体式的变迁，恰与俄罗斯百年的政治更替、意识形成、社会变革、文化嬗变紧密相联，互为映像，如影相随。20世纪俄罗斯戏剧与意识形态、文化转型、思想论争之间的多重关系，为世人提供了一个观察和剖析俄罗斯文化规训与话语重组的典型切片和鲜活标本。"（20世纪）俄罗斯戏剧发展也基本可划分为（19）世纪初年至20年代末、30年代至50年代末、60年代至90年代初以及（苏联）解体之后几个时期。"[②]其中，斑驳陆离的戏剧思潮、理念不同的戏剧派别、层出不穷的戏剧实验、热闹非凡的戏剧论争、各具特色的戏剧诗学，在20世纪前三十年的俄罗斯戏剧界不断涌现，构成俄罗斯戏剧史上最富戏剧性的阶段之一。在风云激荡、文化多元的20世纪初，高尔基（Максим Горький，1868–1936）以传奇方式登上俄罗斯文坛，深度探讨俄罗斯民族性、资本主义、社会主义、民族发展路径、文化遗产处理等宏大问题。终其一生，他对戏剧充满浓厚的兴趣，先后创作了《底层》《小市民》《避暑客》《伊戈尔·布雷乔夫和别人》等十六部水平高超的剧本，以其独到而深刻的视角，始终关注着芸芸众生和社会现实。

从整体态势和艺术风格来看，高尔基的戏剧创作大致经历了三个不同阶段：

[①] 本节内容曾以"高尔基剧作思想之源流与发展考论"为题，刊发于《戏剧艺术》2013年第2期。
[②] 任光宣主编：《俄罗斯文学简史》，北京：北京大学出版社，2006年，第414页。

1900–1907 年间的启蒙自由主义阶段，1908–1917 年间的批判现实主义时期，以及 1929–1936 年间的社会民主主义阶段；其中，1913–1929 年间的十六年，是高尔基戏剧创作间歇期和转型期①。伴随着社会历史的发展和戏剧创作历程的转换，高尔基的戏剧风格和戏剧思想也逐渐深化，体现出他对俄罗斯社会发展与民族性、底层民众与"十月革命"、知识分子与民众等重大问题的深刻思考。他不仅在文学性方面精益求精，创作出形象鲜明、思想深刻的佳作，而且在演剧性方面重视舞台表演，甚至亲自参加剧作演出。正因如此，"高尔基的戏剧创作，丰富了俄罗斯戏剧艺术宝库，并且产生了广泛的、世界性的影响"②。与多样性的戏剧思潮和多元化的戏剧流派相对应的是，"在近 50 年的历程中，俄罗斯戏剧的主要任务就是克服多年来在社会主义现实主义艺术方法模式下所形成公式化和概念化现象"。③ 由此，在近半个世纪的时间里，"艺术上新旧传统的碰撞与此消彼长、艺术观念对意识形态的偏离与妥协、时代变迁对作家命运的翻云覆雨，使俄罗斯戏剧在丰富与统一相结合的前提下，呈现出阶段的独特性和整体的多样性"④。

在长达近半个世纪的戏剧创作中，伴随社会形势的转化、文学范式的转型、时代话语的更迭以及创作理念的嬗变，高尔基的戏剧思想如何发展，怎样嬗变？换言之，在从白银时代到苏联文学的转换之际，高尔基的戏剧思想与彼时俄罗斯文学思想之间的关联何在？二者之间同质同源、彼此同构、相互彰显，还是彼此差异、迥然相异、泾渭分明？诚如福柯（Michel Foucault）所言："从政治的多边性到'物质文明'特有的缓慢性，分析的层次变得多种多样：每一个层次都有自己独特的断裂，每一个层次都蕴含着自己特有的分割；人们越是接近最深的层次，断裂也就随之越来越大"⑤，以十月革命的发生及其深远影响为界，20 世纪上半叶俄罗斯戏剧大致可以分为白银时代和苏维埃文学两个阶段，两个阶段之间存在着比较明显的差异和相当程度的断裂。通过知识挖掘式的系谱考察，我们可以高尔基戏剧创作为典型个案和鲜活标本，从文学思想史的角度消除差异弥合断裂，还原现代俄罗斯戏剧的谱系

---

① 陈世雄：《现代欧美戏剧史》中卷，北京：文化艺术出版社，2010 年，第 536 页。
② 任光宣主编：《俄罗斯文学简史》，北京：北京大学出版社，2006 年，第 420 页。
③ 同上书，第 414 页。
④ 同上书，第 417 页。
⑤ [法]米歇尔·福柯：《知识考古学》，谢强、马月译，北京：生活·读书·新知三联书店，2008 年，第 1 页。

层次。作为对社会现实和人生百态的艺术呈现，高尔基的戏剧主题和戏剧思想，在本土传统与外来思潮、民族诉求与先锋理念、反思西方与革新俄国等悖论性因素中渐次生成，既折射现代俄罗斯的历史发展和社会变迁的事实，也反映文化话语的重组与戏剧裂变的结果，有其自身的场域变迁和话语层叠的复杂谱系。

一、多样戏剧思想的源流

诚如当代俄罗斯学者所言："在高尔基的艺术世界里，我们大概找不到任何东西需要后代读者给予宽容，找不到任何东西需要以时代的可怕环境为理由求得谅解"[①]，高尔基对俄罗斯戏剧事业的发展和转型，对现实主义戏剧传统的继承和弘扬，对苏维埃戏剧的奠定和发展，做出无法磨灭的重要贡献。无论是作为小说家的高尔基，还是作为剧作家的高尔基，都成为百年俄罗斯文学史的重要里程碑和分水岭，深刻影响20世纪俄罗斯文学和戏剧的创作与转型。"高尔基的剧本以具有尖锐的社会哲学冲突，以浮雕般的性格，以富有表现力且准确的语言令人瞩目，它们对于二十和三十年代戏剧的形成和发展产生了巨大的影响"[②]，一如高尔基本人所言："在用语言文字表现的艺术创作的一切形式中间，影响人最厉害的要算是戏剧了，它把主人公的情感和思想用活生生的动作在舞台上表演出来。"[③] 在近半个世纪的戏剧创作生涯中，伴随社会形势的更迭和文化思想的变迁，高尔基的戏剧思想也先后经历了启蒙主义、自由主义、民主主义、社会主义等不同话语模式流变。究其本源，这种复杂而多样的流变，与俄罗斯戏剧和文化传统、西方现代主义思潮和白银时代文化氛围有着隐蔽的联系。换言之，高尔基戏剧思想的源流，是在白银时代开放多元自由的复调文化氛围中，19世纪充满强烈现实主义特质和人道主义情怀的俄罗斯戏剧传统、以西欧派和斯拉夫派为主体的多种思想话语以及西方现代主义思潮激荡融汇、多元汇聚的结果。

19–20世纪之交，易卜生（Henrik Ibsen）、斯特林堡（August Strindberg）、契诃夫、高尔基、豪普特曼（Gerhart Hauptmann）、萧伯纳（George Bernard Shaw）

---

① [俄]符·维·阿格诺索夫主编：《20世纪俄罗斯文学》，凌建侯等译，北京：中国人民大学出版社，2001年，第78页。

② [苏]列·费·叶尔绍夫：《苏联文学史》，北京师范大学苏联文学研究所译，北京：北京师范大学出版社，1987年，第58页。

③ [苏]高尔基：《论文学》，孟昌、曹葆华、戈宝权译，北京：人民文学出版社，1978年，第107页。

等剧作家,逐渐摆脱传统戏剧形式的拘囿,形成席卷全欧的"新戏剧"浪潮。"易卜生通过过去来建构当下,过去成为当下要揭露的对象。斯特林堡通过主体的视角建构人际,在主体视角中显现人际。豪普特曼通过客观状况来建构事件,由事件来展现客观状况。"① 契诃夫则通过理念更新建构外在形式,经由戏剧内核的原动力推动戏剧情节发展:"在契诃夫的剧作中,人物生活在弃绝的笼罩下。他们的标志首先是弃绝当下和弃绝交流:弃绝在现实中遇到的幸福。在这种听由命运摆布的态度中,渴望和反讽凝结成一种中庸的态度,同时决定了形式,由此也决定了契诃夫在现代戏剧发展史上的位置。"② 由此,"由主题决定的主客体关系作为自身决定的关系是形式性的,它要求在作品的形式原则中找到基础"③;"新戏剧"浪潮形成种类繁多的现代戏剧形式,更新并影响20世纪世界戏剧图景④。作为"梅特林克的象征主义戏剧、易卜生和萧伯纳的心理主义戏剧、布莱希特的精神戏剧、荒诞剧以及当代的后现代主义戏剧的先驱者"⑤,契诃夫以其充满象征意味和诗意色彩的现代戏剧,将俄罗斯心理现实主义戏剧推向了时代顶峰。作为"当代作家中最受人欢迎,而且在俄国历史动荡最大的那段时期"⑥的代表作家,高尔基则以其充满哲理思索和精神探讨的剧作,提出戏剧的语言纯洁观、批判现实观和社会思想观,成为20世纪初俄罗斯剧坛上的旗帜性人物。

在外来思潮和各种主义纷沓而至的白银时代,高尔基受到各种现代主义思潮的影响,将尼采哲学与民族传统结合起来,其创作中显示出浓厚的尼采思想痕迹——诸如非道德主义、张扬个性、超人哲学、乐观主义、浪漫主义等主张。作为将尼采理论引入苏维埃社会和俄苏文化的人,高尔基将尼采的一些重要理念融入自己的文

---

① [德]彼得·斯丛狄:《现代戏剧理论(1880—1950)》,王建译,北京:北京大学出版社,2006年,第67—68页。

② 同上书,第68页。

③ 同上书,第25页。

④ 举凡20世纪以表现主义为代表的自我式的戏剧艺术、以皮斯卡托为代表的政治轻歌舞剧、以布莱希特为代表的间离式叙事剧、以布鲁克纳为代表的蒙太奇戏剧、以皮兰德娄为代表的不可能之戏剧、以奥尼尔为代表的内心独白剧、以怀尔德为代表的时间之戏以及以密勒为代表的回忆剧,大多与19—20世纪之交的"新戏剧"浪潮有着千丝万缕的联系。参阅[德]彼得·斯丛狄:《现代戏剧理论(1880—1950)》,王建译,北京:北京大学出版社,2006年,第95—149页。

⑤ *Канунникова, И.А.* Русская драматургия XX века. М.: Флинта и Наука, 2009, С. 10.

⑥ [美]马克·斯洛宁:《现代俄国文学史》,汤新楣译,北京:人民文学出版社,2001年,第129页。

学创作和政治活动，直到去世时仍旧是一位尼采主义者，其中特别重要的观点是：现代人性是通往未来超人性的桥梁；他接受尼采对真理的界定，声称所谓自然法则只存在于人类的想象之中，认同尼采对视基督教义为奴隶伦理观点的谴责①。在19世纪末著名批评家格尔罗特（М. В. Гельрот）看来，"他（即高尔基——引者注）所有作品中的尼采因素只是更为形象而鲜明地描绘这种在尼采作品本身中具有重要位置的旗帜。这就是高尔基已经在国外获得盛名的原因——我们自己深信，假若尼采本人活到我们今天，他就会成为一个像高尔基那样怀有殷切的热情的'唯一的心理学家'，这种心理学家还有可学的东西（陀思妥耶夫斯基语）"。②经由遍及多种文体的文学叙事和富有哲理的戏剧创作，高尔基反抗资本主义工业发展对人性的压抑和个性的泯灭，由此释放出传统贵族社会结构和东正教信仰压抑下普通民众的生命赞歌和激情光辉。与此同时，他承继普希金以降俄罗斯作家深厚的人道主义情怀，赋予其以强烈的社会性和群体性，塑造出不同于贵族知识分子和民粹派的生机盎然的下层蓝领工人，生动展示了资本主义在俄罗斯发展的艰难，激情赞颂积极进取、精神强大、重建世界秩序的普通者，进而颠覆了传统俄罗斯文学对资本主义的描述和人道主义传统。这种人道主义情怀不仅成为贯穿高尔基创作始终的一种重要思想和精神诉求，也是其戏剧思想和文学思想的一抹鲜亮而持久的底色。

始自彼得一世的外源性现代化改革，既迅速给俄国带来物质层面的发达和国家实力的强盛，也造成俄国社会的分化和思想文化的分裂；继任者叶卡捷琳娜二世的开明专制，则加剧了业已出现的文化分裂和思想混乱，也直接导致俄国审美现代性的百年嬗变和多重面向，形成以西欧派和斯拉夫派为核心的绵延不断错综复杂的思想图谱。究其本质而言，高尔基戏剧从启蒙主义、自由主义到批判主义、民主主义的思想转变和日益深化，乃是西欧派理念在新的社会形势下的一种变异，在新的历史时期中的一种延续，在新的时代话语中的一种转型。这种复杂的思想变异，恰恰说明社会历史和时代话语在不断嬗变实验；这种多样的历史延续，正表明东西方文化和时代思想在不断激荡融汇；这种不同的话语转型，则呈现出从白银时代到苏联时期的联系和断裂。

---

① Agursky, Mikhail. "Nietzschean Roots of Stalinist Culture." in *Nietzsche and Soviet Culture: Ally and Adversary*. Ed. Bernice G. Rosenthal. Cambridge: Cambridge University Press, 1994, p. 258.

② [俄] M. 格尔罗特：《尼采和高尔基——高尔基创作中的尼采主义因素》，载《尼采和高尔基：俄国知识界关于高尔基批评文集》，林精华等编译，北京：东方出版社，2010年，第370页。

质言之，高尔基的戏剧思想的源头，既与俄罗斯民族戏剧传统有着密切的关联，与 19–20 世纪之交的戏剧革新和文化氛围有着不解之缘，与西方现代主义戏剧思潮有着不可忽视的联系，更与俄罗斯思想话语谱系有着不可忽视的关联。就逻辑关系而言，它们彼此之间大致呈现出相互同构、相互契合、相互彰显的多样关系。

二、启蒙自由主义的张扬

作为"当时自由主义派知识分子的崇拜偶像"①，初登文坛的高尔基并非以激进革命者身份出现在文学界和知识界面前，而是以启蒙主义者身份看待普通民众和社会问题，用自由主义和怀疑主义眼光来对待俄罗斯的正统价值观、民族性意识、东正教思想以及文化思想。

20 世纪初，高尔基创作出自己的第一批剧本，即《小市民》(Мещане，1901)、《底层》(На дне，1902)、《消夏客》(Дачники，又译《避暑客》，1904)、《太阳的孩子们》(Дети солнца) 以及《野蛮人》(Варвары，1905)，由此初步奠定了自己的剧作家声誉，掀起了作为剧作家的篇章生涯。1902 年在莫斯科艺术剧院首次上演的《小市民》，在高尔基的戏剧创作生涯中占有重要位置。就导演改编意图而言，该剧被当作契诃夫式的心理剧改编排演，搬上舞台；就观众接受效果而言，该剧却被当作社会问题剧广泛接受，影响深刻。据演出史料记载，在斯坦尼斯拉夫斯基（К. С. Станиславский）和卢什斯基（В. В. Лужский）的改编和执导下，《小市民》于 1902 年 3 月 26 日在彼得堡预演。据同时代人回忆，"整个彼得堡云集于此，剧院显得金碧辉煌，礼服如云，貂皮锦簇"②。此次预演比在 10 月莫斯科的正式演出更为成功，预演时警察当局的恐慌与平民观众的喝彩形成鲜明对比，也使巴纳耶夫剧院气氛达到紧致和兴奋的双重顶点③。然而，该剧作的出版却不被时局和戏剧界接受："艺术剧院排演的高尔基的人物，有着强大的生命力，却失去了宏大的规模。就高尔基的所有兴趣而言，在戏剧剧团中找不到揭示涅米罗维奇–丹钦科所谓'诗人的精神存在'的方法。"④

---

① [美] 马克·斯洛宁：《现代俄国文学史》，汤新楣译，北京：人民文学出版社，2001 年，第 134 页。
② 同上书。
③ Гузовская, Людмила и др. (сост.) Русский театр 1824-1941: Иллюстрированная хроника российской театральной жизни. 2-е изд. М: Интеррос, 2006, С. 96.
④ Segel, Harold B. *Twentieth-Century Russian Drama: From Gorky to the Present*. Baltimore: Johns Hopkins University Press, 1993, p. 2.

尽管如此,"开创高尔基作为剧作家生涯的剧作——《小市民》——既是对高尔基所鄙视的中产阶级的一枚炸弹,也是一次描述新世纪黎明时分出身无产阶级的新俄罗斯英雄的尝试。"① 该剧本问世后,受到民主阶层的热烈欢迎,仅1902年就发行六万余册。

从俄国文学传统来说,《底层》实际上是"父"与"子"主题的延续,以工人、大学生和知识分子为主体的理想群体与以小市民为主体的庸俗群体形成鲜明对照。该剧故事发生在"初春的一个早晨",地点则是在旅店中"一个像洞穴似的地下室。笨重的、石头砌成拱形的顶棚被烟熏得漆黑,有的地方泥灰已经掉了。……这个小客栈的中央,摆着一张大桌子、两条长板凳、一个方凳——全没漆过,很脏"②。该剧描写了四组彼此独立的人物故事:其一是旅店老板科斯狄略夫和妻子瓦西里莎、妻妹娜塔莎以及小偷贝贝尔之间的争风吃醋和感情纠葛;其二是锁匠科列士奇和妻子安娜为贫穷所迫,只能听天由命;其三是男爵和妻子纳斯嘉之间的情感纠葛;其四是警察梅德韦杰夫和姘头克瓦什尼娅之间的纠葛。此外,该剧还有游离于剧情之外的若干角色,诸如戏子、帽匠布伯诺夫和鞋匠阿廖希卡。四组人物构成四条不同线索,分途发展,同时演进,彼此独立;同时,四组人物组成四个表演区,彼此关联,遥相呼应,交叉纠结,构成一个复杂而统一的舞台整体,反映了20世纪初俄国社会的底层生活。在高尔基看来,该剧是"对'沦落者'的世界近二十年观察"的总结;在俄罗斯学者看来,该剧"与其说是完成了他早期的流浪汉题材,不如说是在第一次俄国革命前夕宣告了对社会必须进行根本性改革的思想,揭穿了常见的资产阶级道德的怪影,尤其是安慰主义的说教"③。总体而言,高尔基认知底层和接受革命的心态是复杂的:"在他真诚地相信必须变革社会的同时,又担心人道主义理想在这个农业国家会受到歪曲。他认为农民因循守旧,没有前进与发展的能力,所以就其本性而言,不是革命的生力军。"④

---

① Segel, Harold B. *Twentieth-Century Russian Drama: From Gorky to the Present*. Baltimore: Johns Hopkins University Press, 1993, p. 2.
② [苏]高尔基:《高尔基剧作集》(一),林陵、芳信等译,北京:中国戏剧出版社,1959年,第154页。
③ [苏]列·费·叶尔绍夫:《苏联文学史》,北京师范大学苏联文学研究所译,北京:北京师范大学出版社,1987年,第44页。
④ [俄]符·维·阿格诺索夫主编:《20世纪俄罗斯文学》,凌建侯等译,北京:中国人民大学出版社,2001年,第76页。

1904–1905年间，高尔基创作出一系列以知识分子为主题的剧作，诸如《避暑客》《太阳的孩子们》和《野蛮人》，集中探讨知识分子与民众、知识分子与国家、知识分子与文化等主题。1905年前后，围绕国家出路问题，俄国知识界发生分化："革命的知识分子普遍成了社会民主主义知识分子。……激进知识分子最后分化成自由派知识分子、革命资产阶级知识分子和社会民主主义知识分子。革命的社会民主党组织愈来愈广泛、积极和直接地参加游行示威。"①其中，以"路标派"为代表的俄国自由主义知识分子，对1905年俄国革命发生及失败原因进行深入的分析，对保守主义思潮和激进主义思潮采取批评的态度，特别是对俄国知识分子的历史地位和作用进行了批判性的深入思考，认为解决俄国问题的出路不在于革命、不在于计划、不在于暴力，而在于重建宗教、重建道德、重建精神。与此相对，以列宁为代表的社会民主主义者，则提倡团结无产阶级和人民群众，认为俄国问题的出路在于社会主义，必须通过革命和暴力方式来解决。但是，高尔基对马克思主义和社会主义的认知，与当时社会民主党的正统马克思主义有着较大分歧。他在《论犹太人》（1906）中指出，社会主义乃是大众宗教，上帝是人类为了填补自己心灵不足而臆想和建构出来的，换言之，革命不仅仅表现在政治层面，也表现在道德伦理和哲学宗教层面，而道德选择是每一个人都需要遵守和践行的②。这种观点与思想家卢那察尔斯基（А. В. Луначарский）的《宗教和社会主义》（1908–1911）和《未来宗教》（1909）有着

---

① [苏]列宁：《最初的几点教训》，载《列宁全集》第九卷，中共中央编译局编译，北京：人民出版社，1987年，第233页。
② 在文学创作中，高尔基涉及的普通俄罗斯民众的民间宗教信仰和民族崇拜，带有东斯拉夫人的多神教痕迹和原教旨主义色彩，与官方主流东正教信仰有着较大差别。底层民众的信仰具有很强的传承性、民族性和地域性，影响着其世界观和人生观的形成和建构，是俄罗斯民间文化的重要组成部分。这间接反映出高尔基的宗教信仰，即以西方理性主义来审视和对待底层民间信仰，批判其信仰的野蛮、落后和原始，又赞赏其对生命力的张扬和对自然人性的彰显。对高尔基而言，成为"上帝的奴仆"（slave of God）是不折不扣的羞辱。他声称基督是最高人性的典范，但却以未来为旨归，同时认为人性的张扬需要普罗米修斯，甚至是反基督。由此，既然认为基督是一个反上帝的解放者，高尔基努力将基督阐释为普罗米修斯的原初形态（Segel, Harold B. *Twentieth-Century Russian Drama: From Gorky to the Present*. Baltimore: Johns Hopkins University Press, 1993, p. 258.）。

密切的关联①。

《避暑客》形象反映了 20 世纪初俄国阶层的政治分野和意识分化：剧中的避暑客出身贫民阶层，在得到一定的社会地位后，却以个人主义和自由主义为宗旨，失去与人民群众的联系。律师巴索夫鼓吹安宁温和的小资生活，助理萨梅斯洛夫认同快乐生活原则，工程师苏斯洛夫提出"补偿哲学"，作家沙利莫夫追求"懒汉哲学"；与此相对，女医生玛丽娅·利沃夫娜是一个为先进社会理想而奋斗的实践者，揭露并批判形形色色的市侩哲学，巴索夫的妻子瓦尔瓦拉·米哈伊洛夫娜则是市侩哲学的反叛者和理想哲学的追随者。以上诸种社会意识和哲学思潮，在第四幕达到冲突的尖锐化和白热化。剧作第四幕的故事时间"黄昏，太阳已落"，故事氛围"树林右方传出留声机的嘶哑的声音"，人物行动"卡列丽娅在屋中弹钢琴，弹着一支忧郁的曲子"②，似乎都预示着混乱的黑暗时分即将到来。瓦尔瓦拉在第四幕高潮处的话语，揭示了该剧的思想主旨："知识分子——不是我们这样的人！我们是另一种人，……我们是——我们国家的避暑客……一种外来的人。我们忙忙乱乱，在生活中寻找舒适的地方……我们什么都不做，可是话却多得讨厌。"③对以自由主义和社会精英而自诩的知识分子，瓦尔瓦拉给予深刻而尖锐的剖析："我们通常总是把我们的残浆剩饭从屋中倒出去，用它们毒化城市的空气……同样，我们也把我们灵魂中一切肮脏和痛苦的东西倒在别人的脚下。我相信，成百上千的健康的人会由于我们的抱怨和呻吟而受到伤害……"④瓦尔瓦拉的绝望的呼喊和坚定的选择（即"我要走！"）⑤，既象征着一代人的意识觉醒和思想自觉，虽然这种觉醒尚不明确清晰；也预示着一种

---

① 作为一名马克思主义理论的杰出批评家，卢那察尔斯基不仅是一个革命批评家，还是一个俄罗斯化的批评家。他认为俄罗斯民族文化制约着其文学观，这种文学观以一种道德立场为根基，体现为对人的精神本质的肯定、对暴力与理性的否定、对爱与自由的推崇等。这一隐含的道德立场在某种意义上又形成了对其官方意识形态立场的颠覆。这种观点与高尔基的认知有着一脉相承的联系。参阅王志耕：《卢那察尔斯基批评中隐含的道德立场》，《文学理论学刊》2003 年第 3 辑。

② [苏] 高尔基：《高尔基剧作集》（一），林陵、芳信等译，北京：中国戏剧出版社，1959 年，第 385 页。

③ 同上书，第 404 页。

④ 同上书，第 405 页。

⑤ 在剧作《避暑客》第四幕中，瓦尔瓦拉愤怒而坚定地说道："对，我要走！离开这儿远一点，这儿周围的一切都在腐烂……离游手好闲的人远一些。我想生活！我一定要生活……做点什么……反对你们！反对你们！呵！你们这些可恶的人！"参阅 [苏] 高尔基：《高尔基剧作集》（一），林陵、芳信等译，北京：中国戏剧出版社，1959 年，第 428 页。

行将到来的社会运动,虽然这种行动尚无成熟思想的指导。

在剧作《太阳的孩子们》中,高尔基刻画了普罗塔索夫之类脱离现实、醉心科研、远离群众的知识分子,讽刺和批判了知识分子所宣扬的自由主义和颓废主义思想,阐明了知识分子只有同人民群众保持联系才有前途和出路的理念。《仇敌》是俄罗斯戏剧史上首部歌颂工人阶级反抗斗争的剧作,在表现"工人运动的心理"方面成就突出。"最有学问的社会学家"也可以从中学到有益之处,因为在该剧作中"有着很多发人深思的东西"[①]。《仇敌》是高尔基戏剧试验转型期的代表作,1906年在美国创作,同年11月在德国柏林演出,受到观众和批评界的欢迎。

总体说来,在戏剧创作早期,高尔基的剧作主要围绕底层群体苦难和知识分子主题展开创作,站在启蒙主义者立场上用自由主义和怀疑主义眼光,冷静审视"父与子""普通民众与知识分子""知识分子与革命"等重大主题,对底层苦难、民族诉求和国家未来等社会问题进行多方面的哲理探讨。他一方面批判小市民的市侩主义和犬儒主义,抨击底层民众的庸俗主义和堕落思想;另一方面对知识分子群体持怀疑态度,讽刺回避生活矛盾的知识分子,揭露市侩化知识分子的丑恶,批判甘当统治集团奴仆的知识分子,倡导知识分子接近普通民众,为理想主义和人民大众而奋斗。

三、批判现实主义的转型

19–20世纪之交,随着斯托雷平改革等一系列新政的实施,资本主义得到迅猛发展,俄国进入托拉斯帝国主义时期。到1913年,俄国进入历史上最好的发展时期,工业总产值占世界第五位,资本主义呈现出欣欣向荣的景象[②]。俄国资本主义既加剧农村破产和贫富分化,也给思想文化带来与资本主义意识形态紧密相连的个人主义和个性意识的兴起。彼时,在西欧文化思想的浸润和影响之下,俄国文化思想开始与西方同步发展,整体呈现出愈加混乱不堪的态势,自由主义、保守主义、革命浪漫主义、社会民主主义、马克思主义、基督社会主义、虚无主义、无政府主义、民粹派、斯拉夫派、西欧派、象征主义、未来主义、实证主义、宗教存在主义、个人主义等各种思想流派、不同价值观念、各种文化理念纷纷登场,彼此激荡,相互渗透,

---

[①] [苏]普列汉诺夫:《普列汉诺夫美学论文集》(第二卷),曹葆华译,北京:人民出版社,1983年,第615页。

[②] 刘祖熙:《改革和革命:俄国现代化研究》,北京:北京大学出版社,2000年,第8页。

彼此论争,形成一个充满复调色彩的思想平台和文化场域[①]。

在这种多元文化和多种思潮的复调论争中,20世纪初的俄国产生着诸多矛盾和不同希望,各种派别彼此斗争相互妥协,知识分子与普通民众置身其中,表现出变动不居和沉浮不定的态势。"知识分子都在讨论美学、宗教问题与社会问题;现代主义派在与现实主义派斗争;追求宗教真理者在抨击实验主义者;自由主义者在集合他们的力量;马克思主义者及民粹派则在争取思想上的领导,一般群众则故意抢上前去,各城市的工人在劳动节那天罢工,尤其是在巴统、罗斯托夫等地方;农民们在乌克兰与高加索揭竿而起,大学生们则在街头与警察冲突,反政府组织在全国各地如雨后春笋纷纷成立,专制政权开始感觉到难以应付,炸弹之轰响表明革命怒潮即将雷霆万钧地爆发出来,好像一阵大风卷起灰尘与落叶,吹断树枝,吹毁房屋,横扫全国。"[②] 受俄罗斯人道主义情怀和现实主义传统的浸润和影响,高尔基虽然远离俄国侨居西欧,但仍然关注着俄国的现实局势、社会问题和文化发展,经过思想的困惑和迷茫的找寻,重新确立了以直面现实执着人生的现实主义为主导,经由戏剧创作来表达自己对社会问题和民族品性的思考的诉求。

诚如俄罗斯学者所论:"喀普里时期是高尔基创作大获丰收的时期。他写下了剧本《最后一代》(1908),发表了第一版剧本《瓦萨·热列兹诺娃》(1910)"[③],在侨居意大利期间,高尔基以文学创作的形式对俄国革命与文化、知识分子与人民、俄罗斯民族性、东方与西方等问题进行了深刻而精彩的探究。十月革命前,《最后一代》(Последние)和《瓦萨·热列兹诺娃》(Васса Железнова)之外,高尔基还先后创作了《仇敌》(Враги, 1906)、《小孩子》(Дети, 1910)、《怪人》(Чудаки, 1910)、《伪金币》(Фальшивая монета, 1913)、《崔可夫一家》(Зыковы, 1913)、《老头子》(Старик, 1915)六部剧作。从《最后一代》开始,高尔基曾感兴趣于浪漫主义情节剧,在戏剧体裁、艺术风格、表现手法、叙事策略等方面进行积极的探索和试验,借鉴现代主义戏剧的创作手法,试图革新世纪之交的戏剧艺术。不过,高尔基的戏剧手法与传统的情节剧迥然相异:剧作手法以现实主义为主,情节发展由人物性格和

---

① 张冰:《白银时代:19—20世纪之交俄罗斯文学承前启后的必要环节》,《中国俄语教学》2002年第1期,第43—47页。

② [美] 马克·斯洛宁:《现代俄国文学史》,汤新楣译,北京:人民文学出版社,2001年,第128页。

③ [俄] 符·维·阿格诺索夫主编:《20世纪俄罗斯文学》,凌建侯等译,北京:中国人民大学出版社,2001年,第76页。

社会群众力量推动，戏剧思想表现出鲜明的反资产阶级和个人主义倾向[①]。

《最后一代》和《瓦萨·热列兹诺娃》以作家和工程师为主人公，视他们为从事创造性劳动的知识分子，通过对他们不善斗争、避免斗争的言行，描写了贵族阶级和资产阶级的精神崩溃，再现了俄国二月革命失败后阶级矛盾尖锐、社会思潮纷涌、文化氛围保守的历史特征。《怪人》则深入分析了知识分子的颓废主义和个人主义，批判得过且过、肮脏无耻的"卡拉马佐夫习气"。作为一部典型的社会哲理剧，《老头子》反对忍耐妥协的处世人生哲学，批判陀思妥耶夫斯基的"美拯救世界"和"苦难使人纯洁美好"的观点，一如高尔基在序言中所写："在《老头子》剧本中，我想指出：一个念念不忘自己的苦难，认为苦难使他有权对一切往事进行报复，那么这样的人，我认为就不是值得别人尊重的人。如果你设想一个人只是由于自己挨冻就去烧掉房屋和城市，你就会理解这一点的！"[②] 所有这些对下层民众的塑造和知识分子的叙事，与陀思妥耶夫斯基以"根基论"斯拉夫价值观来解释俄罗斯社会问题截然不同，与契诃夫以温和自由主义观点来对待知识分子问题也不相同，而与同时期以西方理性主义观点来对待俄罗斯知识分子传统和社会现实问题的"路标派"有着相似的关联，由此不仅动摇了18世纪以降俄罗斯关于文学和知识分子形象的东正教式的传统认知，而且显示了高尔基文学叙事和戏剧创作的非凡意义，"高尔基无愧于自己的殊荣：他开辟了全新的、未知的国度，精神世界的新大陆，在他的领地内他是第一，唯一的一个，大概也是独一无二的一个"[③]。

十月革命后到1930年代的十多年间，侨居西欧的高尔基（1921–1924年侨居柏林，1924–1927年侨居意大利索伦托，1931年完全回国）面对革命暴力的血腥、社会形势的动荡、文化遗产的破坏等问题，其思想诉求一直处在迷茫、怀疑和批判氛围中，其戏剧创作也一直处在间歇、转变和找寻状态中。究其本源，高尔基一直立足于启蒙主义、人道主义和文化守成主义立场来对待和思考俄罗斯问题，经由《不合时宜的思想》（Несвоевременные мысли）等文化随笔来表达自己的文化理念和政治诉求，而诸种尖锐而痛心的民族问题在十月革命后愈加突出和明显。换言之，高

---

① 陈世雄：《现代欧美戏剧史》中卷，北京：文化艺术出版社，2010年，第552页。

② Горький, М. Полное собрание сочинений М. Горького в 30 томах. Т. 12. Пьесы. 1908-1915. М.: Художественная литература, 1949-1956, С. 463.

③ [俄] 梅列日科夫斯基：《即将出现的教堂：契诃夫与高尔基》，载《尼采和高尔基：俄国知识界关于高尔基批评文集》，林精华等译，北京：东方出版社，2010年，第83页。

尔基既反对俄国政府不顾及底层民众而以强力推进现代化改革，也反对以暴力革命流血方式建立政权。这种政治诉求在高尔基晚期的文学作品和戏剧创作中，也得到比较明显的延续和表现。

在试验转型阶段，高尔基在知识分子主题的剧作中，"批判了悲观主义、颓废主义、勿抗恶主义，呼唤着改造旧世界的英雄，迎接革命新高潮的到来"①。而暴力革命的方式、流氓英雄的认知等问题，也在高尔基的思想反思和转变中受到部分质疑和批判；而延续民族文学传统的批判现实主义，在高尔基的戏剧创作中则成为一种鲜亮的基调，在后期戏剧创作中与启蒙主义、人道主义和民主主义思想一道，成为社会民主主义思想转向的重要抓手。

四、社会民主主义的转向

伴随1930年代俄罗斯文化氛围从多元复调向一元单声的转变，高尔基在经历漫长的戏剧间歇期后，对启蒙主义和批判主义思想进行了深刻反思，对戏剧理念和戏剧进行了理论总结，呈现出从批判现实主义到社会民主主义的总体转向。其中，对人道主义思想和知识分子使命的坚守与认同，深深烙印在高尔基的文艺创作中，成为其戏剧生涯中一道挥之不去的鲜亮底色，在肃杀严酷的年代里散发出摄人心魄的熠熠光辉。

在创作后期和生命晚期，高尔基创作力勃发，连续推出《索莫夫和别人》（1930–1931）、《伊戈尔·布雷乔夫和别人》（Егор Булычёв и другие，1931）、《陀斯契加耶夫和别人》（Достигаев и другие，1932），并写出电影剧本《斯捷潘·拉辛》（Степан Разин）和《宣传鼓动家》。1935年，在逝世半年前，他又重新改写了剧作《瓦萨·热列兹诺娃》。其中，高尔基为彼得格勒人民剧院而创作的即兴讽刺喜剧《勤劳的斯洛伏契科夫》（又译《实干家斯洛伏契科夫》），直到1941年才被确认为他的作品并正式发表。

在后期戏剧创作中，《伊戈尔·布雷乔夫和别人》的艺术成就最高。该剧以家庭舞台为中心，通过描写知识分子布雷乔夫因患病而导致的家庭遗产之争，反映了帝国主义战争结束和二月革命前夜，俄罗斯社会政治、广大民众、工人阶级、知识分子、布尔什维克党的历史情况。该剧历史底蕴丰厚，表现了高尔基的思想探索和文

---

① 陈世雄：《现代欧美戏剧史》中卷，北京：文化艺术出版社，2010年，第554页。

化哲思，而且呼应时代，反映了苏维埃社会的发展脉搏，以史诗般的气魄、敏锐的政治前瞻性、深刻的哲理意蕴、紧凑生动的剧情、富有表现力的语言，令人耳目一新。一如涅米罗维奇－丹钦科所言："好久没有读到这样动人的剧本了……这样的剧本，对待过去的勇敢态度，这样大胆的真实，比成千上万的标语和游行更能说明革命已经取得完全彻底的胜利。……所有的形象都十分鲜明。"① 剧情的戏剧性因布雷乔夫的患病而逐渐复杂化、矛盾化和尖锐化。主人公充满生命恐惧和家庭忧思，被一系列关于生活意义的哲学伦理问题搞得疲惫不堪，因而更加感到所处世界和环境的虚伪和肮脏。他愤怒地和巴夫林神父争论，而巴夫林则力图安抚布雷乔夫：

巴夫林：……可是顶好别谈论尘世间的事了吧……

舒拉：您怎么敢这么说！

布雷乔夫：我是尘世间的人！彻头彻尾是尘世间的人！

巴夫林（站起来）：地是尘埃……

布雷乔夫：尘埃？你们居然这么说，他妈的……你们既然这么说，那么为什么地是尘埃，你们就该懂得了！尘埃，可是你身上穿着绸纱衣。尘埃，但十字架是镀金的！尘埃，可是你们贪得无厌……②

1932 年 9 月 25 日，为了纪念高尔基从事创作活动 40 周年，《伊戈尔·布雷乔夫和别人》第二稿在莫斯科瓦赫坦戈夫剧院和列宁格勒大剧院同时上演。高尔基谈到自己试图在舞台上描绘商人出身的主人公，"由于种种原因侧身对着自己的阶级"，"这种现象对我国资产阶级来说是很典型的"③。两年后，在涅米罗维奇－丹钦科的导演下，莫斯科艺术剧院将该剧搬上舞台，此后该剧很快传播到苏联各地，大受欢迎。就高尔基的戏剧创作和俄罗斯戏剧发展而言，该剧意义不可忽视，在某种程度上是高尔基思想史的路标和分水岭之一。第一，该剧是高尔基思想转变和创作深化的产物和见证；第二，该剧经由资产阶级知识分子临死前的忏悔和对真理的思索，表现"使生活走向社会主义的东西"，即革命真理和人民力量；第三，该剧的

---

① *Муратова, К.Д.* М. Горький: Семинарий. М.: Просвещение, 1981, С. 97.

② [苏]列·费·叶尔绍夫：《苏联文学史》，北京师范大学苏联文学研究所译，北京：北京师范大学出版社，1987 年，第 57 页。

③ 同上书，第 56 页。

中心是主人公的命运和革命的命运，以观众意志和革命成败来统领分散的情节线索（即遗产争夺、收买将军、舒拉命运），总体剧情发展和思想意蕴呈现；第四，该剧通过家庭争吵和人物之口，间接展现群众斗争场面和不同社会思想，其中布雷乔夫"吹喇叭"的场面成为该剧的高潮和精彩场面之一。以上诸种戏剧场面和演剧特质，使该剧具备较高的审美价值和思想意蕴。

值得注意的是，在1930年代写出的《论剧本》(1933)和《论语言》等文章中，高尔基比较集中地阐述了自己的戏剧理念。在戏剧功用上，他认为戏剧艺术能有效激发观众，使其积极投身现实斗争："戏剧应该是现实的、有情节的、充满着行动的"①；这种审美性的现实行动要同无产阶级的革命改造结合起来，进而促进戏剧艺术的发展："现在向着领导世界的目标迈进的工人阶级，是新的人类和全新的世界观的创始者，它勤奋工作，绝不虚度时间，并认识到整个世界都是它的财产。"②在戏剧审美上，他指出戏剧应该是塑造典型人物的审美艺术，而非贴标签的订货行为："除了一般的阶级特点之外，还必须找出对他最有代表性，而且最后会决定他在社会上的行为的个人特点"③；戏剧要具有语言的纯洁性、精确性和尖锐性，而彼时彼刻的苏维埃剧作则与此相反："一切剧中人物都说结构相同的话，单调的陈词滥调讨厌到了惊人的程度，……卑鄙有害的事情，或正直的有社会价值的事情，在舞台上全变成了呆板的、胡乱联系起来的语言所发出的无聊的喧嚣"④。这些戏剧理念与高尔基的戏剧创作彼此契合，遥相呼应，既显示出高尔基对戏剧现实性、人民性、审美性传统的一贯坚守，也反映出高尔基对戏剧阶级性、工具性和主流意识的某种趋近。

简而言之，在戏剧创作后期，高尔基的戏剧虽然"凝合现实主义观察与浪漫主义"，充满"对人之信念以及乐观的唯理思想"⑤，但却很少描写无产阶级人物形象和革命运动，而是塑造小商人、知识分子等中间群体；不是描写政治问题和社会主义建设，而是转向喜剧体裁、历史题材、回忆录，由此体现出很大程度的双重性和悖论性。白银时代思想家梅列日科夫斯基的看法别有意味：作为知识分子的精神领袖和导师，高尔基与契诃夫一道成为俄国中坚阶层立场，尤其是知识分子中间立场的

---

① [苏]高尔基：《论文学》，孟昌、曹葆华、戈宝权译，北京：人民文学出版社，1978年，第70页。
② 同上书，第56页。
③ 同上书，第62页。
④ 同上书，第58—59页。
⑤ [美]马克·斯洛宁：《现代俄国文学史》，汤新楣译，北京：人民文学出版社2001年，第158页。

体现者和代言人,依据两位作家可以审判彼时彼刻和行将到来的俄国问题①。值得注意的是,认为高尔基在戏剧创作后期完全服膺于社会主义现实主义,是失之偏颇且简单粗疏的。作为一个典型的俄罗斯知识分子,高尔基终其一生以人道主义、启蒙主义和自由民主思想为指导,以现实主义手法为主体,用文学形式表达自己的政治诉求与对国家走向和文化建设的忧思。较之戏剧创作起始期和间歇期,这种社会民主主义倾向、启蒙主义思想和人道主义精神,在高尔基戏剧创作的后期表现得更加明显一些。

五、复杂戏剧思想的流布

随着俄国现代化进程的逐渐深入,受欧风细雨的浸润与影响,19世纪下半期的俄国文学在叙事策略、文体结构、思想意蕴、话语内涵等方面与西欧文学愈来愈呈现出同时发展、彼此呼应的关系。在风云激荡、波诡云谲、文化多元的19–20世纪之交,出身底层的高尔基以书写流浪汉和无业游民等群体而登上俄罗斯文坛,受到不同群体的热烈欢迎和强烈关注。1900–1907年间,受欧洲多元文化思潮的影响和浸润,启蒙自由主义成为高尔基戏剧创作的主要思想,宰制着其剧作的形式构拟和主旨探讨,使其剧作体现出强烈的底层叙事和苦难书写的特征。1908–1917年间正值沙俄统治末期与工人运动高涨,伴随俄国社会的剧烈变化和多元思潮的碰撞,批判现实主义成为高尔基此一时期戏剧创作的主要意识,操控其戏剧思想的探究,使其戏剧呈现出深厚的哲理探讨氛围。1917–1936年间恰值苏维埃政权早期,随着苏维埃政权的巩固和一元化意识形态局面的形成,社会民主主义成为这一时期高尔基戏剧创作的核心思想,影响着其对俄罗斯民族性和文化命题的深度探讨。由此,从白银时代到苏维埃文学,从底层苦难书写到知识分子批判,从自由主义启蒙到社会主义探讨,高尔基的剧作主题不断嬗变与实验,剧作体式不断实验与创新,戏剧思想也随之不断转型与深化,成为20世纪俄罗斯戏剧史和文学思想史上的重要路标之一,一如斯洛尼姆(即斯洛宁)所言:"他既是民族文化传统的监护人,又是新的一代的导师,他成为帝俄文学与苏联文学的桥梁。"② 如此一来,高尔基戏剧思想

---

① [俄]梅列日科夫斯基:《即将出现的教堂:契诃夫与高尔基》,载《尼采和高尔基:俄国知识界关于高尔基批评文集》,林精华等译,北京:东方出版社,2010年,第81–82页。

② [美]马克·斯洛宁:《现代俄国文学史》,汤新楣译,北京:人民文学出版社,2001年,第158页。

之流变和流布，成为管窥从白银时代文学到苏维埃文学之类型转换的一种侧影书写和一枚鲜活标本，不仅具有阐释剧作主题与戏剧思想变迁的本体论价值，而且具有识读知识分子文学创作与思想探讨的主体论价值，更蕴含识读20世纪俄罗斯戏剧发展、当代文学变迁、文化思想走向、知识谱系建构乃至话语分析阐释的思想史意义。

20–21世纪之交，由于社会政局的动荡、经济的混乱滑坡、道德伦理的堕落、宗教的回归兴盛等原因，俄罗斯戏剧界兴起前所未有的"底层生活"叙事和"市民伦理"书写。当代俄罗斯剧作家一反常态，将目光聚焦于潦倒失意的底层民众，把主人公活动地点选在肮脏恐怖的地方或反常阴暗的地带：或在那肮脏不堪的垃圾场（А.杜达列夫的《垃圾堆》、М.梁赞诺夫的《天堂》），或在幽暗阴森的墓地（А.热列兹佐夫的《阿斯科尔多夫的坟墓》、А.马克西莫夫的《墓中天使》），或在恐怖紧张的停尸间（А.加林的《……对不起》、М.沃洛霍夫的《死人游戏》），或在行为失常的精神病院病房（Вен.叶罗费耶夫的《瓦尔普斯之夜，或科曼多尔的脚步》），或在气氛压抑的监狱和特殊地带（Л.彼得鲁舍夫斯卡娅的《绞刑》《约会》和《男性地带》），或是在摇摇欲坠的板棚（А.加林的《晨空中的星星》），或是在死气沉沉的地下室（Л.拉祖莫夫斯卡娅的《回家！》），体现出强烈的自然主义色彩和荒诞先锋特征①。尽管描写"底层"生活的剧作风格各异，年代不同，主题有别，手法迥异，但它们都以不同形式将目光投向社会下层，关注动荡不安的社会中小人物的悲惨际遇与内心世界。无论其内容是写实还是虚构，其手法无论传统还是先锋，其风格是写实还是写意，它们在艺术手法上，普遍求新求变不断创新，继承现实主义戏剧传统的同时，大胆借鉴各种先锋手法和修辞手段，由此形成一个带有亚文化特征的复调式戏剧图谱。可见，以底层民众和知识分子为代表的高尔基戏剧主题和戏剧遗产，在近一个世纪的异度时空中得到别样继承与创新发展；而这也从一个侧面说明高尔基戏剧之恒久的审美价值。

在20世纪现代中国，高尔基的著述同样得到极其广泛的译介和传播，盛况空前一时。茅盾在《高尔基和中国文坛》（1946）中描述道："30年前中国新文学运动刚开始时，高尔基作品就被介绍过来了。抢译高尔基成为风尚：从日语重译，从英、法、德、世界语重译。即使最近十多年，直接从俄文翻译已日渐多了，重译还是续续不绝"，就算是赶时髦，"持续三十多年而未见衰竭"亦是非常难得，况且中

---

① Громова, М.И. Русская драматургия конца XX – начала XXI века. М.: Флинта и наука, 2009, С. 96.

国作家"不但从中接受了战斗精神,也学习了如何爱与憎,爱什么、憎恨什么;更从其一生事业中知道了一个作家若希望不脱离群众,便应当怎样地生活"。进而,茅盾断言研究高尔基对中国的传播与影响,"可写成一本厚书,这工作本身就是一种学问"①。当然,此类高尔基的神话叙事,是苏联知识界所建构和阐释出来的,与客观事实有着一定的距离。19–20世纪之交白银时代知识分子对高尔基的认知和解读,充满了多种变数、多种观点和多元方式,呈现出高尔基的复杂形象和深刻思想②;20–21世纪之交的后苏联时期,苏联时代被神化的高尔基形象出现了巨大分裂,一方面,报纸杂志、电视广播、历史书、畅销书等各种媒体以激烈批判部分解构高尔基神话;另一方面,文学史和各类教科书在民族主义思潮的宰制下,仍然保持着高尔基经典作家的文学史地位③。与此同时,高尔基对中国现代文学的形成和发展影响深远而重大:从鲁迅、茅盾到巴金、高晓声等诸多作家都从其戏剧创作中得到裨益。柯灵和师陀根据《底层》改编的《夜店》、田汉根据小说《母亲》改编的《母亲》、王元美改编的《小市民》等剧作,在现代中国剧坛上都曾受到广泛欢迎,轰动一时④。即使在多元化的当今,高尔基的戏剧仍然对中国戏剧试验和转型有着不可忽视的积极意义。

总之,高尔基以诗歌、戏剧、小说、散文、政论等不同文体之作,动摇了18世纪以来所形成的俄国传统审美范式,真正实现了文学创作的大众化(诸如形象塑造、主题表达、情节设计、叙事策略、语言表述、思想内涵等方面),使文学叙事从温情脉脉的贵族庄园和谈情说爱,走向生机勃勃的市井街头和乡村工地。同时,他与未来主义者、左翼作家等人一道,把宗教化、复杂化、精英化的文学叙事和诗学类型,变成惠及普通民众的大众化审美消费和社会性文化活动,使作品的思想内容和语言表述趋于简单通俗和明晰有力。高尔基以通俗易懂的文字,描绘下层民众的世界,描写强壮结实的体魄,叙述粗犷真实的情感,"宣告中下阶级所创的一

---

① 参阅茅盾:《高尔基和中国文坛》,《时代》周刊1946年第23期(1946年6月15日)。
② 林精华:《一位伟大文学家和许多重要批评家——俄国白银时代知识分子对高尔基的认知》,载《尼采和高尔基:俄国知识界关于高尔基批评文集》,林精华等译,北京:东方出版社,2010年,第1—26页。
③ 汪介之:《当代俄罗斯高尔基研究的透视与思考》,《外国文学研究》2008年第6期,第150—160页。
④ 陈世雄:《现代欧美戏剧史》中卷,北京:文化艺术出版社,2010年,第561页。

种艺术已经产生"①。由此，高尔基戏剧不仅成为促进俄国社会变革的文化事件，而且成为苏俄和国际知识界识读俄罗斯民族问题和对抗资本主义的重要文化资源，其思想史和文化史意义自然也就呈现出多种维度和多重空间②。这种文学创作的复杂性和思想内涵的丰富性，既影响高尔基戏剧主题的实验探索和戏剧思想的形成流变，也宰制其文学创作的思想转换和文学类型的话语变迁，更是不同历史时期和不同意识形态下文学史叙述和评价高尔基形象彼此出入、迥然相异、争议不断的主要原因。

第二节　"八个梦"与"假定性"：布尔加科夫《逃亡》叙事③

1926年10月5日，莫斯科艺术剧院上演了根据布尔加科夫长篇小说《白卫军》改编的话剧《图尔宾一家的日子》（Дни Турбиных, 1926）。由此开始，布尔加科夫便同戏剧结下了不解之缘：一方面，他和斯坦尼斯拉夫斯基建立了密切的合作关系，继承了契诃夫心理抒情和象征隐喻的现代戏剧理念，被视为"一个新的契诃夫"（a new Chekhov）④；另一方面，该剧的成功激发了布尔加科夫的戏剧创作激情，深化了他对暴力革命和知识分子等问题的认识。作为剧作家最喜爱的剧作，布尔加科夫的剧作《逃亡》（Бег, 1928）比《图尔宾一家的日子》在艺术上更加成熟和高超，曾受到高尔基的认真阅读和高度赞扬。为了保护布尔加科夫和剧作《逃亡》，高尔基在布尔加科夫参与的文艺沙龙上特地朗读了全剧。根据著名学者斯梅良斯基（А. М. Смелянский）的《布尔加科夫在艺术剧院》（1989）一书记载，1928年10月9日，莫斯科艺术剧院举行了剧本朗诵会，高尔基和许多文艺界负责人参加朗诵会，布尔加科夫亲自朗诵剧本，赢得与会者的热烈反响⑤。两日后，《逃亡》基本获得官方认可：

---

① [美] 马克·斯洛宁：《现代俄国文学史》，汤新楣译，北京：人民文学出版社，2001年，第157—158页。

② 参阅林精华：《一位伟大文学家和许多重要批评家——俄国白银时代知识分子对高尔基的认知》，载《尼采和高尔基：俄国知识界关于高尔基批评文集》，林精华等译，北京：东方出版社，2010年，第1—4页。

③ 本节内容曾以"'梦'与'真'：布尔加科夫与《逃亡》"为题，刊发于《中华读书报》2019-07-03，世界文化版。

④ Leach Robert, and Victor Borovsky. *A History of Russian Theatre*. Cambridge: Cambridge University Press, 1999, p. 273.

⑤ Смелянский, А.М. Михаил Булгаков в Художественном театре. М.: Искусство, 1989, С. 163-164.

"10月11日,《真理报》上刊登官方声明称:莫斯科艺术剧院接受《逃亡》的上演。这里援引高尔基的话语,称该作将取得'十分重要的成功'(анафемский успех)。该日《莫斯科晚报》(Вечерняя Москва)详细发表斯维杰尔斯基声明,称《逃亡》可作为剧院的上演剧目。"[1]

历经艰辛得以问世的剧作《逃亡》,不仅仅在形象塑造、情节设置、风格构拟、梦幻营造等审美层面臻于成熟,在20世纪俄罗斯戏剧史上堪称经典之作;而且在主题设置、思想内涵、话语意蕴等思想层面别有深意,在布尔加科夫戏剧创作史上拥有不可忽视的意义和价值,一如俄罗斯学者索科洛夫(Б.В. Соколов)所言:"他喜爱这部剧作就像母亲疼爱婴儿一般。"[2]《逃亡》不仅仅是一部寓意深刻、内涵丰厚、充满人道主义的剧作,更是一部充满象征、幻想、梦境等假定性手法,融合隐喻性、幽默性和悲剧性的现代主义剧作。"在19—20世纪的艺术中,各种假定性形式则更为活跃"[3],在20世纪俄罗斯文学和世界文学中产生出多种形式和变体,诸如各种各样的幻想式假定:把描述物象直观地图示化的假定、对手法予以暴露化的假定、突出蒙太奇式的结构假定、对现实和历史予以隐喻式描绘的假定。这种不同形式的假定性,在戏剧《逃亡》中有着不同程度的具体而微的体现。

一、从现实到虚构:《逃亡》的情节设置

作为一部20俄罗斯世纪戏剧史上的经典之作,《逃亡》以具有典型知识分子气息的白俄军官为主人公,在俄罗斯国内战争背景下展开故事叙述,在结构构拟、舞台氛围和体裁特征等方面都别具特色,既承继19世纪俄罗斯戏剧传统,又呼应西方现代主义戏剧手法;既折射1920年代俄国国内战争的残酷和激烈,又反思知识分子与普通民众、历史选择与个性发展等哲理问题,深有多样化内涵和多重性主题。

《逃亡》中故事发生在1920年10月俄国国内战争期间,通过"八个梦"的特殊方式,以彼得堡某大学副教授戈卢布科夫和白军"商业部长"夫人谢拉菲玛的爱情为主线,展示了国内战争期间社会的动荡混乱、人性的反复无常、亲情的泯灭淡漠,塑造了谢拉菲玛和戈卢布科夫两个正直率真、爱国赤诚、彼此相爱的知识分子

---

[1] *Смелянский, А.М.* Михаил Булгаков в Художественном театре. М.: Искусство, 1989, С. 165.

[2] *Соколов, Б.В.* Булгаковская энциклопедия. М.: Локид; Миф, 1998, С. 49.

[3] *Хализев, В.Е.* Теория литературы. М.: Высшая школа. 1999, С. 95.

形象。戈卢布科夫在南俄遇到谢拉菲玛后，热烈地爱上她，并一路护送她去克里木寻找丈夫科尔祖欣。在克里木，谢拉菲玛被误认为女布尔什维克，而科尔祖欣怕受牵连，拒认妻子；戈卢布科夫则被抓起来写材料，被人敲诈钱财。白军军官恰尔诺塔的骑兵到来，使谢拉菲玛和戈卢布科夫得到解救。在红军的进攻下，白军仓皇逃亡到君士坦丁堡，他们过着卑微的流亡生活。后来，戈卢布科夫和恰尔诺塔来到巴黎，找到科尔祖欣，让他资助谢拉菲玛，却遭到无情拒绝。戈卢布科夫只好回到君士坦丁堡，与谢拉菲玛巧遇重逢。两人出于对祖国的思念和热爱，戈卢布科夫为了有尊严地"生活在家里"，谢拉菲玛为了"再到卡拉万那亚大街去，我想看到雪！我想把一切都忘掉，就像什么都没发生过"①，于是一起决定动身回国；而恰尔诺塔则选择继续漂泊流亡。至于回国之后将怎样，流亡未来将如何，剧作并未回答亦无法回答。不过可以肯定的是，戈卢布科夫与谢拉菲玛、恰尔诺塔的后半生将天各一方，迥然不同。

值得注意的是，《逃亡》的素材和人物并非对白军军官经历的纪实书写，而是多种素材的综合融汇与艺术提升，其素材主要来自三个方面：其一，是作家第二任妻子别洛泽尔斯卡娅在巴黎侨居生活的回忆，这成为女主角谢拉菲玛经历的原型和来源；其二，是白军将领斯拉谢夫的回忆录《克里木在1920年代》(1924)，这成为赫卢多夫和恰尔诺塔形象的来源；其三，是关于十月革命后国内战争的史料，尤其是1920年秋天克里木战争的历史文献②。概而言之，剧作《逃亡》很好地处理了历史史料与文艺虚构之间的关系，既描写国内战争期间白军顽固抵抗人民革命，违背了人民意愿和历史潮流，导致最终的必然溃败；又叙述白军军官流亡国外的悲惨遭遇，揭示他们经历的巨大精神挫折和悲惨命运，展示他们对祖国深沉的思念和性格的根本变化；其基调既灰暗而严酷，又深沉而肃穆，融悲喜剧于一体。

二、从爱情到历史：《逃亡》的结构构拟

在剧作结构方面，《逃亡》别出心裁地设置了明暗两条情节线索，分别对应着爱情故事和历史发展，展示了历史转折和社会动荡背景下个人选择的无奈和个体自

---

① [苏]米哈伊尔·布尔加科夫：《逃亡：布尔加科夫戏剧三种》，陈世雄、周湘鲁译，厦门：厦门大学出版社，2004年，第90页。

② 陈世雄：《关于〈逃亡〉的札记》，载《逃亡：布尔加科夫戏剧三种》，陈世雄、周湘鲁译，厦门：厦门大学出版社，2004年，第96—97页。

我的渺小。其中,男女主人公戈卢布科夫和谢拉菲玛的彼此找寻和爱情故事,既反映了革命暴乱时期知识分子的多舛遭遇,也构成剧作的显在线索,这是贯穿剧作始终、关涉思想意蕴、勾连其他人物的主线;从北塔夫里亚到克里木、从君士坦丁堡到巴黎的频繁而巨大的时空转换,既暗示着弗兰泽尔白军政权的溃败和白军阵营的复杂矛盾,也构成爱情故事的时空背景和剧作的潜在线索,这是营造氛围、反思历史、凝练哲思的辅线。两者彼此彰显,遥相呼应,相互交缠,共同推动剧作情节发展,展现了作者对战争与和平、人道主义等问题的形而上思考。该剧结构独特而新颖,复杂而深刻,现实之梦、人生之梦与历史之梦彼此交织,现实时间、心理时间与历史事件相互交织,地理空间、心理空间与历史空间前后呼应,由此形成一种多元交互的网状结构,与形而上的深刻思想意蕴彼此契合。

该作剧情始于梦境,发于梦境,自始至终氤氲着浓厚深沉的梦境之情,散发着似真亦幻的缥缈之感,却又不仅仅终于梦境,止于梦境,而是经由虚无缥缈的梦境曲折影射荒诞不经的社会现实,反映作者对社会历史与民族性、革命暴力与文化遗产、知识分子与人民群众、意识形态与生活真相等问题之间的复杂关系。全剧开头是一首充满感伤色彩的题诗,摘自18世纪俄罗斯浪漫主义诗人茹科夫斯基(В. А. Жуковский,1783-1852)的诗句:"永生——这是寂静的、光明的彼岸;我们的旅程——就是朝着它奔跑。安息吧,失去了彼岸的人……"[①] 诚如当代俄罗斯学者所论:"布尔加科夫笔下的现实总是具有某种假定性和历史概括性"[②],该诗句充满了明亮的忧伤和寂静的喧嚣,暗示着彼岸寂静而光明的"永生"、不断奔跑而忙碌的"旅程"以及最终永远无法达到"彼岸的人"。这不仅预示着在十月革命动荡不安的混乱时期,正直自由的知识分子必然会遭受多舛的命运和生命的威胁,也象征着作者和知识分子对宁静的永生和光明的彼岸的向往。在该剧每场梦的前面,作者分别摘录了一段格言式的卷首语,第一场梦的卷首语是"我梦见了修道院……",第二场梦的卷首语是"……我的梦越来越沉重了……",第三场梦的卷首语是"一根针在梦中闪亮……",第四场梦的卷首语是"……于是,一大群不同种族的人随他走了出去",第五场梦的卷首语是"……亚内恰尔走乱了!……",第六场梦的卷首语是"……离

[①] [苏]米哈伊尔·布尔加科夫:《逃亡:布尔加科夫戏剧三种》,陈世雄、周湘鲁译,厦门:厦门大学出版社,2004年,第16页。

[②] [俄]符·维·阿格诺索夫主编:《20世纪俄罗斯文学》,凌建侯等译,北京:中国人民大学出版社,2001年,第318页。

别呵，你就是离别！……"，第七场梦的卷首语是"三张牌，三张牌，三张牌！……"，第八场梦的卷首语是"……从前有十二个强盗……"[①] 这些卷首语多引自普希金等名家名作，在相当程度上显示出《逃亡》与俄罗斯文学的互文指涉性，由此启发读者和观众超越特定的舞台时空，进入形而上的哲理时空，思考人生意义与价值、民族性格与精神、知识分子与人民等终极永恒问题。这两个层次的格言，外加八个梦，形成一个前后呼应的心理时间系统。

在该剧最后一场，戈卢布科夫和谢拉菲玛相逢后，回望过去人生，仿佛从人生梦境中猛然惊醒，感慨万千，整理思绪，感到自身与过去之间已然产生一种无法弥合的距离。谢拉菲玛问道："过去这一年半，我们过的是什么日子啊？是做梦？告诉我。我们跑向什么地方，为了什么？……我想把一切都忘掉，就像什么都没发生过！"对此，戈卢布科夫答道："一切，一切都没发生过，一切都不过是幻觉！忘掉它，忘掉它！"于是，抛弃精神负担和心理包袱，二人决心告别过去："再过一个月，我们就到啦，就回去啦，那时候就会下雪的，我们的痕迹就不见啦……"[②] 这是一种与现实主义诗学截然不同的、带有象征主义和表现主义特色的戏剧理念和时间感受。当然，在每一场梦境的内部，存在着真实的舞台时间和特定的时间界定，从中可以感受到具体的事件发展过程、生活流动节奏和人物思想变化，这是现实的真实时间，而非主观的心理时间。

三、从真实到假定：《逃亡》的手法运用

作为苏维埃戏剧的异类，《逃亡》体现出强烈的现代主义色彩和心理象征氛围。为了将人的内部世界外化，现代主义戏剧家大量运用象征、暗示、神秘的寓意等手段，创造了心理直观化手法，运用内心对白、假面具、灯光的变幻等方法将人物的潜在心理通过戏剧手段表现出来[③]。《逃亡》中如幻灯片般不断闪回的"八个梦"，不仅营造出似真似幻的象征之境，而且展现了知识分子在动荡世界中的个人命运，彰显出知识分子独立不倚的终极思考。

---

① [苏]米哈伊尔·布尔加科夫：《逃亡：布尔加科夫戏剧三种》，陈世雄、周湘鲁译，厦门：厦门大学出版社，2004年，第18—93页。

② 同上书，第90—91页。

③ 刘象愚等主编：《从现代主义到后现代主义》，北京：高等教育出版社，2002年，第131页。

"人物的一连串的表述、其对白与独白"①，一般作为主文本（основной текст）出现在剧作中，构成一部剧作的主体。而"对事情发生的时间和地点的注明，对各幕与各场开头的舞台场景的描写，以及对主人公人物的个别的对白、尾白的注释，对他们的动作、手势、面部表情、语调的提示"②，在剧中则一般作为副文本（побочный текст）而出现。主副文本的完美结合，则构成的一出完整的剧作。这些辅助性内容在《逃亡》中，既具有极强的象征性和隐喻性，又体现出连贯的叙事性和描述性。

第一场梦发生在1920年10月北塔夫里亚，四周"一片漆黑，少顷，微弱的烛光紧挨着圣像亮起来，照应出幽深的修道院教堂。摇曳不定的烛光穿透黑暗，照亮了高高的用来卖蜡烛的柜台和旁边的宽宽的长椅，钉上格条的窗户，圣像上褐色的面孔，小天使的褪色了的翅膀，金色的光轮。在窗外，十月的风夹着雨雪，使人感到凄凉"③。幽深古旧的修道院与凛冽刺骨的暴风雪彼此彰显，形成一个摇曳不定又缥缈阴森的"凄凉之梦"，既呼应着国内战争期间的混乱之象，又预示着白军政权的噩梦的到来。第二、三和四场梦均发生在1920年11月初的克里木。第二场梦发生在"克里木北部某地一个无名小车站的大厅……透过窗户可以看到黑夜和发着蓝光的电灯。才到十一月初，严寒就像猛兽一般突然地、莫名其妙地袭击了克里木。……窗户上蒙着一层冰，在冰封的窗玻璃上不时神秘地反射出过路列车的火光"④。严寒的烈烈淫威与黑夜的幽幽灯光，既彼此关联又相互彰显，让白军军官的"黑夜之梦"充满无限的哀伤和恐惧。第三场梦的背景显得凄清愁闷："一种让人感到愁闷的亮光。秋天的黄昏。塞瓦斯托波尔反间谍办公室。有一个窗户，一张写字桌，一套沙发。角落里的一张小桌子上，堆满了报纸。"⑤哀伤的秋天黄昏与杂乱的办公室，既映照出人在逃亡之旅中的愁闷之绪，又营造出祖国时局已变只能陡然慨叹的迟暮之感，由此形成哀叹无限的"愁闷之梦"。第四场梦"暮色朦胧"，发生在"塞瓦斯托波尔一座公馆中的办公室"，办公室里"一扇窗户的窗帘已经扯了下来，墙上，在过去挂着巨型

---

① *Хализев, В.Е.* Теория литературы. М.: Высшая школа, 1999, C. 303.

② Там же, C. 303.

③ [苏] 米哈伊尔·布尔加科夫：《逃亡：布尔加科夫戏剧三种》，陈世雄、周湘鲁译，厦门：厦门大学出版社，2004年，第18页。

④ 同上书，第29页。

⑤ 同上书，第43页。

军用地图的位置，留下一个稍稍发白的正方形的印记"①。破败的装饰和拥挤的斗室，构成一出前途迷惘、真假难辨的"朦胧之梦"。第五和六场梦均发生在1921年夏天的君士坦丁堡。在前者的场景中，有"一种奇怪的交响乐。有人唱着土耳其曲调的歌曲，而在这种调子中又混杂着俄罗斯流浪汉的《离别》曲、街道旁商贩的叫卖声、电车的轰鸣声。在傍晚的斜阳中，君士坦丁堡浑然热了起来。可以看到高耸的伊斯兰教堂的塔顶、房屋的屋顶。……闪过几个穿着破旧军服的俄罗斯人。可以听到卖柠檬汽水的小贩的铃声……"②在后者的场景中，"舞台上显示出一个种着柏树的院子、一座带回廊的两层楼房、一口靠石墙边的水池，水滴轻轻地落下。在小门房有一张石椅。房子的后头是一条空旷的胡同。太阳在清真寺塔的柱形栏杆后头渐渐西沉。暮霭降临了。四周一片寂静"③。第五、六场梦如真似幻，君士坦丁堡的异域情调与俄罗斯人的慌乱神情交织混杂，蒙太奇般不断转换，营造出一个光怪陆离而人心惶惶的"混乱之梦"。第七场梦发生在1921年秋天的巴黎，在"巴黎秋季的黄昏。科尔祖欣先生公馆的办公室。办公室的布置给人一种威严的感觉"④。日渐萧条的秋季与逐渐恐慌的心绪，遥相呼应，彼此彰显，共同形成日薄西山的"黄昏之梦"。第八场梦发生在1921年秋天的君士坦丁堡，"一个铺地毯的房间，低矮的沙发，水烟袋。在背景上，是一堵玻璃的墙，墙上的门也是玻璃的。在玻璃的后面，君士坦丁堡伊斯兰教堂的高塔、大寺院和蟑螂皇帝的旋转标记都变得暗淡了。秋天的太阳正在西沉。夕阳呵，夕阳……"⑤暗淡的场景在西沉夕阳的环绕下逐渐消逝，噩梦在慢慢降临的夜幕笼罩下正在到来，曾经的辉煌如今只能在惨然的梦境中一时重温，由此种种物象和情景交融的环境一起氤氲出无奈而无声的"暗淡之梦"。

就体裁特征而言，《逃亡》既非严格意义上的悲剧，虽然主人公频遭非难，屡经战火，命运多舛；亦非一般意义上的喜剧，虽然剧作中有诸多喜剧情节和人物。该剧是一部典型的混杂悲剧和喜剧因素的正剧，充满了耐人寻味的荒诞性和令人深思的黑色幽默，带有典型的俄罗斯民族对悲剧和喜剧的独特思考。在该剧中，悲剧氛

---

① [苏]米哈伊尔·布尔加科夫：《逃亡：布尔加科夫戏剧三种》，陈世雄、周湘鲁译，厦门：厦门大学出版社，2004年，第48页。
② 同上书，第57–58页。
③ 同上书，第64页。
④ 同上书，第74–75页。
⑤ 同上书，第85页。

围笼罩始终，贯穿前后，在故事发展、人物命运、内心世界等方面都有深刻的体现。其中，戈卢布科夫和谢拉菲玛的逃亡之旅，充满无尽的颠沛流离、悲苦无奈；从克拉比林之绞死到赫卢多夫之自杀，从吊死人时蒙在头上的黑口袋到挂在灯柱上的僵硬尸体，无不让人震撼不已，悲剧色彩浓厚。同时，该剧中诸多喜剧情节的设计、喜剧角色的描写和生活细节的使用，给全剧营造出一种兼具滑稽性和荒诞性的喜剧氛围。其中恰尔诺塔就是典型的喜剧角色，生性达观，热衷于君士坦丁堡的"赛蟑螂"游戏，在巴黎和科尔祖欣赌博的场景，让人感觉滑稽可笑，充满喜感氛围。质言之，在《逃亡》中，"布尔加科夫综合运用了象征、夸张、变形、意识流等现代派手法，使全剧笼罩在一种怪异的气氛中。剧中包含了悲喜滑稽剧的因素。第七场梦写戈卢布科夫和恰尔诺塔在巴黎和谢拉菲玛的丈夫科尔祖欣赌博，情节异常滑稽，同时又展示了人性毁灭的悲剧"①。

四、从现代到当代：《逃亡》的回归接受

诚如当代俄罗斯学者尼诺夫（А. А. Нинов）所言："并非戏剧技巧，而首先是深刻独特的内容、新颖的性格与情景、感情充沛而富于思想性的行动……决定了布尔加科夫作为一个经典戏剧家的意义"②，布尔加科夫以《逃亡》和《图尔宾一家的命运》为代表的知识分子剧作，既承继19世纪深厚的民族戏剧传统和深切的人道主义情怀，又充分借鉴了现代主义戏剧在内的艺术技巧，总体洋溢着一种乌托邦式的知识分子精神和独立不倚的人格信仰，对当代俄罗斯戏剧有着重要而深刻的影响。同过去的古典浪漫主义作家一样，布尔加科夫希望用爱、善、公正、诚实和创作来战胜对人类和世界的忧心和失望③。与此同时，布尔加科夫剧作散发着一种浓厚的家庭温馨氛围，以诗意的语言表述和深切的人道情怀，建构出一个恒久的理想家园愿景："从《白卫军》到《撒旦起舞》（即《大师与玛格丽特》——引者注），在作家的所有的作品中都可看到爱情和舒适的田园式家庭生活，墙上是淡黄色的窗帘，一盏绿色

---

① 陈世雄：《现代欧美戏剧史》中卷，北京：文化艺术出版社，2010年，第701页。

② Нинов, А.А. (сост.) М. А. Булгаков-драматург и художественная культура его времени. М.: СТД РСФСР, 1988, С. 16.

③ [俄] 符·维·阿格诺索夫主编：《20世纪俄罗斯文学》，凌建侯等译，北京：中国人民大学出版社，2001年，第316页。

的灯吊在桌子上，鲜花、音乐，还有这一环境中必不可少的书籍。"①这种人道主义精神和诗意情怀，不仅体现在《逃亡》的字里行间和人物形象，也贯穿在布尔加科夫文学创作的始终。

虽然《逃亡》因不公的攻击和无端的审查而逐渐被边缘化，但伴随"解冻思潮"的兴起，苏联社会政治和文化思想变得日益开放，"个人崇拜"和"无冲突论"得到前所未有的批判，普通人的日常生活及其命运和遭遇，成了戏剧作品的主要描写对象②。"1956–1969年间，戏剧界发生了重大变化。内容严肃的喜剧都被一种比较轻松的剧种所取代；革命时期的戏剧（伊凡诺夫、列昂诺夫、包戈廷和维什涅夫斯基的作品）继续和十九世纪的名著（主要是契诃夫、高尔基、奥斯特洛夫斯基的作品）一起大放异彩。施瓦尔茨的神话故事终于占领了苏联舞台"③，俄罗斯剧坛涌现出异于先前的新貌：受迫害的戏剧家得以恢复名誉，古典名剧以新的面貌重新上演，战争题材和列宁题材剧作出现内向化趋势，针砭时弊的剧目得到创作与上演，心理剧快速复苏和迅速崛起④。伴随"解冻文学"思潮的到来和社会文化空气的开放，布尔加科夫的戏剧和小说开始回归俄罗斯文学界和戏剧界，成为当代俄罗斯戏剧转型的理论资源和文化资源，部分影响了当代俄罗斯戏剧的谱系发展。

第三节 "打野鸭"与"修栅栏"：万比洛夫戏剧传统的生成⑤

在20世纪下半叶俄罗斯戏剧史中，最为辉煌灿烂、最为丰富多彩的经典剧作之一，当属常演常新、内涵丰富的《打野鸭》和《去年夏天在丘里木斯克》；最让人匪夷所思、最令人感慨不已的剧作家，则非英年早逝的万比洛夫（А. В. Вампилов，1937–1972）莫属。作为"我们时代最优秀的剧作家中的一位作家"⑥，万比洛夫以七

---

① [俄] 符·维·阿格诺索夫主编：《20世纪俄罗斯文学》，凌建侯等译，北京：中国人民大学出版社，2001年，第316页。

② 任光宣主编：《俄罗斯文学简史》，北京：北京大学出版社，2006年，第416页。

③ [美] 马克·斯洛宁：《苏维埃俄罗斯文学》，浦立民、刘峰译，上海：上海译文出版社，1983年，第359–360页。

④ 陈世雄：《苏联当代戏剧研究》，厦门：厦门大学出版社，1989年，第53–67页。

⑤ 本节内容曾以"'打野鸭'与'修栅栏'：万比洛夫戏剧传统的生成"为题，刊发于《中华读书报》2020-02-05，世界文化版。

⑥ Лакшин, Владимир. Душа живая. // А.В. Вампилов. Утиная охота. Пьесы, рассказы. М.: Эксмо, 2012, С. 7.

部剧作征服了莫斯科、彼得堡和西欧的众多读者:"在苏联,很多年轻的剧作家仿效万比洛夫的风格;著名的话剧团竞相上演万比洛夫的剧本;人们以能看到万比洛夫的戏剧为荣。"①他成为当代俄罗斯戏剧史上路标性的人物,在20世纪俄罗斯戏剧谱系上写下浓墨重彩的一章。

比较而论,《窗子朝向田野的房子》是万比洛夫的戏剧处女作,初步形成淡然的抒情与隽永的幽默融合的戏剧风格;《六月的离别》《长子》《外省轶事》关注道德伦理、信任缺失、精神庸俗等普遍问题,其戏剧艺术迅速走向成熟;《打野鸭》是他的戏剧经典之作,点燃了其戏剧艺术生涯中的高光时刻;《去年夏天在丘里木斯克》则是他未曾预料的"绝笔之作"和用心谱写的"天鹅之歌"。宏观来看,所有剧作均体现出万比洛夫对道德伦理、社会历史和人性哲理的深度思考。

一、"最优秀的剧作家":外省日常生活与道德心理透视

万比洛夫全名亚历山大·瓦连京诺维奇·万比洛夫,1937年8月19日出生在伊尔库茨克州库图里克镇的一个中学教师世家,在家中排行老四,是最小的儿子,备受家人呵护,"在家庭中他备受期待"②。有意思的是,1937年是普希金去世整整一百周年,为了纪念这位伟大作家,父亲给万比洛夫取名"亚历山大"。万比洛夫童年生活在良好的家庭氛围和浓郁的教育环境中,其祖辈和父母均具有较高的文化素养,多从事教师职业。"剧作家外祖父普罗柯比·格里高里耶维奇·科贝洛夫天生具有演说家和教育家的坚决意志和超群能力。他成长在一个基米尔杰斯基的农民家庭,但靠自己能力取得接受高等宗教教育的机会,这由在宗教研究室担任神甫和中学教师职位的人提供";其外祖母"亚历山德拉·阿芙里康诺夫娜·梅德韦杰娃在郊区中学接受教育,17岁时取得彼时高级家庭教师称号"③,和列夫·托尔斯泰相识,由此托尔斯泰成为万比洛夫文学生涯的启蒙人。其父瓦连京·万比洛夫是布里亚特人,性格颇有幽默感,曾任中学校长(1938年因诬告而被镇压);其母阿娜斯塔霞·科贝洛娃-万比洛娃则是俄罗斯人,传统善良忠厚,曾任职数学教师;这种天然性情从

---

① 李明滨、李毓榛主编:《苏联当代文学概观》,北京:北京大学出版社,1988年,第415页。
② *Стрельцова, Е.И.* Плен утиной охоты. Иркутск: Издание ГП "Иркутская областная типография №. 1", 1998, С. 12.
③ Там же, С. 11-12.

二人之间的书信往来，可大致管窥一斑①。也许，作家早期的幽默特性，正是来自父亲的幽默基因和潜移默化的影响。正是在一个充满知识和文明教养的家庭，万比洛夫受到良好的文学熏陶和艺术浸染，对文艺和戏剧产生了内在的强烈兴趣和爱好。

中学毕业后，万比洛夫离家来到伊尔库茨克继续求学，从青年时期就独立自活，具有很强的自主性和独立性。1955 年，万比洛夫考入伊尔库茨克国立大学语文系，与当代著名作家 В. Г. 拉斯普京是同窗好友。1958 年，他开始以萨宁（А. Санин）为笔名，在地方青年报纸《苏联青年》(Советская молодёжь) 上刊发作品，作品表现出风趣抒情和幽默讽刺融汇的叙事特点；1960 年，从伊尔库茨克大学语文系毕业，在《苏联青年》报社做编辑工作；1961 年，在伊尔库茨克出版幽默小说集《巧合》(Стечение обстоятельсова)②。这些幽默短篇小说，既有果戈理、萨尔蒂科夫 - 谢德林（М. Е. Салтыков-Щедрин）、左琴科、哈尔姆斯（Д. И. Хармс）等人的幽默讽刺特点，又有西伯利亚地区浓郁的风土人情和社会现实，显示出作家出色而精确的文学天赋。它们如同一个个构思精巧、五彩斑斓的艺术舞台，映照出万比洛夫戏剧人物形象和舞台效果的雏形。

万比洛夫早年生长在东西伯利亚，对大自然景色和人际关系有着天然的感受和敏锐的感知。这种感受在剧作中常常成为反映人物性格的力量，成为营造剧作氛围的方式，成为映衬人物心理的手段。在正式踏入戏剧界之前，万比洛夫通过报刊编辑和记者工作，广泛接触社会现实，目睹种种人生百态，并在剧作中真实地进行艺术呈现。与此同时，童年时代的古典文学熏陶、大学时期的人文教育、工作期间的生活积累，使万比洛夫善于捕捉生活细节和普通事件，在平凡中透过生活表象直指问题本质。所有这一切，为万比洛夫的戏剧创作奠定了坚实的生活素材和材料基础。1962 年，万比洛夫创作出独幕喜剧《与天使在一起的二十分钟》(Двадцать минут с ангелом, 1962) 和独幕喜剧《密特朗巴什事件》(История с метрпнпажем, 1962)，风格幽默讽刺，部分延续小说风格，与先前的抒情剧明显不同。由于剧作讽刺思想和揭露倾向与时代主流价值和当局社会意识相左，两部剧作均一时无缘公开发表，直至 1970 年和 1971 年才得以面世。在搬到舞台实践中，作者将两部剧作揉捏到一起，

---

① Стрельцова, Е.И. Плен утиной охоты. Иркутск: Издание ГП "Иркутская областная типография №. 1", 1998, С. 12-13.

② 中译本参阅 [俄] 万比洛夫：《巧合·悖谬·反讽：万比洛夫早期散文集萃》，赵易生译著，保定：河北大学出版社，2014 年。

冠以"外省故事"（Провициальные анекдоты）标题。两部剧作始于笑话，终于幽默，其主人公皆为熟知的生活类型。总体看来，无论是在文学审美和艺术技巧方面，还是在人物塑造和思想价值方面，这些作品尚显苍白和薄弱，尚未形成自己的风格①，一如笔名为契洪特时期的契诃夫，只停留在撰写幽默故事，缺乏社会批判的力度和人生思考的深度。

《密特朗巴什事件》开篇引用果戈理话语："不管谁怎样说，类似的事世上存在——虽少却有。"②故事发生在外省一个名叫"泰加"的宾馆。宾馆经理谢苗·尼古拉耶维奇·卡洛申，年近六十，身材不高，性格虚伪，待人势利，常以貌取人③；波塔波夫来自莫斯科，穿着普通，是一个排字工。由于波塔波夫屡次提出各种要求，卡洛申对他很不客气，后得知该人来自莫斯科，是一位不明来历的"密特朗巴什"，吓得心中害怕不已，甚至失魂落魄。为了掩饰自己的罪过和过失，卡洛申装疯卖傻，胡言乱语，搞得心脏病发作，差点丧命。后来，宾馆值班服务员维克多利娅弄明白，"密特朗巴什"实际是法语中的"排字工"，他才恍然大悟，松了一口气，活了过来。

  维克多利娅（走进，拿起话筒）：密特朗巴什——来自印刷厂。

  卡洛申：来自印刷厂？

  维克多利娅：排字工。

  卡洛申：排字工？（不长的暂停，然后开始笑起来，不过同时在嘟囔）排字工！（边笑边发牢骚）印刷厂老鼠……蚜虫！小甲虫！要知道被吓得怎样……被吓得差点死去……

  鲁克苏耶夫：谢苗，停下来！你不能兴奋颤抖。

  卡洛申：我这不是白痴吗？一个单词，一个声音，铁轨的扎扎声，把我吓得不得了……羞愧……耻辱……

  鲁克苏耶夫：住嘴，我请求你！④

---

① См.: *Лакшин Владимир*. Душа живая. // А.В. Вампилов. Утиная охота. Пьесы, рассказы. М.: Эксмо, 2012.

② *Вампилов, А.В.* Утиная охота. Пьесы, рассказы. М.: Эксмо, 2012, С. 281. 中译本参阅 [苏] 万比洛夫：《万比洛夫戏剧集》，赵鼎真等译，合肥：安徽人民出版社，1980年。本节相关译文均出自该译本，以下只标注原文出处，不再一一说明。

③ Там же, С. 284.

④ Там же, С. 310.

卡洛申庸俗的市侩本质和贫乏的精神世界，由此得到形象展现。渡过此劫，接下来，在与身为医生的好友鲁克苏耶夫的谈话中，卡洛申坦白道："世界上我谁都不怕，就是怕长官。我怕长官怕到自己做了长官时，我对自己也害怕起来。……我一辈子都在神经紧张中度过。……对一些人，我拿出一副腔调。对另一些人，又拿出另一副腔调……"① 这何尝不是对社会现实中等级文化传统的绝妙讽刺、对社会体制下个人心理扭曲的概括？如此推心置腹式的自白，令人既憎恶又心酸。憎恶的是，社会上总有一些人不学无术，欺上瞒下，溜须拍马，左右钻营，排挤他人，以此赢得自己的声名和地位，并维持自己的位置；令人心酸的是，人在官僚体制的挤压和打压之下，心理和精神都已扭曲变形，异化成官僚主义的维护者和牺牲者，原本富有创造精神的一生，随之逐渐消磨殆尽。

1964 年，万比洛夫在《戏剧》杂志第 11 期刊发剧作——独幕喜剧《窗户朝向田野的房子》(Дом окнами в поле)。从创作特色和戏剧传统来看，该剧已然包含着日后万比洛夫剧作的特质，即"对俄罗斯腹地普通人生活的关注、轻松的幽默、对人际关系善意却又严厉的打量、善于展示人物复杂而丰富的生活，等等"②。1965 年，万比洛夫写完一部多幕抒情喜剧《六月的离别》(Прощание в июне)。该剧于 1966 年公开发表，淋漓尽致地揭露庸俗社会风气和物质交换准则侵蚀美好爱情和光明理性，被当时评论界认为"写得动人，深思熟虑"③。作为一部悲喜剧，《六月的离别》既是作者对大学生活的致敬和纪念，也是对社会拜金主义和物质主义的批判，更有对人性的反思和对心理世界的探索。由此，该剧也标志着万比洛夫迅速从青涩时期走向成熟阶段。这种道德拷问和命运考验主题，在其后的抒情喜剧《长子》(Старший сын)中得到进一步强化和细致分析。

让人感到诧异的是，从大学毕业到去世的短短十余年的辉煌创作生涯中，万比洛夫文思才涌，笔耕不辍，以最快的速度形成自己的风格——兼有抒情与幽默，关注道德与伦理，探讨人性与家庭，并迅速进入创作的成熟阶段。虽然万比洛夫只活了不到 35 岁，但在短暂的文艺生涯中先后创作出多部经典之作——《窗子朝向田野的房子》(1964)、《六月的离别》(1966)、《长子》(1968)、《打野鸭》(Утиная

---

① *Вампилов, А.В.* Утиная охота. Пьесы, рассказы. М.: Эксмо, 2012, С. 311.
② 任光宣主编：《俄罗斯文学简史》，北京：北京大学出版社，2006 年，第 434 页。
③ *Гушанская, Е.* Драматургия А. Вампилова. // Звезда. №. 12, 1981 г.

охота, 1970）、《外省轶事》（Провинциальные анекдоты, 1970）、《去年夏天在丘里木斯克》（Прошлым летом в Чулимске, 1972）等，给俄罗斯戏剧留下丰厚的戏剧资源和文化遗产。

二、"打野鸭"：《打野鸭》中的伦理危机与"齐洛夫气质"

三幕剧《打野鸭》发表在西伯利亚地方杂志《安卡拉》1970 年第 6 期，标志着万比洛夫的戏剧创作进入圆熟流畅的阶段。该剧的基本情节构成是主人公中年男性齐洛夫（Виктор Зилов）的六段回忆，开头和结尾遥相呼应，呈现出明显的环形结构，氤氲挥之不去的忧伤气息和压抑氛围，具有浓重的荒诞特色和现代/后现代气息。在该剧中，万比洛夫巧妙运用戏剧独特的表现手法刻画人物性格，用灯光渲染气氛，利用道具描摹心理，用音乐烘托情节。音乐贯穿戏剧始终，时而活泼，时而哀怨，对主人公的心理刻画起了画龙点睛的作用。戏剧的最后一幕，主人公精神状态发生了变化，主人公内心的道德冲突成为剧本的一大特点。作者把主人公回忆过去的事件和主人公后来的认识感受交织在一起，显得真实可信、结构严谨、脉络清晰。

戏剧剧情发生在阴雨天气市区住宅楼的一个单元，主人公齐洛夫躺在弹簧床上，房内家具平常，窗台有一只大丝绒猫，一片凌乱无序之象。在剧作中，"齐洛夫约三十岁，他相当高，身材结实；他的步态、举止、说话风度非常洒脱，这源于他对自己身材健美的自信。与此同时，在这种步态、举止、话语之中，他身上不时流露出第一眼无法确定的某种漫不经心和百无聊赖。"[1] 为了捉弄报复齐洛夫，朋友们让一个小男孩给他送来追悼花圈，上面的题词极具讽刺性意味："极度悲哀的朋友送给在工作中英年早逝的不朽的维克多·亚历山德罗维奇·齐洛夫。"[2] 随之音乐声起，齐洛夫开始六段人生回忆，人物和谈话在不同旋律下则显出别样意味。

第一个回忆在齐洛夫新居："齐洛夫的房间。齐洛夫和加琳娜在等候客人。加琳娜拍了一下身边的一张桌子、一把椅子、一张铁床、一个行李箱——这就是全部家具。"[3] 齐洛夫和朋友聚会庆贺乔迁之喜，收到朋友送来的不同礼物，诸如大丝绒公猫、长凳、打猎用具等。妻子加琳娜二十六岁，是一名尽职尽责的教师，重视家庭，

---

[1] *Вампилов, А.В.* Утиная охота. Пьесы, рассказы. М.: Эксмо, 2012, С. 189.

[2] Там же, С. 191.

[3] Там же, С. 202.

热爱工作,雅致但脆弱,"在她脸上几乎长期有一种操心和专注的表情"①。第二个回忆在机关办事处:办事处的一个房间里,只有"一扇窗户、两个粗糙的柜子、四张桌子。萨亚宾坐在其中的一张桌子前"②。齐洛夫玩忽职守,用抛硬币决定是否签字:"听我说,我们抛个签——事情就定了。是鹰——就发;是字——就认了,只当我们什么文章也没见过。"③他对自己的评价是:"我倒能做点事。不过,我不想,没愿望。"④第三个回忆在齐洛夫家里。伴随舞台灯光亮起,房间里略显凌乱。"沙发床,几把椅子,窗台上放着薇拉送的丝绒猫。清晨。加琳娜坐在书桌旁睡着了。桌上一叠作业本,台灯亮着。"⑤他的妻子贤惠体贴,持家有方,但齐洛夫却冷落妻子,时常与情人偷情。第四个回忆在技术情报所:"舞台转动,灯光亮起。……技术情报所。齐洛夫和萨亚宾。萨亚宾在写什么东西。"⑥在收到父亲病危电报之际,齐洛夫仍然沉溺于个人享受,与中学毕业生伊琳娜约会。第五个回忆发生在齐洛夫家中:"台上出现用墙和门隔起来的两个房间。一个房间里,齐洛夫坐在桌前做打猎准备工作,桌上放着天平、各式各样的盒子、弹筒。在这个房间里,猎枪、木头鸭子、齐洛夫的大相片引人注目。相片上齐洛夫打猎装束,挂满猎物,深处以大自然为背景。另一件,是庆祝新居的房间。加琳娜忙着准备行装。"⑦面对妻子的离开决定,齐洛夫苦苦哀求:"我什么都没有——只有你,今天我才明白了,你听见了吗?除了你,我有什么?朋友吗?我什么朋友也没有……女人吗?是的,有过,可是要她们干嘛?我不需要她们,相信我吧……"⑧这一段话正是他的心里话,是他内心的真实表白。他需要的是温柔的贤妻、漂亮的情人、浪漫的生活、精致的美食、热闹的朋友;他能做的是洞察世事,通晓世故,随波逐流,随遇而安,但不愿尽心尽力,不愿承担责任。第六个回忆在"勿忘侬"咖啡馆。"两张桌子拼在一起。齐洛夫和服务员。服务员铺桌布,齐洛夫坐在首席。他穿着深颜色衣服,庄重而激动。"⑨齐洛夫醉眼惺忪,指责

① *Вампилов, А.В.* Утиная охота. Пьесы, рассказы. М.: Эксмо, 2012, С. 203.
② Там же, С. 218.
③ Там же, С. 225.
④ Там же, С. 236.
⑤ Там же, С. 227.
⑥ Там же, С. 235.
⑦ Там же, С. 250-251.
⑧ Там же, С. 255.
⑨ Там же, С. 259.

朋友的虚伪自私："滚！见你们的鬼去吧！我再也不愿跟你们来往了！渣滓！你们该死！"① 对齐洛夫的丑态，妻子加琳娜喊道："你也跟他们一起滚！"② 如此首尾呼应，前后勾连，一幕幕回忆如幻灯片一般在齐洛夫眼前闪过。

剧作最后，齐洛夫约朋友一同外出打野鸭："只有在那儿你才感到自己是个人。"③ 如同契诃夫《三姐妹》中"到莫斯科去"的朦胧而美好的期盼，"去打野鸭"不仅是贯穿始终带有隐喻意义的艺术意象，也是齐洛夫找到人生定位开始新生活的象征。能否顺利打到美好的野鸭，能否恢复自己的生机，能否找到人生的美好理想……这些给读者留下无穷的想象和推测。

《打野鸭》之所以重要，成为经典，备受关注，并非因为其先锋的创作手法和艺术技巧，亦非其忠实继承了普希金、奥斯特洛夫斯基、契诃夫等开创的民族戏剧传统，而在于切实触摸到1960–1980年代俄罗斯的时代脉搏和社会问题，成功塑造出典型的"多余人"齐洛夫形象和"齐洛夫综合征"（Зиловщина）。一方面，齐洛夫们撒谎成性，生活放荡，假作忠诚，装出一副真挚状和可怜相；另一方面，他们又洞察世事人情冷暖，冷眼旁观人生百态，想过严肃而有价值人生，却一时心灰意冷，无从做起——这种介于好坏善恶美丑之间，不好不坏不善不恶不美不丑的复杂形象，不仅仅是齐洛夫的综合表征，也是1980年代俄罗斯中年一代的集体表征。可以说，"齐洛夫综合征"是1980年代苏联停滞时期一代人的群体肖像："这是些不很善良的人，但又不是很坏；他们知道一切原则，但却又不总是遵守原则；不是绝对的傻瓜，但却根本也不真是聪明人；他们也识文断字，但绝不是博览群书；他们也关心父母、供养孩子、不抛弃妻子，但却不是爱他们当中的任何人；他们也在完成工作，但并不爱自己的工作；他们什么都不相信，但又迷信：幻想的东西别减少，自己的东西也能更多。"④《打野鸭》对当代俄罗斯戏剧影响比较深远，颇为典型："在 A.加林的《东方看台》、С.兹洛特尼科夫的《男人向女人走来》、Л.彼特鲁舍夫斯卡娅的《欣扎诺》和《音乐课》、В.斯拉夫金的《掷环游戏》等剧作中，主人公正是这类人物。"⑤

---

① *Вампилов, А.В.* Утиная охота. Пьесы, рассказы. М.: Эксмо, 2012, С. 268-269.

② Там же, С. 269.

③ Там же, С. 255.

④ [俄] 符·维·阿格诺索夫主编：《20世纪俄罗斯文学》，凌建侯等译，北京：中国人民大学出版社，2001年，第628页。

⑤ 同上。

该剧让读者感受到苏联后期社会存在复杂的道德问题和伦理危机,社会群体与文化传统碾压着个性独立与理想追求,进而严重威胁着社会发展和个人精神。

三、"修栅栏":《去年夏天在丘里木斯克》中的悲喜剧性

两幕正剧《去年夏天在丘里木斯克》的情节并不复杂,人物只有九位,故事发生在丘里木斯克小镇上泰加森林饭馆周围。剧作开篇写道:"一座老式木房子:高高的台阶,凉台,还有一间阁楼。……房前有一条木板人行道和一座像房子同样古老的花园。花园里长着一圈醋栗,中间长着各种花草……花园的位置显然:妨碍那些从街上右侧到饭馆去的顾客,他们必须沿着半个花园栅栏的人行道绕一段路。……栅栏上边有两块板被拆了下来,醋栗丛折断了,花草也被践踏得不成样子。"① 饭馆所在的老式木房子、房前的老花园和花园前的栅栏,既是故事人物的主要行动场所和活动环境,也映照出不同人物的道德品质和精神状态,具有明显的隐喻意义和象征意味。万比洛夫从三件生活小事(沙曼诺夫的失意厌世、瓦莲京娜的修理栅栏、叶列麦耶夫的养老金问题)淡淡写来,三条平行线索既彼此交叉,又独立发展,贯穿戏剧始终;三条线索将生活的偶然性和人生的必然性巧妙关联起来,在故事的偶然性中暗含着事件的必然性,而必然性结局中又穿插着偶然性因素。

线索之一,女孩瓦莲京娜的命运遭遇。在一个空气清新的夏日清晨,身材匀称、长相秀美的瓦莲京娜(Валетина)走向饭馆。她"穿着一件夏季印花布连衫裙,光脚穿一双便宜的皮鞋。头发随便梳了一下"。② 她走进花园,小心修理被损坏的栅栏:"从地上捡起拆下来的栅栏板,装回原处,然后扶直花草,着手修理便门。但是,便门却掉了下来,哗啦倒在地上。"③ 经过长期观察和几次接触,瓦莲京娜对正直的沙曼诺夫产生爱慕之心和思念之情,但由于沙曼诺夫与药剂师卡士金娜的暧昧关系,她一直没有将心中爱意向沙曼诺夫袒露。在向沙曼诺夫坦陈爱恋之后,瓦莲京娜度过了人生中短暂即逝的美丽时光。沙曼诺夫托叶列麦耶夫将便条转交瓦莲京娜,让她晚上十点钟等他,然而卡士金娜用花言巧语将便条骗来扣下。于是,有情人终究未能如愿以偿共赴美好的未来。偶然性永远改变了瓦莲京娜的一生。当天晚上,痛苦

---

① [苏]万比洛夫:《万比洛夫戏剧集》,赵鼎真等译,合肥:安徽人民出版社,1980年,第362页。
② 同上书,第363页。
③ 同上书,第363页。

万分的瓦莲京娜被 24 岁的帕士卡轻佻侮辱并粗暴占有。沙曼诺夫得知真相后,准备离开伤心的小镇,面对并不美好的世界和并不理想的生活,瓦莲京娜并未失去善良美好的品质,仍旧在修理栅栏,在渴望未来的美好:"她严肃而平静地走上凉台。突然停下来,把头转向花园。她不慌不忙,但是坚定地走向花园,走近栅栏,加固木板。……瓦莲京娜走向花园便门,修理便门,像常常发生的事一样,在她的工作中也有阻碍。"① 在中央戏剧学院导演系姜涛博士的论述中:"瓦莲京娜与沙曼诺夫爱情的'向日葵'虽然枯萎了,但是……每个人都不同程度地开始重新思考自己的生活。于是在全剧的结尾,……整个乐池长满了鲜花,半透明的塑料底幕后面隐约现出一座美丽的大森林,当塑料底幕升起时,画幕上那一片美丽的俄罗斯森林完全进入观众的视线,整个舞台在转台的转动中渐渐成为一座美丽的花园。"② 万比洛夫继承契诃夫的内向化和日常化戏剧传统,善于通过细节描写突出人物个性,通过隐喻意象展示人物心理,通过对白和潜台词呈现内心冲突。由此,"修理栅栏"不仅仅是修理行为举止之丑和人际关系之冷,更是修缮思想意识之恶和内心精神之假;"守护花园"不仅仅是守护现实生活之善和自我内在之美,更是守护精神家园之美和世界美好之真。

线索之二,青年沙曼诺夫的失意厌世。32 岁的侦察员沙曼诺夫(Шаманов)形神消瘦,与《打野鸭》中的齐洛夫极为类似,内心善良公正却心生厌世之心,洞察世事却又内心迷惘:"他身上的一切——穿着、说话、举止——都显出邋遢、放荡和毫不掩饰的散漫、玩世不恭。有时候,他边听别人说话,头就往下冲——好像突然睡去一样。诚然,有时候他会变得活跃起来,短时间里精力充沛一阵,但是,过了这阵子,他通常变得特别淡漠。"③ 由于在案件审理中主持正义,沙曼诺夫开罪了当地有权有势者,案子被审判延期,他便离开闹市来到丘里木斯克小镇,在自然中寻求精神的解脱。一天早上,沙曼诺夫问为何修理栅栏,瓦莲京娜解释说:"修理栅栏是为了使它完好无损……直到他们学会沿人行道走为止",而"您总是沿人行道走的"④。得知可爱的瓦莲京娜爱上自己,沙曼诺夫感觉精神为之一振,人生焕然一新:

---

① [苏]万比洛夫:《万比洛夫戏剧集》,赵鼎真等译,合肥:安徽人民出版社,1980 年,第 448 页。
② 姜涛:《万比洛夫的"日常性"与二度创作中的写实象征:〈去年夏天在丘里木斯克〉的导演创作课题》,《戏剧》(中央戏剧学院学报)2004 年第 4 期,第 124 页。
③ [苏]万比洛夫:《万比洛夫戏剧集》,赵鼎真等译,合肥:安徽人民出版社,1980 年,第 376 页。
④ 同上书,第 399、400 页。

"她突然出现了,就像乌云中射出一线光芒。"①她的高尚情操将沙曼诺夫从麻木不仁的精神状态中唤醒;她的悲剧遭遇让沙曼诺夫认真思考人生并积极面对一切。一如《打野鸭》中的齐洛夫,万比洛夫对沙曼诺夫既有积极的肯定和认同,又有淡然的拒斥与否定。

线索之三,老人叶列麦耶夫的不公遭遇。叶列麦耶夫(Елемеев)年近半百,历经生活磨难和世事沧桑是"一个干巴巴的老头:个头不高,有点驼背。他的眼睛眯成一条缝,脸色黝黑——所谓'熏过的';白发苍苍,许久没有理过了"②。老人来自深山老林,孤苦伶仃,身体有病,曾为地质队做四十年向导。由于当权者只认证明不认人,老人退休后一直未领到养老金,为此希望得到他人的帮助。尽管被办事员轻视侮辱,被周围世人遗忘,被卡士金娜欺骗,没弄到养老金证明,但叶列麦耶夫性格坚忍,自尊自爱。虽然饱尝人情冷暖和酸甜苦辣,但老人仍然对未来充满一丝希冀,对森林充满敬意和爱护:"大森林在等我,野果在等我,松果在等我。松鼠也在等我……我还是冬天再来吧。"③万比洛夫给予老人以极大的尊敬和莫大的同情,其描人状物的艺术手法朴实含蓄,很能引起读者的共鸣和观众的认同。

作为最接近契诃夫风格的剧作④,《去年夏天在丘里木斯克》将悲剧性和喜剧性、幽默性和隐喻性、散文化与抒情性有机结合起来。在某种程度上,该剧作与《打野鸭》构成彼此映衬的同构联系,形成相互对照的凝视关系:相同的是,该作探讨主题同样表现为失去自我与自我毁灭;不同的是,该作着眼点在于展现人物的道德复兴与自我救赎。与剧作主题密切关联的是两个善良主人公的不同命运:一个是32岁的青年审判员沙曼诺夫,正直善良天赋极高,因社会不公而心生倦意;一个是不到18岁的小镇姑娘瓦莲京娜,淳朴善良性格内向,对他人充满爱心。与此同时,该作充满诗意的象征和浓厚的隐喻,以道德心理的内在冲突、浮雕似的人物类型、戏剧性的日常生活以及诗意化的生活意象,营造出经典的戏剧氛围。

---

① [苏]万比洛夫:《万比洛夫戏剧集》,赵鼎真等译,合肥:安徽人民出版社,1980年,第407页。
② 同上书,第363页。
③ 同上书,第448页。
④ 参阅苏玲:《传统的回声:论〈去年夏天在丘里木斯克〉中的契诃夫传统元素》,载《俄罗斯文化评论》第1辑,北京:人民文学出版社,2006年,第249—261页。

第四节 "纪实性"与"先锋性"：当代"新戏剧"浪潮管窥[①]

漫步在莫斯科和彼得堡风格各异的剧院橱窗前，时常可以看到设计独特的戏剧海报和精美大方的广告介绍，其中既有很多令人颇感陌生的剧作家，诸如奥·米哈伊洛娃（Ольга Михайлова）、伊·伊萨耶娃（Елена Исаева）、克·德拉贡斯卡娅（Ксения Драгунская）、瓦·列瓦诺夫（Вадим Леванов）马·库罗奇金（Максим Курочкин）、伊·维雷帕耶夫（Иван Вырыпаев）、普列斯尼亚科夫兄弟（Олег и Владимир Пресняковы）以及杜尔涅科夫兄弟（Михаил и Вячеслав Дурнековы）；又有不少令人闻所未闻的当代新剧，诸如《关于妈妈和我》（Про мою маму и про меня）、《无家可归者》（Бездомные）、《士兵家书》（Солдатские письма）、《荒诞的网域》（Дикий рунет）、《激情之罪》（Преступления страсти）。这大概是当代俄罗斯"新戏剧"的日常生活投影。在当代俄罗斯戏剧界，结党营社的戏剧流派渐行式微，影响时代的艺术思潮逐渐消隐，而彰显个性的戏剧创作成为时代显学，求新求变的艺术行为引领一时潮流。尽管文学已然边缘化、自由化和商业化，然而戏剧家仍然在实验创作，寻找契合当下的戏剧主题、策略、内容；导演和演员依旧在探索表演，建构震撼人心的戏剧意象、梦境、思想。这似乎是当代俄罗斯"新戏剧"的自我审美影像。在当代俄罗斯学术界，"新戏剧"已然引起研究者的密切关注和极大兴趣，诸如《暴力表演："新戏剧"的文学和剧场实验》（2012）[②]探讨其产生语境、文化地位和主要品性，《20世纪末到21世纪初的俄罗斯戏剧》（2005，2006，2007，2009）[③]、《20世纪末到21世纪初俄罗斯戏剧中的喜剧》（2008）[④]和《当代俄罗斯戏剧》（1999，2002，2003）[⑤]关注其产生由来、代表人物和功能作用，《20世纪末到21世

[①] 本节内容曾以"传统抑或先锋：当代俄罗斯'新戏剧'浪潮"为题，刊发于《文艺报》2013-02-01，世界文学版。

[②] См.: *Липовецкий, Марк* и *Биргит Боймерс*. Перформансы насилия: литературные и театральные эксперименты "Новой драмы". М.: НЛО, 2012.

[③] См.: *Громова, М.И.* Русская драматургия конца XX – начала XXI века. М.: Флинта и Наука, 2005, 2006, 2007, 2009.

[④] См.: *Гончарова–Грабовская, С.Я.* Комедия в русской драматургии конца XX – начала XXI века. М.: Флинта и Наука, 2008.

[⑤] См.: *Громова, М.И.* Русская современная драматургия. М.: Флинта и Наука, 1999, 2002, 2003.

纪初的俄罗斯戏剧》《20 世纪俄罗斯戏剧》(2003)①和《俄罗斯戏剧史：从起源到 20 世纪末》(2011)②关注其文学传承与艺术创新。这或许是当代俄罗斯"新戏剧"的学理研究图谱。

倘若说在 20 世纪末，尚有人对"新戏剧"(новая драма)提出疑问，"最新戏剧？……难道它存在吗？如果存在，它在哪儿呢？"，那么，在当代俄罗斯戏剧界和文学界，"新戏剧"呼应着 20–21 世纪之交文学创作和剧场演出"需要新形式"(Нужны новые формы)③的时代要求，已然形成一股既承继 19–20 世纪之交俄罗斯"新浪潮"戏剧又呼应欧美"实验"戏剧的戏剧浪潮，成为一种引起广泛关注的文学现象和文化行为。那么，"新戏剧"究竟怎样产生，有何特点呢？

一、"新戏剧"的由来与兴起

作为一个专门术语和文化现象，20–21 世纪之交的"新戏剧"并非严格意义上有哲学理念作为基础、有美学理念作为核心、有戏剧手法作为策略、有固定人员作为代表的艺术思潮和戏剧流派，而是相对自由松散的、有共同艺术旨趣、有近似艺术理念的戏剧共同体。一般说来，"新戏剧"主要指涉 1990 年代以"留比莫夫卡戏剧节"(Фестиваль Любимовка)、"欧亚大陆"(Евразия)、"表演人物"(Действующие лица) 等组织为平台，以"纪实剧院"(Teatp.doc) 和各种戏剧工作室等为创作舞台和表演阵地，融戏剧创作、戏剧表演、戏剧导演、戏剧批评以及戏剧研究为一体的戏剧共同体。"新戏剧"成员多为苏联解体之后崭露头角的年轻一代，主要有米·乌加洛夫 (Михаил Угаров)、叶·格列米娜 (Елена Гремина)、奥·米哈伊洛娃、伊·伊萨耶娃、瓦·列瓦诺夫、克·德拉贡斯卡娅、马·库罗奇金、奥·穆欣娜 (Ольга Мухина)、奥·博加耶夫 (Олег Богаев)、鲁·马里科夫 (Руслан Маликов)、伊·维雷帕耶夫、叶·纳尔申 (Екатерина Нарши)、瓦·希格列夫 (Василий Сигарев)、普列斯尼亚科夫兄弟，以及杜尔涅科夫兄弟等人。

有意思的是，关于"新戏剧"如何产生，怎样由来，当代俄罗斯戏剧界大多莫

---

① 见：*Канунникова, И.А.* Русская драматургия XX века. М.: Флинта и Наука, 2003.

② 见：История русского драматического театра: от его истоков до конца XX века. М.: Российский университет театрального искусства-ГИТИС, 2011.

③ 见：*Бояков Эдуард, Марина Давыдова, Даниил Дондурей*. «Нужны новые формы. Новые формы нужны?». Беседа о «новой драме». // Искусство кино, №. 2, февраль, 2004.

衷一是，颇有争议，主要存在三种看法。其一，"新戏剧"来源于欧美的戏剧技术手段——"词句转换"（verbatim/вербатим，意即"逐词逐句地""一字不差地"，亦可音译为"维尔巴基姆"）。该技术手段现已被不同国家的许多剧院广泛采用：在忠实于书面语言剪辑的新途径探索中，它是独具特色的戏剧文本创作的技术手段；对戏剧创作技术而言，它首先意味着选择主题，其次是艺术手法的实验与创新。其二，"新戏剧"生成于俄罗斯的"新戏剧"节（Фестиваль «новая драма»）。"新戏剧节"指的是2002年成立的一种非商业性的、独立运作的民间戏剧组织，由叶莲娜·格列米娜和爱德华·博雅科夫（Эдуард Бояков）等戏剧家、评论家、社会活动家在莫斯科发起，团结了一大批出生于20世纪六七十年代的年轻一代剧作家，他们构成"新戏剧"的代表和中坚。其三，"新戏剧"起源于欧美剧坛的"新写作"（new writing）。"新写作"以戏剧诗学的悲剧性、残酷性、孤独落寞等特点而闻名欧美，代表剧作家主要有雷温希尔、凯恩、施瓦博、冯·麦耶尔堡等人[①]。

不难看出，当代俄罗斯"新戏剧"的生成，是俄罗斯戏剧传统与西方现代技术、本土戏剧特质与外来戏剧因素共同作用的结果。当代俄罗斯著名戏剧家维克多·斯拉夫金（Виктор Славкин，1935–2014）曾是20世纪70年代末、80年代初"新浪潮"戏剧的一员，亲眼见证"新戏剧"的产生和发展。在《电影艺术》2004年第2期，斯拉夫金撰文《直言陈说：今日戏剧的新与旧》指出："在当今年轻剧作家一代和三十年前左右开始创作的剧作家之间，存在着亲属关系，尽管他们被命名为'新戏剧'，而我们被称为'新浪潮'……我们有柳德米拉·彼特鲁舍夫斯卡娅、阿列克谢·卡赞采夫、马尔科·罗佐夫斯基、奥尔加·库奇金娜、安娜·罗金诺娃……有人支持我们，帮助我们走出阿尔布佐夫和罗佐夫的舞台；'新浪潮'中的某些人和我们下一辈的伙伴们，积极参加'新戏剧'的发展。顺便说一下，即使在苏联时期，在不同时代的戏剧家之间也不存在对抗。正如那时我们所说，'我们有热心老人'。这种传统一直沿传至今。借助阿列克谢·卡赞采夫的巨大能量，在老同志米哈伊尔·罗辛的支持下，新的剧作家拥有了自己的剧院——莫斯科'剧作和导演中心'。在我们之后——叶莲娜·格列米娜、米哈伊尔·乌加洛夫、奥尔加·米哈伊洛娃——在留

---

① 详情参阅拙文《"词句转换"：一种先锋戏剧理念的兴起》，《外国文学研究》2012年第1期。

比莫夫卡举行过讨论课,通过这种讨论诞生出几乎所有今天的剧作家。"①

当代俄罗斯"新戏剧"的生成与嬗变、创作与发展,与19–20世纪之交以易卜生、豪普特曼、斯特林堡、契诃夫等人的戏剧创作,无论是在结局的不确定性、人物的反思性、感觉的无出路性,还是在艺术形式的实验探索、个性塑造的兴趣指向、在批评图景中的所处位置等方面,都有着颇多相似之处。在当代俄罗斯戏剧界、文学界和知识界,"新戏剧"一直发挥着承上启下、沟通内外的重要作用,在实验与探索、承继与更新、传承与嬗变、传统与先锋等不同因素中,求新求变,变动不居。作为当代俄罗斯戏剧的中间群体,在时间背景上,"新戏剧"成员普遍成长在苏联后期,在1990年代中期登上剧坛,兼有传统与现代的特点;在年龄划分上,他们上承戏剧"新浪潮"一代,下启新生一代,兼有解构与建构、先锋与实验的特点;在性别构成上,他们打破男性一统剧坛的传统,使女性文学成为当代俄罗斯文坛的重要现象和组成部分;在艺术手法上,他们以"词句转换"为技术手段,分属不同文学流派和文学思潮,兼有先锋与荒诞、实验与探索的双重特点;在艺术风格上,他们倾向于综合多种艺术因子和文学元素,表现为多样化的风格特征;在平台阵地上,留比莫夫卡戏剧节和"纪实剧院"被视为其展示载体,在保留着民间运营体制的同时,不同程度地被纳入国家戏剧文化的机制中,兼有国家和民间的双重特质。

至此可以说,"新戏剧"浪潮在作家构成、艺术手法、技术手段、舞台形态等层面深刻影响着当代俄罗斯戏剧的发展与嬗变,形成以"留比莫夫卡戏剧节"为平台,以"留比莫夫卡之子"为主体,以先锋"纪实剧院"为主要舞台,以"词句转换"为技术手段的综合性戏剧现象。如此一来,"新戏剧"的外部群体特征和内部艺术品性,承继当代俄罗斯"新浪潮"戏剧的戏剧传统,借鉴着当代欧美戏剧的先进技术和创作理念,折射出当代俄罗斯戏剧在本土资源与外来话语、传统特质与先锋手法、大众美学与精英意识、国家体制与市场运作等对立因素中不断实验、探索和开掘的特征。

二、"新戏剧"的品格与追求

"新戏剧"汲取欧美先锋戏剧手段的养分,继承俄罗斯民族戏剧传统、白银时代

---

① См.: *Славкин, Виктор.* Прямое высказываниие. Старое и новое в сегодняшнем театре. // Искусство кино, № 2, февраль, 2004; *Тимина, С.И.* (ред) Современная русская литература конца XX - начала XXI века. М.: Академия, 2011, С. 352-353.

戏剧因素和苏联戏剧因子,关注现实人生倡导人道主义,以大胆而先锋的艺术实践拓展当代俄罗斯戏剧的发展之路,形成以"纪实剧"为代表的戏剧流派,以"纪实剧院"为代表的先锋舞台和实验剧场。与此同时,随着剧作家和理论家的深入思考和学理关注,以"词语转换"为表征的"新戏剧"摆脱纯技术层面的拘囿,深入戏剧理念的实验、更新和探索中,形成以亚文化实证哲学为哲理底蕴、以语言转换与精神表述为媒介手段以及以新社群性、反布尔乔亚和先锋特质为美学特征的整体理念[1]。就本质层面而言,与1960年代的"万比洛夫派"不同,与改革时期的"新浪潮"相异,"新戏剧"一代剧作家和导演并非热衷于宏大社会叙事和全球政治隐喻,而是接受和认同社会现实人生,习惯思考人生哲理问题。就语言层面而言,"词语转换"是一种吸收方言现场的创作方式,或者是一个心灵得以栖息的精神家园,藉此剧作家可以洞察人物内心分析形象性格。就美学层面而言,"新戏剧"的美学特征主要体现在三点,即:如实反映现实社会和人的精神的新社群性,反布尔乔亚式的现实定位或反魅力式的自我姿态,以及超自然主义或超分析性的先锋特质[2]。

在"新戏剧"剧作中,主人公已然从启蒙叙事的导师讲坛和布道神坛上走下来,摆脱了知识分子的身份和居高临下的姿态,仿佛就是你我身边普通平凡的一员,是面临内心焦虑的芸芸众生的一分子。他们或是罗季奥诺夫(Александр Родионов)和库罗奇金合写的《无家可归者》中的流浪汉,卡卢日斯金赫(Елена Калужских)的《战士家书》中的士兵,罗季奥诺夫的《摩尔达维亚人的争夺纸盒之战》中的囚犯,卡鲁沙诺夫(Сергей Калужанов)的《草叉》中的醉鬼形象;他们或是疲于应付PR的管理人员、政治技术专家和电视现场秀的制造者,诸如达尔菲(Ольга Дарфи)的《冷静的PR-1》;他们或是被某种社会心理问题所支配,诸如辛金娜(Галина Синькина)的《激情之罪》中杀死自己爱人的女人,列瓦诺夫的《一百普特爱情》中通俗歌星的粉丝,纳尔申的《荒诞的网域》中的网瘾者,扎巴卢耶夫(Владимир Забалуев)和津兹诺夫(Алексей Зензинов)合著的《美女们》中的漂亮时尚女郎;他们或是伊萨耶娃的《第一个男人》中的父爱受害者和感情受伤者,尼基弗洛夫(Виктор Никифоров)的《金钱剧本》中的自杀的青少年、银行阴谋和诈骗的受害

---

[1] Beumers, Birgit and Mark Lipovetsky. *Performing Violence: Literary and Theatrical Experiments of New Russian Drama*. Bristol and Chicago: Intellect Ltd, 2009, pp. 212-213.

[2] 详情参阅拙文《"词句转换":一种先锋戏剧理念的兴起》,《外国文学研究》2012年第1期。

者，纳尔申的《沉没》中的库尔斯克号潜艇人员。因此，"新戏剧"作者"可以相信，根据他们的作品，历史学家和社会学家可以研究人们和21世纪初的情绪。时间和节奏将使他们适应这种戏剧环境。人类在任何时候都没有掉进信息的万花筒中，在其中生活的图案以惊人的速度不断变换着。或许这只能借助于'公开的广角照片'来记录。每天他们遇到的日常事件，很快变得众人皆知，或许需要他们以一个公开的、直接的形式来深思，不是以记叙故事的方式，而是通过积累片段和情节的途径"[1]。

"新戏剧"以其强烈的现实感、深切的人道感、先锋的艺术感，"抓住了时代的原始现实"，对现实生活进行了定期记录，对各色人物制作了各种模像，触摸到了普通人的内心世界和时代的脉搏跳动。这不仅仅是当代俄罗斯文学进程所认同的，也是当代俄罗斯戏剧所需要的。在"新戏剧"的剧作文本和舞台表演中，可以发现传统与现代的结合，体会到过去与现在的交融，触摸到先锋与颓废的脉动，体验到国家与个性的交织，管窥到细腻与粗犷的并置。正是以上这些相互矛盾或彼此对照的戏剧特质的结合和存在，给20—21世纪之交的俄罗斯戏剧带来无限的实验生机和蓬勃的创作空间，给处于文化转型中的俄罗斯戏剧开辟着兼具传统与现代的戏剧美学之途。"新戏剧"的生成发展、蔚为大观和多样化的话语实践，与俄罗斯20—21世纪之交的政治、社会、文化变迁紧密相连，如符合契，互为映照。从主体性的凸显到个体化的张扬，从苏联帝国式自我想象到现代国家式族群认同，从意识形态的弥漫到官方意识的消解，从国家体制的保护到商业利益的竞争，俄罗斯戏剧话语模式经历了一个解构崇高和消解权威的艰难过程，度过了一个追求去意识形态和去神化的激情时期，走向一个消费主义和犬儒主义盛行的大众文化阶段。与此同时，对于"新戏剧"而言，如何超越亚文化状态，怎样创新戏剧表现手法，如何扩大戏剧影响力，应该是其着重思考和解决的现实问题。一如戏剧批评家 П. 鲁德涅夫在《新世界》2005年第11期上的文章《鲁德涅夫戏剧印象》所言，"新戏剧"不仅仅要描写社会底层普通人的百态人生，更新剧本创作手法和表演策略，更要以人道情怀和弥赛亚使命感，战胜今天所处的亚文化状态，成为一种时代文化[2]。如此一来，当代俄罗斯"新戏剧"的兴起和嬗变、实验与探索，成为管窥从苏联时期到后苏联时期俄罗斯戏

---

[1] Тимина, С.И.（ред.）Современная русская литература конца XX–начала XXI века. М.: Академия, 2011, С. 353–354.

[2] Там же, С. 371.

剧转型的一枚典型切片和鲜活标本,既鲜明地映照出当代俄罗斯戏剧的独特发展之途,也昭示着审美现代性在俄罗斯的坎坷之路和多舛之途。

一般说来,莫斯科和彼得堡的每年冬季都有繁忙而密集的戏剧演出季,各大剧院提前通过海报、网络、电视、报纸、广播等媒体,向公众公布各种不同的剧演信息:古典剧目和现代剧目交相辉映,外来剧作与当代新作此起彼伏,传统剧目与先锋新作各显千秋,西方戏剧与东方艺术彼此彰显,由此形成一个多声道的戏剧演出的狂欢节。虽然各大剧院的票价一般价格不菲,但观众仍然心甘情愿在剧院售票窗口前排队一天,购买若干天后的戏剧,然后精心准备盛装前往,享受精神的愉悦和艺术的熏陶。虽然剧作选集普遍书价不低,但仍不乏戏剧爱好者前来购买,如痴如醉地埋头阅读,享受艺术带来的宁静和哲理的深思。这种浓厚的艺术氛围和文学影像,如同一盏熠熠生辉的灯火,射出动人心魄的热量,久久温暖着每一个莫斯科人的身心;而莫斯科人和彼得堡人的浪漫激情和艺术气质,如同一面流光溢彩的镜子,折射出平滑清丽的光影,催生出绚丽多彩的当代戏剧艺术。两者在逻辑上彼此同构,在现实中相互影响,构成一个颇具艺术气息和文学氛围的精神场域。这种令人感动的人文场景和引人深思的精神追求,在自觉抵挡商业主义和大众文化的侵袭的同时,也在无形中建构了当代俄罗斯人的文化家园和精神乌托邦。

结语　东西南北的融合：20世纪俄罗斯文学伦理谱系特点

著名文学批评家爱德华·萨义德（Edward W. Said）曾言："回顾过去是解释现在的最常见的策略。使用这种方法的原因只是由于对过去发生了什么和过去是什么样子产生了意见分歧；还有关于过去是否真的已经完全彻底地过去，或是对于它是否还在继续的不确定，尽管过去也许以不同的形式而存在。"[①] 已然成为历史文本记忆的20世纪百年，既是人类历史上一个惊心动魄、耐人寻味的世纪，也是俄罗斯发展史上一段非同一般、波折不断的时期。在社会历史、政治经济、道德伦理、文学艺术、文化思想等各个方面，20世纪的俄罗斯都留下了有待总结的丰富经验和亟待研究的历史遗产。诚如当代俄罗斯学者巴耶夫斯基（В. С. Баевский）所言："俄罗斯，一个奇特的国家。一个在世纪中期坚持下来并取得战争胜利的国家，一个为全人类历史付出了最多的鲜血和牺牲的国家，而在世纪初和世纪末，在一百年的运动中，在为了幸福和自由的不顾一切的冲动中，从内部自己摧毁了自己。"[②] 20世纪俄罗斯历史发展的复杂性和多样性，赋予俄罗斯文学伦理几近同样的复杂性和多样性。

一、20世纪俄罗斯文学伦理谱系的主要内涵

在长达千年的历史变迁和多种文化因子的积淀中，俄罗斯文学既受到斯拉夫民族伦理传统的内在制约，又受到北方斯堪的纳维亚文化的伦理因素与南方希腊－保

---

① [美]爱德华·W. 萨义德：《文化与帝国主义》，李琨译，北京：生活·读书·新知三联书店，2003年，第1—2页。

② *Баевский, В.С.* История русской литературы XX века: Компендиум. М.: Языки славянской культуры, 2003, С. 399.

加利亚文化的拜占庭伦理因素的前后影响。自彼得大帝改革开启俄罗斯西化浪潮以降，俄罗斯文学一直处在西欧文化与东方文化的摇摆之间，形成比较典型和非常鲜明的混合型伦理特点。由此，东方伦理因子、西欧伦理基因、南方伦理因素、北方伦理成分，以及斯拉夫民族伦理，各有不同，互有渗透，相互影响，彼此冲突，不断碰撞，相互融合，构成一个既有重叠吻合又有交叉逸出的网状结构。

其一，以斯拉夫性和集体主义为核心的斯拉夫伦理因素。受民族历史的影响和地理条件的限制，斯拉夫民族伦理分子构成俄罗斯文学伦理内涵的基础和前提。作为以俄罗斯人为主体的民族国家，"东斯拉夫信仰是俄罗斯文明是最重要的文化前提条件、出发点"[①]。从地理疆域角度来看，东斯拉夫人主要生活在一望无垠、广阔无边的东欧平原区域，大致介于乌克兰基辅和俄罗斯诺夫哥罗德之间，在黑海以北、彼得堡以南、波罗的海以东、乌拉尔山以西。这片自然条件并不十分优越的地理区域，被茂密阴暗的森林、四处出没的野兽、变幻莫测的天气、严酷剧变的气候所笼罩。早期斯拉夫民族所在的地理位置，使其逐渐形成适宜本土气候和生态环境的地域性农业文明，与开放性、扩张性、面向海洋的商业社会截然不同："俄罗斯人以热爱劳动，准确地说，以热爱农业劳动、以农民那出色的农业经验为特色。农业劳动是神圣的，俄罗斯人的农业和宗教被强化得无以复加。"[②] 广袤辽阔、恶劣寒冷的自然环境和东西结合处的地缘位置，使得俄罗斯人只有团结互助聚集合作，依靠集体力量和部落庇护才能更好地战胜自然，获得生产资料和生活来源。于是，在古罗斯村社中，土地与生产资料为人们共同占有，集体支配，在长期生活中自发性形成公有制意识。由此，在观念上个人便与集体达成一致，个人融于集体，成为集体一员，集体庇护个人，为个人提供归属，个体存在与集体存在互为依赖，互为因果；由此，在俄罗斯土地私有观念相对淡漠，而集体主义意识和公有制观念则相对彰显。如此一来，在从原始部落状态向封建社会的形态转换过程中，作为一种独特现象的村社（община）和一种民族意识的共同观念得以保存下来，成为俄罗斯思想中"综合性""整体性"和"集体性"形成的源头之一。这种以集体主义、生产资料公有、自然多神教崇拜为特色的情形，决定了俄罗斯后来能接受带有东方特色的拜占庭文化，

[①] *Ионов, И.Н.* Российская цивилизация VI - начало XX век. М.: Просвещение, 2000, С. 20

[②] *Лихачёв, Д.С.* Русский исторический опыт и европейская культура. // Раздумья о России. СПб.: Logos, 1999, С. 34.

并与来自东方的阿尔泰-蒙古文化彼此融合,与注重感性、直觉体验的东方文艺相互相融。由此,以村社为组织结构、以东正教为思想意识、以集体主义为主要标准的庄园体制,成为帝俄时期的主要社会经济与文化思想方式,进而导致历代俄罗斯王朝和政府推行的重农主义具有绵延不断的生命力。

其二,以聚合性为核心的东正教伦理因素。公元988年,基辅大公弗拉基米尔把带有南方希腊-拜占庭文化的东正教引入罗斯古国。此后来自南方希腊-保加利亚的基督教正教逐渐俄罗斯化,深度融入俄罗斯的历史演变、社会变迁和文化体制,潜在影响了俄罗斯人习焉不察的生活习俗、道德伦理、思维习惯。这对俄罗斯改变文明结构和伦理内涵具有十分重要的关键意义。著名古俄罗斯文学专家利哈乔夫认为:"罗斯的基督教化及与拜占庭宫廷通婚,把罗斯引入了根基多元化的欧洲民族大家庭",由此使得"俄罗斯文化始终是一种独特的欧洲文化,并且体现了与基督教相关的三种特性:个性原则、容易接受其他文化的普世主义、追求自由。斯拉夫主义者无一例外地指出了俄罗斯文化主要特征(特性)——综合性、共同性,它表现为基督趋向于追求普遍的和精神的原则。"① 俄罗斯接受来自南方的拜占庭-东正教文化,不仅使文明全面落后的古罗斯经由体系完备的东正教,迅速融入欧洲基督教文化谱系之中,而且通过种类繁复的拜占庭文化,系统传承了文明高度发达的西欧文化。作为"拓宽俄罗斯文明疆域的最重要的精神性事件"②,拜占庭-东正教文化在古罗斯的传播与接受、变异与重建,既有力沟通了俄罗斯与西欧文明,使俄罗斯直接进入欧洲基督教文明世界,传承了历史悠久的古希腊-罗马文化的基因,又使得俄罗斯与西欧在宗教精神上彼此差异,"莫斯科-第三罗马"(Москва-Третий Рим)等独特理念使得俄罗斯具有普世主义意识和世界主义使命,使得俄罗斯知识分子具有强烈的弥赛亚使命理想,进而深刻影响着俄罗斯的民族化形态和现代化进程③。

其三,以感性主义和神秘主义为代表的东方伦理因素。长达两百多年(1240–1480)的蒙古鞑靼统治,将东方感性主义、神秘主义、顿悟思想、东方伦理等文化因素,深深嵌入俄罗斯民间文化和伦理规范之中,使其具有比较明显的东方特征。因

---

① *Лихачёв, Д.С.* Крещение Руси и государство Русь. Русский исторический опыт и европейская культура. // Раздумья о России. СПб.: Logos, C. 73, 32.

② 林精华:《想象俄罗斯》,北京:人民文学出版社,2000年,第16页。

③ 同上书,第16—29页。

此，简单"全盘否定蒙古鞑靼统治对俄罗斯发展的深刻影响是不可能的"①。带有强烈东方色彩和专制集权的蒙古统治，极大改变了俄罗斯国家政治和社会历史的发展进程，强行中断了基辅罗斯与西欧基督教世界的文化关联，但却意外成为基辅罗斯与莫斯科罗斯之间的发展中介，使俄罗斯获得与众不同的东方文化伦理基因。在20世纪俄罗斯著名史学家列夫·古米廖夫（Лев Гумилёв）看来，"比起罗马专制政体和罗马教皇的影响来，蒙古鞑靼统治的意义并不逊色：它并不是表现在文化上的，而是无处不体现在风俗习惯上"②。从文明史和思想史角度来看，蒙古鞑靼统治可谓是"俄罗斯文明疆域的又一次改写"③。这不仅强力改变了俄罗斯文化的伦理秩序、内涵构成与发展道路，使其拥有以东方专制主义、感性主义和神秘主义为表征的东方因素，而且挤压并弱化了俄罗斯民族的主体性意识、知识阶层的思想性功能和农业经济的商业性活动，导致俄罗斯在生活方式、经济形式和思想意识等方面与西欧发展方向渐行渐远④。这应该是俄罗斯文学伦理关注道德问题、具有感性色彩、呈现神秘倾向的内在原因之一。

其四，以个人主义和理性主义为核心的西欧伦理因素。彼得大帝以强力手腕和强权政治，开启了"自上而下"国家主导的现代化路径和"俄体西用"注重物质的现代化模式，这在很大程度上奠定了俄罗斯现代化之路的主体基调和价值面向。由此，俄罗斯开启了真正意义上的寻道图强之途，也踏上了追求现代化的风雨之路。"在文化较量与优胜劣汰的历史过程中，对域外文化的憧憬与向往，对民族传统的怀念、舍弃、反思、批判与接受和选择，构成了由现代化价值观和民族性诉求的共存而形成的张力状态，形成了民族文化心理的焦虑。"⑤自普希金以降的作家大多成长于社会变革动荡之中，深切感受到现代化和民族化、西欧主义和斯拉夫主义、理性主义和理想主义等话语之间的矛盾冲突，并将自己的文化思考和精神忧思付诸文学创作。就文学思想史而论，俄罗斯文学叙事主题本质在于：或者叙述知识分子与俄

---

① Kenzie Mac, D. & Curran M.W. *A History of Russia, the Soviet Union & Beyond*. Cambridge: Cambridge University Press, 1993, p. 92.

② Гумилёв, Л.Н. Древняя Русь и Великая степь. М.: Политика, 1989, С. 466.

③ 林精华：《想象俄罗斯》，北京：人民文学出版社，2000年，第29页。

④ 同上书，第29—40页。

⑤ 谭好哲等：《现代性与民族性：中国文学理论建设的双重追求》，北京：社会科学文献出版社，2005年，第29页。

罗斯普通人之间的精神隔阂,以呈现西式现代化运动与斯拉夫本土文化之间的矛盾;或者叙述知识分子对东正教信仰的痴迷、疑惑,以呈现现代化语境下对民族精神探寻之艰难;或者叙述对神秘主义的留恋和对西方社会的恐惧,以呈现俄罗斯文化中东方性与西方性之间的冲突[①]。由此,俄罗斯文学不单单是作家在语言特色、叙事策略、艺术手法、艺术体式等形式上求新求变的审美载体,也是知识分子探讨民族性和现代性之间张力的公共平台,更是思想家探寻民族意识和思想哲学之间关联的精神载体和文化桥梁。

二、20世纪俄罗斯文学伦理谱系的主要特点

20世纪俄罗斯文学伦理书写历经突转而不辍,屡经波折而不断,数度破坏而绵延,体现出强烈的生命力、明显的阶段性、一定的变异性以及典型的外来性。由此,20世纪俄罗斯文学伦理书写特征主要表现为四点。

其一,多元性与杂糅性的统一。受特定历史阶段和社会发展特征的影响,20世纪俄罗斯文学相继涌现出白银时代文学、主潮文学、非主潮文学、境外文学、回归文学等不同现象,以或隐或显的不同方式探讨个人与他人、个人与社会、个人与自我、个人与上帝之间的伦理关系,其伦理演变体现出比较明显的多样性、比较强烈的实验性和比较清晰的阶段性特征。作为一种混合型的国别文学类型,俄罗斯文学的伦理内涵包孕来自东西南北四方的文化因素,其中既有以集体主义为核心、以村社为载体的斯拉夫伦理价值,又有以聚合性、神人说为核心,以东正教为载体的宗教伦理理念,既有以自由主义为核心、以文学艺术为载体的西方伦理价值,又有以神秘主义为核心、承载民族集体诉求的东方伦理观念。

其二,矛盾性与悖论性的融汇。20世纪俄罗斯文学先后经历了从现实主义、现代主义向社会主义现实主义、后现代主义、新现实主义的数度历史演变,呈现出变动不居、求新求变的总体态势,体现出世俗伦理、历史伦理、哲学伦理、宗教伦理等多重伦理彼此交织、相互融会的特色。其中,世俗伦理集中展示了俄罗斯作家对个人与他人、社会、家国、自我等关系的理解,忠实记录着俄罗斯社会的历史发展;哲学伦理对世俗伦理予以理性思考和抽象提升,展示出俄罗斯作家在关注道德内省、探讨生死人性、分析善恶美丑等恒久问题时所达到的高度和深度;宗教伦理则经由

[①] 林精华:《想象俄罗斯》,北京:人民文学出版社,2000年,第196页。

世俗伦理和哲学伦理的分析，在经验世界与理性世界之外，展示出俄罗斯作家内心精神的深厚博大与乌托邦冲动。

其三，渐变性与稳定性的结合。宏观而论 20 世纪俄罗斯文学伦理整体局面大致三分天下，三足鼎立，其中带有强烈乌托邦浪漫色彩的现实主义伦理显赫一时。社会主义现实主义主流伦理营造出一个乌托邦盛世图景，与之相背而驰的非主潮文学伦理小心翼翼地在严苛的书报审查中艰难生存，流散文学的思国怀乡念旧的伦理传统在俄罗斯境外承传不断。21 世纪，当代俄罗斯文学伦理在后现代主义的解构、拼贴、游戏的颠覆之下，似乎变得模糊不定，难以捉摸，但强烈的现实关切和深切的人道关怀仍有迹可寻。正是这种对民族伦理、社会伦理、个人伦理等问题的强烈关注，对国家走向、社会现实、个体存在等现象的深度探讨，使俄罗斯文学具备了穿越时空阻隔的思想功能，具有了走向世界文学的人文品质："责任伦理使得俄罗斯文学具有了预测并引领未来的思想功能，文学经典成为时代思想和社会心态走向的风向标。"[①]

其四，普适性与地方性的并置。20 世纪俄罗斯文学伦理的传统和内涵虽然发生过剧变和反复，却没有被同化和淹没，而是在与西方文学伦理的交融中获得新的生命力和新的包容性。与此同时，西方外来文学伦理虽有别于俄罗斯传统文学伦理，但在经过一番改造之后被吸收成为俄罗斯文学伦理中的新成分和新因子，从而有力推动了俄罗斯文学伦理的发展和文化伦理的嬗变。由此，俄罗斯文学伦理书写表现出普适性与地域性、世界性与民族性的融合与并置。这种矛盾性并置和悖论性融合，在相当程度上成就了俄罗斯文学深邃厚重、渊博深刻的内在品格，使其具有强大的责任伦理、深刻的灵魂关怀、内在的悲剧精神以及伟大崇高的理念；文学自身固有的地域传统、历史文化形成的自我品性、民族文化负载的斯拉夫特性和无所不在的东正教意识，形成俄罗斯文化与众不同的独特魅力[②]。在漫长的历史过程中，俄罗斯文学伦理内涵中的不同因素不断演变，演变中有所坚守，坚守斯拉夫民族集体主义伦理传统；不断碰撞，碰撞中有所融汇，融汇来自东西南北四方文化的伦理分子；不断深化，深化中有所凸显，凸显西欧伦理因子和东方伦理因子的左右摇摆。

百年来在俄罗斯文学伦理的形成建构过程中，作为民族伦理基础的斯拉夫伦理

---

① 张建华：《俄罗斯文学的思想功能》，《文汇报》2015-04-03，第 26 版"文汇学人"。
② 同上文。

分子和以东正教文化为核心的南方伦理因素，构成俄罗斯文学伦理坐标的两大基础性文化渊源，是俄罗斯文学伦理坐标的奠基性支柱，在其伦理内涵的建构中起着地基作用，铭刻着其文学伦理的传统来源与广度深度。以个人主义为核心的西欧伦理基因和以鞑靼蒙古文化为核心东方伦理因子，构成俄罗斯文学伦理坐标的两种提升性文化渊源，是俄罗斯文学伦理坐标的创造性支柱，在其伦理内涵的建构中起着引领作用，昭示着其文学伦理的外来源泉与思想厚度。由此，文学伦理构成的多元与破碎、伦理语境的变化与发展、文学现象的复调与驳杂，既呈现出文学谱系的复杂与文化体制的敞亮，也表现出精神趣味的多样与个体经验的分离。

在俄欧文化和东西伦理的双向交互中，20 世纪俄罗斯文学伦理和东西方文学伦理的态势并非彼此对等，保持不变，而是相互转化，变动不居。俄罗斯文学伦理并不是完全处于明显的弱势，东西方文学伦理亦非永远处于明显的强势，反之亦然。两者之间交流的开始、对话的实现、中和过程的完成、中和结果的实现，并不是整齐划一的模式或碰撞融合的态势，而是依据彼时彼刻历史条件的不同，大致形成三种不同的接受模式，即外化模式、化外模式、对话模式。其一，所谓外化模式（被他者同化）即外来异质伦理作为核心性思想资源，经过与俄罗斯民族伦理传统相互融合，以主导性姿态转化为民族性伦理传统和伦理资源。其二，所谓化外模式（同化他者）即外来异质伦理作为非核心性思想资源，经过与俄罗斯民族伦理传统相互对话，以辅助性姿态转化为民族性伦理传统和伦理资源。其三，所谓对话模式（交往理性）即外来异质伦理与俄罗斯民族伦理相互交流融合，在保留民族性伦理特质的前提下生成一种新的具有普遍性的伦理特质。如此一来，20 世纪俄罗斯文学伦理的谱系演变与主要特点，不仅有力彰显了 20 世纪俄罗斯文学构成、思潮流派和思想话语的文化价值，而且生动呈现出 20 世纪东西方之间文学交流、价值互鉴和文明互补的典范意义。

参考文献

1. 俄文书目

Аверинцев, С.С., М.Л. Андреев, М.Л. Гаспаров, П.А. Гринцер, А.В. Михайлов. Историческая поэтика: Литературные эпохи и типы художественного сознания. М.: Наследие, 1994.

Баевский, В.С. История русской литературы XX века. М.: Языки славянской культуры, 2003.

Басинский, П.В. Горький. М.: Молодая гвардия, 2006.

Белый, Андрей. Мастерство Гоголя: Исследование. М.: МАЛП, 1996.

Богданова, О.В. Постмодернизм в контексте современной русской литературы (60–90-е года XX века - начала XX века). СПб.: Филол. ф-т. С.-Петерб-. гос. ун-та, 2004.

Богданова, О.В., С. Кибальник и Л. Сафронова. Литературные стратегия Виктора Пелевина. СПб.: ИД Петрополис, 2008.

Богданова, Полина. Режиссёры–шестидесятники. М.: НЛО, 2010.

Богомолова, Н.А. (сост.) Критика русского символизма: в 2 т. М.: Осип и АСТ, 2002.

Гончарова–Грабовская, С.Я. Комедия в русской драматургии конца XX – начала XXI века. М.: Флинта и Наука, 2008.

Гордович, К.Д. История отечественной литературы XX века. СПб.: Спец-Лит, 2000.

Горький, М. Полное собрание сочинений М. Горького в 30 томах. М.: Художественная литература, 1949-1956.

Громова, М.И. Русская драматургия конца XX – начала XXI века. М.: Флинта и Наука, 2005, 2006, 2007, 2009.

Громова, М.И. Русская современная драматургия. М.: Флинта и Наука, 1999, 2002, 2003.

Гузовская, Людмила и др. (сост.) Русский театр 1824-1941: Иллюстрированная хроника российской театральной жизни. 2-е изд. М: Интеррос, 2006.

Гусев, В.И. и *С.М. Казначеев.* (сост.) Новый реализм: за и против (Материалы писательских конференций и дискуссии последних лет). М.: Издательство Литературного института им. А.М. Горького, 2007.

Гушанская, Е.М. Александр Вампилов: Очерк творчества. Л.: Советский писатель, 1990.

Давывова, Т.Т. Русский неореализм: идеология, поэтика, творческая эволюция. М.: Флинта и Наука, 2005.

Давыдова, Марина. Конец театральной эпохи. М.: ОГИ, 2005.

Зайцев, В.А. Русская поэзия XX века: 1940–1990-е годы. М.: Изд-во МГУ, 2001.

Зобнина, Ю.В. (сост.) Максим Горький: pro et contra. СПб.: Издательство русского христианского гуманитарного института, 1997.

Каменский, А.Б. Российская империя в XVIII веке: традиции и модернизация. М.: НЛО, 1999.

Канунникова, И.А. Русская драматургия XX века. М.: Флинта и Наука, 2003.

Келдыш, В.А. (отв. ред.). Русская литература рубежа веков (1890-е–начало 1920-х годов). М.: Наследие, 2000.

Киселёва, Л.Ф. Новый взгляд на М. Горького. М. Горький и его эпоха: Материалы и исследавания. Выпуск 4. М.: Наследие, 1995.

Корненко, Н.В. Сказано русским языком... Андрей Платонов и Михаил Шолохов: Встречи в русской литературе. М.: ИМЛИ им. А.М. Горького РАН, 2003.

Корниенко, Н.В. (отв. ред.) Текстологический временник. Русская литература XX века. Вопросы текстологии и источниковедения. М.: ИМЛИ им. А.М. Горького РАН, 2009.

Крумм, Райнхард. Исаак Бабель: Биография, М.: Российская политическая энциклопедия, 2008.

Лейдерман, Н.Л. и *М.Н. Липовецкий.* Современная русская литература 1950–1990-е годы. М.: Академия, 2003.

Липовецкий, Марк и *Биргит Боймерс.* Перформансы насилия: литературные и театральные эксперименты "Новой драмы". М.: НЛО, 2012.

Лихачёв, Д. С. Раздумья о России. СПб.: Logos, 1999.

Муратова, К.Д. М. Горький: Семинарий . М.: Просвещение, 1981.

Мусатов, В.В. (сост.) Некалендарный XX век: Материалы всероссийского семинара 19–21 мая 2000 года. Великий Новгород: Новгородский государственный университет, 2001.

Нефагина, Г.Л. Русская проза второй половины 80-х–начала 90-х годов XX века. Минск: Издательский центр Экономпресс, 1998.

Нефагина, Г.Л. Русская проза конца XX века. М.: Флинта и Наука, 2003.

Нинов, А. А. (сост.) М. А. Булгаков-драматург и художественная культура его времени. М.: СТД РСФСР, 1988.

Новиков, Л.А. Стилистика орнаментальной прозы Андрея Белого. М.: Наука, 1990.

Перевалова, С.В. Особая география памяти: (Образ автора в русской прозе 1970–1980-х годов В.П. Астафьев, В.Г. Распутин, В.С. Маканин). Волгоград: Перемена, 1997.

Перевалова, С.В. Проза В. Маканина: традиция и эволюция. Волгоград: Перемена, 2003.

Перцов, В.В. Маяковский: Жизнь и творчество. В 3-х т. Т. 1. М.: Художественная литература, 1976.

Пивоварова, Н.С. (ответ. ред.) История русского драматического театра: от его истоков до конца XX века. М.: Российский университет театрального искусства-ГИТИС, 2011.

Примочкина, Н.Н. Горький и писатели русского зарубежья. М.: ИМЛМ им. А.М. Горького РАН, 2003.

Скоропанова, И.С. Русская постмодернистская литература. М.: Флинта и Наука, 2007.

Соколов, Б.В. Булгаковская энциклопедия. М.: Локид и Миф, 1996.

Соколов, Б.В. Тайны русских писателей: Расшифорованная русская литература. М.: Эксмо, Яуза, 2006.

Спиридонова, Л. М. Горький: Новый взгляд. М.: ИМЛЛ РАН, 2004.

Сушков, Б.Ф. Александр Вампилов: Размышления об идейных корнях, проблематике, художественном методе и судьбе творчества драматурга. М.: Советская Россия,

1989.

Тимина, С.И. (ред.) Современная русская литература конца XX – начала XXI века. М.: Академия, 2011.

Тимина, С.И. Русская проза конца 20 века. М.: Академия, 2002.

Тузков, С.А. и И.В. Тузкова. Неореализм: Жанрово–стилевые поиски в русской литературе конца XIX – начала XX века. М.: Флинта и Наука, 2009.

Черняк, М.А. Современная русская литература. СПб.-М.: Сага - Форум, 2004.

2．英文书目

Baak, Joost van. *The House in Russian Literature: A Mythopoetic Exploration*. Amsterdam & New York: Rodopi, 2009.

Beumers, Birgit & Mark Lipovetsky. *Performing Violence: Literary and Theatrical Experiments of New Russian Drama*. Bristol & Chicago: Intellect Ltd., 2009.

Black, Cyril E. *The Transformation of Russian Society: Aspects of Social Change*. Cambridge: Cambridge University Press, 1970.

Carden, Patricia. *The Art of Isaac Babel*. Ithaca and London: Cornell University Press, 1972.

Clark, Katerina & Evgeny Dobrenko, eds. *Soviet Culture and Power: A History in Documents, 1917–1953*. New Haven: Yale University Press, 2007.

Cornwell, Neil. ed. *The Routledge Companion to Russian Literature*. London and New York: Routledge, 2001.

Dobrenko, Evgeny & Marina Balina, eds. *Twentieth-Century Russian Literature*. Cambridge: Cambridge University Press, 2011.

Emerson, Caryl. *The Cambridge Introduction to Russian Literature*. Cambridge: Cambridge University Press, 2008.

Freidin, Gregory, ed. *The Enigma of Isaac Babel: Biography, History, Context*. Stanford: Stanford University Press, 2009.

Kahn, Andrew, Mark Lipovetsky, Irina Reyfman, and Stephanie Sandler. *A History of Russian Literature*. Oxford: Oxford University Press, 2018.

Kelly, Catriona. *Russian Literature: A Very Short Introduction*. Cambridge: Cambridge University Press, 2001.

Laird, Sally. *Voices of Russian Literature: Interviews with Ten Contemporary Writers*. Oxford: Oxford University Press, 1999.

Leach, Robert & Victor Borovsky. *A History of Russian Theatre*. Cambridge: Cambridge University Press, 1999.

Leach, Robert. *Russian Futurist Theatre: Theory and Practice*. Edinburgh: Edinburgh University Press, 2018.

Leatherbarrow, William & Derek Offord. eds. *A History of Russian Thought*. Cambridge: Cambridge University Press, 2010.

Moser, Charles A. ed. *The Cambridge History of Russian Literature*. (Revised Edition) Cambridge: Cambridge University Press, 2008.

Noordenbos, Boris. *Post-Soviet Literature and the Search for a Russian Identity*. New York: Palgrave Macmillan, 2016.

Rosenthal, Bernice G. ed. *Nietzsche and Soviet Culture: Ally and Adversary*. Cambridge: Cambridge University Press, 1994.

Segel, Harold B. *Twentieth-Century Russian Drama: From Gorky to the Present*. Baltimore: Johns Hopkins University Press, 1993.

Shneidman, N.N. *Russian Literature, 1995-2002: On the Threshold of the New Millennium*. Toronto, Buffalo & London: University of Toronto Press, 2004.

Slonim, Marc. *Soviet Russian Literature: Writes and Problems (1917–1977)*. New York & London: Oxford University Press, 1977.

Struve, Gleb. *Soviet Russian Literature*. London: George Rutledge & Sons, Ltd., 1935.

Wachtel, Michael. *The Cambridge Introduction to Russian Poetry*. Cambridge: Cambridge University Press, 2004.

Weld, Sara Pankenier. *Voiceless Vanguard: The Infantilist Aesthetic of the Russian Avant-garde*. Evanston, Illinois: Northwestern University Press, 2014.

3. 中文书目

［俄］符·维·阿格诺索夫：《20世纪俄罗斯文学》，凌建侯等译，北京：中国人民大学出版社，2001年。

[法]罗贝尔·埃斯卡皮：《文学社会学》，王美华、于沛译，合肥：安徽文艺出版社，1987年。

[意]安贝托·艾柯等：《诠释与过度诠释》，王宇根译，北京：生活·读书·新知三联书店，2005年。

[苏]伊利亚·爱伦堡：《人·岁月·生活》，冯南江、秦顺新译，广州：花城出版社，1991年。

[俄]米·米·巴赫金：《巴赫金全集》第四卷，白春仁等译，石家庄：河北教育出版社，1999年。

[俄]亚·亚·勃洛克：《知识分子与革命》，林精华、黄忠廉译，北京：东方出版社，2000年。

[俄]谢苗·弗兰克：《俄国知识人与精神偶像》，徐凤林译，北京：学林出版社，1998年。

[法]米歇尔·福柯：《知识考古学》，谢强、马月译，北京：生活·读书·新知三联书店，2008年。

[俄]瓦·叶·哈利泽夫：《文学学导论》，周启超等译，北京：北京大学出版社，2007年。

[英]安东尼·吉登斯：《现代性的后果》，田禾译，南京：译林出版社，2000年。

[英]马克·柯里：《后现代叙事理论》，宁一中译，北京：北京大学出版社，2003年。

[俄]德·谢·利哈乔夫：《解读俄罗斯》，吴晓都等译，北京：北京大学出版社，2003年。

[俄]德·斯·米尔斯基：《俄国文学史》，刘文飞译，北京：人民出版社，2013年。

[美]爱德华·W.萨义德：《文化与帝国主义》，李琨译，北京：生活·读书·新知三联书店，2003年。

[德]彼得·斯丛狄：《现代戏剧理论（1880—1950）》，王建译，北京：北京大学出版社，2006年。

[美]马克·斯洛宁：《苏维埃俄罗斯文学》，浦立民、刘峰译，上海：上海译文出版社，1983年。

[美]马克·斯洛宁：《现代俄国文学史》，汤新楣译，北京：人民文学出版社，2001年。

[美]理查德·泰勒：《理解文学要素：它的形式、技巧、文化习规》，黎风等译，成都：四川大学出版社，1987年。

[英]雷蒙·威廉斯：《关键词：文化与社会的词汇》，刘建基译，北京：生活·读书·新

知三联书店，2005年。

[苏]列·费·叶尔绍夫：《苏联文学史》，北京师范大学苏联文学研究所译，北京：北京师范大学出版社，1987年。

[俄]泽齐娜、科什曼、舒利金：《俄罗斯文化史》，刘文飞、苏玲译，上海：上海译文出版社，1999年。

白晓红：《俄国斯拉夫主义》，北京：商务印书馆，2006年。

陈建华：《二十世纪中俄文学关系》，北京：高等教育出版社，2002年。

陈世雄：《苏联当代戏剧研究》，厦门：厦门大学出版社，1989年。

陈世雄：《现代欧美戏剧史》三卷本，北京：文化艺术出版社，2010年。

江文琦：《苏联二十年代文学概论》，上海：上海外语教育出版社，1990年。

李辉凡：《二十世纪初俄苏文学思潮》，北京：社会科学文献出版社，1993年。

林精华：《误读俄罗斯：中国现代性问题中的俄国因素》，北京：商务印书馆，2005年。

林精华：《想象俄罗斯》，北京：人民文学出版社，2000年。

刘宁主编：《俄国文学批评史》，上海：上海译文出版社，1999年。

刘文飞：《文学魔方：20世纪的俄罗斯文学》，北京：中国社会科学出版社，2004年。

刘文飞：《俄国文学的有机构成》，北京：东方出版社，2015年。

任光宣主编：《俄罗斯文学简史》，北京：北京大学出版社，2006年。

汪介之：《伏尔加河的呻吟——高尔基的最后二十年》，南京：译林出版社，2012年。

吴泽霖：《托尔斯泰和中国古典文化思想》，北京：生活·读书·新知三联书店，2017年。

许贤绪：《20世纪俄罗斯诗歌史》，上海：上海外语教育出版社，1997年。

许贤绪：《当代苏联小说史》，上海：上海外语教育出版社，1991年。

张冰：《白银时代：俄国文学思潮与流派》，北京：人民文学出版社，2006年。

张建华：《俄国知识分子思想史导论》，北京：商务印书馆，2008年。

张捷：《当今俄罗斯文坛扫描》，北京：人民文学出版社，2007年。

郑体武：《俄国现代主义诗歌》，上海：上海外语教育出版社，2001年。

朱建刚：《普罗米修斯的"堕落"：俄国文学知识分子形象研究》，北京：人民文学出版社，2007年。

后　记

　　与俄语结缘，同文学相伴，以教学为业，以学术为志，既是我大学以来的人生主线和生活方式，也是我人生过半的生活写照和日常构成。大致而言，俄语让我以东西兼具的思维认识东西差异的世界，文学让我以迂回审美的温情对待并不完美的世界，教学让我以激情对话的方式观察青春勃勃的世界，研究让我以理性冷静的方式体察复杂多变的世界。在人工智能和科学技术日新月异的时代，虽然简单的书斋生活未免过于枯燥乏味，纯粹的学院生涯多少有些阳春白雪，但教学科研和学术写作却能让我在日常琐碎中抽身而出，找到承载意义的人生趣味和持之以恒的奋斗目标，获得难以言说的精神充实和丰饶自足的心理愉悦。由此，读书、教书、译书、写书、编书，成为我人生的主要内容和莫大快乐。

　　博士毕业之后的十多年间，在忙碌的日常教学和繁杂的社会服务之外，我不断给个人生活做减法，给学术规划做加法，先后集中精力，潜心关注巴别尔诗学、当代俄罗斯戏剧思潮、白银时代俄罗斯戏剧转型、俄罗斯文学伦理演变、10—18世纪俄罗斯戏剧史。不管日常生活如何紧张忙碌，课题项目怎样宏伟诱人，各类事情怎样纷扰琐碎，20世纪俄罗斯文学谱系演变，尤其是当代俄罗斯文学态势，始终是我关注的重要内容之一。20世纪俄罗斯波谲云诡，波折不断，历经沙俄帝国、宪政俄国、苏维埃俄国、苏联、俄罗斯联邦，如同高潮迭起、频繁反转的精彩电影，又如著名诗人丘特切夫所谓的"裹在面纱中的谜中之谜"，耐人寻味，让人着迷。20世纪俄罗斯文学继承文学中心主义传统，以诗意审美和人道关怀的多重形式，投射出五彩斑斓的历史叙事和伦理取向，呈现出波澜壮阔的艺术谱系和思想图谱。由此，拙作以点带面、点面结合、连点成线、史述并置，意在呈现20世纪俄罗斯文学谱系的演变历程和主要特点。对我而言，这既是人生过半的一个学术节点和成果检阅，也是学术生涯中的一个重要梦想和学术使命。

　　在并不漫长的学术生涯中，我非常有幸遇到改变人生的伯乐导师和师友前辈。

在跌跌撞撞的人生旅途中，在一路向前的理想追寻中，在喜怒哀乐的日常生活中，我逐渐由青涩的高校"青椒"变成标准的中年教授，由困惑良多的文学青年变成困惑依旧的人文学者。在这一身份转换和人生进阶中，诸多学问人品俱佳的师友给予我热忱的帮助和真挚的关心。他们学识渊博，乐于提携后学，以各自不同的方式，给我以莫大的支持、悉心的关照和热情的帮助！

首先，感谢我的博士导师吴泽霖教授和硕士导师林精华教授！攻读硕士和博士学位，是我人生发展和学问进阶的重要转折点。虽然天生资质愚鲁，为人后知后觉，做事经验不足，但是在重要时刻和关键节点，我有幸得到两位导师的帮助和点拨，避免了诸多不必要的人生弯路和人际烦恼。完全可以说，倘若没有两位导师的慨然接收、及时指导和多次帮助，那么断然不会有今天的我！在我的人生记忆中，吴老师富有长者之仪，一向彬彬有礼，待人真诚，和蔼可亲，睿智练达，既给我以知识的传授、治学的指导和智慧的点播，又给我以人品的熏陶、人格的提升和境界的抵达。相较吴老师而言，我与林老师的交往时间要更早更长，迄今已逾二十多年。在我的交往经验中，林老师富有智者之态，一向目光敏锐，学识渊博，学问超拔，成果卓著，兼具以赛亚·柏林所说的狐狸之多元和刺猬之一元。记得德国著名思想家马克斯·韦伯曾言："一个人得确信，即使这个世界在他看来愚陋不堪，根本不值得他为之献身，他仍能无悔无怨；尽管面对这样的局面，他仍能够说：'等着瞧吧！'只有做到了这一步，才能说他听到了政治的'召唤'。"两位导师以高洁的道德人品和丰硕的学术成果，给我树立了潜心问学、矢志不渝的人生榜样。作为学问导师和人生长者，他们在让我心灵深处感动不已的同时，也在寂寞苦闷之时给我以指点，让我努力找到了前进的方向和动力。

其次，感谢我的人生导师聂珍钊教授！在我的学术发展过程中，遇到欧洲科学院外籍院士、广东外语外贸大学外语学科"云山工作室首席专家"聂珍钊先生，是一个值得永远铭记、具有重要意义的关键事件！我不仅有幸和先生同在华中师范大学文学院共事十余年，而且得到先生的多方指导和温暖关怀。其中，既有高校课堂上的治学指导，又有学界会场里的学术提携，更有日常交往中的生活关心。在我的个人印象中，课堂上的先生高台教化，素朴高雅，永远是儒雅温和，谈笑自如，娓娓道来，引人深思；学界里的先生西装革履，风度翩翩，永远是神采奕奕，神情专注，光彩照人，令人神往；生活中的先生衣貌整洁，和风细雨，永远是坦率亲切，温情入理，体贴他人，令人敬重！

同时，感谢我的人生伯乐胡亚敏教授！有幸得到资深教授胡亚敏先生的关照，我在博士毕业后来华中师大文学院工作。在并不短暂的十五六年工作中，我有幸和先生同在文学院共事，得到先生的多方关照与多次恩泽。倘若我的人生能够不断提升，学问能够有所起色，那么这离不开先生对我的关照提携和关心爱护。对先生的高洁人品和道德文章，对先生的学术水平和领导能力，我一向钦佩不已，心向往之，视之为奋斗的目标和努力的方向。与先生在桂子山的点点滴滴，先生的亲切笑容和温暖关照，总会让我不由自主地忆起文学院里的浓浓书香，想到桂子山上的灼灼樱花，想起华师校园中的幽幽桂花！

再次，感谢华中师大比较文学与世界文学学科团队的所有成员！他们分别是苏晖教授、杨建教授、刘渊副教授、黄晖教授、黎杨全教授、刘兮颖教授、杜娟教授、曾巍教授、谢超副教授、刘云飞副教授！在漫长而平淡的人生旅途和求学生涯中，每个人都会遇到风格不同的师长，结识性情各异的朋友。各位良师益友以不同方式和不同方法，在不同方面和不同时间给予我多次的帮助！对此，我深深铭记在心，感激在心，感恩在心！置身于如此团结友爱的学术团队，是我一生的宝贵财富和人生经验！其中，尤其感谢苏晖教授和杨建教授！前者启发我在学术研究中登堂入室，让我领略到教学的无穷魅力和学术的纯粹境界；后者引领我进入东方文学领域，让我对东西方文学有了更深入的宏观把握和更细致的微观认知。

此外，感谢刘文飞教授、李正荣教授、夏忠宪教授、张冰教授、周启超教授、刘洪涛教授、隋然教授、杜桂枝教授、陈方教授等诸位师长！各位师长以不同方式给予我指点，诸如博士论文答辩，论文修改发表，研究生复试，项目思路设计，作家文集翻译，课题写作研究。此生何其有幸，与如此温润如玉的先生们相遇；此生何其有缘，与如此学问深厚的师长们同行！他们的关心与帮助，恰如阴霾中的耀眼光束令人醍醐灌顶，豁然开朗，又如八月时节的缕缕桂香让人心旷神怡，沁人心脾。

围绕20世纪俄罗斯文学谱系，我陆续刊发了一系列学术论文和报刊文章，这构成本书的主体内容。本书几乎所有章节内容均以学术论文或学术随笔形式，曾先后刊发于《外国文学研究》《外国文学》《外国文学动态研究》《读书》《戏剧艺术》《俄罗斯文艺》《中国俄语教学》等核心期刊和《中国社会科学报》《中华读书报》《文艺报》等重要报纸，部分论文被《人大报刊复印资料·外国文学研究》全文转载或被《新华文摘》《中国社会科学文摘》论点摘编。在此，诚挚地向各位期刊主编和编辑老师表示衷心的感谢！没有他们的大力支持和热情帮助，就不会有我的学识成长和学问提升。感谢《外国文学研究》主编苏晖教授、《外国文学动态研究》前主编苏玲研究员、《俄罗斯文艺》前主编夏忠宪教授、《戏剧艺术》前主编宫宝荣教授、《中国俄语教学》前副主编杜桂枝教授！他们在不同时期给予我同样的热情帮助！

同样感谢我的爱人涂慧教授的支持与帮助！她自己虽然在教学科研、家庭教育、日常生活等方面事务缠身，分身乏术，但一直给予我最大的包容和最多的支持。尽管可支配的时间非常紧张，需要做的事情非常繁琐，但她近几年来成果丰硕，著述迭出，成就斐然，先后获批国家社科基金和湖北省社科基金后期资助项目，在《文学评论》《文艺理论研究》《外国文学研究》《文学跨学科研究》《湖北大学学报》等核心期刊，发表近十篇高质量学术论文。

从沂河之畔到长江之滨，距离千里之遥，来去多有不便。尽管远离熟悉而陌生的故乡，无法陪伴并侍奉双亲，但父母还是一如既往，给予我莫大的理解和默默的支持。父亲的坚毅勇猛和母亲的包容博爱，给了我努力奋斗的动力和孜孜以求的目标。幸得兄嫂的多方支持和无私帮助，我才得以有空闲全力以赴，有更多完整的时间和充沛的精力，坚定以学术为本的志向。在波澜不惊的日子里，每天接送孩子上学放学，陪伴孩子读书运动，带着孩子奔波不断，我更加体会到父母的不易和困苦的意义。由衷感谢父母兄嫂的多方付出！

最后，特别感谢北京大学出版社外语部主任、《中国俄语教学》杂志副主编张冰老师的热情帮助！感谢责任编辑李哲老师的大力支持！与两位老师的文字之缘，始于我在《中国俄语教学》刊发拙文。从文章编校到样刊邮寄，两位老师给予我多次热情帮助。同样，此次没有他们的精心编辑和妙手校对，拙作无法如此顺利地出版；没有他们的专业建议和多次联系，拙作不会如此迅速地问世。对两位老师给予的帮助，我一直深怀感念之心。

人也许经过变难苦痛才更易领悟人生，提炼潜质，知所奋发，正所谓"文穷而后工"。就个人意义而言，此言与陀思妥耶夫斯基的"美拯救世界"之论，似乎有着某种微妙的相通之处。帕斯捷尔纳克在《顿悟时刻》中曾言，"人不是活一辈子，不是活几年几月几天，而是活那么几个瞬间"，人生的成长并非一辈子，几十年，而是一瞬间，一刹那。感谢美丽人生的沿途美景和坎坷波折！

王树福

2023 年 7 月 15 日　初稿

2024 年 5 月 20 日　定稿